조선후기 통신사 필담창화집 번역총서 34

長門癸甲問槎 乾上·乾下·坤上

장문계갑문사 건상·건하·곤상

조선후기 통신사 필담창화집 번역총서 34

長門癸甲問槎 乾上・乾下・坤上

장문계갑문사 건상・건하・곤상

진영미 역주

보고사
BOGOSA

이 역서는 2008년도 정부재원(교육과학기술부 학술연구조성사업비)으로 한국연구재단의 지원을 받아 연구되었음(KRF-2008-322-A00073)

차례

일러두기 / 7

해제
장문계갑문사(長門癸甲問槎) ··· 9

◇ 장문계갑문사 건상 長門癸甲問槎 乾上

번역
장문계갑문사 건상 ··· 19

원문
長門癸甲問槎 乾上 ··· 95

◇장문계갑문사 건하 長門癸甲問槎 乾下

번역
장문계갑문사 건하 ··· 121

원문
長門癸甲問槎 乾下 ··· 204

◇ 장문계갑문사 곤상 長門癸甲問槎 坤上

번역
장문계갑문사 곤상 ·· 233

원문
長門癸甲問槎 坤上 ·· 350

◇ 영인자료 [우철]

長門癸甲問槎 乾上 ·· 606

長門癸甲問槎 乾下 ·· 538

長門癸甲問槎 坤上 ·· 474

조선후기 통신사 필담창화집 번역총서를 간행하면서 /609

일러두기

1. 통신사 필담창화집 번역총서는 제1차 사행(1607)부터 제12차 사행(1811) 까지, 시대순으로 편집하였다.

2. 각권은 번역문, 원문, 영인자료(우철)의 순서로 편집하였다.

3. 300페이지 내외의 분량을 한 권으로 편집하였으며, 분량이 적은 필담 창화집은 두 권을 합해서 편집하고, 방대한 분량의 필담창화집은 권을 나누어 편집하였다.

4. 번역문에서 일본 인명과 지명은 한국 한자음 그대로 표기하고, 처음 나오는 부분의 각주에 일본어 발음을 표기하였다. 그러나 번역자의 견 해에 따라 본문에서 일본어 발음대로 표기를 한 경우도 있다.

5. 번역문에서 책명은 『 』, 작품명은 「 」로 표기하였다.

6. 원문은 표점 입력하였는데, 번역자의 의견에 따라 표기하는 것을 원칙 으로 하였지만, 가능하면 한국고전번역원에서 정한 지침을 권장하였 다. 이 경우에는 인명, 지명, 국명 같은 고유명사에 밑줄을 그어 독자 들이 읽기 쉽게 하였다.

7. 각권은 1차 번역자의 이름으로 출판되었는데, 최종연구성과물에 책임 연구원과 공동연구원의 이름이 반드시 들어가야 한다는 한국연구재단 의 원칙에 따라 최종 교열책임자의 이름으로 출판되는 책도 있다.

8. 제1차 통신사부터 제12차 통신사에 이르기까지 필담 창화의 특성이 달라지므로, 각 시기 필담 창화의 특성을 밝힌 논문을 대표적인 필담 창화집 뒤에 편집하였다.

장문계갑문사(長門癸甲問槎)

1. 개요

『장문계갑문사(長門癸甲問槎)』는 1763년 정사 조엄(趙曮)·부사 이인배(李仁培)·종사관 김상익(金相翊) 등 통신사 일행이 덕천가치(德川家治, 도쿠가와 이에하루)의 습직(襲職)을 축하하기 위해 강호(江戶, 에도)로 향할 때, 장문(長門, 나카토, 현재의 야마구치겐)에서 농학대(瀧鶴臺)와 그의 아들 농고거(瀧高渠) 및 몇몇 일본 문사들이 조선의 제술관 남옥(南玉, 1722-1770), 서기 성대중(成大中, 1732-1809)·원중거(元重擧, 1719-1790)·김인겸(金仁謙, 1707-1772) 등을 만나 교유하면서 주고받은 필담·시편·서신 등을 모아 편찬한 필담창화집이다.

2. 저자 사항

『장문계갑문사』의 주된 저자는 농학대(瀧鶴臺, 다키 가쿠다이, 1709-1773)와 그의 아들 농고거(瀧高渠, 다키 고쿄, 1745-1792)이다.

농학대는 강호시대 중기의 유학자 겸 한시인(漢詩人)으로 장문국 추(萩)의 인두씨(引頭氏) 집안에서 태어나 본성(本姓)은 인두(引頭), 아명은 구송(龜松)이었는데, 추번의(萩藩醫) 농양생(瀧養生)의 양자(養子)가 되어 농장개(瀧長愷)라고 하였다. 호는 학대(鶴臺)이고, 자는 미팔(彌八)이다. 14세에 번교(藩校) 명륜관(明倫館)에 들어가서 소창상재(小倉尚齋, 오구라 쇼사이)·산현주남(山縣周南, 야마가타 슈난)에게 배웠으며, 1731년 강호에 가서 복부남곽(服部南郭, 핫토리 난카쿠)에게 배웠다. 뒤에 장문 추번주(萩藩主, 하기한슈) 모리중취(毛利重就, 모리 시게타카 또는 시게나리)의 시강(侍講)이 되었다. 평야금화(平野金華, 히라노 긴카)·태재춘대(太宰春臺, 다자이 슌다이)·추산옥산(秋山玉山, 아키야마 교쿠잔) 등과 교분이 두터웠다. 화가(和歌) 및 의학에도 정통하였다. 제술관 남옥은 삽정평(澁井平)이 편한 『가지조승(歌芝照乘)』에서 "농학대와 우리들은 사흘 동안 함께 있었는데, 매우 흡족하였다. 풍류의 소탕(疏宕)함과 운격의 초상(超爽)함을 아낄 만하여 지금에 이르도록 우리 네 사람[제술관과 삼서기]은 서로 마주하게 되면 일찍이 (농학대에 대해) 말하지 않는 적이 없었다.[秋月云: 瀧鶴臺與僕輩, 三日相對, 歡洽殊深。 愛其風流疏宕, 韻格超爽, 至今四人相對, 未嘗不言。]"라고 하였다. 저서로는 『삼지경(三之逕)』·『장문계갑문사(長門癸甲問槎)』 등이 있다.

농고거는 강호시대 중·후기의 유학자 겸 한시인이다. 성은 농(瀧)이고, 이름은 홍(鴻)이며, 자는 사의(士儀, 혹은 子儀), 호는 고거(高渠), 통칭은 홍지윤(鴻之允)이다. 장문 추번(萩藩) 유학자인 농학대의 3남으로 추번의 번사(藩士)이다. 1773년 부친의 죽음으로 대를 이었고, 번주인 모리중취의 시강이 되었다. 저서로는 『학대선생행장(鶴台先生行狀)』이 있다.

『장문계갑문사』에는 농학대와 농고거 부자 이외에도 초장대록(草場大麓, 구사바 다이로쿠, 1740-1803)·산근남명(山根南溟, 야마네 난메이, 1742

-1793)·진겸호(秦兼虎, 하타 겐코, 1735-1785)·화지동교(和智東郊, 와치도코, 1703-1765)·내고옥대원(奈古屋大原, 나고야 다이겐, 1702-1781)·죽중준옥(竹中俊屋, 다케나카 슌오쿠)·향취태화(香取太華, 가토리 다이카) 등이 있다. 의관인 향취태화를 제외하고 모두 농학대의 생도로서 번학(藩學)에 소속된 학생들이다. 이들 가운데 널리 알려진 주요 작가만 간단히 살펴보면 다음과 같다.

초장대록은 강호시대 중-후기의 서예가 겸 한시인이다. 아명은 시랑(市郎)이고, 이름은 안세(安世), 자는 인보(仁甫), 호는 대록(大麓)이며, 통칭은 주장(周藏)이다. 초대록(草大麓)·초장안세(草場安世)·초안세(草安世)·초장주장안세(草場周藏安世)로도 알려져 있다. 명륜관(明倫館)의 편액 등을 휘호한 서예가 초장거경(草場居敬, 구사바 교케이)의 양자인 초장윤문(草場允文, 구사바 인분)의 아들이다. 1753년 10월 12일, 부친의 사망으로 14세에 대를 이었고, 장문 추번 번사로 명륜관의 조교(助敎)였다.

산근남명은 강호시대 중기의 유학자 겸 한시인이다. 성은 산근(山根)이고, 이름은 태덕(泰德), 자는 유린(有隣), 통칭은 육랑(六郎)이다. 산남명(山南溟)이라고도 하였다. 산근화양(山根華陽, 야마네 가요)의 아들이다. 장문 추번 번교인 명륜관의 학두(學頭)가 되었으며, 시강(侍講)으로 근무했다.

진겸호는 강호시대 중기의 유학자 겸 한시인이다. 본성(本姓)은 진(秦), 성은 파전(波田)이며, 이름은 겸호(兼虎), 자는 자웅(子熊, 士熊), 호는 숭산(嵩山), 통칭은 웅개(熊介, 熊助)이다. 진숭산(秦嵩山)·파다겸호(波多兼虎)·파다숭산(波多嵩山)이라고도 하였다. 장문 출신으로 파다수절(波多守節, 하타 슈세쓰)의 아우이다. 준재(俊才)로 추번 번교인 명륜관의 장학생이 되었으며, 산근화양(山根華陽, 야마네 가요)에게 배웠다. 명화(明和, 1764-1771) 때 국로(國老) 익전씨(益田氏)를 유신(儒臣)으로 섬겼고, 조래학(徂徠學)을 신봉하였다.

화지동교는 강호시대 중기의 유학자 겸 한시인이다. 성은 화지(和智), 이름은 체경(棣卿), 자는 자악(子萼), 호는 동교(東郊), 통칭은 구랑좌위문(九郞左衛門)이다. 대대로 모리가(毛利家)를 섬긴 화지자고(和智資高, 와치 스케타카)의 아들이다. 어려서 부친을 사별하고 11세의 나이로 출사하였다. 산현주남에게 배웠는데, 주남이 세자에게 시강(侍講)할 때 화지동교도 함께 배웠다. 1730년 강호에서 무고감(武庫監), 이어서 장기저감(長崎邸監), 계속해서 강호유수거역(江戶留守居役) 등을 역임하였다. 화지동교의 시는 명나라 시인 이반룡(李攀龍)을 모방하여 다양한 시체(詩體)를 구현하였으나, 만년의 작품은 왕세정(王世貞)의 시풍과 비슷하였다. 적생조래(荻生徂徠, 오규 소라이)가 그의 소년 시기의 시를 보고 감탄하며 '해내의 재(海內の才)'라고 칭송하였다.

내고옥대원은 강호시대 중기의 유학자 겸 한시인이다. 성은 내고옥(奈古屋), 이름은 이충(以忠), 자는 대하(大夏), 호는 대원(大原), 통칭은 구랑우위문(九郞右衛門)이다. 번교인 명륜관에서 산현주남에게 배웠고, 장문 추번 번사가 되었다. 장원검사역(藏元檢使役)·미정방검사잠역(未定方檢使暫役) 등을 역임하였다. 연가(連歌)와 다화회(茶話會)에 능하였다.

농학대를 중심으로 이들 대부분은 1763년 12월 28, 29, 30일 적간관(赤間關, 아카마가세키)에서 조선 사신을 접대하면서 필담과 창화를 하였다. 이듬해 1764년 5월 21일에는 농학대 혼자 회정(回程)하는 조선 문사들을 찾아와 시를 전하였으나, 이때 조선 문사들은 최천종(崔天宗)

피살사건으로 인해 수창을 폐하였기 때문에 시에 화답하지 못하였다. 그러나 서신을 주고받았다.

3. 구성 및 내용

『장문계갑문사』는 서문·성명·본문으로 구성되어 있다. 서문은 1764년 춘삼월에 산근화양(山根華陽, 야마네 가요, 1697-1771, 山根清이라고도 함)이 지었고, 성명은 장문계갑문사성명(長門癸甲問槎姓名)과 한객성명(韓客姓名)으로 구분되어 있다. 본문은 4권 4책에 걸쳐 수록되어 있는데, 권건상(卷乾上)에는 1763년 12월 28부터 30일 동안 적간관에서 농학대와 조선 문사와 주고받은 필담과 시편 및 서신이 수록되어 있고, 권건하(卷乾下) 전반부에는 그 이듬해 5월 20일 귀로에 적간관에서 농학대가 조선 문사들을 만나 주고받은 필담과 증별시가, 후반부에는 12월 29, 30일 농학대의 아들 농고거가 조선 문사와 주고받은 필담과 시문이 수록되어 있다. 권곤상(卷坤上)에는 12월 28일부터 30일 동안 적간관에서 초장대록·산근남명이 조선 문사와 주고받은 필담과 시문이 수록되어 있고, 권곤하(卷坤下)에는 진겸호·초장대록·산근남명과의 필담과 창화시 및 서신이 수록되어 있다.

『장문계갑문사』에서 주목되는 내용으로 농학대와 조선 문사들 사이의 조래학(徂徠學)에 대한 논쟁을 들 수 있다. 조선 문사들이 정주학을 주장하는데 반해 농학대는 조래학을 숭상하였다. 농학대는 정주(程朱)를 주종으로 하지 않는다는 이유로 조선 문사에게 공격을 받게 되자 정주학자 목하순암(木下順庵, 기노시타 준안의 제자였던 패원익헌(貝原益

軒, 가이바라 에키켄)의 예를 들어 정주의 학설에도 의심스러운 점이 있음을 지적하였다. 그러나 조선 문사가 정주학의 정통성을 계속해서 역설하자 농학대는 조선 문사들과의 사상 논쟁을 더 이상 깊이 있게 진전시키지 않았다. 『장문계갑문사』에 수록된 창화시의 내용을 보면, 사행 임무의 중요성과 노정의 험난함, 만남의 기쁨, 일본에 무사히 도착한 노고에 대한 위로와 칭송, 접대에 대한 감사함, 원유(遠遊)와 남아의 포부, 일본 명승지 소개와 그에 대한 자긍심, 글씨와 화답시 요청, 시 모임자리에서의 흥취, 양국 문사 간의 교유와 풍류, 양국 문사들의 필묵과 재주에 대한 찬사, 무사 귀국의 기원과 이별의 아쉬움 등등을 담아내고 있다.

4. 서지적 특성 및 자료적 가치

『장문계갑문사』은 4권 4책이며 간본(刊本)이다. 글 주변 사방에 단선 테두리가 있는 사주단변(四周單邊)이다. 서문과 성명 부분은 행마다 선이 있는 유계(有界)인데, 서문은 6행 10자이고, 성명 부분은 8행이며 글자수가 일정하지 않다. 서문과 성명 부분을 제외한 나머지 본문은 행 사이에 선이 없는 무계(無界)이며, 21행 22자이다. 주(註)는 소자(小字) 두 줄로 된 주쌍행(註雙行)이다. 판심(版心)은 상하백구(上下白口) 상내향단엽흑어미(上內向單葉黑魚尾)이고 판심제(版心題)는 '癸甲問槎'이다. 서문 첫머리 상단과 하단에 장서지인(藏書之印)이 찍혀 있고, 권건하 말미에 '明和二乙酉年(1765)秋九月長門明倫館藏版'과 권곤하 말미에 '明和三丙戌年(1766)秋八月長門明倫館藏版"이라는 간기(刊記)가 있다. 일본 도립중앙도서관(都立中央圖書館)에 소장되어 있다.

　『장문계갑문사』에는 당시 유명한 장문의 대학자 농학대·초장대록·산근남명 등과 조선 문사들이 주고받은 필담과 시문 및 서신이 수록되어 있다. 1763,4년 통신사행 때 일본의 장문 지방을 중심으로 한 조일(朝日) 문사들 간 교유의 현장과 실체를 파악할 수 있는 귀중한 자료일 뿐만 아니라 필담과 서신을 통해 18세기 중기 일본의 고문사학(古文辭學)을 이해할 수 있는 자료이다. 특히 초장대록이 대판성(大坂城)·평안성(平安城)·비파호(琵琶湖)·부용봉(芙蓉峰)·함령(函嶺) 등 일본의 명승지에 대해 칠언절구 5편을 다섯 가지 서체로 써서 조선 문사에게 주며 비평을 구하였는데, 이에 남옥이 「오체서축평어(五體書軸評語)」라는 짧은 글과 함께 5편에 대해 일일이 시평을 해주었다. 일본 문사가 짓고 쓴 시에 대한 조선 문사의 시서평(詩書評)이라는 점에 주목할 필요가 있다.

장문계갑문사 건상

長門癸甲問槎 乾上

장문계갑문사 건상

『장문계갑문사(長門癸甲問槎)』 서문

내가 네 차례에 걸친 조선 사신의 빙문을 보았는데, 그 창수한 것을 살펴보니 신묘 사행 때 수행원으로 온 이동곽[1]이 출중하였다. 이후 이번 사행의 남추월[2]과 성용연[3] 또한 거벽이라 할 만하다. 그러나

---

1 이동곽(李東郭) : 1711년 통신사행 때 제술관으로 일본에 다녀온 이현(李礥). 조선 후기 문신. 자는 중숙(重叔), 호는 동곽(東郭). 호조정랑(戶曹正郎)을 역임하였다.

2 남추월(南秋月) : 추월(秋月) 남옥(南玉, 1722-1770). 조선 후기 문신. 자는 시온(時韞), 호는 추월(秋月). 1763년 통신사행 때 제술관으로 일본 수안군수(遂安郡守)에 임명되었다. 1770년(영조 46)에 최익남(崔益男)의 옥사 때 이봉환(李鳳煥)과 친하다고 하여 투옥되어 5일 만에 매를 맞아 죽었다. 김창흡(金昌翕)과 육유(陸游)의 시풍을 추종하였고 서정성이 강한 시를 지었으며, 문장은 당송(唐宋) 고문(古文)의 영향을 받았다. 사행 후 『일관시초(日觀詩草)』·『일관창수(日觀唱酬)』·『일관기(日觀記)』 등의 방대한 저술을 남겼다.

3 성용연(成龍淵) : 용연(龍淵) 성대중(成大中, 1732-1809). 조선 후기 문신. 본관은 창녕(昌寧). 자는 사집(士執), 호는 청성(靑城). 1753년(영조 29)에 생원이 되었고, 1756년에 정시문과에 병과로 급제하였다. 서얼이라는 신분적 한계 때문에 순조로운 벼슬길에 오르지 못할 처지였으나, 영조의 탕평책에 힘입어 1765년 청직(淸職)에 임명되었다. 1763년에 통신사 조엄(趙曮)을 수행하여 일본에 다녀왔고, 1784년(정조 8)에 흥해군수(興海郡守)가 되어 목민관으로서 선정을 베풀었다. 학맥은 노론 성리학파 중 낙론계(洛論系)에 속하여 성리학자로서의 체질을 탈피하지는 못했으나, 당대의 시대사상으로 부각된 북학사상(北學思想) 형성에 일익을 담당하였다. 저서로는 일본 사행 기록인 『일본

모두들 조선 풍토의 기질을 지니고 있어 소식(蘇軾)과 황정견(黃庭堅)의 말파(末派) 가운데 뛰어날 뿐이다. 필어와 같은 것은 응수함이 민첩하여 자못 붓을 마음대로 놀리는 듯하였는데, 이는 평생 업으로 하면서 습관이 천성처럼 되어 오직 응대하는데 힘쓴 것일 뿐이니 무슨 볼만한 문장이 있겠는가? 대개 조선에서 선비를 취하는 법은 하나같이 명나라 제도를 좇아 과거시험에서는 오로지 염민[4]의 경의(經義)만을 써서 성리(性理)를 주장하여 예악(禮樂)을 내버려두었기 때문에 문장이 오직 뜻을 전달하는 것을 위주로 하면서 수사(修辭)의 도가 폐해졌으니 고문사의 묘함을 알 수 없는 것은 마땅하다. 작가들을 열거하면, 우리나라에는 창성하고 밝으며 두텁고 큰 교화를 밝히는데 있어서 물부자[5] 같은 자가 발흥하여 복고의 업을 창도하고 나서 오육십 년 이래로 수많은 선비들이 찬란하게 일어났다. 문은 진한(秦漢) 이전의 글을 익혔고, 시 또한 개원(開元) 천보(天寶) 이후로 내려오지 않았다. 우리 번이 번교를 설치하여 그 가르침을 먼저 얻었는데, 신묘년 이래 창수집이 세상에 간행된 것을 보면 알 수 있다. 하물며 이

록(日本錄)』과 문집인 『청성집』이 있다.

4 염민(濂閩) : 염계(濂溪)와 민중(閩中). 주로 염계는 주돈이(周敦頤)를, 민중은 주희(朱熹)를 지칭하는 말로 쓰인다. 염계는 호남성(湖南省)에 있고, 민중은 복건성(福建省)에 있다.

5 물부자(物夫子) : 일본인 적생조래(荻生徂徠, 오규 소라이)를 높여 일컫는 말. 적생조래(荻生徂徠, 1666-1728)는 강호시대 전-중기 학자이고 사상가이다. 이름은 쌍송(雙松), 자는 무경(茂卿), 호는 조래(徂徠) 또는 훤원(蕿園), 통칭은 총우위문(惣右衛門), 물무경(物茂卿) 혹은 물쌍백(物雙栢)이라 일컫기도 한다. 강호(江戶) 출신이다. 주자학을 '억측에 의거한 허망한 설(說)에 불과하다'고 갈파하고 주자학에 입각한 고전 해석을 비판하였으며, 고대 중국의 고전독해 방법론으로 고문사학(古文辭學, 蕿園學)을 확립하였다.

번 사행에서 학대씨(鶴臺氏)[6]가 직임을 맡았으니 저들과 더불어 어찌 진초(晉楚)의 맹약[7]을 다투겠는가? 우리 소아배들 또한 종행하여 만약 북과 깃발을 들고 주선한다면 비수(淝水)의 승첩[8]을 알리는데 또한 어찌 어렵겠는가? 비록 그렇다 해도 조선 사신은 빙례를 행하고 있으니 진실로 귀한 손님이다. 여러 섬들의 제후들은 삼가 지공을 담당하여 배를 호위하고 식량과 땔감을 구비하지 않음이 없다. 혹시라도 멀리서 오신 손님을 부드럽게 대한다는 나라의 뜻을 어길까 싶으니, 얼굴빛을 부드럽게 하고 언사를 공손하게 하면서 맞서지 않고 함께 대청에서 조용히 예를 갖추어야 할 것이다. 진실로 군자는 다투는 바가 없으니[9] 또한 창성하고 밝으며 두텁고 큰 교화를 밝히는 것임을

---

6 학대씨(瀧鶴氏) : 농학대(瀧鶴臺, 다키 가쿠다이, 1709-1773). 강호시대 중기 유학자. 장문(長門, 나가토, 현재의 야마구치겐) 추(萩)의 인두씨(引頭氏) 집에서 태어나 본성(本姓)은 인두(引頭, 인도), 유명(幼名)은 구송(龜松)이다. 장성하여 농장개(瀧長愷)라 하였다. 호는 학대(鶴臺), 자는 미팔(彌八). 추번의(萩藩醫) 농양생(瀧養生)의 양자(養子)가 되어 14세에 번교(藩校) 명륜관(明倫館)에 들어가서 소창상재(小倉尙齋, 오구라 쇼사이)·산현주남(山縣周南, 야마가타 슈난)에게 배웠으며, 향보(享保) 16년(1731) 강호에 나가서 복부남곽(服部南郭, 핫토리 난카쿠)에게 사사하였다. 후에 장문(長門) 추번주(萩藩主, 하기한슈) 모리중취(毛利重就, 모리 시게타카 또는 시게나리)의 시강(侍講)이 되었다. 평야금화(平野金華)·태재춘대(太宰春臺)·추산옥산(秋山玉山) 등과 교우를 맺었다. 화가(和歌) 및 의학 등에도 정통하였다.

7 진초(晉楚)의 맹약 :『좌전』「성공(成公)」12년 12월 조에 "진(晉)나라 군주와 초(楚)나라 공자 피(罷)가 적극(赤棘)에서 맹약하였다."라고 하였는데, 곧 중국 춘추시대 때 북방의 강자인 진나라와 남방의 강자였던 초나라 사이의 화평을 위한 맹약을 지칭한다.

8 비수(淝水)의 승첩 : 동진(東晉)의 사안(謝安)이 비수에 진을 친 전진(前秦) 부견(符堅)의 백만 대군을 격파한 것을 말한다.

9 군자는 다투는 바가 없으니[君子無所爭] :『논어』「팔일(八佾)」에 "군자는 다투는 것이 없으나 반드시 활쏘기에서는 경쟁을 한다. 상대방에게 읍하고 사양하며 올라갔다가 활을 쏜 뒤에는 내려와 벌주를 마시니, 이러한 다툼이 군자다운 다툼이다.[君子無所爭, 必也射乎。揖讓而升, 下而飮, 其爭也君子。]"라고 하였다.

볼 수 있을 것이다.

갑신년 춘삼월

장빈 산근청[10] 짓다.

---

10 산근청(山根淸) : 산근화양(山根華陽, 야마네 가요, 1697-1771). 강호시대 중기 유학
　자. 이름은 지청(之淸). 산현주남(山縣周南)에게 유학을 배웠다. 4대 추번(萩藩) 명륜관
　(明倫館) 학두(學頭)가 되었고, 고문사파 문인으로 주남십철(周南十哲) 가운데 한 사람
　이다. 저서로 『화양선생문집(華陽先生文集)』이 있다.

장문계갑문사 성명

학대(鶴臺) : 성은 농(瀧), 이름은 장개(長愷), 자(字)는 미팔(彌八).

대록(大麓) : 성은 초장(草場), 이름은 안세(安世), 자는 인보(仁甫), 일
자(一字)는 주장(周藏).

남명(南溟) : 성은 산근(山根), 이름은 태덕(泰德), 자는 유린(有隣), 일
자는 육랑(六郎).

사의(士儀) : 성은 농(瀧), 이름은 홍(鴻), 자는 사의(士儀), 홍지윤(鴻之
允)으로 칭함.

숭산(嵩山) : 성은 진(秦), 이름은 겸호(兼虎), 자는 자웅(子熊), 웅개(熊
介)로 칭함.

동교(東郊) : 성은 화지(和智), 이름은 체경(棣卿), 자는 자악(子萼), 구
랑좌위문(九郎左衛門)으로 칭함.

대원(大原) : 성은 내고옥(奈古屋), 이름은 이충(以忠), 자는 대하(大
夏), 구랑우위문(九郎右衛門)으로 칭함.

준옥(俊屋) : 성은 죽중(竹中), 이름은 준옥(俊屋), 자는 중량(仲良), 미
차우위문(彌次右衛門)으로 칭함.

태화(太華) : 성은 향취(香取), 이름은 문규(文圭), 자는 자장(子璋).

한객(韓客) 성명(姓名)

추월(秋月) : 성은 남(南), 이름은 옥(玉), 자는 시온(時韞), 제술관.

용연(龍淵) : 성은 성(成), 이름은 대중(大中), 자는 사집(士執), 정사서
기(正使書記).

현천(玄川) : 성은 원(元), 이름은 중거(重擧), 자는 자재(子才), 부사서

기(副使書記).

　퇴석(退石) : 성은 김(金), 이름은 인겸(仁謙), 자는 사안(士安), 종사서
기(從事書記).

『장문계갑문사』권1

통자
通刺

농학대

삼가 생각건대 두 나라가 밝은 시대를 만나 태평함과 화해를 보전하여 신의를 맺고 우호를 계승하기 위해 사신이 멀리서 오셨습니다. 시절이 겨울철[11]이라 된서리를 밟고 단단한 얼음을 지나며 깊은 바다를 건너고 험난함을 무릅썼지만 깃발이 멀리서 펄럭이고 몰이꾼과 마부도 크게 놀라며[12] 절월(節鉞)[13]이 이곳에 이르렀으니 실로 두 나라의 경복(景福)으로 천인의 호위와 돌봄이 미친 결과입니다. 감하드립니다. 저의 성은 농(瀧)이고, 이름은 장개(長愷)이며, 자는 미팔(彌八)입니다. 본주 추부(萩府)에서 태어났고, 집이 학강대(鶴江臺)와 가까워 스스로 학대(鶴臺)라고 하였습니다. 우리 번에서 문학으로 벼슬하여 세자 시독이 되었습니다. 지금 특별히 주군의 명을 받들어 여러 공들을 접대하면서 몸소 훌륭한 모습을 바라보며 공을 모시게 되었으니 얼마나

---

11 겨울철[玄冥] : 현명(玄冥)은 귀신 이름. 『예기』「월령(月令)」에 "겨울철의 상제(上帝)는 전욱(顓頊)이요, 그 귀신은 현명이다."라는 기록이 보인다.

12 깃발이 멀리서 펄럭이고 몰이꾼과 마부도 크게 놀라며[旆旌悠悠, 徒御不驚] : 이 구절은 『시경』「소아(小雅)」〈거공(車攻)〉에, "소소하게 우는 말 울음, 유유히 펄럭이는 깃발. 도어(徒御)가 놀라지 않으며, 대포(大庖) 가득 차지 않으랴[蕭蕭馬鳴, 悠悠旆旌。徒御不驚, 大庖不盈。]"이라 하였다. 주(周) 선왕(宣王)이 중흥한 후에 군기와 거마를 확장하여 동도(東都)에서 사냥하면서 읊은 시이다.

13 절월(節鉞) : 관찰사・유수(留守)・병사・수사・대장・통제사・사신 등이 부임할 때 임금이 내려 주던 것인데, 절은 수기(手旗)와 같고 월은 도끼 모양처럼 만든 것으로서 살리고 죽이는 권한을 상징한다.

영광이겠습니까? 또한 저의 한두 문하생과 자식이 저를 좇아 말석에
이르렀으니, 상국(上國)의 훌륭한 위의를 뵙고 제공들의 손수 써주신
글을 받들 수 있기를 바랍니다. 생각건대, 여러 공들의 바다와 산 같
은 넓고 큰 도량으로 어찌 물방울이나 티끌과 같은 보잘것없는 것을
택하겠습니까만, 삼가 가까이 뵐 수 있는 은혜를 입고 스승으로 모실
수 있게 된다면 더할 나위 없이 좋겠습니다.

제술관 남추월께 드리다
呈製述官南秋月

알다시피 학사는 일찍 영예를 얻어[14]	共知學士早登瀛
시문도 능하고 경술에도 밝았다지	詞賦兼將經術明
지금 가지고 온 사명 누가 윤색했나?	辭命今來誰潤色
어찌 동리[15]만 명성 독차지하게 하랴!	寧令東里獨專名

---

14 영예를 얻어[登瀛] : 등영(登瀛)은 등영주(登瀛洲)의 준말. 선비가 영예를 얻은 것을
신선이 산다는 전설상의 산인 영주에 오르는 것에다 비긴 것이다. 당 태종이 천책상장군
(天策上將軍)으로 있을 때 문학관(文學館)을 지어 놓고 방현령(房玄齡)·두여회(杜如
晦) 등 18학사(學士)를 불러들인 뒤 극진히 대접하자 세상 사람들이 흠모하여 영주에
올랐다[登瀛洲]고 하였다 한다. 우리나라에서도 홍문관(弘文館) 관원들을 이에 비유하
였다. 영주는 바다 속에 있는 삼신산(三神山)의 하나이다.

15 동리(東里) : 동리는 외교문서를 윤색한 자산(子産)을 가리킨다. 『논어』에 이르기를,
"외교문서를 작성할 적에 비심(裨諶)은 기초(起草)하고 세숙(世叔)은 토론하며, 행인(行
人)인 자우(子羽)는 수식(修飾)하고 동리(東里)의 자산(子産)은 윤색(潤色)한다."라고
하였다.

농학대께서 지어주신 시에 화답하다
和瀧鶴臺瓊投

추월

풍파 걱정하며 깊은 바다 건너오는데	愁風愁水泛重瀛
적마관16 끝에서 눈빛 홀연 밝아졌네	赤馬關頭眼忽明
문 앞에서의 통성명 기다릴 것도 없이	不待門前修孔刺
구랑이 먼저 두남의 명성 칭송했다오17	龜郞先誦斗南名

서기 성용연께 드리다
呈書記成龍淵

신선 배 구월에 조선을 출발하였는데	仙槎九月發三韓
적마관에 이르니 차가운 눈발 날리네	赤馬到來飛雪寒
선약 캐는데 어찌 길 험난함을 말하랴	採藥何論勞跋涉
바다 동쪽에서 다시 대환단18을 묻네	海東更問大還丹

---

16 적마관(赤馬關) : 적간관(赤間關, 아카마가세키)이다. 장문주(長門州)에 속하고, 현재의 산구현(山口縣, 야마구치겐) 하관시(下關市, 시모노세키시)이다. 하관(下關) 혹은 마관(馬關)이라고도 한다.

17 구랑(龜郞)이 먼저 두남(斗南)의 명성 칭송했다오[龜郞先誦斗南名] : 구랑(龜郞)은 축전주(筑前州) 남도(藍島)의 구정로(龜井魯, 龜井南冥, 가메이 난메이)를 말하고, 두남(斗南)은 당(唐)나라 적인걸(狄仁傑)이 곤경에 처한 어떤 사람을 대신하여 어려운 사신의 일을 자청하고 나서자, "우리 적공의 어진 덕성으로 말하면, 북두 이남에서 오직 한 사람밖에 없다고 할 것이다.[狄公之賢, 北斗以南一人而已.]"라고 칭송했다는 고사에서 나왔다. 여기서는 남도의 구정로가 추월과 세 서기에게 농학대를 "박학하고 재주가 출중하며 시문을 매우 잘한다.[博學豪才, 甚善詞藻.]"(『앙앙여향(泱泱餘響)』)라고 미리 알려준 것을 두고 한 말이다.

18 대환단(大還丹) : 도가에서 먹는 단약(丹藥)의 이름. 소환단(小還丹)과 대환단(大還

농학대 시에 화답하다

和瀧鶴臺惠韻

용연

구정 가문 사람[19] 한형주 알게 해주었는데[20]	龜井家郞許識韓
남도 관문 풍설로 거문고[21] 차갑기만 하네	藍關風雪一琴寒
학강[22]의 집안 대대로 글재주 풍부하여	鶴江家世饒文藻
상서로운 새 날려니 봉혈[23] 단봉이라네	瑞羽將飛穴是丹

丹)이 있는데, 대환단은 아홉 번 순환(循環)하여 만든다고 한다.

19 구정(龜井) 가문 사람[龜井家郞] : 축전주(筑前州) 남도(藍島)의 유자儒者)이며 의원 (醫員) 구정로(龜井魯: 1743-1814)를 말한다. 구정남명(龜井南溟, 가메이 난메이)이라 고 한다. 강호시대 중-후기 유학자·의원(醫員)·교육자이고, 이름은 노(魯), 자는 도재 (道載), 호는 남명(南溟), 별호는 신천옹(信天翁)·광념거사(狂念居士), 통칭은 주수(主 水)이다. 축전국(筑前國) 질빈(姪浜) 출신. 촌의(村醫)인 구정청인(龜井聽因, 가메이 쵸 인)의 장남. 비전(肥前) 연지(蓮池)의 황벽승(黃檗僧)인 대조원호(大潮元皓)에게 유학 을 배웠고, 경도(京都)에 올라가서 길익동동(吉益東洞)에게 의학을 배웠으며, 곧바로 영 부독소암(永富獨嘯庵)의 문하로 옮겼다. 영부(永富)는 산협동양(山脇東洋)의 수제자로 산현주남(山縣周南)에게 배웠다. 남명은 유학자로서는 훤원학파(蘐園學派)에 속하며, 의학에서는 산협동양(山脇東洋) 유파를 이어받았다. 시문에 능하였다. 문화(文化) 11년 (1814) 3월 2일에 자택의 실화(失火)에 의해 사망하였다. 1764년 통신사행 때 21세의 나이로 조선 사신을 성심으로 접대하였고, 이때 조선 문사와 주고받은 시문이 『앙앙여향 (泱泱餘響)』에 수록되어 있다. 구문학(龜門學)의 시조이다. 저서로 『논어어유(論語語 由)』·『비후물어(肥後物語)』 등이 있다.

20 한형주(韓荊州) 알게 해주었는데[許識韓] : 식한(識韓)은 한 형주(韓荊州)를 안다는 말로, 이백(李白)의 「여한형주서(與韓荊州書)」에 "이 세상에 태어나서 만호후에 봉해지 기보다는, 그저 한 형주를 한번 알기만을 바랄 뿐이다.[生不用封萬戶侯, 但願一識韓荊 州。]"라는 말에서 나왔다. 여기서의 한형주는 농학대이다.

21 거문고[一琴] : 일금일학(一琴一鶴) 곧 하나의 거문고와 한 마리 학에서 나온 말. 조촐 함을 의미하는 것으로, 송(宋)의 조변(趙抃)이 성도(成都) 전운사(轉運使)로 부임할 적 에 몸에 딸린 것이라고는 하나의 거문고와 학 한 마리였다는 고사에서 온 말로, 전하여 청렴한 지방관을 의미한다.

22 학강(鶴江) : 농학대의 집이 학강 부근에 있어서 이른 말이다.

서기 원현천[24]께 드리다
呈書記元玄川

다락배 물결 가르며 장풍을 타니	樓船破浪駕長風
악포[25]와 남주[26] 잠깐 사이 지났네	鰐浦藍洲指顧中
다시 동쪽을 향해 일출 맞이하면	更向東方迎日出
부상[27]과 약목[28] 도달하기 어렵지 않으리	扶桑若木不難窮

---

23 봉혈(鳳穴) : 시문에 능한 재사(才士)들이 모여 있는 곳.

24 원현천(元玄川) : 원중거(元重擧, 1719-1790). 호는 현천(玄川)·물천(勿天)·손암(遜菴)이고, 자는 자재(子才)이다. 1705년 사마시(司馬試)에 급제한 후 10여 년 뒤에 장흥고(長興庫) 봉사(奉事)를 맡았고, 1763년에서 1764년에 걸쳐 이루어진 통신사행(通信使行)에서 성대중(成大中)·김인겸(金仁謙)과 함께 서기로 발탁되어 일본에 다녀왔다. 사행 후 일기(日記) 형식의 『승사록(乘槎錄)』과 일본 문화 전반에 대한 백과사전적 문헌인 『화국지(和國志)』를 저술했다. 1771년에 송라(松羅) 찰방(察訪)을 1776년에 장원서(掌苑署) 주부(主簿)를 지냈고, 1789년 『해동읍지(海東邑誌)』 편찬에 이덕무(李德懋)·박제가(朴齊家) 등과 함께 참여하였다.

25 악포(鰐浦, 와니우라) : 현재의 대마시(對馬市) 상대마정(上對馬町)에 속한다. 상대마 북부에 위치. 조선통신사의 최초 입항지(入港地) 가운데 하나이다.

26 남주(藍洲) : 남도(藍島, 아이노시마)를 말한다. 축전남도(筑前藍島). 현재의 복강현(福岡縣) 조옥군(糟屋郡)에 속하며 상도(相島)라 불린다. 통신사행 때 조선 사신이 이곳 다옥(茶屋)에 묵었다.

27 부상(扶桑) : 해 돋는 곳에서 자란다는 상상(想像)의 신목(神木)으로 일본을 가리키는 말이다. 부상(搏桑)·부상(榑桑)·부목(搏木)이라고도 한다.

28 약목(若木) : 해 뜨는 동쪽 바다에 있다는 상상(想像)의 신목(神木)인데 그 꽃이 광적색(光赤色)으로 땅을 비춘다고 한다. 부상(扶桑)과 같다.

학대께 화답하다
和鶴臺

현천

일찍이 구자[29]로부터 그대 인품 들었는데	曾因龜子挹高風
이곳 바다 가운데서 시문을 접하였네	詞翰逢迎此海中
빈관 안에서 해는 짧아도 대화 길었으니	日短話長賓館裏
편지 마주하게 되면 뜻 다하기 어려우리	郵筒相對意難窮

필어

추월: 성대한 명성은 이미 구정로를 통해 들었습니다. 지금 모습을 직접 뵈니, 마음이 배나 경도됩니다.

학대: 미천한 이름을 이미 들으셨다니 참으로 부끄럽습니다. 다만 보신 바가 들은 바와 같지 않을까 싶습니다.

추월: 옛사람이 하루 동안 이야기를 나누는 것이 십년 동안 책을 읽는 것보다 낫다고 하였습니다. 시는 곧 여사입니다. 붓으로 혀를 대신해서 언외의 부합된 뜻이나 이야기 나누었으면 합니다.
　세상에 떨친 명성은 이미 다 알고 있습니다. 올해 몇이신지 그리고 어디에 사시는지 자세히 듣고 싶습니다.

---

29 구자(龜子) : 축전주(筑前州) 남도(藍島)의 구정남명(龜井南冥, 가메이 난메이)을 가리킨다.

학대: 붓으로 마음을 논하는 것은 진실로 원하는 바입니다. 여러 시편
에 대해 화답하시는 것이 어찌 반드시 오늘뿐이겠습니까?

부질없이 오래 살다보니 쉰다섯이나 되었습니다. 이곳 본주의 부
성(府城)에 살고 있는데 이곳과 200여리 정도 떨어져 있습니다. 저
는 몇 년 동안 줄곧 동도[30]에서 일을 하고 있습니다만, 여름 오월에
왔었는데 시월에 또 이곳에 와 사신이 이르기를 기다리고 있었습니
다. 정신없이 바쁘게 사느라 편안하게 지낼 겨를이 없습니다.

추월: 주신 시에 또한 마땅히 화답하겠습니다만, 한가로이 먼지떨이[31]
를 휘두르면서 맑은 이야기나 나누는 것이 더욱 좋겠습니다.

학대: 성의를 삼가 받들겠습니다. 다만 한스러운 것은 제군들께서 이
번 사행에 술 마시는 것을 금지하여 우리들이 취중의 흥취를 시로
지을 수 없다는 것입니다. 탄식할 만합니다.

---

30 동도(東都) : 강호(江戶, 에도). 현재의 동경도(東京都, 도쿄토) 천대전구(千代田區,
지요다쿠) 천대전(千代田, 지요다)에 위치. 동무(東武)·무주(武州)·무성(武城)·강관
(江關)·강릉(江陵)이라고도 하였다. 강호성(江戶城, 에도조)·천대전성(千代田城, 지
요다조)·동경성(東京城, 도케이조)·황거(皇居, 고쿄). 강호는 일본의 수도인 동경(東
京, 도쿄)의 옛 명칭으로 특별히 황거를 중심으로 한 동경 특별구 중심부를 지칭하며,
강호성에서 유래되었다. 강호시대(江戶時代, 에도지다이)는 일본 역사에서 덕천장군가
(德川將軍家, 도쿠가와 쇼군가게)가 일본을 통치하던 시대이다. 덕천시대라고도 말한
다. 이 시대의 정부를 강호막부(江戶幕府, 에도 바쿠후) 또는 덕천막부(德川幕府, 도쿠
가와 바쿠후)라고 부른다.
31 먼지떨이[塵尾] : 주미는 사슴의 꼬리로 만든 먼지떨이인데, 옛날에 청담을 하던 사람
이나 또는 승려들이 청담(淸談)을 나눌 때에 그것을 휘두르며 담소를 나누었다고 한다.

추월: 덕으로 사람을 취하게 하는 것이 술로 취하게 하는 것보다 나을
것입니다.

학대: 제군들께서 9월에 동래를 출발하여 10월에 대마도에 오셨는데,
일기(壹岐)[32]와 남도(藍島)[33]에서 풍파에 막혀 수개월 동안 머무르시
다가 이제 겨우 이곳에 이르렀다고 들었습니다. 그 동안 험난함과
무료함이 지극히 심하였을 테니 어찌 구름 비끼고 눈 덮인[34] 심사가
없었겠습니까? 하물며 한 해가 다 지나가고 해외에서 봄을 맞이하
게 되었는데 고향은 만 리나 떨어져 있으니 슬픈 마음을 알 만합니
다. 이 때문에 우리 번에서는 유사에게 명하여 마치 집에 돌아온 귀
한 손님처럼 사신을 접대하도록 하였습니다. 그런데 관사가 좁고
누추한데다가 공급 물품이 갖추어지지 않아 매우 답답하기만 합니
다. 비록 그렇다 해도 여기서부터 낭화(浪華)[35]까지는 작지만 맑은

---

32 일기(壹岐, 이키) : 현재의 장기현(長崎縣, 나가사키켄) 일기시(壹岐市, 이키시)이다.
대마도와 함께 옛날부터 구주(九州) 본토와 한반도를 연결하는 해상교통의 중계지로서
역할을 담당해왔다. 일기도(壹岐島) 북부에 위치한 승본포(勝本浦, 가쓰모토우라)를 중
심으로 대부분의 통신사행 때마다 조선 사신이 주로 이곳 용궁사(龍宮寺, 류구지)와 다
옥(茶屋)에 묵었다.

33 남도(藍島, 아이노시마) : 축전남도(筑前藍島, 지쿠젠 아이노시마). 현재의 복강현(福
岡縣, 후쿠오카켄) 조옥군(糟屋郡, 가스야군)에 속하며 상도(相島)라 불린다. 통신사행
때 조선 사신이 이곳 다옥(茶屋)에 묵었다.

34 구름 비끼고 눈 덮인[雲橫雪擁] : 당(唐)나라 한유(韓愈)가 조주(潮州)로 좌천되어 내
려가다가 도중에 남관에 이르러 지은 칠언율시에, "구름이 진령에 비껴 있으니 집은 어디
쯤 있는고? 눈이 남관을 싸고 있으니 말이 나아가지 않는구나.[雲橫秦嶺家何在, 雪擁藍
關馬不前。]"라고 하였다. (『한창려집(韓昌黎集)』권10, 〈좌천지람관시질손상(左遷至藍
關示姪孫湘)〉)

35 낭화(浪華) : 섭진주(攝津州)에 속하고, 현재의 대판부(大阪府, 오사카후) 대판시(大

바다들이 여러 번들의 땅을 좌우로 두르고 있어, 물가도 보이지 않는 망망대해와는 다를 것입니다. 또한 볕의 온화한 기운이 퍼져 있고 바다 물결이 맑고 잔잔한 가운데 상서로운 바람이 배를 호송하여 빠른 시간 내에 낭화에 닿게 할 테니 무슨 걱정이 있겠습니까? 청컨대, 객지 생활에 조금이라도 위로가 되고 수심어린 미간을 잠시나마 펴셨으면 합니다.

추월: 저희들이 가을부터 겨울 내내 세월이 다하도록 풍랑 속에서 먹고 잤으니 그 기분과 상황을 아실 것입니다. 귀국이 먼 길 떠나온 사람으로 하여금 객수를 풀 수 있도록 관소와 곳간을 정성스럽게 갖추어 두셨으니 나그네의 근심을 잊기에 족합니다. 더구나 족하의 품위 있는 고상한 풍류로 인해, 잠시 이야기를 나누었음에도 오래 사귄 듯 사람으로 하여금 흡탄케 하면서 거듭 기쁨으로 마음을 풀게 합니다. 이곳을 계속 연이어 가면, 산과 호수는 평평하고 잔잔해서 배가 편안하고 한가로이 지나가 풍파의 두려움은 없고 산천의 아름다움만 있을 테니, 어찌 해외에서 사방을 둘러보는 관광이 볼 만하지 않겠습니까? 다만 객지에서 세월을 보내다보니 하늘 끝에서 고향 생각이 나 그저 처연함은 어쩌지 못하고 있습니다.

추월: 이곳에 안덕사[36]가 있다는데, 상세한 것을 들을 수 있겠습니까?

阪市, 오사카시)이다. 대판(大坂)·낭화(浪花)·낭속(浪速)·난파(難波)라고도 한다. 조선 후기 12차례 통신사행 가운데 12차를 제외한 나머지 사행 때마다 조선 사신이 들렀던 곳이다.

36 안덕사(安德祠) : 남용익(南龍翼)의 『문견별록(聞見別錄)』「도리(道里)」에 "아미타사

학대: 안덕제[37]의 사당이 이 산에 있습니다. 초기에 천황이 어린 나이
로 즉위하니 외척 상국 평청성[38]이 정권을 제멋대로 하여 한 집안에
공경이 된 자가 20여명이나 되었습니다. 상상할 수 없을 정도로 교
만하고 참람하여 조정의 기강이 크게 문란해졌습니다. 이에 우무위
(右武衛) 원뇌조[39]가 관동에서 병사를 일으켰고, 원의중[40] 역시 산동

(阿彌陀寺)가 있고 절 옆에 안덕사(安德祠)를 세웠다. 원뇌조(源賴朝)의 난리 때에 평청
성(平淸盛)이 안덕천황(安德天皇)을 끼고 서쪽 바다로 달아났으나 평씨의 군대가 패
하게 되자 당시 안덕천황은 8세의 어린이였는데 할머니인 후백하후(後白河后)가 그를
안고 바다에 빠져 죽었다. 그 뒤 나라 사람들이 그를 불쌍히 여기어 이곳에 사당을 세우고
소상(塑像)을 모시며 전토(田土)를 장만하여 해마다 제사를 지낸다.[有阿彌陀寺, 寺傍
建安德祠。源賴朝之變, 平淸盛挾安德天皇, 奔西海, 平氏兵敗, 安德方八歲。祖母後
白河后, 抱而投海。國人哀之, 爲立祠塑像于此, 給田歲祀之。]"라고 하였다.

37 안덕제(安德帝) : 일본의 제81대 안덕천황(安德天皇).

38 평청성(平淸盛) : 고창천황(高倉天皇, 재위 1169~1180) 말엽과 안덕천황(安德天皇
1181~1185) 때 집정(執政) 대신.

39 원뇌조(源賴朝, 미나모토 요리토모, 1147-1199) : 평안시대(平安時代) 말기 겸창시대
(鎌倉時代) 초기의 무장. 평청성(平淸盛)의 집정에 반항하여 군사를 일으킨 정이대장군
(征夷大將軍).

40 원의중(源義仲, 미나모토노 요시나카, 1154-1184) : 평안시대 말기 신농원씨(信濃源
氏)의 무장. 목증의중(木曾義仲, 기소 요시나카). 목증차랑원의중(木曾次郞源義仲). 유
명(幼名)은 구왕환(駒王丸), 호는 목증관자(木曾冠者). 원위의(源爲義, 미나모토노 다
메요시)의 아들인 의현(義賢)의 차남. 뇌조(賴朝)의 종제(從弟). 원의중은 유모의 남편인
중원겸원(中原兼遠, 나카하라노 가네토)의 곁에 숨겨져서 신농국목증(信濃國木曾)으로
성장하였다. 치승(治承) 4년(1180) 9월, 뇌조(賴朝, 의조의 3남으로 적자)보다 다소 늦게
거병한 의중은 평씨(平氏) 쪽의 소립원뇌직(小笠原賴直)을 월후(越後, 에치고, 현재의
니가타겐)에 쫓아가서 신농(信濃)을 수중에 장악하고, 아버지의 옛 땅인 상야(上野)에
진출하였다. 수영(壽永) 2년(1183), 적자(嫡子)인 의고(義高)의 신병을 겸창(鎌倉)에 부
탁해서 뇌조와 강화한 의중은 평유성(平維盛)이 통솔하는 대군을 가하(加賀, 가가)·월
중(越中, 고시나카) 국경에서 격파했다. 일시적으로는 서해(西海)로 간 평씨(平氏), 동해
도(東海道) 제국(諸國)을 제압한 뇌조와 병립해서 '천하삼분의 형세(天下三分的形勢)'를
보였다. 그러나 뇌조의 명을 받은 원의경(源義經)·범뇌군(範賴軍)과의 결전에 패하고
도주하는 중 근강국(近江國) 속진(粟津)에서 전사하였다.

에서 군사를 일으켜 대응하면서 명성과 세력을 크게 떨쳤습니다. 평씨가 군사를 파견하여 정벌하려 하였으나 군사들 모두 실패하고 달아났습니다. 평씨가 이에 천황을 모시고 몽진하여 섭진주[41] 일곡성[42]에 둔거하였습니다. 의중이 수도로 들어가 제멋대로 횡포를 부리고 학대를 하니 뇌조가 이에 아우 범뢰[43]와 의경[44]을 파견하여 의중을 죽여 없애버렸습니다. 두 장수가 승세를 타 일곡을 공격하여 함락시키자, 여섯 군대가 배를 어거하여 찬기주[45]의 팔도에서 호위하고 있었습니다. 의경이 세찬 바람과 성난 조류를 무릅쓰고 불의에 기습하니 천황이 다시 바다를 건넜고, 동군이 추격하여 단포[46]에

---

41 섭진주(攝津州, 셋쓰슈) : 현재의 대판부(大阪府, 오사카후) 북중부(北中部) 및 병고현(兵庫縣) 신호시(神戸市, 고베시) 수마구(須磨區, 스마쿠) 동쪽 지역인데, 단 고규시(高槻市, 다카쓰키시) 견전(樫田, 가시다)과 풍능정목(豊能町牧, 도요노초마키)·사전(寺田, 데라다), 신호시 수마구 수마뉴타운 서부와 북구 담하정(淡河町, 오고마치)은 제외된다. 섭진국(攝津國, 셋쓰노쿠니)·섭주(攝州)·섭양(攝陽)이라고도 한다.

42 일곡성(一谷城) : 일곡(一谷, 一ノ谷). 원범뢰(源範賴, 미나모토노 노리요리)와 원의경(源義經, 미나모토노 요시쓰네)이 합병하여 평가(平家)를 격파했던 곳. 섭진주(攝津州) 곧 현재의 정강시(靜岡市) 규구(葵區)에 있다.

43 원범뢰(源範賴, 미나모토노 노리요리, 1156~1193) 평안시대(平安時代) 말기부터 겸창시대(鎌倉時代) 초기의 무장(武將). 원의조(源義朝)의 여섯째 아들. 원뇌조(源賴朝)의 배 다른 아우이며, 원의경(源義經)의 배 다른 형. 1184년 뇌조에 의해 원의중(源義仲)을 정벌하는 대장군(大將軍)으로 임명되었고, 곧바로 원의경과 합병하여 의중을 근강(近江) 속진(粟津)에서 죽였다. 평가(平家)를 일곡(一ノ谷)과 단포(壇ノ浦)에서 격파하였다. 의경이 죽은 후 뇌조에게 아첨하였지만 이두(伊豆) 수선사(修善寺)에서 살해되었다.

44 원의경(源義經, 미나모토노 요시쓰네, 1159~1189) 평안시대(平安時代) 말기부터 겸창시대(鎌倉時代) 초기의 무장(武將). 원뇌조(源賴朝)의 배 다른 아우. 가명은 구랑(九郎), 실명은 의경(義經). 원범뢰와 합병하여 의중을 근강(近江) 속진(粟津)에서 죽였다.

45 찬기주(讚岐州, 사누키노슈) : 현재의 향천현(香川縣, 가가와켄) 지역. 찬기국(讚岐國, 사누키노쿠니)·찬주(讚州, 산슈)라고도 한다. 바다 가운데 있어 북쪽으로는 팔도(八島)에 가깝다.

서 크게 싸웠는데, 결국 관군이 패하였습니다. 이에 이품(二品) 비구니였던 천황의 외조모[47]가 천황을 안고, 이때 8세였다. 신새(神璽)를 옆에 끼고 보검은 허리에 찬 채 입으로 '바다 밑에 도읍이 있다'라는 시를 읊으며 바다로 빠졌습니다. 평씨의 공경·장사·궁녀·명부[48] 등 헤아릴 수 없을 정도로 많은 사람들이 빠져 죽었습니다. 실로 원력(元曆) 원년(1184) 봄 3월 24일이었습니다. 군사가 흩어진 뒤 천황을 이 산에 매장하였고, 뒤에 다시 능 위에 묘를 세웠습니다. 세시(歲時)에 제사를 지냅니다. 그 옆에는 평씨의 여러 장군들의 묘가 있는데, 사당의 벽에는 시녀와 보부[49] 및 여러 신하들의 상이 그려져 있고, 북쪽 행랑 벽에는 천황이 태어나서부터 바다에 빠진 때까지 평씨의 영욕과 원평공전[50]의 그림이 그려져 있습니다. 이 때문에 왕후로부터 일반 백성 및 스님에 이르기까지 무릇 풍치가 있는 사람들이 이곳을 지나게 되면 시와 노래로 회고의 정을 술회하지 않은 적이 없습니다. 예전에 귀국의 승려 송운[51]께서도 옛일을 조문하는

---

46 단포(壇浦) : 단노포(壇ノ浦). 원범뢰(源範賴, 미나모토노 노리요리)와 원의경(源義經, 미나모토노 요시쓰네)이 합병하여 평가(平家)를 격파했던 곳. 장문주(長門州) 곧 현재의 산구현(山口縣) 하관시(下關市)에 있다.

47 이품(二品) 비구니였던 천황의 외조모 : 안덕천황의 조모(祖母) 백하후(白河后). 원뢰조가 군사를 일으켜 평청성을 물리치고 실권을 쥐게 되자, 백하후는 안덕천황을 업고 도망가다가 추격군에 쫓겨 적간(赤間)의 바다에 빠져 죽었다고 한다.

48 명부(命婦) : 봉호(封號)를 받은 부인을 일컫는 말.

49 보부(保傅) : 옛날 태자나 어린 제왕 및 귀족 자제들을 보육하고 가르치던 관직 이름.

50 원평공전(源平攻戰) : 원평지전(源平之戰). 원씨(源氏)와 평씨(平氏)의 싸움.

51 송운(松雲) : 승장(僧將) 사명대사 유정(惟政)의 호. 자는 이환(離幻)이고, 또 사명(泗溟)이라고도 한다. 속성은 임(任)씨이고, 본관은 풍천(豊川). 지중추부사를 역임. 임진년에 휴정을 대신하여 도총섭(都摠攝)이 된 후에 일본에 사신으로 갔고, 을사년(1605, 선조

작품을 남기셨습니다. 이후 내빙한 빈료(賓僚)들 모두 갱화시가 있
는데 사당 안에 다 소장되어 있습니다. 여러 공들 또한 어찌 옛날
일을 열람한 정회가 없을 수 있겠습니까? 시로 지난 자취를 이으심
이 어떠하시겠습니까? 이번 사행에 저에게도 보잘것없는 작품이 있
으니 감히 훑어봐 주셨으면 합니다.

산동에서 일어난 호걸 소문 들었는데	忽聞豪傑起山東
낭묘엔 인적 없어 좋은 계책 부질없네	廊廟無人長策空
끝내 취화[52]에게 궁궐 하직케 하고	終使翠華辭鳳闕
다만 신기로 용궁을 잠갔다네	徒將神器鎖龍宮
붉은 치마 표랑하는데 넋은 어디에 있는고?	紅裙漂浪魂何在
황금 갑옷에 회사부[53]라 통한 어찌 다하랴!	金甲懷沙恨豈窮
물가로 향하여 묵은 자취 묻고자 하는데	欲向水濱問陳迹
서풍에 우수수 낙엽 지는구나	蕭蕭木葉下西風

추월: 안덕묘의 고사는 우리들 또한 대략 들어 알고 있었습니다만 상세
한 내용은 모릅니다. 지금 소상하게 일깨워주시니 기쁩니다. 다만

---

38) 5월에도 일본에 사신으로 가서 잡혀간 우리 포로 1천여 명을 데리고 돌아왔다. 송운
이 칠언절구(七言絶句) 네 수를 지어 이곳 묘하(廟下)에 남겼다.

52 취화(翠華) : 푸른 깃털 장식의 깃발 혹은 수레로, 대가(大駕)나 제왕의 대칭으로 쓰이
는 표현.

53 회사부(懷沙賦) : 전국(戰國)시대 초(楚)나라 굴원(屈原)이 지은 문장의 이름. 굴원이
회사부를 짓고 멱라수(汨羅水)에 뛰어들어 자살하였다. 회사부는 초사(楚辭)의 한 편명
으로 굴원이 쫓겨난 뒤에 차라리 물에 빠져 죽어 송장을 모래사장에 드러내기를 생각하였
다는 데서 나왔다.

전에는 통신사가 지나가면 모두들 사당의 모습을 친히 보고 회고의
작품을 지었는데, 지금 사행에서는 직접 가 볼 수 없어 일찍이 동우
의 제도와 산천의 형세를 알지 못한 채 상상으로 시를 짓게 되니
신을 신고 발바닥을 긁는 것에 가깝지 않나 싶습니다. 화운하는 것
은 어렵지 않습니다만 붓을 잡기가 쉽지 않습니다. 어떠하십니까?

학대: 사당의 모습을 직접 보고 싶으시다면 제가 절의 스님에게 부탁
해보겠습니다.

추월: 날씨가 맑은 날을 기다려 옆에 있는 사람들과 함께 갈 수 있게
된다면 마땅히 눈으로 보고 입으로 읊조리는 시가 있을 것입니다.

또다시 말함: 줄곧 강호에 계시다가 이번 여름에야 비로소 돌아오셨다
고 하시니, 강도(江都: 江戶)에서 직책이 있으신지 아니면 그냥 지내
시는지요?

학대: 우리 번의 세자가 동도(東都: 江戶)에 있는 관저에 계셔서 제가
시독(侍讀)으로 동도에 4년 동안 있었습니다. 여러 공들을 접반하기
위해 잠시 돌아온 것입니다.

추월: 그렇다면 저희들과 함께 동도로 가면서 연도에 이야기나 나누면
어찌 기이한 일이 아니겠습니까?

학대: 만약 채찍을 잡고 동도로 유람할 수 있다면 얼마나 유쾌하겠습

니까? 다만 관법에 제약을 받고 있어 매우 유감입니다.

또다시 말함: 오늘은 날이 저물어 작별을 고할까 합니다. 내일 다시 와
뵈어도 되겠지요?

추월: 자주 오신다면 어찌 심히 다행스럽지 않겠습니까? 다만 이별은
쉽고 만나기는 어려울까 두렵습니다.

학대: 외람되이 명을 받들어 한 차례 만나 뵙고 기뻤는데, 또 작별하면
서도 돈독한 정의로 대해주시니 매우 감사합니다.

용연: 자제분[54]께서 매우 준수합니다. 이 자리에는 제자가 몇이나 왔습
니까?

학대: 갑자기 자식을 칭찬해주시니 몹시 부끄럽습니다. 자리에 문하생
이 두 사람 있습니다.

용연: 구정로는 해외의 기이한 재사인데, 그 사람으로 인해 족하를 알
게 되었습니다. 유유상종[55]이니 족하께서는 그 사람이 어떤 분인지

---

54 자제분[蘭玉] : 지란옥수(芝蘭玉樹)의 준말로 남의 집안의 우수한 자제(子弟)를 예찬
하는 말. 『세설신어(世說新語)』「언어(言語)」에, 진(晉)나라 사안(謝安)이 여러 자제들에
게 어떤 자제가 되고 싶은지 묻자, 그의 조카인 사현(謝玄)이 대답하기를 "비유하자면
지란옥수가 뜰 안에 자라게 하고 싶습니다.[譬如芝蘭玉樹, 欲使其生於階庭耳.]"라고
한 데서 유래하였다.
55 유유상종[方以類聚, 物以群分] :『주역』「계사상(繫辭上)」에 나오는 말이다.

거의 헤아리실 수 있습니다. 자제분이 뛰어나 아낄 만합니다. 공의 부자 사이에서 노닐게 되어 저희들의 광영입니다.

학대: 지나치게 기리고 장려해주시니 부끄러움에 땀이 그치지 않습니다. 제 자식이 학식과 식견이 높은 분의 풍모를 뵈었는데, 게다가 또 주옥같은 시를 주시다니 매우 영광스럽다 하겠습니다.

용연: 대판성에 독소암[56]이라는 사람이 있다고 들었는데, 족하께서는 아십니까?

학대: 제가 그 사람을 압니다. 본래 이곳에서 태어났는데 지금은 대판에서 지내고 있습니다. 재기가 있으며 의술을 업으로 하고 있습니다.

용연: 천하의 훌륭한 문장을 다 보고, 천하의 유명한 산수를 다 노닐며,

---

56 독소암(獨嘯菴) : 영부독소암(永富獨嘯庵, 나가토미 도쿠쇼안, 1732-1766). 강호시대 중기의 의사. 아명은 봉개(鳳介), 이름은 봉(鳳), 자는 조양(朝陽). 장문(長門) 출신. 유자인 승원취옹(勝原翠翁, 가도하라 스이오)의 3남으로 태어나 신동으로 알려졌으며, 어렸을 때 병을 얻어 향월우산(香月牛山, 가즈키 규잔)의 문하이며 적간관(赤間關)의 의사인 영부우암(永富友庵, 나가토미 유안)의 치료를 받은 인연으로 1744년 그의 양자가 되었다. 양부인 우암으로부터 중국의 이동원(李東垣) 의학을 배웠으며, 양부의 권유로 추번(萩藩) 번의(藩醫) 정상원창(井上元昌, 이노우에 겐쇼)으로부터 중국의 주단계(朱丹溪) 의학을 배움과 동시에 산현주남(山縣周南, 야마가타 슈난)으로부터 유학을 배웠는데, 의가(醫家)의 양자가 되어 의업을 계승해야 하는 입장이어서 유학자의 길을 단념하였다. 1751년 경도(京都)에 나와 21세 때 산협동양(山脇東洋, 야마와키 도요)의 문하에 입문하였고, 그와 함께 오촌양축(奧村良筑, 오쿠무라 료치쿠)을 방문하여 토방(吐方, 토하게 하여 치료하는 방법)을 배웠다. 저서로는 『만유잡기(漫遊雜記)』·『토방고(吐方考)』·『낭어(囊語)』·『미창구결(黴瘡口訣)』 등이 있다.

천하의 위대한 인물을 다 본다면, 인간 세상에 책무를 다한 사람이
될 것입니다. 족하께서는 어느 정도나 하셨습니까?

학대: 저는 젊어서부터 학문과 유람을 좋아하였는데, 벼슬살이에 얽매
이면서 본래의 뜻을 이룰 수 없었습니다. 비록 그렇다 해도, 동쪽으
로는 동도와 평안57에서 노닐고 서쪽으로는 장기(長崎)58에서 노닐
면서 해내의 명승지는 대략 다 보았고 해내의 지명인사와도 거칠게
나마 교유하였습니다. 또한 청나라 인물과 네덜란드 등 여러 나라
사람들을 접견하기도 하였습니다. 지금 또한 여러 군들과 해후하였
으니 무슨 유감이 있겠습니까? 다만 다양한 많은 서적들을 널리 궁
구하지 못한 것이 유감일 뿐입니다.

현천: 당신의 의용을 접하니 도재59가 말한 것이 생각납니다. 도재의
어짊을 통해 다른 사람의 밝음도 알 수 있겠습니다. 자제분이 곁에
있고 제자60인 제현들께서 자리를 가득 메웠으니, 참으로 성대합니
다. 문도는 몇 명이며 학업을 이룬 사람은 또한 몇 명입니까?

---

57 평안(平安, 헤이안) : 경도(京都)를 말한다. 산성주(山城州)에 속하고, 현재의 경도부
(京都府, 교토후) 경도시(京都市, 교토시) 중심부에 위치. 경(京)·왜경(倭京)·화경(和
京)·서경(西京)·평안경(平安京)라고도 한다.
58 장기(長崎, 나가사키) : 현재의 장기현(長崎縣, 나가사키겐). 기양(崎陽)이라고도 한
다. 옛날부터 규슈(九州) 본토와 중국 대륙을 연결하는 해상교통의 중심지였다.
59 도재(道哉) : 구정로(龜井魯, 가메이 난메이, 1743-1814)를 말한다. 호는 남명(南冥),
자는 도재(道哉). 축전주(筑前州) 남도(藍島)의 유자儒者) 겸 의원(醫員). 시문에 능하
였다. 1764년 사행 때 21세의 나이로 조선 사신을 성심으로 접대하였다.
60 제자[束脩] : 속수(束脩)는 열 마리 묶음의 건포(乾脯)인데, 스승을 처음 찾아뵐 때
드리는 예물.

이곳은 예로부터 문사향(文士鄕)으로 일컬어졌고, 지금도 명성과 덕망이 있는 사람들이 많으니 일일이 헤아릴 수나 있겠습니까?

학대: 몹시 칭찬하고 기리시는데 당치않으십니다. 저에게 이미 가르치는 덕망이 없는데 문하에 어찌 덕을 이루고 재주에 통달한 자가 있을 수 있겠습니까?

저희 고을 학사 가운데 무진(1748) 사행 때 내빈을 접대한 자들 지금 모두 별 탈 없이 지내고 있습니다만, 어떤 사람은 관직에 있고 어떤 사람은 사직을 청하고 있어[61] 여기에 오지 못하였습니다.

현천: 이곳 또한 마땅히 성리학이 있을 텐데, 과연 정자(程子)와 주자(朱子)를 종주로 합니까?

학대: 이곳에도 성리학이 있습니다. 등성와[62] · 임나산[63]이 창도한 이래

---

61 사직을 청하고 있어[乞骸骨] : 대신의 사직을 청하는 것. 해골로 돌아가서 고향에 장사 지내게 해달라는 뜻이다. 『사기』에, "조충국(趙充國)이 걸해골(乞骸骨)하므로 안거(安車)와 사마(駟馬) 및 황금 60근을 주고 파직하여 본집으로 돌아가게 하였다."라고 하였다.

62 등성와(藤惺窩) : 등원성와(藤原惺窩, 아지와라 세이카, 1561-1619). 유학자. 이름은 숙(肅), 자는 염부(斂夫). 번마국(播磨國, 兵庫縣)의 호족 출신. 경도(京都) 상국사(相國寺)의 승려.

63 임나산(林羅山, 하야시 라산, 1583-1657): 강호시대 초기의 주자학파 유학자. 본성(本姓)은 등원(藤原), 유명(幼名)은 국송환(菊松丸), 이름은 신승(信勝, 노부가쓰) · 충(忠), 자는 자신(子信), 별호는 석안항(夕顔巷) · 나부자(羅浮子) · 나부산인(羅浮山人), 승호(僧號)는 도춘(道春), 통칭은 우삼랑(又三郞). 경도(京都) 출신. 등원성와(藤原惺窩, 후지와라 세이카)한테 주자학을 배웠다. 나산의 주자학은 중국으로부터 직접 받아들인 것이 아니라, 풍신수길의 조선 출병을 계기로 유입된 조선의 주자학을 자각적, 선택적으로 받아들인 것이다. '나산(羅山)'의 호도 조선본 『연평문답(延平問答)』에서 유래한 것이다.

로 그 학통을 전수받은 사람들이 적지 않습니다. 근세에는 동도에 조래[64] 선생이라는 자가 있어 복고의 학문을 크게 창도하여 해내에 풍미하고 있습니다. 저술한 것으로 『변도(辨道)』·『변명(辨名)』·『논어징(論語徵)』 등이 있습니다. 잠시 한 번 만난 자리에서 상세한 것을 다 말씀드리기 어렵습니다.

현천: 이들 모두 정자와 주자를 종주로 합니까?

학대: 정주를 배척하는데 불가적인 유학이라 하여 취하지 않습니다. 그 학문은 고경(古經)을 종주로 하되 주해를 근거로 하지 않고 고어로 고경을 증명하니 믿을 만한 것 같습니다.

현천: 주해를 버리고 경전을 읽는 것은 형상을 볼 수 없는 장님과 같습니다. 정주의 학문은 중천에 떠 있는 해와 같으니 정주를 독실하게 믿으려고 하지 않는 자들은 모두 이단입니다. 당신의 의견은 알 수 없습니다만, 어떠하신지요?

학대: 축전주[65]에 패원[66] 선생이라는 사람이 정주를 존숭하고 믿기를

---

64 조래(徂徠) : 적생조래를 말함. 앞의 주5) 참조.
65 축전주(筑前州, 지쿠젠슈) : 현재의 복강현(福岡縣, 후쿠오카겐) 북서부 지역. 복강번(福岡藩), 축전국(筑前國, 지쿠젠노쿠니)이라고도 하며, 축후국과 합하여 축주(筑州, 지쿠슈)라고도 한다. 옛날에는 축후국(筑後國, 지쿠고노쿠니)과 함께 축자국(筑紫國, 지쿠시노쿠니)이라 하였으나 율령제(律令制) 하에서 분할되었으며, 서해도(西海道, 사이카이도)에 속한다. 한반도와 중국대륙의 창구로서 서해도 제국(諸國)을 통할하는 태재부(大宰府, 다자이후)가 설치되었다.

마치 공자와 맹자를 믿듯이 하였습니다. 그러나 만년에『대의록(大
疑錄)』을 지어 경전의 뜻과 배치되는 정주의 말을 낱낱이 드러내었
는데, 저 또한 의심이 없지 않습니다.

현천: 정주의 가르침에 어찌 의심할 만한 것이 있겠습니까? 대체로 독
　서하는 법은 정밀하고 상세하게 하는 것이 가장 어렵습니다. 기왕
　에 정밀하게 생각하고 힘써 실천하지 않고 갑자기 어려워 의심난다
　고 하면 곧 병자가 몸속 원기가 건강하지 않아서 바깥의 삿된 기운
　이 함부로 침범해 들어오는 것과 똑같습니다. 명나라 유학자 가운
　데 육구연(陸九淵)[67]을 본받은 자들이 바로 이런 폐습에 젖어 있습니
　다. 지금 귀국을 보니 인재가 배출되어 크게 전환기의 기미가 있습
　니다. 그러나 근원의 시작이 바르지 않으면 실로 제멋대로 될 우려
　가 있게 됩니다. 선생과 같으신 분은 덕망이 높고 학문에 정통하셨

66　패원(貝原) : 패원익헌(貝原益軒, 가이바라 에키켄, 1630-1714). 이름은 독신(篤信),
　자는 자성(子誠), 호는 익헌(益軒)·손헌(損軒)·유재(柔齋). 축전국(筑前國) 복강인(福
　岡人). 조선에는 패원독신(貝原篤信)으로 알려져 있다. 1656년 27세 때 제3대 번주인
　흑전광지(黑田光之, 구로다 미쓰유키)의 허락을 받아 번의(藩醫)로 활동하다가 이듬해
　번의 경비로 경도에 유학을 가서 본초학과 주자학 등을 배웠다. 1664년 35세 때 번에서
　주자학을 강의하였고, 뒤에 통신사 접대 임무도 맡았다. 주요 저서로는『대화본초(大和
　本草)』·『채보(菜譜)』·『화보(花譜)』 등의 본초서,『양생훈(養生訓)』·『화속동자훈(和
　俗童子訓)』·『오상훈(五常訓)』 등의 교육서,『대의록(大擬錄)』 등의 사상서가 있고, 기
　행문으로『화주순람기(和州巡覽記)』·『흑전가보(黑田家譜)』·『축전국속풍토기(筑前國
　續風土記)』 등이 있다.
67　육구연(陸九淵) : 중국 남송의 유학자. 존덕성(尊德性)을 위주로 하여 우선 먼저 마음
　의 실체를 깨닫는 것을 중시하였는데, "학문이란 진실로 근본을 알아야 하는 것이니, 만
　약 도를 깨달으면 육경(六經)도 모두가 나의 마음을 밝히는 주석에 지나지 않을 뿐이다.
　[學苟知本, 六經皆我注脚。]"라고 하였다.

으니 모름지기 큰 근원을 통찰하시어 후학들을 이끌고 나아가실 수
있으실 것입니다. 구구한 뜻을 스스로 감히 그만 논하지 않을 수 없
습니다. 알 수 없습니다만, 선생께서는 어떻게 생각하시는지요?

학대: 삼가 깨우침을 받들겠습니다.

현천: 성의에 깊이 감사드립니다. 일찍이 귀국의 사람들이 대체로 과
장을 많이 한다고 들었는데, 지금 공을 뵈니 돈독하고 후덕함이 순
수한 낯에 어려 있고 여러 훌륭한 소년들에게 삼가고 성실한 풍도
가 있어 마음속으로 기뻐하며 잊을 수 없습니다. 세상의 도를 위해
더욱 노력하신다면 다행이겠습니다.

학대: 갑자기 지나친 칭찬을 받게 되니 어찌 감당하겠습니까? 충고까
지 해주시니 사람을 사랑하는 군자의 성심을 볼 수 있습니다. 감히
감복하지 않을 수 있겠습니까?
　공들께서 피곤하실까 싶어 이만 작별을 고합니다. 내일 만나 뵐
수 있었으면 좋겠습니다.

용연: 패원(貝原)의 성명을 듣고 싶습니다. 축전주에 죽춘암[68]이라는 자

---

68 죽춘암(竹春菴) : 죽전춘암(竹田春庵, 다케다 슌안, 1661~1745) 강호시대 중기의 유
　학자. 이름은 정직(定直), 자는 자경(子敬), 호는 춘암(春庵), 통칭은 칠지조(七之助)·
　조태부(助太夫), 경도(京都) 출신. 축전(筑前, 지쿠젠) 복강(福岡, 후쿠오카) 번사(藩士)
　인 패원익헌(貝原益軒, 가이바라 에키켄)에게 정주학 등의 학문을 배웠고 그의 추천으로
　번의 유관이 되었다. 흑전광지(黑田光之, 구로다 미쓰유키)·강정(綱政, 쓰나마사)·선

가 있어 『사서소림(四書疏林)』60여 책을 저술하여 주자를 오로지 숭상한다고 하던데, 과연 그렇다면 정통한 맥입니다. 족하께서는 어찌하여 그를 일컫지 않고 패원을 일컬으십니까?

학대: 패원은 그의 성이고, 이름은 독신(篤信)이며, 호는 손헌(損軒)입니다. 죽춘암(竹春菴) 역시 그의 문인일 뿐입니다.

위는 12월 28일 모임 자리에서

추월께 드리다 전운을 씀
呈秋月 用前韻

은하수 비단 빛 큰 바다에 통하고	銀漢練光通大瀛
사신 배 만 리 밝은 하늘 거슬러가네	浮槎萬里遡空明
가지고 돌아가는 것 지기석[69]뿐이랴	携歸不獨支機石
박망후[70]의 명성 전해짐도 우습다네	笑殺漫傳博望名

정(宣政, 노부마사)·계고(繼高, 쓰구타카) 등 4명의 번주를 섬겼다. 번유로서 강호에 왕래하면서 번사 교육 및 통신사를 접대하는 일도 맡았다. 시문에도 뛰어나고, 일한겸학(日漢兼學)의 익헌문하(益軒門下)답게 화가(和歌, 와카, 일본 고유의 정형시)와 문장에도 능통하였다.

69 지기석 : 베틀을 괴는 돌. 한(漢)나라 장건(張騫)이 대하(大夏)에 사자로 갈 때, 떼[槎]를 타고 하(河)의 근원까지 갔는데, 전설에 그가 은하수에 올라 직녀(織女)를 만나서 지기석(支機石)을 받아 엄군평(嚴君平)에게 보였다고 한다.

70 박망후(博望侯) : 장건(張騫)의 봉호(封號). 황하의 근원지를 밝히려고 뗏목을 타고 가다가 하늘 궁전에 이르러 견우(牽牛)와 직녀(織女)를 만나고 왔다는 이야기가 전해온다.

학대의 시운을 따르다
步鶴臺

추월

강호 관문의 구름 낀 곳 봉래와 영주인데	江關雲物是蓬瀛
얇고 가벼운 구름안개 덮였다가 다시 밝아지네	淡靄輕烟羃更明
섬을 휘 돌아가면 학의 물가와 이어지니	島嶼縈廻連鶴渚
태선은 구고[71]의 명성에 부끄러움 없네	胎仙無愧九皐名

용연께 드리다 전운을 씀
呈龍淵用前韻

누가 해협이 일본과 조선 갈라놓았다고 했나	誰論帶水隔桑韓
선린우호의 맹약 천년토록 식지 않았네	隣好千秋盟不寒
괴이할 것 없지, 사신(詞臣)들 선골 있어	無怪詞臣有仙骨
다섯 잎 달린 인삼 단약 가지고 왔음을	携來五葉人參丹

학대께 화답하다
和鶴臺

용연

| 문장의 정통한 맥으로 구양수 한유 묻는데 | 文章正脈問歐韓 |

---

71 태선(胎仙)은 구고(九皐) : 태선은 학(鶴)의 별칭. 학은 본디 선금(仙禽)이란 칭호가
있고, 다른 조류와 달리 새끼를 태생(胎生)한다는 전설이 있기 때문에 일컫는 말.『시경
(詩經)』「소아(小雅)」〈학명(鶴鳴)〉에 "학이 구고(九皐)에서 우는 소리가 하늘에 들리다.
[鶴鳴于九皐, 聲聞于天]"라고 하였다.

수위 떨어지고 서리 맑은 세한일세　　　　　水落霜淸是歲寒
시서를 강설하는 것만 아름다운 게 아니라　　講說詩書非獨美
차 연기로 수민단[72] 굽는 것도 마땅하리　　茶烟宜煮壽民丹

현천께 드리다 전운을 씀
呈玄川 用前韻

반갑게[73] 맞이하며 신선 풍채 응접하느라　　逢迎倒屣接仙風
학 수레[74] 잠시 절[75] 안에 머무르네　　　　鶴駕暫留蕭寺中
내일이면 은하수 너머로 날아갈 텐데　　　　明日翩飛霄漢外
만날 기약 없으니[76] 한스러움 다하기 어렵네　淸塵濁水恨難窮

---

72 수민단(壽民丹) : 백성을 오래 살게 하는 단약.

73 반갑게[倒屣] : 도사(倒屣)는 반가운 손님을 맞이하느라 경황이 없어 신발도 거꾸로 신었다는 말이다. 후한(後漢) 말에 청년 왕찬(王粲)이 장안(長安)에 와서 채옹(蔡邕)을 방문하자, 채옹이 신발을 거꾸로 신고 문으로 나아가 맞이해 들어왔는데, 왕찬의 나이가 어린 데다 용모도 단소(短小)하였으므로, 거기에 모인 빈객들이 모두 놀랐다는 고사가 전한다. (『삼국지』권21 「왕찬전(王粲傳)」)

74 학 수레[鶴駕] : 왕자교(王子喬)로 더 잘 알려진 주(周) 영왕(靈王)의 태자 진(晉)이 일찍이 백학(白鶴)을 타고 구씨산(緱氏山) 정상에 내려앉았다는 전설에 기인하여 신선이 탄 수레를 뜻한다.

75 절[蕭寺] : 소사는 절을 말한다. 양(梁) 무제(武帝)가 절을 짓고 소자운(蕭子雲)에게 명령하여 비백체(飛白體)의 큰 글씨로 소사(蕭寺)라 쓰게 했다고 한다.

76 만날 기약 없으니[淸塵濁水] : 삼국시대 위(魏)나라 조식(曹植)의 〈칠애시(七哀詩)〉에 "그대가 깨끗한 길 위 먼지라면, 첩은 흙탕물 속 진흙이라오. 부침의 세가 각각 다르니, 언제나 함께 만나리오! [君若淸路塵, 妾若濁水泥, 浮沈各異勢, 會合何時諧!]"에서 유래하였다.

학대께 화답하다
和鶴臺

현천

누선이 싸늘한 바람 몰아간 듯	樓船頗似馭冷風
옅은 운무 속에서 산빛 아른거리네	飛出山光淡靄中
뭇 신선들 채색 붓 휘두르는 것 보니	眼見群仙揮彩筆
아름다운 안개와 이슬 흥취 다하기 어렵네	玉烟珠露興難窮

필어

학대: 얼어붙은 구름이 풀리지 않으니 답답하기만 합니다. 어제 오랫동안 모시면서 여러 공들을 수고롭게 하였을 것입니다. 비록 그렇다 해도 돈독하게 사랑해주심을 믿고 오늘 다시 왔으니, 물리치지 않으시면 좋겠습니다.

용연: 어제 만남을 끝까지 하지 못해 정히 뵙고 싶었는데 다시 오시다니 얼마나 위로되고 다행입니까?

추월: 구정자[77]가 학대 이야기를 지칠 줄 모르고 재미있게 했는데, 족하께서는 일찍이 그와 교분이 있습니까?

학대: 한 번도 만난 적이 없습니다. 그 이름을 들은 것도 여러 공들로

---

77 구정자(龜井子) : 구정로(龜井魯)를 말한다. 주19 참조.

부터 처음 들었습니다.

또다시 말함: 어제와 오늘 여러 공들께서 훌륭한 작품을 작은 소리로 읊
조리는 것을 얼핏 들었는데, 그 소리가 화락하고 고아하여 사랑할
만하였습니다. 청컨대, 한 차례 읊으시면서 객수를 씻으시고 또 저
희들이 들을 수 있도록 해주신다면 속된 귀가 침에 놀란 듯 뚫릴
것이며 시 짓는 마음이 고취될 것입니다. 어떻습니까?

용연: 삼가 후의를 받들겠습니다. 제가 부르면 공께서 화답하십시오.

학대: 음운이 다른데 어떻게 화답할 수 있겠습니까?

용연: 언외의 뜻과 마음속의 소리로 둘이 부르면서 번갈아 화답하면
다른 것에서 같은 것을 구하는데 방해되지 않습니다.

이에 현천이 칠언율시를 높이 읊으니 용연 또한 절구 두 수를 읊었다.

학대: 유창하면서도 원만히 구르는 듯하여 청나라의 음과 매우 흡사합
니다. 참으로 속된 귀가 침으로 뚫린 듯합니다.

추월: 학대 어른께서 한 곡조 이어 불러주셨으면 합니다.

학대: 소내한(蘇內翰)의 삼졸(三拙)[78] 가운데 하나가 저에게도 있습니다.

---

78 소내한(蘇內翰)의 삼졸(三拙) : 소내한(蘇內翰)은 소식(蘇軾). 삼졸(三拙)은 남보다

추월이 웃으면서 끄덕거렸다.

현천: 학대께서 올해 몇인지 어제 곁에 있었으면서도 듣지 못했습니다. 다시 알려주시면 좋겠습니다.

학대: 부질없이 쉰 다섯이나 됩니다.

추월: 학대의 풍모와 위의를 보니, 시와 사는 드물게 내놓았지만 풍류는 매우 빛납니다. 저희들이 오늘에야 비로소 일본의 문풍을 보게 되었습니다. 저희들도 또한 거의 세월을 헛되이 보낸 것 같습니다.

현천: 총명함은 쇠하지 않으셨는데, 근력은 또한 어떠하십니까? 저는 올해 마흔 다섯으로 족하보다 열 살 적은데도 이미 육신이 누렇게 뜨고 피부는 주름이 생겼으며 건망증도 날로 심해지고 있음을 알고 있습니다. 지금 족하의 덕망이 넘치는 모습을 보고 부러움을 이길 수 없습니다.

학대: 갯버들과 같은 연약한 체질이라 치아와 두발이 쇠하였을 뿐만 아니라 보고 듣는 것 또한 옛날과는 크게 다릅니다. 공께서는 겨우 마흔[79]이 지났고 이렇게 남쪽을 도모하고[80] 바다를 건너는 힘이 있

못한 세 가지를 말하는데, 곧 바둑·음주·노래를 말한다. 유유숭(劉維崇)의 『소식평전(蘇軾評傳)』에 "子瞻嘗自言, 平生有三不如人, 謂著棋、吃酒、唱曲也."라고 하였다.
79 마흔[強仕] : 『예기』 「곡례 상」에 "나이 사십을 강이라고 하니, 이때에 벼슬길에 나선다.[四十曰強而仕]"라는 말에서 유래하였다.

으시니 흠모함을 더할 뿐입니다.

현천: 저는 어려서부터 병이 많아 먼저 늙는 경향이 있어 지난해 이미
일을 그만두고 전원으로 돌아왔습니다. 금번 사행은 강압에 의해
가까운 친척이라서 임금의 명을 받들어 병을 무릅쓰고 왔을 뿐입니
다. 바다로 들어온 뒤 몸이 극도로 상하였으니, 참으로 고인이 말한
바대로 돌아갈 때쯤이면 머리카락이 온통 하얗게 셀 것입니다. 어
찌해야 합니까?

학대: 공께서 이미 〈수초부(遂初賦)〉[81]를 지으셨는데, 이번 사행에 어쩔
수 없이 조정의 명령을 받고 다시 몹시 고생하심[82]을 알겠습니다.
하물며 만 리 해외에서 풍랑의 험난함으로 인해 말할 수 없을 정도
로 상심이 컸을 것입니다. 비록 그렇다 해도 본래 웅비한 뜻이 있지
않았다면 누가 능히 이처럼 장엄한 일에 종사할 수 있겠습니까?

현천: 지난 밤 당시를 차운하여 감회를 적은 "나의 이번 사행은 부상

---

80 남쪽을 도모하고 : 웅대한 포부를 지니고 그것을 실현시키려고 함을 뜻한다. 『장자(莊
子)』「소요유(逍遙遊)」에 "붕새가 남쪽 바다로 옮겨 갈 때에는 물결을 치는 것이 삼천리요,
회오리바람을 타고 구만리를 올라가 여섯 달을 가서야 쉰다.[鵬之徙於南冥也, 水擊三千
里, 搏扶搖而上者九萬里, 去以六月息者也。]"라고 하였다.
81 수초부(遂初賦) : 초야에서 학문에 전념하기를 희구하는 노래. 수초는 벼슬을 떠나 은거
하여 처음에 가진 소원을 이루는 것을 말한다. 진(晉)나라 손작(孫綽)이 젊었을 때 허순(許
詢)과 함께 세속을 초탈하려는 뜻을 가지고 10여 년 동안 산수 속에 호방하게 살면서
〈수초부〉를 지어 자신의 만족스런 삶을 서술하였다. (『세설신어(世說新語)』「언어(言語)」)
82 몹시 고생하심[賢勞] : 『시경(詩經)』에 "나만 홀로 현명하여 노고하네[我獨賢勞]."라
고 하였으니, 국사(國事)에 혼자 오래 고생한다는 의미이다.

봉래에 뜻을 둔 것이 아니라, 작은 기예로 애오라지 오백 명[83]과 함께 함이라네."라고 한 시구가 있습니다. 이 시구는 저의 뜻을 드러내기에 족합니다.

학대: 겸손하신 뜻에 감복하지 않을 수 없습니다.
　　　오백(五百)은 오백(伍佰)입니까?

현천: 사행하는 배 여섯 척의 구성원 수를 합하면 오백여 명 정도 됩니다. 마침 서자(徐子)[84]가 불로초를 캐기 위해 함께 배를 타고 간 숫자와 부합되기 때문에 썼을 뿐입니다.

학대: 귀국의 성균관 유생들이 여름과 겨울에 공자를 존숭하여 왕자(王者)로 삼고 네 분을 배향하여 제후로 삼아 조빙과 연향의 의례 및 책시(策試)와 선서(選敍)[85] 의식 등을 행하는 놀이가 있다고 하는데 모르겠습니다만 지금도 그대로 이러한 놀이가 있습니까? 관에서 금하지 않으니 귀국의 문교를 숭상하는 성대함을 볼 수 있습니다.

추월: 우리나라의 성균관은 성묘에 제사지내는 일과 많은 선비들의 과거에 응시하는 일을 관장하면서 봄과 가을 상정일(上丁日)[86]에 석전

---

83 오백 명 : 이때 사행 인원이 총 4백 77명으로 오백 명에 가까워 이처럼 표현한 것이다.
84 서자(徐子) : 서불(徐市). 진시황(秦始皇) 때에 불사약(不死藥)을 구하기 위하여 동남동녀(童男童女) 5백 명을 데리고 동해의 삼신산(三神山), 곧 일본으로 들어갔다는 방사(方士).
85 선서(選敍) : 사람을 선발하여 관직을 내리는 것.

제(釋奠祭)[87]를 행합니다. 국자선생이 매월 초하루와 보름에 여러 유
생들과 함께 향을 사르고 공자의 신위에 참배한 뒤 물러나 명륜당
에 앉아 육경과 사서 및 송나라 성리 서적을 강설합니다. 주상은 3
년에 한 차례씩 문묘에 배향하고 반궁 아래에서 여러 유생들을 시
험하며, 국자선생 또한 은행나무 아래에서 월시를 치릅니다. 대비
과(大比科)[88] 또한 관내에서 실시하고 조빙과 연향의 의례가 없으니
'놀이[戲]'라는 글자를 말할 수 있는 곳이 아닙니다. 비록 다른 곳이
라 할지라도 그렇지 아니한데 하물며 성묘의 엄숙한 분위기가 깃든
곳에서 어찌 놀이를 일삼는 일이 있겠습니까? 선생께서 잘못 들으
셨습니다.

학대: 답하신 바와 같다면, 성인을 존숭하고 도를 존중하는 융성함을
몹시 흠모하게 됩니다. 제가 물은 일이 『용재총화(慵齋叢話)』에 상
세히 수록되어 있어, 제가 참으로 그 일이 의심스러워 물었던 것입
니다.

추월: 『용재총화』는 우리나라 앞 세대의 문인이 기록한 것인데, 그 설
이 본래 불경스러움이 많아서 마음속으로 늘 천박하게 여겼습니다.

---

86 상정일(上丁日) : 음력으로 매달 첫째 드는 정(丁)의 날.
87 석전제(釋奠祭) : 음력 2월과 8월의 상정일(上丁日)에 문묘(文廟)에서 선성(先聖)·선
    사(先師)에게 지내는 큰 제사. 후세에 공자(孔子)를 비롯한 유가(儒家)의 현성(顯聖)을
    제사(祭祀)하는 말로 되었다.
88 대비과(大比科) : 조선 선조(宣祖) 36년(1603) 이후 3년마다 실시된 과거. 『속대전(續
    大典)』부터 식년시(式年試)로 이름이 바뀌었다.

이 설은『용재총화』속에 실려 있지 않으니, 혹시 가짜『총화』가 있어서 귀국에 전파된 것은 아닌지 매우 의심스럽습니다.

학대: 이처럼 책이라고 해서 다 믿을 수는 없습니다. 제가 당신께 질문을 하지 않았다면 평생 잘못 알고 지냈을 것입니다.

추월: 여러분들께서 이 고장의 종이를 쓰지 않고 중국의 모변지(毛邊紙)[89]를 쓰는 것은 무엇 때문입니까?

학대: 이 지방의 종이는 한자를 쓰기에 마땅하지 않기 때문에 쓰지 않습니다.

추월: 이 고을은 벼루로 유명한데, 자리 사이에 두신 것도 좋은 벼루입니까?

학대: 자리 사이에 둔 것은 모두 좋은 벼루입니다. 더 좋은 것도 있으나 많이 얻기는 어렵습니다.

추월: 붓은 어느 곳에서 생산된 것을 귀하게 여기고, 종이는 미농주 외에 어느 곳이 좋으며, 묵은 어떤 모양을 진품으로 삼는지 아울러 상세히 알려주십시오.

---

89 모변지(毛邊紙) : 대종이라고 하여 대나무를 원료로 해서 만든 종이. 중국에서 많이 생산된다.

학대: 붓은 평안성(平安城: 京都)에서 생산된 것이 좋고, 종이는 월전주(越前州)에서 생산된 것이 더욱 좋으며, 먹은 남도(南都) 고매원(古梅園)에서 만든 것이 좋습니다.

추월: 문방사우 가운데 좋은 것은 모두 다 반드시 이름이 있습니다. 각각 그 이름을 기록하여 시의 소재로 삼고 또한 풍토기의 고실로 삼고자 하는데, 어떻습니까?

학대: 이 지방의 종이와 붓으로는 비단종이나 황모필(黃毛筆)[90]과 같은 것은 없습니다. 오직 벼루가 있는데 이곳에서 생산되는 것[91]이 해내에 명성을 독차지하고 있습니다. 고매원묵(古梅園墨)[92] 또한 이정규묵(李廷珪墨)[93]과 단계연(端溪硯)[94]처럼 명성을 독차지하고 있습니다.
또다시 말함: 옛사람들이 고려견(高麗繭)[95]과 역수묵(易水墨)[96]을 일컬었

---

90 황모필(黃毛筆) : 족제비 꼬리털로 맨 붓.
91 벼루가 있는데 이곳에서 생산되는 것 : 남옥의 『일관기(日觀記)』「하(夏)」 12월 27일조에 의하면 "문자성(文字城)에는 기이한 돌이 많은데 적간관에서 나는 벼루는 이 성에서 나온 것"이라는 기록이 있다. 같은 책 29일조에도 "이 주에서는 벼루를 생산한다. 그래서 가지고 오는 벼루 중에 좋은 품질이 많다."라고 하였다.
92 고매원묵(古梅園墨) : 강호시대 남도(南都) 고매원(古梅園)에서 만든 유명한 어묵(御墨). 조선과 중국에도 널리 알려져 있다.
93 이정규묵(李廷珪墨) : 당(唐)나라 말 역수 사람인 이초(李超)와 이정규(李廷珪) 부자가 흡주(歙州)에 살면서 그곳에 많이 자라는 소나무의 그을음으로 먹을 만들었는데 먹 중에서도 최상품으로 일컬어져 심지어는 황금보다 더 귀하다는 평판을 받을 정도였다고 한다.
94 단계연(端溪硯) : 벼루 이름. 중국 광동성(廣東省) 고요현(高要縣)의 단계(端溪)에서 나는 돌로 만든 벼루. 단연(端硯)이라고도 한다. 돌결이 매우 아름다워 귀히 여긴다.
95 고려견(高麗繭) : 견지(繭紙)는 누에고치처럼 희고 빛나는 종이를 말한다.

는데, 지금 귀국의 종이를 보니 진실로 비단으로 만든 것 같습니다.
과연 그렇습니까?

용연: 닥나무로 만들었습니다. 또한 간혹 비단으로 만든 것도 있습니다.

추월: 퇴석[97]이 배 안에서 병을 조리하느라 제현들과 마주하지 못해 지
극히 한스러워하고 있습니다. 제현들께서는 어찌하여 배 안으로 시
를 부치지 않으십니까? 돌려가며 보셨으면 합니다.

학대: 깨우침을 받들겠습니다. 저희들은 병중에 폐를 끼칠까 싶어 감
히 청하지 못했습니다만 진실로 원하던 바입니다.
흰떡 한 쟁반과, 나물과 김치 한 사발을 내와 우리들에게 먹기를
청하였다.

학대: 훌륭한 점심입니다. 이 또한 혼돈(餛飩)[98]의 일종입니까?

---

96 역수묵(易水墨) : 이정규묵(李廷珪墨)을 의미하는 것으로 추정된다.
97 퇴석(退石) : 김인겸(金仁謙, 1707-1772). 조선 후기의 문인. 자는 사안(士安), 호는
퇴석(退石). 문벌이 훌륭한 집안에 태어났지만 그의 할아버지인 김수능(金壽能)은 서출
이라 과거에 급제하고도 현감에 그쳤다. 14세 때에 아버지를 사별하고, 가난에 시달려
학문에 전념하지 못하다가 47세 때인 1753년(영조 29)에야 사마시에 합격하여 진사가
되었다. 57세 때인 1763년 통신사행 때에는 종사관인 김상익(金相翊)의 서기(書記)가
되어 일본에 다녀왔다. 1764년 일본에 다녀온 기행 사실을 가사형식의 『일동장유가(日東
壯遊歌)』로 남겼다. 그뒤 지평현감(砥平縣監) 등의 벼슬을 지냈다. 저술로는 역시 일본
기행을 한문으로 지은 『동사록(東槎錄)』이 있다.
98 혼돈(餛飩) : 밀가루나 쌀가루를 반죽하여 둥글둥글하게 빚어, 그 속에 소를 넣어서
찐 떡.

추월: 이것은 저희 나라의 흰떡으로 세시 때 집집마다 만들어 떡국을 끓여 설날에 먹습니다. 귀국에는 이런 떡이 없습니까? 변변찮은 것을 대접해서 부끄럽습니다.

학대: 성의에 감사드립니다. 저희 나라의 자고(粢糕)[99]는 찹쌀을 쪄서 찧어 만든 것으로 이것과는 만드는 방법이 조금 다릅니다. 섣달에 집집마다 이것을 만들어 정월 초하루[100]에 먹습니다. 제사나 연향에도 이것을 씁니다.

현천: 신김치는 드실만할 텐데, 어찌하여 드시지 않습니까?

학대: 무 잎인데, 순무 잎까지 있어서 더욱 맛있습니다.

현천: 귀국 사람들은 매우 담백하면서도 또 썰어서 먹는데 이로 씹어 먹는 것을 좋아하지 않는 것 같습니다. 과연 그렇습니까?

학대: 과연 그렇습니다. 늘 물고기와 채소를 먹고, 고기를 먹는 사람은 매우 적습니다.
또다시 말함: 오늘도 또한 저물려고 합니다. 물러나겠습니다.

---

99 자고(粢糕) : 신전(神前)에 올리는 떡. 쌀가루를 반죽하여 달걀 모양으로 만들어 익힌 떡. 후세에는 찐 찹쌀을 조금 쳐서 타원형으로 빚은 떡을 썼다.
100 정월 초하루[三朝] : 세(歲), 월(月), 일(日)의 시작이라는 뜻으로, 정월 초하루를 가리킨다.

용연: 영재를 얻어 교육하는 것은 군자의 삼락(三樂)이라 이를 수 있지만, 천하에 왕노릇하는 일은 들어가지 않습니다.[101] 학대께서는 이 도를 아시는 분으로 매우 감하 드립니다. '윤택하게 얼굴에 나타나고, 넉넉하며 두텁게 등에 나타난다'[102]는 말은 공을 두고 말한 것입니다.

학대: 추켜세우고 기리는 것이 너무 지나치십니다. 얼굴이 붉어지는 부끄러움을 어찌 감당하겠습니까?

또다시 말함: 날이 저물어 작별을 고합니다.

추월: 이후로도 계속 뵐 수 있겠지요?

학대: 내일은 세밑이고 모래는 정월이라, 모르겠습니다만 빈관에 공사가 없을 것입니다. 공들께서 겨를이 있으시다면 내일 또 오겠습니다.

추월: 멀리서 온 객이 무슨 할 일이 있겠습니까? 다만 적적하여 차가운 등불만 마주하고 있을 뿐입니다. 혹시 제현들의 즐겨 돌봐주심을 입

---

101 천하에 왕 노릇하는 일은 들어가지 않습니다 : 『맹자』「진심상(盡心上)」에 "君子有三樂, 而王天下不與存焉。父母俱存, 兄弟無故, 一樂也; 仰不愧於天, 俯不怍於人, 二樂也; 得天下英才而敎育之, 三樂也。"라고 하였다.

102 윤택하게 얼굴에 나타나고 넉넉하며 두텁게 등에 나타난다[睟然見乎面, 盎乎背] : 덕이 있는 자의 자태를 말한 것으로 『맹자』「진심상(盡心上)」에 "군자는 타고난 본성인 인의예지의 덕이 마음에 뿌리박혀 있어서 그 드러나는 빛이 맑고 윤택하게 얼굴에 나타나고 넉넉하며 두텁게 등에 나타난다.[君子所性, 仁義禮智, 根於心, 其生色也, 睟然見於面, 盎於背。]"라고 하였다.

게 된다면 어찌 내일뿐이겠습니까? 비록 매일이라도 싫지 않습니다.

학대: 삼가 성의를 받들겠습니다.

위는 12월 29일 모임 자리에서

추월께 드리다
呈秋月

두 나라 뜻이 통해 이번 맹약 굳게 하려고	二邦通志此尋盟
잔치 파하고 사신들 한양을 출발하였네	宴罷皇華出漢京
눈발 떨친 깃발은 외기러기처럼 아득하고	拂雪旌旗迷斷鴈
파도 떨치는 북소리 큰 고래 놀래키네	震波鼓吹駭長鯨
남궁[103] 시험에서 많은 선비 중 으뜸이라	早冠多士南宮試
동쪽 바다에서 대풍의 명성 정히 알겠네	定識大風東海聲
도착하는 날 응당 매숙의 칠발 재단하여	到日應裁枚叔發
돛을 걸고 멀리 광릉성을 향하겠지[104]	挂帆遙指廣陵城

---

103 남궁(南宮): 상서성(尙書省)의 별칭. 또는 예조(禮曹)를 칭하기도 한다.
104 매숙(枚叔)의 …… 광릉성(廣陵城)을 향하겠지: 매숙(枚叔)은 한(漢)나라 시인 매승
(枚乘)의 자(字). 그의 〈칠발(七發)〉이라는 글을 읽으면 강해(江海)의 기가 막힌 경관(景
觀)을 멋지게 표현해서 질병까지도 낫게 된다고 한다.

학대 어른께 화답하다
和鶴臺翁

추월

백발인 강관께서 시모임 주관하는데	講官霜髮主詞盟
기성과 두성의 높은 명성 그 누가 견주랴	箕斗高名孰與京
유생[105] 가르쳐 수많은 새 날게 하고	敎誨靑衿飛數鳥
창해에서 휘파람 불어 큰 고래 제어하네	嘯歌滄海掣長鯨
새끼 거느린[106] 아각[107]에는 평범한 깃 없고	將雛阿閣無凡羽
음률에 응한 종산[108]에 아득한 소리 어우러지네	應律鍾山叶遠聲
진중한 각궁에 옛 의리 남아있고	珍重角弓存舊義
단계[109]의 채색돌 고문성[110]이라네	端溪彩石古文城

용연께 드리다
呈龍淵

성인 기자의 봉토 압록강 동쪽	箕聖封疆鴨水東

---

105 유생[靑衿]들 : 청금은 유생(儒生)을 일컫는 말로 『시경』 「정풍(鄭風)」 〈자금편(子衿篇)〉의 "靑靑子衿"에서 유래하였다.

106 새끼 거느린[將雛] : 장추는 어버이와 자식이 함께 있는 것을 노래한 옛 악곡의 이름.

107 아각(阿閣) : 4층으로 된 명당(明堂)을 말하는데, 황제(黃帝) 때 이곳에 봉황이 깃을 쳤다는 기록이 전한다. (『제왕세기(帝王世紀)』)

108 종산(鍾山) : 남제(南齊) 때 시인 사조가 별장을 지어 놓고 노닐면서 〈유동원(遊東園)〉이라는 시를 남겼던 곳이 종산(鍾山)이다.

109 단계(端溪) : 중국 광동성(廣東省)에 있는 시내. 단계에서 나는 벼루가 당(唐)·송(宋) 이래 천하의 명품(名品)이 되었다.

110 고문성(古文城) : 장문주 적간관(赤間關)에 있는 문자성(文字城)을 지칭하는 것으로 보인다.

한양에 세운 나라 지형이 웅위롭네	漢陽建國地形雄
의관은 비린내 나는 세속에 물들지 않고	冠裳不染羶腥俗
성교[111]에는 중화의 풍습 남아 있네	聲敎猶存華夏風
맹부[112]에 책을 간직하니 조전[113]이 중하고	盟府藏書朝典重
예조에서 명을 전해 사신 배 통하네	禮曹傳命使槎通
행역에 홀로 수고로운데[114] 그대 꺼림 없이	獨賢行役君無憚
문명의 기운이 같음을 함께 기뻐하네	共喜文明氣運同

학대께 화답하다
和鶴臺

용연

문명이 큰 바다 동쪽에서 점차 열리니	文明漸啓大溟東
힘입어 학력이 뛰어난 다섯 분 있네	賴有五君學力雄
빼어난 학은 호수 위 달빛에 울음 퍼지고	逸鶴唳音湖上月
신이한 붕새는 두남[115]의 바람에 펄럭이네	神鵬振羽斗南風
세월이 번개처럼 빨라 삼음이 다하는데	歲華似電三陰盡

---

111 성교(聲敎) : 제왕(帝王)이나 성인(聖人)이 덕으로 백성을 감화시키는 교육.

112 맹부(盟府) : 충훈부(忠勳府)의 별칭. 조선시대 때 국가에 공이 많은 신하들이 있던 관부(官府).

113 조전(朝典) : 조정(朝廷)의 의식(儀式)이나 전장(典章).

114 홀로 수고로운데[獨賢] : 독현(獨賢)은 독현로(獨賢勞)를 뜻한다. 『시경(詩經)』「소아(小雅)」〈북산(北山)〉에, 다른 관원들도 많은데 불공평하게 자기만 잘나서 혼자 고생한다[獨賢勞]고 한탄하는 내용이 있다.

115 두남(斗南) : 온 세상. 당(唐)나라 적인걸(狄仁傑)이 "북두 이남에서 오직 그 한 사람뿐이다.[北斗以南 一人而已]"라는 평가를 받았다는 고사에서 유래하였다. (『신당서』권 115, 「적인걸열전(狄仁傑列傳)」)

나라 서신은 조류처럼 만 리나 통하네	邦信如潮萬里通
계신 곳 심향[116] 진실로 사랑할 만한데	坐處心香眞可愛
난초 향기[117] 잡풀과 함께함을 허락하네	蘭薰更許小蒟同

현천께 드리다
呈玄川

적마관 서쪽 자줏빛 바다 열리더니	赤馬關西紫海開
해문의 파도 평온하여 비단 돛배 들어오네	海門波穩錦帆來
상서로운 구름 햇살 받으며 용절[118]을 맞이하고	祥雲映日迎龍節
밝은 달은 구슬 머금어 조개의 태[119] 가득하네	明月含珠滿蚌胎
빈관의 화답시 모두 대아인데	賓館和歌皆大雅
왕조의 총애 입어 영재와 함께하네	王朝承寵共英才
동도 길에 오래 체류한다 말하지 말고	莫論東道久留滯
괄목하여 고향에 비단옷 입고 돌아가시오	刮目鄉園衣繡回

---

116 심향(心香) : 정성스런 마음. 부처 앞에서 향을 피워 정성을 표하는 것과 같은 마음.

117 난초 향기 : 『공자가어(孔子家語)』에 "선한 사람과 함께 지내면 마치 지란의 방에 들어간 것과 같아 그 향기는 못 맡더라도 오래 지나면 동화된다.[與善人居, 如入芝蘭之室, 久而不聞其香, 卽與之化矣。]"라고 하였다.

118 용절(龍節) : 용을 그려 넣은 사신의 부절(符節). 일본은 물이 많은 나라여서 용절을 가지고 갔다. 『주례(周禮)』「지관(地官)·장절(掌節)」에 "산국(山國)엔 호절(虎節), 토국(土國)엔 인절(人節), 택국(澤國)엔 용절(龍節)을 쓴다."라고 하였다.

119 조개의 태(胎) : 『산곡집(山谷集)』권4 고시(古詩) 〈연아(演雅)〉에 "늙은 조개 태속에는 구슬이 적이 되고, 혜계옹 그 안에는 하늘 크기 얼마인고.[老蚌胎中珠是賊, 醯鷄瓮裏天幾大?]"라고 하였다.

학대께 화답하다
和鶴臺

현천

비 갠 맑은 아침 향불 연기 걷히더니	清朝雨歇篆烟開
긴 대나무 숲 곁으로 손님 뵈러 오셨네	脩竹叢邊見客來
삼도[120]의 상서로운 구름 속 난새 날고	三嶋瑞雲鸞有羽
천년의 기수[121]에서 학이 태어났네	千年琪樹鶴成胎
사림에서는 모임의 종주를 알아보고	詞林解識宗盟長
강단에는 뛰어난 재사 응당 많으리라	講帳應多入室才
긴긴 밤 쉴 새 없이 담소 나누다가	談笑淋漓聊永夕
등롱 들고 깊은 밤에 돌아가도 괜찮다오	不妨籠火夜深回

필어

추월: 송하(松下)에서의 만남이 순식간에 지나고 이처럼 거듭 찾아주시니 위안이 되고 매우 감사합니다. 귀한 벼루를 주셔서 도타운 정성을 잘 알고 있습니다만 길손의 가벼운 차림에 벼룻돌을 지니고 다닌다는 것이 내키지 않습니다. 그 뜻은 받겠지만 감히 물건은 받을 수 없으니, 물리치는 것을 공손하지 않다고 생각하지 않으셨으면 다행이겠습니다.

---

120 삼도(三島) : 동해에 신선이 산다는 봉래(蓬萊)·방장(方丈)·영주(瀛洲)의 삼신산(三神山)을 가리킨다.

121 기수(琪樹) : 구슬을 드리우고 있다는 선경(仙境)의 옥수(玉樹).

용연: 잠깐 뵙고 아쉬워서 정히 우러르며 시만 읊조렸는데, 광림해주시니 위로가 되었습니다. 벼루[122]를 주셔서 성의에 깊이 감사드립니다. 다만 귀한 물건을 누차 얻게 되어 가벼운 행장이 이미 무거워졌는데, 어찌 또 울림에서 돌을 싣는 것[123]을 기대하겠습니까? 사양하겠으니, 두 공께서 양해하시고 공손하지 않다고 생각지 않으셨으면 합니다.

학대: 송하(松下)에서 한 번 뵙고 제 스스로 신선 인연이 있다고 기뻐하였습니다. 외람되게도 큰 붓[124]의 절묘함을 받들고 지극한 뜻에 깊이 감사드리며, 화지동교(和智東郊)[125]의 시에도 또한 화운시를 지어주시다니 이루 다 감사하기 어렵습니다. 벼루가 비록 흔한 물건이긴 합니다만 문방의 한 벗이기 때문에 하찮은 정성이라도 표하는

---

122 벼루[陶泓] : 도홍은 벼루를 가리킨다. 한유(韓愈)의 붓과 먹을 의인화(擬人化)해서 쓴 「모영전(毛穎傳)」에 나온다.

123 울림(鬱林)에서 돌을 싣는 것 : 울림은 중국 광서(廣西) 지방의 고을 이름. 한말(漢末) 오군(吳郡)의 육적(陸績)이 울림 태수로 있다가 그만두고 돌아올 때 바다를 건너는데, 가진 짐 꾸러미가 없어 배가 균형을 잡지 못하자 바위를 싣고 건넜다는 데서 나온 말이다.

124 큰 붓[椽筆] : 진(晉)나라 왕순의 꿈에 어떤 사람이 서까래처럼 큰 붓[大筆如椽]을 건네주자, 꿈을 깨고 나서는 "내가 솜씨를 크게 발휘할 일이 있을 모양이다.[當有大手筆事]"라고 하였는데, 과연 얼마 뒤에 황제가 죽어 애책문(哀冊文)과 시의(諡議) 등을 모두 왕순이 도맡게 되었다는 고사가 있다. (『진서(晉書)』권65, 「왕순전(王珣傳)」)

125 화지동교(和智東郊, 와치 도코, 1703-1765) : 에도시대 중기의 유자(儒者)·한시인(漢詩人). 성은 화지(和智), 이름은 체경(棣卿), 자는 자악(子萼), 호는 동교(東郊), 통칭은 구랑좌위문(九郞左衛門). 대대로 모리가(毛利家)를 섬겼다. 어려서 부친을 사별하고 11세의 나이로 출사하였다. 산현주남(山縣周南)에게 배웠는데, 주남이 세자에게 시강(侍講)할 때 동교도 함께 배웠다. 그의 시(詩)는 명나라 시인 이반룡(李攀龍, 滄溟)을 모방해서 다양한 시체(詩體)를 이루었으며, 만년의 작품은 왕세정(王世貞, 弇州)의 시풍과 비슷하였다.

것입니다. 만약 행장의 무거움이 싫으시다면 이곳에 두셨다가 돌아
가시는 날을 기다렸다가 가지고 가십시오. 사양하지 마십시오.

추월: 문방 용품을 마음으로 주시는데도 받는 것이 편치 않습니다. 제
방법으로는 물건 하나도 행장에 더 넣을 수가 없습니다. 은근한 뜻
에 이미 감복하였고, 척수[126]를 고치기가 어려우니 거듭 헤아려주셨
으면 합니다.

학대: 맑고 곧은 지조에 존경하며 복종하지 않을 수 없습니다. 비록 그
렇다 해도 이 일은 이미 관장에게 고하였고 또 대마도 서기에게도
고하였으니 만약 청을 들어주지 않으신다면 제가 여러 공들의 환심
을 잃은 것으로 생각할 것입니다. 굽어 살펴주십시오.

추월: 존의가 정중하시어 감히 저의 고집으로 더 이상 외람되게 할 수
없습니다. 덕을 지키는 것이 굳지 못해 몹시 부끄럽습니다. 이곳에
남겨두었다가 돌아오는 배를 기다리도록 해 주십시오.

현천: 많은 사람들 속에서 맞이해주심이 마치 예전의 사귐처럼 완연하
였습니다. 신궁은 경내에 들어온 뒤 제일의 명승 경개였는데 일반
사당[127]이 되어 버리다니 몹시 애석합니다. 제가 사람 애태우게 하는

---

126 척수(尺守) : 장횡거(張橫渠)의 '한 자를 얻으면 한 자를 지키고, 한 치를 얻으면 한
치를 지킨다.[得尺守尺, 得寸守寸]'는 말에서 나왔다.

127 일반 사당[叢祠] : 총사는 원래 숲속에 있는 신사(神社)를 말하는데 여기서는 일반
사당을 말하는 것으로 보인다.

심사를 드러내 보이면서도 쾌활하게 말하는 것은 이와 같은 형승이 있기 때문인데, 멀리서 온 손님에게 올라가 둘러보도록 하지 않으시니 지극히 재미가 없습니다. 대개 이번 사행의 구속이 우리들에게까지 미치니 울적하여 즐겁지 않습니다. 몹시 한탄스럽습니다.

학대: 구산(龜山)에 올라가 둘러보시면 객수에 조금은 위로가 될 것입니다. 대개 이 나라의 명산과 승지는 다 부도나 신사에 속하니 진실로 공의 말씀과 같습니다. 구산에서 보신 것 중 동북쪽이 저희 고을 땅으로 도원산(陶元山) · 파무(巴巫) · 건만(乾滿) · 주도(珠島)가 있습니다. 동쪽 해안은 곧 풍전주(豊前州)[128]로 문사관(文司關) · 준인사(隼人祠) · 신라기(新羅碕) · 백제야(百濟野) · 양류포(揚柳浦) · 대리(大里) 등이 있는데 모두 한눈에 들어옵니다. 대개 법령에 묶여 있어서 누구도 울적하고 답답하다고 감히 스스로 방자하게 하지 않으니 이것이 바로 군자가 군자 되는 까닭입니다. 화지동교(和智東郊)의 시에 화운시를 지어주셔서 지극히 감사합니다. 어제 한 바탕 글씨 써주실 것을 청하여 남 · 성[129] 두 공께서는 이미 주셨는데 유독 공의 글씨를 얻지 못해 유감스럽습니다.

---

128 풍전주(豊前州, 부젠슈) : 현재의 복강현(福岡縣, 후쿠오카겐) 동부와 대분현(大分縣, 오이타겐) 북부 지역. 풍전국(豊前國, 부젠노쿠니)이라고도 하고, 풍후국과 합쳐서 풍주(豊州, 호슈)라고도 한다. 옛날 풍국(豊國, 도요노쿠니)으로부터 풍전국과 풍후국(豊後國, 분고노쿠니, 대분현)으로 나뉘어졌다. 율령제(律令制) 하에서는 서해도(西海道, 사이카이도)에 속한다.

129 남(南) · 성(成) : 남옥(南玉)과 성대중(成大中).

현천: 글로 이야기를 나누는 것이 시를 주고받는 것보다 훨씬 낫습니다. 하물며 노성한 사람의 미더운 뜻이 언외(言外)의 경지에 넘쳐서 이겠습니까. 신라와 백제는 모두 저희 나라의 예진 나라를 일컫는데, 그곳을 '기(碕)'나 '야(野)'라고 명명하는 까닭이 있을 테니 상세히 알려주셨으면 합니다. 백마총(白馬塚)은 또 어느 곳에 있는지 함께 알려주십시오. 저는 평생 둔하고 모자란데 붓글씨 또한 그와 같습니다. 때문에 진실로 감히 종이 앞에서 붓을 마음대로 놀리지 못합니다. 어제도 곁에 있었으면서도 서로 주고받은 말씀을 듣지 못해 다시 묻게 되어 몹시 부끄럽습니다.

학대: 저는 진실로 문장을 짓지 못하며 글로 뜻을 다 펴지 못하여 부끄러움이 더욱 심합니다. 신라기(新羅碕)와 백제야(百濟野)는 옛날 삼국이 조공을 바치면서 배를 메어두었던 곳이며, 그 옆에 또 고려항(高麗港)이 있습니다. 백마총(白馬塚)은 저도 어디에 있는지 알지 못합니다. 글씨를 청하였는데 겸손함을 표해주시니 더욱 탄복하게 됩니다. 제가 청한 것은 공묘한 것이 아니라 훗날 공의 모습을 떠올리고자 해서입니다. 왕엄주(王弇州)[130]가 "화(畵)의 정신은 오백년이요, 서(書)의 정신은 팔백년이라"고 하였으니, 불후의 대작을 함께하면

---

130 왕엄주(王弇州) : 왕세정(王世貞, 1526~1590). 중국 명대 문학가이면서 역사학자. 자는 원미(元美), 호는 봉주(鳳洲)·엄주산인(弇州山人). 가정연간(嘉靖年間)에 진사가 되었으며, 형부주사(刑部主事)를 제수받았다. 이반룡(李攀龍)과 함께 복고파인 후칠자(後七子)의 주요인물이 되었으며, 이반룡이 죽자 20년간 문단을 이끌었다. 문장은 반드시 진(秦)·한(漢)을 본받고 시는 반드시 성당(盛唐)을 모범으로 삼을 것을 주장하면서, 문학복고운동에 힘을 기울였다.

서 집안 대대로 전해 보배로 삼을 생각입니다. 사양하지 않으셨으면 합니다. 또 전날 곁에서 동지(同知) 장주(長洲)[131] 공과 의원 단애(丹崖)[132]가 휘필하는 것을 보았는데 몹시 아름다웠습니다. 만약 청할 수 있다면 공께서 권하여주시면 다행이겠습니다.

현천: 기왕에 글씨 쓸 줄 모르는 것을 아시면서도 엄주의 말을 인용하여 권면하시니 감히 할 수 없다고 하지 못하겠습니다. 장주와 단애의 붓글씨를 얻는 것은 어렵지 않습니다만, 중화(中和)[133]의 글씨가 있습니다. 큰 글자는 매우 강건하고 정확하니 사람을 시켜 청하는 것이 마땅할 것입니다.

또다시 말함: 제현들께서 우리들의 시 읊조리는 소리를 듣기를 좋아하셔서 노래[歌章]를 주고받은 선례를 이용하려고 하니 들어주시기 바랍니다.

이에 시 다섯 수를 읊조렸다.

학대: 고아한 음률에 귀를 기울이니 청완(清婉)하여 기분이 좋습니다. 생각건대, 춘추시대 때 열국의 대부들이 각자 그 뜻을 지은 것 또한 이와 같겠지요. 몹시 부럽기만 합니다.

현천: 문방의 도구는 문사들로부터 나왔는데, 추월이 이미 여러 번 사양하여 청할 수 없습니다만, 벼루 두 개만 남겨두셨으면 합니다.

학대: 공께서 주신 담배는 맛이 몹시 독해서 저는 피울 수가 없습니다.

추월: 어찌 술은 좋아하시면서 담배는 피울 수 없으십니까?

학대: 담배도 좋아하고 술도 좋아합니다만 오직 공께서 피우시는 것은 맵고 독해서 당해낼 수가 없습니다.

용연: 해[134]가 바뀌려고 합니다. 제공들께서는 세밑을 맞이하여 더욱 좋은 일이 있으시기를 바랍니다. 저희들은 나그네 신세라서 감당할 수 없었는데, 오늘 제공들 덕분에 조금은 위로가 되었으니 얼마나 다행인지요!

학대: 세월이 덧없어 홀연 섣달그믐이 되고 보니 제공들의 나그네 심사를 알 만합니다. 다만 이번 모임에서 시로 노래하고 글로 말하면

---

134 해[歲篇]: 한 해의 변천을 뜻한다. 약(籥)은 계절의 변화를 측정하는 갈대 대롱을 가리킨다.

서 근심을 잊을 수 있었을 것입니다. 저 또한 늙어가는 줄도 몰랐습니다.

또다시 말함: 이미 밤이 늦었으니 물러나기를 청합니다.

추월: 어찌 도리원에서 촛불 잡고 노는 밤 연회[135]에 대한 말이 들리지 않습니까?

학대: 혹시 봄날 밤이었다면 제가 어찌 청련 이백에게 양보하겠습니까? 세밑이니 어찌 하겠습니까?

세모에 조선의 서기 퇴석 김군이 배 안에서 병석에 있다는 말을 듣고 시를 지어주다
歲暮聞朝鮮書記退石金君臥病舟中爲贈

남도와 적마관 병상에 누워 있으니 　　　　臥枕藍洲赤馬關

우리들 신선 얼굴 볼 수 없어 한스럽네 　　恨令我輩隔仙顔

더욱 가련함은 오늘밤 봄맞이 꿈이 　　　　更憐今夜迎春夢

성 위 삼각산한성의 진산이다.에 걸려 있음에랴

　　　　　　　　　　　　懸在城頭三角山漢城鎭山

---

135 도리원(桃李園)에서 촛불 잡고 노는 밤 연회 : 이백(李白)이 화창한 봄날 밤에 형제들과 복사꽃과 오얏꽃이 핀 정원에서 술자리를 벌여 즐겁게 놀던 일을 말한다. (「춘야연도리원서(春夜宴桃李園序)」)

채익선 멀리 적수 물가로 와 　　　　　　彩鷁遙來赤水濱
관문에 부절 멈추고 나루 통함을 묻네 　　關門駐節問通津
하늘가에서 병 얻어 오래도록 나그네 신세 　天涯抱病長爲客
눈 속에 시 지으며 그대 무척 그리워하네 　雪裏題詩多憶人
날개 드리운 남쪽 바다 아득히 멀기만 하고 垂翅南溟望轉遠
기러기 보내는 북쪽 변새 시름 더욱 새롭네 送鴻北塞愁愈新
난파[136]에 도착하는 날이면 매화 응당 좋으리니 難波到日梅應好
청컨대 한 떨기 봄빛으로 얼굴 활짝 펴시길 請且開顔一朶春

농학대께서 부쳐준 시에 차운하다
次瀧鶴臺贈寄韻

　　　　　　　　　　　　　　　　　　퇴석

관문 가린 채 줄곧 병상에 누워 있어 　一病支離久掩關
거울 속 초췌한 낯빛 가련하기만 하네 自憐憔悴鏡中顔
그대 시율 지어 안부 물어주니 감격하여 感君詩律投相問
전날 밤 어깨에 산이 솟은 줄 알았다오 料得前霄肩聳山

금빛 깃발 큰 바닷가에서 오래 체류하니 金幢久滯大瀛濱
남은 섣달 석목진[137]에 드리웠네 　　殘臘垂垂析木津

---

136 난파(難波) : 낭화(浪華) 곧 대판(大阪)의 이칭.
137 석목진(析木津) : 석목은 별자리 이름으로 석목성(析木星)을 가리킨다. 기성(箕星)
　　과 두성(斗星) 사이에 은하수가 있는데, 기성이 목(木)에 속하기 때문에 석목의 나루라고
　　한 것이다.

병마가 침범하고 나그네 신세 슬픈데	二豎侵凌悲作客
시 지어 사람 어떤지 진중하게 물어주네	一詩珍重問何人
고향길 아득하여 하늘처럼 멀기만 하고	鄕程杳杳天同遠
나그네 회포 유유하여 세월과 함께 새롭네	覊抱悠悠歲共新
삼신산에 신령스런 약초 있다는 말 들었는데	聞說三山靈草在
그대가 만년의 봄기운을 캐서 부쳐주시길	須君採寄萬年春

위는 12월 그믐 모임 자리에서

남·성·원[138] 세 분께 드리는 서신
與南·成·元三子書

고향으로부터 만 리나 떨어진 이역에서 봄을 맞이하게 되니 어찌 멀리서 홀로 떨어져 지낸다[139]는 느낌이 없을 수 있겠습니까? 제가 오늘은 공무가 있어 관소에 가지 못했는데, 한밤중에 갑자기 제공들께서 배에 오르셨다는 말을 듣고 벌떡 일어나 관소로 말을 달렸으나 미치지 못하였습니다. 그리하여 배로 가려고 하니 또한 관리가 금하여 우두커니 서서 바라보다가 쓸쓸히 돌아왔습니다. 이번 사행은 여러 공들을 접대하는 기쁨을 생각지도 않았는데, 연달아 사흘 동안이나 보잘것없는 시를 드리고 훌륭한 시를 얻게 되었고 붓으로 혀를 삼아

---

138 남(南)·성(成)·원(元) : 남옥(南玉)·성대중(成大中)·원중거(元重擧)를 가리킨다.
139 멀리서 홀로 떨어져 지낸다[離索] : 이군삭거(離群索居)의 준말로, 친구들 곁을 떠나 혼자 외로이 지내는 것을 뜻한다. (『예기(禮記)』「단궁(檀弓)」상(上))

마음속을 들여다보는 등 막역한 우정을 함께 한 참으로 기이한 만남이었으니, 하늘이 맺어준 인연이라고 할 만합니다. 돌보아주신 끝에 제 자식과 문하생들 또한 포용해주시고 뒤를 밀어 앞으로 나아가게 해 주셨으니 감사함을 어찌 다할 수 있겠습니까? 여러 공들께서는 이미 민락(閩洛)[140]의 학통을 계승하셨으니 문사를 암송하는 따위는 티끌일 것입니다. 그런데도 문장력은 솟구치는 듯하고 붓놀림은 나는 듯하여 두드리면 응하고 가면 반드시 돌아오니, 재기의 높음과 학력의 깊음이 흔들릴수록 굴하지 않고 많을수록 더욱 분별함을 볼 수 있었습니다. 비록 그렇다 하더라도 저는 곁에 있으면서 제공들께서 응접에 피곤해하실까 깊이 염려되어 이 때문에 청하고 싶은 바를 다하지 못해 하루 중 한가한 시간이 있기를 기다렸는데 전날의 이별이 홀연 하늘 끝 이별이 되다니 이럴 수가 있습니까? 돌아올 기약을 하지 않았으니 어느 때나 다시 만날 수 있겠습니까? 손을 잡고 하직 인사를 올리지도 못해 몹시 유감입니다. 봄날이 썰렁한데 가시는 길은 오히려 멀기만 하니 천번만번 조심하십시오.

율시와 절구 각각 몇 수를 배 안으로 드렸으니 틈이 나시면 화운시를 주시고 보잘것없는 의문 몇 가지에 대해서도 답을 청합니다.

---

140 민락(閩洛) : 주자와 정자를 가리킨다. 송대의 성리학을 뜻하는 염락관민(濂洛關閩)의 준말로, 염계(濂溪)의 주돈이(周敦頤), 낙양(洛陽)의 정자(程子), 관중(關中)의 장재(張載), 민중(閩中)의 주자를 지칭한다.

동도로 가는 추월께 드리다
贈秋月東行

부산 동쪽 청정주[141]를 향해	釜山東指靑蜓洲
바닷길 삼천리 쉬지도 못하였네	海路三千行未休
하늘 끝 누대에는 신기가 많고	天際樓臺多蜃氣
파도 사이 섬들 모두 오두[142]일세	波間島嶼總鰲頭
누가 요지[143]에서 팔준[144] 타는 것 말했나	誰論八駿瑤池駕
어찌 사신배 타고 은하수에서 노는 것 양보하랴	寧讓孤槎銀漢遊
평생 남아의 뜻 부러웠는데	其羨平生男子志
활을 매단[145] 오늘 이미 보답했네	懸弧今日已堪酬

적마관 높은 곳 상서로운 기운 당겨	赤馬關高控紫陽
서쪽에서 온 사신이 상아 돛대 메어두네	西來使者繫牙檣
북명은 곤어와 붕새의 변화[146]로 가을에 돌고	北溟秋運鯤鵬化
하늘 궁궐은 규벽[147]의 빛으로 밤에 밝네	天闕夜明奎壁光

---

141 청정주(靑蜓洲) : 일본의 옛날 칭호인 청정주(蜻蜓州)를 말한다.

142 오두(鰲頭) : 신선 세계. 삼신산(三神山)을 떠받치고 있다는 자라머리.

143 요지(瑤池) : 서왕모(西王母)가 사는 곳으로, 이곳에서 목천자(穆天子)를 맞아 연회를 베풀었다고 한다.

144 팔준(八駿) : 주(周) 목왕(穆王)이 천하를 두루 돌아다니면서 탔던 준마(駿馬) 여덟 필.

145 활을 매단[懸弧] : 옛날에 무(武)를 숭상하여 사내아이가 태어나면 대문 왼쪽에 활을 매달아 놓은 것에서 비롯되었다. (『예기(禮記)』「내칙(內則)」)

146 북명은 곤어와 붕새의 변화[北溟秋運鯤鵬化] : 북명(北溟)에 크기가 몇 천 리인지 모르는 곤(鯤)이라는 물고기가 있는데, 그 물고기가 화하여 붕(鵬)이라는 새가 된다고 한다. (『장자(莊子)』「소요유(逍遙遊)」)

147 규벽(奎壁) : 글을 맡은 별. 규와 벽은 모두 문운(文運)을 관장한다는 별 이름.

흉금을 터놓고 창화하니 사람들 가득 모이고　唱和披襟人磊落

패옥 차림으로 주선하니 옥소리 쟁쟁하다　周旋委佩玉鏘鏗

만나자 이별하게 되니 한스럽기만 한데　相逢還恨示離別

동방에 뜬 달 보려고 목 길게 늘이네　月出東方引領長

후관[148]에서 손님맞이해 모시는데　迎賓候館幸追陪

말은 비록 다르지만 반가움 그지없네　音吐雖殊青眼開

괴이하구나, 맑은 향기 자리에 가득하니　怪得清香携滿座

일찍이 붉은 계수나무 가지 부여잡고 왔었나[149]　曾攀丹桂一枝來

한성의 시객들 이곳에서 모시는데　漢城詞客此相陪

어찌 청운이 잠시 열릴 줄 생각했으랴　豈意青雲暫爾開

관문에서 몇 마디 남기는 것 아끼지 마오　無惜關門留片語

오래 전에 붉은 기운 서쪽에서 올 줄 알았으니　久知紫氣自西來

동도로 가는 용연께 드리다
贈龍淵東行

사신들 한수 물가에서 아침에 하직하고　使節朝辭漢水隈

배들은 며칠 만에 동래를 출발했던가　艤舟幾日發東萊

---

148 후관(候館) : 원래 관망용 소루(小樓)를 말하는데, 보통 왕래하는 관원이나 외국 사신을 접대하는 역관(驛館)을 가리킨다.

149 붉은 계수나무 가지 부여잡고 왔었나[曾攀丹桂一枝來] : 『초사(楚辭)』 회남소산(淮南小山)의 〈초은사(招隱士)〉에 "계수나무 가지 부여안고 애오라지 머무노라.[攀援桂枝兮聊淹留]"라는 구절이 있다.

하늘 비추는 차가운 불빛, 촉룡150이 출현했고	照天寒火燭龍出
바닷물 가르는 놀란 파도, 금시조151가 왔네	擘海驚濤金翅來
장사에게 어찌 교룡 벨 기개 없겠는가	壯士寧無斬蛟氣
문사에게 고래 타고 넘는 재주 많다네	詞臣多是跨鯨才
항구에 흩날리는 눈보라 무슨 걱정이랴	何愁港口迷風雪
열국들 성대하게 맞이할 차례 열렸는데	列國逢迎次弟開

축자152 바다에 음화153라는 불꽃이 있다.

동도로 가는 산하마다 봉건시대 열려	東道河山封建開
사신 수레 와 교외 관소에서 영접하네	郊迎館待使軺來
열국의 풍요 어찌 변별하기 어려우랴	列國風謠何難辨
손님은 절로 연릉계자154의 재주인데	客自延陵季子才

| 부평초 신세로 만나 잠시 기쁨 나누는데 | 相逢萍水暫相歡 |

---

150 촉룡(燭龍) : 촉룡(燭龍)은 신장(身長)이 천 리인데 입에 촛불을 머금고 천문(天門)에 비친다고 한다. (『산해경(山海經)』)

151 금시조(金翅鳥) : 일명 가루라(迦樓羅)라고 하는 인도 불경(佛經)에 나오는 전설상의 새. 수미산(須彌山) 북쪽 철수(鐵樹)에서 살면서 입으로 불을 토하여 용을 잡아먹는다고 한다.

152 축자(筑紫) : 일본 구주(九州)를 가리킨다.

153 음화(陰火) : 『습유기(拾遺記)』에 "서해의 부옥산(浮玉山)에 큰 구멍이 있고 구멍 가운데 물이 있는데, 그 빛이 불과 같아 낮에는 밝지 않으나 밤에는 구멍 밖으로 불빛이 비치니, 이것을 '음화'라 한다."라고 하였다.

154 연릉계자(延陵季子) : 춘추시대 오(吳)나라 왕 수몽(壽夢)의 넷째 아들인 계찰(季札)로, 연릉(延陵)에 봉(封)해졌기 때문에 연릉계자(延陵季子)로 일컬어졌는데, 노(魯)나라에 사신으로 갔을 때 주(周)나라 음악을 들어 보고는 열국(列國)의 치란과 흥망을 알았다고 한다.

눈을 읊은 새로운 시, 채색 붓 차갑네	賦雪新詩彩筆寒
좌객의 풍모와 표격 무엇과 같은가	座客風標何所似
반짝이는 섬돌의 옥수와 지란이로세	映階玉樹與芝蘭

상국의 문사 새로 사귀어 기쁘기만 한데	上國詞臣新結歡
아름다운 거동과 풍채 간담을 서늘케 하네	羽儀風采照人寒
천참[155]이 남과 북의 한계라고 어찌 말하랴	何論天塹限南北
필어로 서로 수응하니 난초처럼 향기롭네	筆語相酬臭似蘭

동도로 가는 현천께 드리다
贈玄川東行

한양의 가을빛 속에 사신 깃발 전송하고	漢京秋色送龍旌
부산 포구에서 배 띄우니 오냥[156]이 가볍네	釜浦浮舟五兩輕
약관에 조정에 올라 진퇴가 우아하고	弱冠登朝嫻進退
손님 오면 관소에 나가 정중히 영접하네	來賓就館重逢迎
붓 휘두르니 글자에 풍상의 기운 서렸고	揮毫字挾風霜氣
자리에서 부른 노래 금석 소리 떨치네	當座歌振金石聲
동도로 가는 길에 몇 곳에서 창수하려나	東道唱酬知幾處
그대를 보니 문장력 더욱 종횡일세	見君藻思更縱橫

---

155 천참(天塹) : 강하(江河) 따위로 이루어진 천연으로 된 요새지. 천험(天險)의 구덩이라는 뜻이다.

156 오냥(五兩) : 바람의 세기나 방향 등을 알아보기 위하여 배의 돛대 끝에다가 깃털을 매단 바람표.

풍파 위험 무릅쓰고 동쪽 끝으로 향하는데 　風濤冒險向東隅

홀로 수고하며 사신[157] 감당한다고들 말하네 　共說賢勞堪使乎

서로 만나 어찌 글 솜씨[158]를 논하랴 　相見寧論鮫室淚

제군들이 쏟아내는 시편 모두 진주라네 　諸君咳唾總爲珠

한나라 태사공 멀리 유람하고 돌아와 　漢家太史遠遊還

지었던 책 천지간에 길이 전하네 　述作長傳天地間

하물며 배와 수레로 해외 궁구하였으니 　況復舟車窮海外

새로운 시편 어찌 유독 명산에만 버금가랴 　新篇寧獨副名山

이번에 동도로 가면 언제 돌아오나 　此去東行幾日還

역정 사이로 봄바람 불어 보내네 　春風吹送驛亭間

사신 수레[159] 잘못 들 리 없는 함관[160] 길 　軺車無誤函關路

곧장 하늘 밖 부용 부사산[161]으로 향하네 　直指芙蓉天外山

---

157 사신[使乎] : 거백옥(蘧伯玉)이라는 사신이 전대를 잘하자 공자(孔子)가 '훌륭한 사
신[使乎使乎]'이라고 두 번이나 찬탄하였다. (『논어』「헌문(憲問)」)

158 글 솜씨[鮫室] : 교실(鮫室)은 교인(鮫人)의 집. 곧 글을 잘 지었다는 뜻.『술이기(述
異記)』에 "교인은 물고기와 같이 물속에서 살면서 베 짜는 일을 폐하지 않았는데, 울면
눈물이 모두 구슬이 된다."라고 하였다.

159 사신 수레[軺車] : 사신의 명을 받든 자나 급한 명을 전달하는 자가 타는 수레를 말한다.

160 함관(函關) : 함관은 노자(老子)가 지나갔던 함곡관(函谷關)을 뜻하기도 하고 동시에
함령(函嶺, 간레이)을 뜻하기도 한다. 함관은 이두주(伊豆州) 곧 현재의 신내천현(神奈
川縣, 가나가와겐) 남서부의 모서리에 위치하며, 상근칼데라(Caldera) 부근의 일대를
가리킨다. 상근령(箱根嶺, 하코네레이)·상근상(箱根峠, 하코네도게)이라고도 한다. 예
로부터 동해도(東海道)의 요충지이며, '천하의 험지(天下の險)'라고 알려진 험난한 함령
에는 숙장(宿場, 슈쿠바, 역참)이라는 관소(關所, 세키쇼, 관문)가 있었다. 한편, 함곡관
의 경우, 관령(關令) 윤희(尹喜)가 천문(天文)을 관측한 결과 붉은 서기(瑞氣)가 관문
위로 떠 있음을 보고 노자가 그곳을 통과할 것을 미리 알았었다는 고사가 전한다.

아룀

대개 천지 사이에 성인의 도만큼 숭상할 만한 것은 없습니다. 비록
그렇다하더라도 후세의 유자는 도를 자신의 사유로 여겨, 같은 것은
높이고 다른 것은 배척하며 중국은 귀하게 여기고 오랑캐는 천시하는
데, 이는 고루한 식견으로 천지가 크다는 것을 알지 못한 것입니다.
대개 귀국과 우리나라는 똑같이 동쪽 끝에 치우쳐 있습니다. 그러나
귀국은 성교[162]가 융성하고 백성들의 덕성이 순후하여, 마치 사학[163]으
로 인재를 양성하고, 귀후서[164]를 설치하며, 양로잔치를 베풀어주고,
노복 또한 삼년상을 행하도록 허락해주는 일 등을 보면, 비록 덕이 지
극했던 옛 세상일지라도 이 정도 수준에 불과할 것입니다. 우리나라
는 인정과 풍속이 아름다운데 대개 천성에서 나온 것으로 충신과 의
사(義士), 효자와 정부(貞婦)가 즐비하게 있으며 노비가 충성을 다하고
창기가 절개를 지키는 유형 또한 드물지 않습니다. 저들 중화는 성인
의 나라이면서도 그 사람됨의 간악함이 오랑캐보다 심한 점이 있습니
다. 제가 명나라와 청나라의 율법에서 보니, 대개 법률 조항에 실려
있는 것 가운데 간음과 기만과 흉악함의 정도가 심한 것은 모두 우리

---

161 부용(芙蓉) 부사산 : 부용꽃 같은 부사산(富士山, 후지산). 부사산을 비유적으로 부
　용(芙蓉)·팔엽(八葉)·팔엽봉(八葉峰)·백설(白雪)·부악(富嶽)·용악(蓉嶽)·함담봉
　(菡萏峯)이라고도 한다. 본주(本州, 혼슈) 중부 산리현(山梨縣, 야마나시껜)과 정강현
　(靜岡縣, 시즈오카껜)의 태평양 연안에 접해 있다.

162 성교(聲敎) : 제왕(帝王)이나 성인(聖人)이 덕으로 백성을 감화시키는 교육.

163 사학(四學) : 나라에서 선비를 양성하기 위하여 서울의 중앙과 동·남·서에 세운 네
　학교.

164 귀후서(歸厚署) : 조선시대 때 관곽을 만들고 장례에 관한 일을 맡아보던 관아.

나라 사람들이 일찍이 알지 못했던 것들입니다. 또 네덜란드처럼 두 명의 여성을 취하지 않고 나라에 걸식하는 사람이 없는 일 등은 모두 중국이 미칠 수 없는 바입니다. 또한 사목(四目)[165]이라는 인류 교화와 시서예악의 가르침을 입게 된 나라로는 귀국과 우리나라, 유구와 교지[166] 등 몇 나라가 있을 뿐입니다. 예로부터 서양과 남만의 선박으로 우리나라 장기(長崎)에 들어온 나라가 백이삼십 국입니다. 또 지구의 지도 『곤여전도(坤輿全圖)』[167]와 『직방외기(職方外記)』[168]를 보면서 그것을 명나라와 청나라의 『회전(會典)』이나 『일통지(一統志)』[169]에 견주어 보면 실려 있지 않은 것들이 여전히 많으니 우주가 크고 나라가 많은 것이 이와 같습니다. 그 나라에는 각자 그 나라의 도가 있어서 나라가 다스려지고 백성이 편안한 것입니다. 인도에는 바라문법(婆羅門法)이 있어서 불가의 도와 나란히 행해지고 있고, 서양에는 천주교가 있으

---

165 사목(四目) : 사방 사람의 눈이라는 뜻. 『서경(書經)』「순전(舜典)」에, "사악(四岳)에게 물으시어 사문(四門)을 열어 사목(四目)을 밝히게 하고 사총(四聰)을 달하게 하였다."라고 하였고, 그 주에, "보고 듣는 것을 사방에 넓히어, 천하로 하여금 옹색한 일이 없게 한 것이다."라고 하였다.

166 교지(交趾) : 현재의 베트남 북부 통킹·하노이 지방의 옛 이름. 전한(前漢)의 무제(武帝)가 남월(南越)을 멸망시키고 교지군(交趾郡)을 설치했다.

167 『곤여전도(坤輿全圖)』: 중국에 선교사로 온 F. 페르비스트(南懷仁)가 1674년 중국에서 판각한 세계지도.

168 『직방외기(職方外記)』: 『직방외기(職方外紀)』. 5권. 중국 명나라 말기, 예수회의 이탈리아 선교사 알레니(Aleni, G.)가 한문으로 쓴 세계 지리도(地理圖). 마테오 리치의 『만국도지(萬國圖誌)』를 바탕으로 증보한 것으로 1623년에 완성하였다.

169 『회전(會典)』이나 『일통지(一統志)』: 『회전(會典)』은 중국 명나라와 청나라 때 행정 법규를 집성하여 편찬한 종합 법전 『대명회전(大明會典)』과 『대청회전(大淸會典)』을 가리키고, 『일통지(一統志)』는 1461년(明, 天順 5)에 이현(李賢) 등이 왕명으로 편찬한 『대명일통지(大明一統志)』와 청나라 강희 연간에 칙찬(勅撰) 관수(官修)된 전국 총지(總志) 『대청일통지(大淸一統志)』를 가리킨다.

며, 기타 회회교·라마법과 같은 것은 여러 나라에 다 있습니다. 작자
칠인[170]은 모두 개국한 임금으로 하늘의 뜻을 계승하여 법을 세운 자
들입니다. 이용후생의 도를 세우고 성덕(成德)의 도를 세우는 것은 모
두 하늘을 대신하여 백성을 편안하게 하는 것입니다. 나라가 다스려
지고 백성이 편안한데 또 다시 무엇을 구하겠습니까? 어찌 반드시 중
국만 귀하게 여기고 오랑캐의 가르침은 폐해야 하겠습니까? 때문에
군자의 도가 기량을 이루고 재능에 통달하여 백성을 편안케 하는 방
법을 제공하고서도 뜻을 얻을 수 없는 것입니다. 천명을 즐거워하고
편안히 여기면서 넉넉히 노닐며 세월을 보내는데 또 다시 무엇을 구
하겠습니까? 그러므로 세상에 자기를 믿지 못하는 자에게 자신을 믿
도록 하고, 배우기를 좋아하지 않는 자에게 배우기를 좋아하도록 하
려는 것입니다. 때를 알지 못하고 형세를 헤아리지 못하면서 지금 세
상에 그 도를 베풀고자 하여 화기애애한 쟁변으로 남을 이기기를 좋
아하는 자는 모두 천지가 큰 것을 알지 못한 자들입니다. 저의 소견은
이와 같은데 선생께서는 어떻게 생각하십니까? 선생께서 앞서 세 가
지 중대한 말씀이 있으셔서 이 때문에 가르침을 다시 청하게 되었습
니다.

압록강의 길이와 넓이에 대해 상세하게 알 수 있습니까?

황하는 큰 강인데 그 넓이에 대해 책에서 볼 수 없었습니다. 중국인
을 청하여 묻고서야 비로소 그 상세함을 들을 수 있었기 때문에 여쭤

---

170 작자 칠인(作者七人) : 『논어』「헌문(憲問)」에 공자(孔子)가 "일어서서 가버린 이가
일곱 사람이다.[作者七人矣]"라고 말한 데서 유래하였다.

보는 것입니다.

귀국이 북경에 이르는데 사막을 지나고 장성 밖으로부터 중국으로 들어간다고 하는데 과연 그렇습니까? 길이는 얼마나 됩니까?

성경(盛京)[171]이 요동위(遼東衛)에 있고 중국을 왕래하면서 경유하는 곳입니까?

장백산은 함경도에 있습니까? 혹은 변방 밖입니까? 금강산과 가까이 접해 있습니까? 그 형승에 대해 상세하게 알 수 있겠습니까?

귀국은 세종 이래로 불교를 숭상하지 않았는데, 스님은 호적에 편입된 백성과 차이가 없습니까? 정통이라고 할 수 있는 관사(官寺)와 관승(官僧)은 없습니까?

세 분 사신은 모두 정삼품이고 지사(知事)와 동지(同知)는 정이품과 종이품인데, 사신을 시종하는 자는 어떻게 됩니까?

위는 닻을 푼 뒤에 조문관(竈門關)[172]에서 드린 것이다.

---

171 성경(盛京) : 홍대용의 『담헌서(湛軒書)』(외집) 「연기(燕記)」에 "북경(北京) 동북쪽 1천 4백 70리에 1부 4주 8현이며, 동의 경계는 흥경(興京), 서의 경계는 광령(廣寧), 남의 경계는 바다, 북의 경계는 개원(開原)인데, 징수 세은 3만 8천 7백여 냥, 쌀이 5만 8천 5백 여석이다."라고 하였다.

172 조문관(竈門關) : 조관(竈關, 가마도세키) 곧, 상관(上關, 가미노세키)을 가리킨다.

학대께 답하다
復鶴臺座下

음력 초하루에 대마도 역관과 함께 족하를 다시 만나 뵈려고 하였는데 날이 어두워 마침내 소망을 이루지 못했습니다. 족하의 공무에 틈이 없어서가 아니라 전달하는 자의 태만으로 인해 늦게서야 초대록(草大麓)[173]과 죽중준옥(竹中俊屋)[174] 두 사람의 시에 화답한 것과 현천(玄川)이 쓴 글, 그리고 진귀한 벼루 6개, 큰 붓 4자루를 봉함하여 대마도 조강(朝岡)[175] 편에 전달합니다. 이에 그리운 마음을 전하는데 또한 홍교(洪喬)[176]를 면할 수 있을지 모르겠습니다. 한밤중에 배를 띄우고

현재의 산구현(山口縣, 야마구치겐) 웅모군(熊毛郡, 구마게군) 상관정(上關町, 가미노세키초)이다. 강호시대 주방주(周防州)에 속하고, 뇌호내해(瀨戶內海, 세토나이카이)의 최서단(最西端)에 위치하여 항로상의 주요항구로서 역할을 하였다.

173 초대록(草大麓) : 초장대록(草場大麓, 구사바 다이로쿠, 1740-1803) 강호시대 중-후기의 서예가. 초대록(草大麓)·초장안세(草場安世, 구사바 야스요)·초안세(草安世). 이름은 안세(安世), 자는 인보(仁甫), 호는 대록(大麓), 통칭은 주장(周藏). 명륜관(明倫館)의 액(額) 등을 휘호한 서가(書家) 초장거경(草場居敬, 구사바 교케이)의 양자인 초장윤문(草場允文, 구사바 인분)의 아들. 보력(寶曆) 3년(1753) 10월 12일, 아버지의 사망으로 14세에 대를 이었다. 보력(寶曆) 14년(1764) 적간관(赤間關)과 상관(上關)에서 통신사를 응접하며 시문(詩文)을 지었다.

174 죽중준옥(竹中俊屋, 다케나카 슌오쿠) : 강호시대 중기의 유자(儒者). 성은 죽중(竹中), 이름은 준옥(俊屋), 자는 중량(仲良), 통칭은 미차우위문(彌次右衛門).

175 조강(朝岡) : 조강일학(朝岡一學, 아사오카 이치가쿠). 강호시대 중기의 유학자. 씨(氏)는 기(紀), 초명은 국서(國瑞), 자는 백린(伯麟), 호는 난암(蘭菴). 우삼방주(雨森芳洲, 아메노모리 호슈)에게 배웠으며, 대마도 서기(書記)를 지냈다. 1748년 통신사행 때 진문역(眞文役)으로 활약하였고, 1763년 5월 통신사호행대차왜 도선주(都船主)로 조선에 건너왔으며, 1763년 통신사행 때에는 도선주왜(都船主倭)·호행도선주(護行都船主)·간사관(幹事官)으로서 대마도 도주를 보좌하며 대조선 외교임무를 수행하였다. 필담창화집에는 조강(朝岡)·아비류난암(阿比留蘭菴)·난계(蘭溪) 아비류씨(阿比留氏)·난암(蘭巖)이라고 하였고, 사행록에는 기국서(紀國瑞)·기번실(紀蕃實)·조강기번실(朝岡紀蕃實)이라고 하였다.

까닭 없이 고개 돌려 멈춘 구름[177]을 바라보며 멍하니 원망만 하고 있는데 홀연 소중한 편지가 멀리 삼백 리 밖에서 왔습니다. 펼쳐보니, 글자마다 참으로 간절하고 내치치 않은 지극한 뜻을 깊이 알았습니다. 인생에서 사귐에는 본래 멀거나 가깝고, 소원하거나 잦다는 구분이 없습니다. 저희들은 애초에 족하께서 기미가 충화 담박하고 표치가 소광 걸출하여 가식적인 언행[178]을 경계하면서 경박함을 깨치실 만한 분임을 알고 마음속으로 몹시 후련하고 기쁜 나머지 이미 제 마음을 다 털어놓아[179] 쌓인 것이 없습니다. 족하의 모습을 세 차례 접하면서 더욱더 훌륭한 모습을 보게 되었고, 세 차례 시에 화답하면서 더욱더 무궁함을 보게 되었으니, 저희들이 서로 함께해온 기약이 어찌 다함이 있겠습니까? 그러나 선비는 서로 허여함에 있어서 한때 벗과 헤어져 혼자 외롭게 사는 것으로 한탄하지 않고 세한이 되더라도 변하지 않도록 서로 권면하기 때문에 홀로 처해서도 여러 사람들과 함께 있는 것 같고 주장이 엇갈려도 마음이 합치한 것과 같으니, 오직 각자

---

176 홍교(洪喬) : 홍교척수(洪喬擲水). 진(晉)나라 은홍교(殷洪喬)가 예장태수(豫章太守)가 되었을 때 남의 편지 100여 통을 부탁받아 가지고 가다가, 도중에서 모두 물에 띄워 버리고 말하기를, "은홍교가 편지 전하는 우인(郵人)이 되지는 않겠다."라고 하였다.

177 멈춘 구름[停雲] : 도잠(陶潛)이 친구를 생각하여 지은 〈정운시(停雲詩)〉의 구절로, 전하여 우정(友情)을 나타낸 말이다.

178 가식적인 언행[梔蠟] : 실지는 없고 겉만을 꾸민 채찍. 유종원(柳宗元)의 「고편문(賈鞭文)」에 "옛날 어떤 부자가 노랗고 윤이 나는 채찍을 사랑하여 많은 돈을 주고 샀는데, 뒤에 끓는 물에 닿게 되자 형편 없는 본색이 드러났다. 그제야 보니 노랗던 것은 치자(梔子)로 물을 들여서였고, 윤이 난 것은 밀[蠟]을 칠한 때문으로 가짜임을 알았다."라고 하였다.

179 마음을 다 털어놓아[倒廩] : 경균도름(傾囷倒廩)의 준말. 경도(傾倒)라고도 한다. 창고에 쌓아 두었던 쌀을 전부 내놓는다는 뜻으로, 자신의 속마음을 하나도 숨김없이 털어놓는다는 뜻.

서로 노력하며 늦은 봄날 만날 것을 기다리면서 한 바탕 웃을 뿐입니
다. '맹(盟)'자로 된 시를 지어주셨을 것으로 여겨지는데 오지 않았으
니, 잃어버린 것 같아 이에 다시 써서 드립니다. 원래의 시는 없애버
리시기 바랍니다. 퇴석의 병세는 조금 나아지긴 하였지만 아직도 완
전히 낫지는 않았습니다. 때맞추어 안부를 물어주셨으니 그 나머지는
오직 신명의 도움[180]을 기대할 뿐입니다. 이만 줄입니다. 갑신년 정월
닷새에 세 명의 조선 길손들 공손히 하직인사 올립니다.

학대께서 부쳐주신 여러 작품에 대해 조호에서 수응하다
竈湖酬鶴臺見寄諸作

추월

관문 밖 진인은 백양[181]인데	關外眞人是伯陽
구름 사이로 학처럼 서서 검은 돛배 전송하네	雲間鶴立送烏檣
글은 안으로 쌓인 것이 많아 모두 실속 있고	文多內蘊全歸實
도는 낮추고 겸손하여 어둠 속에 빛이 있네	道在卑謙闇有光
강당 위 삼전[182]은 기세 팔팔하고	堂上三鱣趨發發

---

180 신명의 도움[神勞豈弟] :『시경』「대아(大雅)」〈한록(旱麓)〉에 "화락하신 군자님은 신
　　명이 보우한 바이로다.[豈弟君子, 神所勞矣。]"라고 하였다.

181 백양(伯陽) : 백양은 노자(老子)의 자(字).

182 삼전(三鱣) : 공경(公卿)의 높은 자리에 오르는 것을 뜻한다. 한(漢)나라 양진(楊震)이
　　뛰어난 학문을 가지고서도 여러 차례 소명(召命)에 응하지 않고 있었는데, 새가 전어(鱣魚)
　　세 마리를 물고 날아와 강당(講堂) 앞에서 머리를 조아리는 형상을 하자 사람들이 이를
　　보고 "전어는 대부들이 입는 옷의 무늬이고, 세 마리는 삼태(三台)의 조짐이다."라고 하여,
　　그 뒤에 양진이 과연 태위(太尉)에 올랐다고 한다. (『후한서』「양진열전(楊震列傳)」)

나뭇가지 끝 봉황새 소리 쟁쟁하네	枝梢幺鳳語鏘鏘
동쪽에 와 사객 없다고 말할 수 있을까?	東來可道無詞客
마침내 풍류 담담한 곳 어른을 생각하네	終憶風流淡處長

끝없는 하늘과 땅 십주[183]에 도착하니	無盡乾坤到十洲
물 다하고 구름 끊겨 나도 쉬는구나	水窮雲斷我方休
진시황 불사르기 이전 서책 탐색하고	探書秦帝燒前處
희화[184] 댁 높은 곳에서 머리를 감네	濯髮羲賓宅上頭
안기생[185]과 선문[186]이 방외의 벗 허여하듯	安羨許成方外友
몽홍[187]한 상태로 달 속 놀이 기약하네	濛鴻期造月中遊
적성은 천태로 들어가는 길이라	赤城是入天台路
먼저 흥공을 만나 부 한 수 수응하네[188]	先遇興公一賦酬

---

183 십주(十洲) : 봉린주(鳳麟洲)·취굴주(聚窟洲) 등 해외에 신선이 사는 십주가 있다고 전한다.

184 희화(羲和) : 고대 신화에 나오는 해를 몰고 다니는 신.

185 안기생(安期生) : 진시황(秦始皇)이 동유(東游)할 때 함께 대화를 나누다가 자신을 보고 싶으면 수십 년 뒤에 봉래산(蓬萊山)으로 찾아오라고 한 뒤 자취를 감췄다는 선인(仙人). (『사기』「봉선서(封禪書)」)

186 선문(羨門) : 선인(仙人) 선문자고(羨門子高). 진시황(秦始皇)이 일찍이 동해(東海)에 노닐면서 선인 선문의 무리를 찾았다고 한다. (『사기』「진시황본기(秦始皇本紀)」)

187 몽홍(濛鴻) : 홍몽(鴻濛). 우주가 형성되기 이전의 기운만 엉키어 있는 혼돈 상태. 동방삭(東方朔)이 홍몽(鴻濛)의 늪에서 노닐다가 별안간 황미옹을 만났는데, "나는 화식(火食)을 끊고 정기(精氣)를 흡수해 온 지가 이미 9천여 년이 된다. 3천 년 만에 한 차례 뼈를 바꾸고[反骨] 뇌를 씻었으며[洗髓], 2천 년 만에 한 차례 뼈를 찌르고[刺骨] 털을 갈았으니[伐毛], 나는 태어난 이후로 세 차례 뇌를 씻고 다섯 차례 털을 갈았다."라고 하였다. (『서경잡기(西京雜記)』)

188 적성(赤城)은 …… 수응하네[赤城是入天台路, 先遇興公一賦酬] : 흥공(興公)은 진(晉)나라 손작(孫綽)의 자(字). 손작의 〈천태산부(天台山賦)〉와 그 부에 "적성에 노을이

양원[189]의 시서 모임에 매마[190]가 배석하고 　　　　梁苑詩書枚馬陪

삼가의 빼어난 인재로 토원[191]이 열렸네 　　　　三家材秀兎園開

봄날 파도 푸르게 문통의 한부[192]에 들더니 　　　春波綠入文通恨

진기하고 귀한 한매를 사자에게 부쳐 왔네 　　　珍重寒梅寄使來

자안이 배석한[193] 등왕각 연회에 이끌려 왔는데 　滕筵携到子安陪

사흘 밤 묵은 뽕나무 인연[194]으로 해상이 열렸네 　三宿桑緣海上開

멀리 바라보니 문봉은 아직도 푸른데 　　　　極目文峯靑未了

일어나서 표를 세우다.[赤城霞起而建標]"라고 한 시구가 있다.

189 양원(梁苑) : 한(漢)나라 양(梁) 효왕(孝王) 유무(劉武)의 동원(東苑).

190 매마(枚馬) : 한대(漢代)의 저명한 문장가인 매승(枚乘)과 사마상여(司馬相如). 양
(梁) 효왕(孝王)의 화려한 원유(苑囿)에서 사마상여(司馬相如)·추양(鄒陽)·매승(枚
乘)·엄기(嚴忌) 등 뛰어난 시인들이 함께 놀았다. 특히 효왕은 동원에 눈이 올 때 사마상
여(司馬相如)를 시켜 부(賦)를 짓게 하였다.

191 토원(兎園) : 한(漢)나라 양(梁) 효왕(孝王)의 동원(東苑)으로, 매승(枚乘)이 〈토원
부(兎園賦)〉를 지었다. 양 효왕이 토원에서 노닐면서 사마상여(司馬相如)에게 서간을
보내 자신을 위해서 눈에 대한 시를 짓도록 부탁하였다.

192 문통(文通)의 〈한부(恨賦)〉: 문통(文通)은 남조(南朝) 때 강엄(江淹)의 자. 그는
세상의 모든 사람은 권세를 지닌 사람이건 몰락한 사람이건 나름대로 원통한 한을 품고
죽게 마련이라는 뜻을 부친 〈한부(恨賦)〉를 지었다.

193 자안이 배석한 등왕각 연회에 이끌려 왔는데[滕筵携到子安陪] : 자안은 초당(初唐)
시대 문장가인 왕발(王勃)의 자인데, 그는 약관(弱冠)의 나이에 교지령(交趾令)으로 있
던 부친 왕복치(王福畤)를 뵈러 가던 도중 홍주(洪州)의 등왕각(滕王閣) 중수 기념 잔치
에 들렀다가, 명작(名作)으로 알려진 「등왕각서(滕王閣序)」를 일필휘지로 써 내어 문명
(文名)을 천하에 드러냈다.

194 사흘 밤 묵은 뽕나무 인연[三宿桑緣] : 뽕나무 아래에서 잠시 머물며 맺은 인연. 『후
한서(後漢書)』 「양해열전(襄楷列傳)」에 "불법(佛法)을 닦는 승려가 뽕나무 아래에서 사
흘 밤을 계속 묵지 않는 것은, 시간이 흐름에 따라 애착이 생길까 두려워하기 때문이니,
이는 그야말로 정진(精進)의 극치라고 할 것이다.[浮屠不三宿桑下, 不欲久生恩愛, 精
之至.]"라고 하였다.

벽도화 만발하여 내가 오길 기다리네　　　　　碧桃花發待吾來

농학대께서 주신 시에 대해 상관에서 화답하다
上關和瀧鶴臺贈行詩

용연

구름과 물자락 끝에 아름다운 사람 있어　　　有美一人雲水隈
학정[195]의 외로운 꿈 속 봉래 거슬러 오르네　　鶴汀孤夢溯蓬萊
솔과 대 숲 세모라서 신령한 마음 깨끗하고　　松篁歲暮靈襟淨
호수바다 날 길어 도맥이 흘러나오네　　　湖海天長道脈來
오하[196]에 어찌 영묘한 자질 없으랴　　　吳下豈無英妙質
한남[197]에서 먼저 노성한 재사 꼽았네　　漢南先數老成才
풍파로 이별 시름 아득히 멀기만 한데　　風波別思茫茫遠
공연히 호수의 매화 객을 향해 피우네　　空遣湖梅向客開

사년 동안 강관에서 강연을 여니　　　四年江館講筵開
제자들 경서에 뜻을 갖고 멀리서 오네　　弟子橫經自遠來
일찍부터 문하의 글에 푸른 기운 띠었으니　　早是門屛書帶綠
인재 길러[198] 얼마나 많은 재사 배출하였나　　菁莪成就幾群才

---

195 학정(鶴汀) : 학이 사는 물가 모래톱. 당(唐)나라 왕발(王勃)의 등왕각서(滕王閣序)
　　에 "학이 사는 모래톱과 오리가 사는 물가는 섬을 빙 둘렀다.[鶴汀鳧渚, 窮島嶼之縈廻.]"
　　라고 하였다. 여기서는 농학대를 의식하여 쓴 표현이다.
196 오하(吳下) : 오하는 원래 중국 오(吳)나라를 말하는데, 여기에서는 중국 남쪽에 있는
　　오나라로 조선 남쪽에 있는 일본을 대유하여 쓴 표현이다.
197 한남(漢南) : 한강 남쪽 혹은 한양 남쪽으로 조선을 일컫는다.

풍아로 새로 사귀어 먼 객 환대하고　　　　風雅新交遠客歡

강관의 솔과 계수 봄날 한기 감도네　　　　水關松桂轉春寒

집안의 학문 예사로 알았는데　　　　　　　尋常識得家庭學

맑은 자태 모셔보니 사란[199]일세　　　　　隅侍淸姿是謝蘭

등롱 들고 지난 해 환대 아련히 생각하니　　籠燈遙憶隔年歡

긴 밤 외로운 배에 잠자리 차갑기만 하네　　永夜孤舟枕席寒

해외에서의 희음[200] 알아주는 이 적고　　　海外希音知者少

초나라 노래 어디에서 유란[201]을 슬퍼하나　楚謠何處悵幽蘭

학대께서 부쳐주신 시에 화답하다
和次鶴臺追寄韻

현천

서광이 비쳐 북풍에 깃발 흔들리며　　　　晨光捒動北風旌

어쩔 수 없이 누선은 여울에 가벼이 떠가네　無那樓船下瀨輕

---

198 인재 길러[菁莪] : 청아는 『시경』「소아(小雅)」'청청자아(菁菁者莪)'의 준말로, 인재를 기르는 것을 읊은 시이다.

199 사란(謝蘭) : 진(晉)나라의 사안(謝安)이 자질(子姪)들에게 묻기를, "사람들은 왜 자기의 자제들이 출중하게 되기를 바라는가?"라고 하자, 조카 사현(謝玄)이 답하기를, "비유컨대, 지란옥수(芝蘭玉樹)가 뜰에 나기를 바라는 것과 같습니다."라고 한 데서 나온 말로, 출중한 자제나 후손을 뜻한다.

200 희음(希音) : 세상에 희귀한 음악. 『노자(老子)』에 "큰 음악은 알아듣는 이가 적다[大音希聲]"라는 말에서 나왔다.

201 유란(幽蘭) : 공곡유란(空谷幽蘭). 아무도 보아주는 사람이 없는 빈 골짜기에 홀로 핀 유란(幽蘭)을 뜻한다.

언덕 위에서 고인과 작별도 하지 않았는데	未與高人崖上別
촛불 앞에서 맞이해준 객석을 회상하네	回思賓席燭前迎
하늘 남쪽에서 고고한 난새 깃 즐겨 얻고	天南喜得孤鸞羽
세상 밖에서 빼어난 학 울음소리 듣네	物外因聽獨鶴聲
동도 향하는 나그네 심사 그대 묻지 마오	東道客心君莫問
달빛 밝은 창해에 조각구름 걸려 있네	月明滄海片雲橫

호관의 매화나무 봄 돌아오니	湖關梅樹見春還
새벽안개 사이로 꽃 한 송이 가벼이 피었네	輕著孤花曉靄間
시냇가에 사는 유인에게 부치기 어려워	難寄幽人溪上宅
옅은 구름, 물 서쪽 산을 낮게 누르고 있네	淡雲低壓水西山

생각나네, 그대와 함께 절에 돌아오니	尙憶琳宮共子還
온유한 풍미가 연회 자리에 스며있음을	溫溫風味襲筵間
편주에 있는 나에게 그립다는 글 보냈는데	扁舟寄我相思字
어느 곳이 주렴 걷은 달빛 속 산인가	何處褰簾月裏山

음산한 바람 끝없이 바닷가에 넘치고	漠漠風陰漲海隅
놀란 파도 출몰하여 위태롭기만 하구나	驚濤出沒噫危乎
만난 곳에는 다행히 형남[202]의 보배 있고	逢場幸有荊南寶
연석에서는 합포의 구슬[203] 공손히 보네	座上頓見合浦珠

---

202 형남(荊南) : 삼국시대(三國時代) 건안칠자(建安七子) 중 한 사람인 왕찬(王粲)이
    형주자사(荊州刺史) 유표(劉表)의 식객으로 있을 때 성루(城樓) 위에 올라가 울적한 마
    음으로 고향을 생각하며 〈등루부(登樓賦)〉를 지었던 고사가 있다.

답하다

答

별도로 보내주신 서신을 보니, 세속의 유자들이 중국을 귀하게 여기고 오랑캐를 천시하는 것을 천지 성인의 도와는 다른 소루한 식견이라고 하셨습니다. 이는 족하의 뜻이 크고 안목이 트인 지론으로, 고루한 선비로 하여금 입을 떡 벌리게 할 만합니다. 그러나 생각해 보면 천지는 지극히 커서 양을 먼저하고 음을 뒤로하지 않을 수 없고, 성인은 지극히 공변되어 중화를 안으로 하고 오랑캐를 밖으로 하지 않을 수 없습니다. 혹 중국인데 행실을 오랑캐처럼 한다면 오랑캐가 되고, 오랑캐인데 중화처럼 변화된다면 중국이 되는 것입니다. 양자운이 '담장 안에 있으면 손을 저어 내쫓고 오랑캐의 나라에 있으면 끌어들여야 한다'[204]고 한 것이 이것입니다. 중국 밖에서 태어났으니 진량[205]을 사모해도 그렇게 될 수 없습니다. 중국이 오랑캐처럼 행동하는 것을 가리켜 참으로 중국이 오랑캐만도 못하다고 하고, 오랑캐가 중화처럼

---

203 합포(合浦)의 구슬[合浦珠] : 합포는 광동(廣東) 해강현(海康縣)에 있던 한대(漢代)의 군(郡) 이름. 해변에 위치하여 곡식은 생산되지 않고 바다에서 진주를 수확하였는데, 역대의 군수들이 탐욕스러워 진주를 닥치는 대로 걷어가자 진주가 다른 곳으로 옮겨갔다가 맹상(孟嘗)이 태수로 부임하여 수탈을 중지시키고 과거의 폐단을 개혁하니 진주가 다시 돌아왔다고 한다. (『후한서(後漢書)』「맹상전(孟嘗傳)」)

204 담장 안에 있으면 …… 끌어들여야 한다[在牆則揮, 在狄則進] : 한유(韓愈)의「송부도문창사서(送浮屠文暢師序)」(『동아당창려집주(東雅堂昌黎集註)』권20)에 "양자운이 말하기를 '우리 집 문과 담장 안에 있으면 손을 저어 내쫓고, 오랑캐에 있으면 끌어들여야 한다.'고 하였으니, 나는 이것을 취하여 법으로 삼으려 한다.[揚子雲稱, 在門墻則揮之, 在夷狄則進之, 吾取以爲法焉。]"라고 하였다.

205 진량(陳良) : 『맹자(孟子)』「등문공 상(滕文公上)」에 "진량(陳良)은 초(楚)나라에서 태어났지만, 주공(周公)과 중니(仲尼)의 도를 좋아한 나머지, 북쪽으로 중국에 와서 학문을 배웠다.[北學於中國]"라고 하였다.

행동하는 것을 가리켜 참으로 오랑캐가 중국보다 어질다고 하지만, 어찌 근본을 헤아리고 말류(末流)를 가지런히 하는 말이겠습니까? 다만 마땅히 평상심으로 공변되게 살펴 시비를 분명히 하면서 내외를 분별한다면 형세의 국한되는 것을 비록 스스로 뽑아버릴 수는 없어도 본연으로 나아가는 것은 마땅히 스스로 정할 수 있을 것입니다. 학대께서는 견식이 매우 뛰어나시니 반드시 깨달은 것이 있을 것입니다.

압록강은, 길이는 세 강이 있어 십 리에 가까운데, 길게 보면 발원지로부터 바다에 이르기까지 천 리에 가깝습니다.

저희 나라에서 연경에 이르려면 요양과 심양 및 장성을 지나는데 가는 길이 3천여 리입니다.

장백산은 함경도에 있고 금강산은 강원도에 있어서 산맥으로 통하긴 하지만 땅이 접하여 있지는 않습니다. 형승을 갑자기 설명하기 어려운데, 금강산은 색상(色相)이 기결(奇潔)한 것이 낫고 장백산은 기세가 웅발한 것이 낫습니다.

저희 나라는 사민(四民)을 귀하게 여기고 승도(僧道)를 천하게 여기기 때문에 편호(編戶)[206]와 비교할 수 없습니다. 나라에서 좌도(左道)[207]를 금하고 있는데 어찌 관사(官寺)나 관승(官僧)이 있겠습니까?

---

206 편호(編戶) : 호적에 편입된 평민.
207 좌도(左道) : 유교의 종지에 어긋나는 모든 교리.

저희 나라에는 사람을 등용하는데 분명 등급의 위계가 있습니다. 혹 벼슬은 낮지만 청관에 오른 자가 있는가 하면 혹 벼슬은 높지만 직책이 쓸데없는 사람도 있습니다. 사신이 비록 삼품이지만 모두 조정의 이름난 대부이며, 원역은 비록 이품이지만 마땅히 사신의 통섭을 받고 있습니다.

위는 조문관으로부터 왔다.

《長門癸甲問槎》乾上

《長門癸甲問槎序》

余及觀韓使四修聘也，閱其所唱酬者，辛卯幕中李東郭已超乘矣。爾後此行南秋月、成龍淵亦爲巨擘焉。然而皆操其土風，蘇、黃末派之雄耳。如夫筆語者，應酬敏捷，頗似得縱橫自由者也，是其生平之所業，習慣如天性，而唯是應務而已，何有文章之可觀？蓋韓土取士之法，一因明制，廷試專用濂、閩之經義，主張性理，以遺禮樂，故文唯主達意，而修辭之道廢矣，宜乎弗能知古文辭之妙。而列作者之林也，此邦昌明敦龐之化，有若物夫子勃興，唱復古之業，五六十年來，多士炳蔚。文者修秦、漢已上，詩亦不下開天。吾藩之設校也，先得其教者也，觀辛卯以來唱酬集梓行于世者，可見矣。矧乎此行以鶴臺氏之業莅焉，與彼曷爭晉、楚之盟？吾小兒輩亦從行，如執旗鼓而周旋，則報淝水之捷，亦何難焉？雖然，韓使修聘，固大賓也。瀕海諸侯，謹供是役，舟楫之戒，饔飱、薪芻，無弗具備。唯恐違國家柔遠人之意也，以故柔其色，孫其言，而不相抗，從容乎揖讓于一堂上。固君子無所爭，亦可以見昌明敦龐之化而已矣。

甲申春三月

長藩　山根清撰。

《長門癸甲問槎》 姓名

鶴臺　姓瀧, 名長愷, 字彌八。

大麓　姓草場, 名安世, 字仁甫, 一字周藏。

南溟　姓山根, 名泰德, 字有隣, 一字六郎。

士儀　姓瀧, 名鴻, 字士儀, 稱鴻之允。

嵩山　姓秦, 名兼虎, 字子熊, 稱熊介。

東郊　姓和智, 名棣卿, 字子蕚, 稱九郎左衛門。

大原　姓奈古屋, 名以忠, 字大夏, 稱九郎右衛門。

俊屋　姓竹中, 名俊屋, 字仲良, 稱彌次右衛門。

太華　姓香取, 名文圭, 字子璋。

韓客姓名

秋月　姓南, 名玉, 字時韞, 製述官。

龍淵　姓成, 名大中, 字士執, 正使書記。

玄川　姓元, 名重[208]擧, 字子才, 副使書記。

退石　姓金, 名仁謙, 字士安, 從事書記。

《長門癸甲問槎》 卷之一

通刺　　　　　　　　　　　　　　　　　　瀧鶴臺

恭惟二邦運膺休明, 保合泰和, 講信繼好, 皇華遠來。 時惟玄冥司

208　원문에는 '仲'으로 되어 있으나 '重'으로 바로잡는다.

令, 履嚴霜、涉堅氷, 超重溟、冒絶險, 而旆旌悠悠, 徒御不驚, 節鉞
至此, 實是二邦景福、天人護祐之所致也。敢賀。僕姓瀧, 名長愷, 字
彌八, 本州萩府産, 家近鶴江臺, 因自號鶴臺。以文學仕本藩, 爲世子
侍讀。今特承命, 接伴諸公, 親望精光, 奉陪下風, 何幸加旃? 又僕一
二門生及豚犬輩, 從僕末至, 冀得觀上國羽儀, 拜諸公手采。伏以諸
公海嶽之量, 何擇涓埃, 枉蒙容接, 得侍函丈, 爲幸益甚。

呈製述官南秋月
共知學士早登瀛, 詞賦兼將經術明。辭命今來誰潤色, 寧令東里獨
專名!

和瀧鶴臺瓊投   秋月
愁風愁水泛重瀛, 赤馬關頭眼忽明。不待門前修孔刺, 龜郎先誦斗
南名。

呈書記成龍淵
仙槎九月發三韓, 赤馬到來飛雪寒。採藥何論勞跋涉, 海東更問大
還丹。

和瀧鶴臺惠韻   龍淵
龜井家郎許識韓, 藍關風雪一琴寒。鶴江家世饒文藻, 瑞羽將飛穴
是丹。

呈書記元玄川
樓船破浪駕長風, 鰐浦、藍洲指顧中。更向東方迎日出, 扶桑、若
木不難窮。

和鶴臺 　　　　　　　　　　　　　　　　　　　玄川

曾因龜子挹高風, 詞翰逢迎此海中。日短話長賓館裏, 郵筒相對意
難窮。

筆語

秋月: 盛名已因龜井魯聞之。今接芝眉, 倍加傾倒。

鶴臺: 賤名已聞左右, 慙愧。但恐所見不如所聞耳。

秋月: 古人謂一日話勝十年讀。詩則餘事。願以筆代舌, 相道言外
之契。

盛名已悉。貴庚與幽居, 願詳聞之。

鶴臺: 憑筆論心, 固所願也。諸詩高和, 何必限以今日乎?

驢年五十有五。敝居在本州府城, 距此二百里。僕連年祗役東都,
夏五月歸國, 孟冬又來此, 以竢大斾之至。東西奔走, 不遑寧居耳。

秋月: 盛什亦當奉和, 而閑閑揮塵, 清談更佳。

鶴臺: 盛意謹領。但恨諸君此行禁酒, 僕輩不得賦既醉之詩。可歎。

秋月: 以德醉人勝於以酒。

鶴臺: 聞諸君九月發東萊, 十月來馬嶋, 岐、藍阻風, 淹留數月, 今纔
到此。其間艱險之極、無聊之甚, 豈得無雲橫雪擁之思乎? 況歲華行
盡, 海外逢春, 鄉關萬里, 感愴可知矣。是以吾藩命有司, 凡待使賓, 使
其如歸家。而館舍隘陋, 供億不備, 邑鬱益甚。雖然, 自此至浪華, 一泓
裨海, 列國之地, 左右環繞, 不如大洋海之不視涯涘。且陽和布氣, 海波
清晏, 祥風護送, 遄臻浪華, 何慮之有? 請少慰旅況, 暫開愁眉。

秋月: 僕輩自秋涉冬, 歲色已盡, 水宿風餐, 悰況可知。所賴貴邦,
能使遠途人寬愁, 館廩精備, 足以忘覊旅之憂。又況如左右之儒雅風
流, 傾蓋如白頭, 令人欽歎, 重以欣釋。繼此以往, 湖山平靜, 舟楫安

閑, 無風濤之恐, 有山川之美, 豈不誠海外環觀? 但客中送歲, 天末思鄉, 不能無悽然耳。

秋月: 此地有安德祠, 其詳可得聞否?

鶴臺: 安德帝廟在此山。初帝卽位幼种, 外戚平相國 淸盛擅權, 一門爲公卿者, 二十餘人。驕僭無度, 朝綱大紊。於是, 右武衛源賴朝, 起兵關東, 山東有源義仲, 亦擧兵應之, 聲勢大振。平氏遣軍征討, 諸軍皆失利奔潰。平氏乃奉帝蒙塵, 據攝州 一谷城。義仲入京, 恣其橫虐, 賴朝乃遣弟範賴、義經, 誅滅義仲。二將乘勢, 攻陷一谷, 六師御舟, 保讚州 八嶋。義經冒疾風怒潮, 襲其不意, 帝復航海, 東軍追及, 大戰壇浦, 官軍敗績。於是帝外祖母二品尼抱帝,【時八歲】挾神璽, 腰寶劒, 口占'海底有都之什, 沒海。平氏公卿、將士、宮女、命婦, 沈海者不知其數矣。實元曆元年春三月廿四日也。軍散後, 葬帝此山, 後又陵上建廟, 歲時享祭。其側有平氏諸將墓, 廟壁畫侍女保傅諸臣像; 北廡壁畫自帝降誕至沒海, 平氏榮悴、源平攻戰之圖。是以自王侯至士庶、緇流, 凡有風致者, 經過此地, 無不詩歌以述懷古之情。往年貴國僧松雲者, 有吊古作。爾後來聘賓僚, 皆有庚和, 共藏廟中焉。諸公亦豈得無覽古之情乎? 詩以繼往蹟如何? 僕此行有鄙作, 敢瀆電覽。

忽聞豪傑起山東, 廊廟無人長策空。終使翠華辭鳳闕, 徒將神器鎖龍宮。紅裙漂浪魂何在? 金甲懷沙恨豈窮! 欲向水濱問陳迹, 蕭蕭木葉下西風。

秋月: 安德廟古事, 僕輩亦署有聞知, 而未詳。今承詳喩, 可喜。但前日通聘之行, 皆親見廟貌, 所以有懷古之作, 今行不得目覩, 曾不知棟宇之制、山川之勢, 想像以作, 恐近隔靴之爬。和韻非難, 而不容輕易下筆。如何如何?

鶴臺: 欲親見廟貌，則僕當謀寺僧耳。

秋月: 俟風晴，得與左右同遊，則當有目擊口吟之詩耳。

又: 連在江戶，今夏始歸云，未知係職於江都否，抑遊放自在否。

鶴臺: 藩世子在東都國邸，僕以侍讀在東四年。爲接伴諸公，暫得歸耳。

秋月: 然則與僕輩相伴東征，沿道談話，豈非奇事？

鶴臺: 如得執鞭東遊，愉快謂何？但官法所約，可憾可憾。

又: 今日天晚，請且告別。明日復來，得相會否？

秋月: 源源而來，豈不幸甚？但恐別易會難。

鶴臺: 拜命之辱。一面之歡，尚且惜別。情誼之厚，可以見已，感謝感謝。

龍淵: 庭蘭甚佳。座上徒弟幾何？

鶴臺: 兒子忽辱賞譽，慙愧實深。座上門生二人。

龍淵: 龜井魯海外異才也，僕因之知足下。方以類聚，物以群分，足下所存，庶可以諒測矣。蘭玉絶可愛。游公父子間，僕輩之幸也。

鶴臺: 過蒙推獎，愧汗不止。兒子攫靚大方儀采，且賜瓊報，可謂甚幸也。

龍淵: 聞大阪城有獨嘯菴其人者，足下知之否？

鶴臺: 僕識其人。本此地産，今遊大阪。頗有才氣，業醫。

龍淵: 看盡天下大文字，游盡天下大山水，閱盡天下大人物，方爲人世了債人，足下能了得幾分否？

鶴臺: 僕自少好學好遊，而薄宦所羈，不得遂素志。雖然，東遊東都、平安，西遊長崎，海內名勝，粗得經遊，海內知名，粗得交遊，又接見清國人物、荷蘭諸國人。今又得邂逅諸君，何憾之有？但未得博窮群籍，爲可憾耳。

玄川: 接芝宇, 思道哉言. 可以知道哉之賢, 能知人之明也. 蘭玉在傍. 滿座諸賢俱是束脩云, 甚盛哉. 門徒幾人, 成就者亦幾人?

此地自古稱文士鄉, 卽今蔚然, 有聲望者, 可得歷數否?

鶴臺: 獎譽之甚, 非所當也. 僕已無敎育之德, 門下安得有成德達材者?

本州學士, 戊辰接來賓者, 今皆無恙, 或在薄官, 或乞骸骨, 是以不來在斯.

玄川: 此處亦宜有性理之學, 果宗主程、朱否?

鶴臺: 此方亦有性理之學. 藤惺窩、林羅山唱首, 爾來傳其統者不少. 近歲東都有徂徠先生者, 大唱復古之學, 風靡海內, 所著有《辨道》、《辨名》、《論語徵》等, 其詳非一席話所能盡也.

玄川: 此皆宗主程、朱否?

鶴臺: 排程、朱, 而爲禪儒不取. 其學宗古經, 而不據註解, 以古言證古經, 似可信據.

玄川: 捨註解而讀經, 猶無相之瞽. 程、朱之學, 如日中天, 不欲篤信程、朱者, 皆異端也. 高明意見, 未知如何.

鶴臺: 筑前有貝原先生者, 尊信程、朱, 如信孔、孟, 而晚年著《大疑錄》, 標擧程、朱之言背馳經旨者, 僕亦不免有疑耳.

玄川: 程、朱之訓, 豈有可疑者耶? 大凡讀書之法, 最難精詳, 旣未能精思力踐, 而遽致疑難, 則正猶病者眞元不健, 客邪闖入. 明儒祖陸者, 正坐在此習. 今見貴邦, 人材輩出, 大有轉移之機, 而源頭之不正, 實有漫漫之憂. 如高明之有德邃學正, 須洞見大源, 引進後學. 區區之意, 自不敢置而不論. 未知高明以爲如何.

鶴臺: 謹領明諭.

玄川: 深謝盛意. 曾聞貴邦之人, 大抵多誇張, 今見高明, 篤厚有睟面者, 諸少年濟濟, 有謹慤之風, 中心悅之, 不可忘也. 幸爲世道益努力也。

　鶴臺: 忽蒙過獎, 何敢當之? 深辱忠告, 可見君子愛人之誠也。敢不佩服?

恐諸公勞倦, 請且告別。明日得相會, 幸甚。

　龍淵: 貝原姓名願聞之。筑州有竹春菴者, 著《四書疏林》六十餘冊, 專尚朱子云, 果爾是正脈也, 足下何不稱之而稱貝原耶?

　鶴臺: 貝原其姓, 名篤信, 號損軒。竹春菴亦其門人耳。

右十二月二十八日會席。

呈秋月【用前韻】

銀漢練光通大瀛, 浮槎萬里遡空明。携歸不獨支機石, 笑殺漫傳博望名。

　　步鶴臺　　　　　　　　　　　　　　　　　　秋月

江關雲物是蓬瀛, 淡靄輕烟羃更明。島嶼縈廻連鶴渚, 胎仙無愧九皇名。

呈龍淵【用前韻】

誰論帶水隔桑、韓, 隣好千秋盟不寒。無怪詞臣有仙骨, 携來五葉人參丹。

　　和鶴臺　　　　　　　　　　　　　　　　　　龍淵

文章正脈問歐、韓, 水落霜清是歲寒。講說詩書非獨美, 茶烟宜煮壽民丹。

呈玄川【用前韻】

逢迎倒屣接仙風, 鶴駕暫留蕭寺中。明日飜飛霄漢外, 清塵濁水恨難窮。

和鶴臺　　　　　　　　　　　　　　　　　　玄川

樓船頗似馭冷風, 飛出山光淡靄中。眼見群仙揮彩筆, 玉烟珠露興難窮。

筆語

鶴臺: 凍雲未霽, 鬱陶可知。昨奉倍之久, 有勞諸公。雖然, 恃其篤愛, 今日復來, 請勿擯棄, 幸甚。

龍淵: 昨奉未了, 政爾瞻仰, 卽蒙重顧, 何等慰幸?

秋月: 龜井子說鶴臺, 娓娓不已, 足下曾與有雅否?

鶴臺: 未有一面之識, 聞其名亦自諸公始。

又: 昨今仄聞諸公微吟大作, 其聲和雅可愛。請朗吟一過, 以泄客愁, 且使僕輩得聽之, 所謂俗耳鍼砭, 詩腸鼓吹, 如何?

龍淵: 謹領厚意, 僕則唱之, 公其和焉。

鶴臺: 音韻之殊, 安能得和?

龍淵: 言外之意, 心中之聲, 兩唱迭和, 不妨求同於異矣。

於是, 玄川高吟其七律, 龍淵亦吟其絶句二首。

鶴臺: 流暢圓轉, 大似清國音。眞俗耳鍼砭哉。

秋月: 鶴老願繼唱一曲。

鶴臺: 蘇內翰三拙, 僕有其一。

秋月笑而頷之

玄川: 鶴臺華庚, 昨日未及旁聽, 幸更示之。

鶴臺: 虛度五十有五。

秋月: 觀鶴臺風儀, 詩詞罕出, 而風流爛映。僕輩今日始覩海中之文風, 僕輩亦幾乎虛度光陰。

玄川: 聰明不衰, 筋力亦如何? 僕今年四十五, 於尊少十歲, 已覺肉黃皮皺, 遺忘日甚。今見尊德宇豐盈, 不勝歆羨。

鶴臺: 浦柳之質, 不獨齒髮之衰, 眼耳亦大殊於昔日。公纔過强仕, 是以有圖南超海之力, 徒增欽慕已。

玄川: 僕自幼多病先老, 前年已謝事歸田。今行被脅迫, 以至親承天陛之命, 力疾而來耳。入海後, 最被傷損, 眞古人所謂及其歸盡華髮耳, 奈何奈何?

鶴臺: 承公已賦《遂初》, 此行見逼朝命, 再起賢勞可知。況萬里海外, 風濤艱險, 傷心之極, 有不可言者。雖然, 非素有雄飛之志, 孰能從事於斯乎壯哉?

玄川: 去夜次唐詩志懷, 有曰"吾行不是志桑蓬, 小藝聊將五百同"。此一句足以見僕之志也。

鶴臺: 靜退之德, 不堪感服。
五百是伍佰乎?

玄川: 使行六船, 合成數五百人。適符徐子採藥同舟之數, 故用之耳。

鶴臺: 承貴國成均館儒生, 冬夏有尊孔子爲王者, 四配爲諸侯, 行朝聘燕享之禮, 策試選敍之式等之戲, 不知今猶有此戲乎。而官不禁之, 可以見貴國崇文敎之盛也。

秋月: 敝邦成均館, 掌聖廟俎豆、多士絃誦, 春秋上下, 行釋菜之禮。國子先生, 以每月朔望, 與諸生, 焚香謁聖後, 退坐明倫堂, 講六經、四書、有宋性理之書。主上三歲一拜文廟, 試諸生於泮宮之下, 國子先生, 亦月試於杏樹下。大比之科, 亦設於館內, 而無朝聘宴享

之儀, 況戲之一字, 非所可論。雖他處, 固無之, 矧聖廟肅穆之地, 寧
有戲事? 高聞誤矣。

鶴臺: 如所對, 則尊聖重道之隆, 不堪傾慕。僕所問事, 詳載《慵齋
叢話》, 僕固疑其事, 是以爲問耳。

秋月: 《慵齋叢話》, 敝邦前世文人之記, 而其說本多不經, 心常薄
之。此說則不載於《慵齋話》中, 或無乃有假叢話, 傳播於貴境否, 尤可
疑訝。

鶴臺: 書之不可盡信也, 如此矣。僕非質諸高明, 則殆誤一生矣。

秋月: 高明輩不用此邦紙, 專用中國毛邊紙, 何也?

鶴臺: 此方紙不宜寫漢字, 故不用耳。

秋月: 此州名硯, 如座間所置, 並佳品否?

鶴臺: 座間所在皆佳。有更佳者, 難多得已。

秋月: 筆以何土產爲貴, 紙則濃州外, 何地爲佳, 墨則何樣爲珍品,
並詳示。

鶴臺: 筆平安城產爲佳, 紙越前州產更佳, 墨則南都古梅園造者佳。

秋月: 四友之佳者, 皆必有名。願各錄其名, 以爲詩料, 亦以爲風土
記故實, 如何?

鶴臺: 此方紙筆, 無如所謂繭紙、黃毛筆者。唯硯, 此地產者, 專名
海內。古梅園墨, 亦專名者, 如李廷珪墨、端溪硯耳。

又: 古人稱高麗繭、易水墨, 今見貴國紙, 眞如繭製, 果然乎?

龍淵: 楮製也。亦或有繭造者。

秋月: 退石舟中調病, 不得與諸賢對, 劇以爲恨。諸賢何不寄詩舟中
耶? 請輪覽。

鶴臺: 領諭。僕輩恐其病中勞倦, 不敢請耳, 固所願也。

出一盤白餠、一椀茱萸, 請予輩喫之。

鶴臺: 好箇點心。是亦餛飩之類乎?

秋月: 此敝邦白餅, 歲時家家作此, 爲湯餅歲食。貴邦無此餅否? 草草供客, 可愧。

鶴臺: 感謝盛念。此邦粢糕, 以糯米蒸擣所造, 與此製法差殊。臘月家家製此, 三朝食之 及祭祀燕享用此。

玄川: 葅酸可口, 何不下筯耶?

鶴臺: 是此蘿蔔葉, 更有蕪菁葉, 尤佳。

玄川: 大抵貴邦人食甚淡又切, 不喜齒切, 果然否?

鶴臺: 果然。常喫魚菜, 喫肉者太少。

又: 今日亦向晚, 請拜辭。

龍淵: 得英才而教育之, 君子所謂三樂, 而王天下不與存焉。鶴臺知此道者, 甚感甚感。睟然見乎面, 盎乎背, 其公之謂乎!

鶴臺: 推奬過當。何堪赧憖?

又: 天晚告別。

秋月: 可以繼此, 而得見否?

鶴臺: 明日歲盡, 後日月正, 不知貧館無公事乎。公等有間, 明日亦來耳。

秋月: 遠客有何事? 只寂寂對寒燈而已。倘蒙諸賢肯顧, 何論明日? 雖日日不厭。

鶴臺: 謹領盛意。

右十二月二十九日會席。

呈秋月

二邦通志此尋盟, 宴罷皇華出漢京。拂雪旌旗迷斷鴈, 震波鼓吹駭長鯨。早冠多士南宮試, 定識大風東海聲。到日應裁枚叔發, 挂帆遙指廣陵城。

和鶴臺翁 秋月

講官霜髮主詞盟, 箕斗高名孰與京? 敎誨靑衿飛數鳥, 嘯歌滄海掣長鯨。將雛阿閣無凡羽, 應律鍾山叶遠聲。珍重角弓存舊義, 端溪彩石古文城。

呈龍淵

箕聖封疆鴨水東, 漢陽建國地形雄。冠裳不染羶腥俗, 聲敎猶存華夏風。盟府藏書朝典重, 禮曹傳命使槎通。獨賢行役君無憚, 共喜文明氣運同。

和鶴臺 龍淵

文明漸啓大溟東, 賴有五君學力雄。逸鶴颺音湖上月, 神鵬振羽斗南風。歲華似電三陰盡, 邦信如潮萬里通。坐處心香眞可愛, 蘭薰更許小荀同。

呈玄川

赤馬關西紫海開, 海門波穩錦帆來。祥雲映日迎龍節, 明月含珠滿蚌胎。賓館和歌皆大雅, 王朝承寵共英才。莫論東道久留滯, 刮目鄕園衣繡回。

和鶴臺 玄川

淸朝雨歇篆烟開, 脩竹叢邊見客來。三嶋瑞雲鸞有羽, 千年琪樹鶴成胎。詞林解識宗盟長, 講帳應多入室才。談笑淋漓聊永夕, 不妨籌火夜深回。

筆語

　秋月: 松下之逢如電, 荷此重訪, 慰且多謝。寶硯之惠, 深認情眷, 而行客輕裝, 載石有妨, 領其意而不敢留, 幸勿以卻之爲不恭。

　龍淵: 俄面艸艸, 政爾瞻詠, 卽蒙臨賁, 慰荷可言。陶泓之惠, 深謝盛念。第屢獲瓊玖之贈, 輕裝已重矣, 豈又待鬱林之載邪? 敢辭, 願二公垂諒, 無以爲不恭也。

　鶴臺: 松下一逢, 僕自喜有仙緣。奉瀆椽筆絶妙, 深感至意, 和生詩亦賜高和, 感謝難盡。硯雖薄物, 而文房一友, 故聊以表下悃已。若厭行裝之重, 當留在此, 以待錦旋之日齎去。伏請勿辭。

　秋月: 文房之貺, 貺之由心, 受之非泰。而拙法不欲以一物累行槖。勤意已佩, 尺守難改, 重願俯恕也。

　鶴臺: 清操貞守, 不勝敬服。雖然, 此事已告官長, 又告對府書記, 如不得請, 則以僕爲失諸公之懽者, 枉垂亮察。

　秋月: 尊意鄭重, 拙守不敢屢瀆, 甚愧執德之不固, 請留竢歸帆。

　玄川: 衆中迎望, 宛如宿昔之交。神宮是入境後, 第一勝槪, 而歸之叢祠, 甚可惜也。俗吏惱殺人之示, 說得快活, 有如此形勝, 不欲使遠客登覽者, 極無意味。大抵此行之拘束, 至及於吾輩, 令人鬱鬱不樂,甚可歎也。

鶴臺: 登覽龜山, 足以少慰覇愁也。凡此邦名山勝地, 多屬浮屠或神祠, 誠如公之言也。龜山所覽, 東北本州地, 有陶元山、巴巫、乾滿、珠島, 東岸則豊前州, 文司關、隼人祠、新羅碕、百濟野、揚柳浦、大里皆在一矚。凡法令所束, 孰勝鬱悶, 而不敢自恣, 是君子之所以爲君子也。和生詩見惠高和, 至感至感。昨請一揮染, 已領南、成二公之賜, 獨不得公之心畫, 爲憾耳。

玄川: 文談絶勝韻語, 況老成人孚信之意, 藹然言外者乎! 新羅、百濟皆弊邦舊都之稱, 其曰碕、野者, 有命名之由, 詳示之。白馬塚者, 又在何處, 并示之。僕平生鈍拙, 筆亦如之, 故固不敢臨紙放毫。昨日又未及旁聽相託之語, 致煩再問, 媿謝媿謝。

鶴臺: 僕固不文, 不能書以盡意, 慙媿尤深。新羅碕、百濟野, 往昔三國入貢, 所繫舟處也, 其側又有高麗港。白馬塚, 僕亦不知所在。所乞心畫, 謙遜見示, 益以歎服。僕之所請, 非以其巧妙, 永以爲他日之容顔也。王弇州曰:"畫精神五百年, 書精神八百年", 然則與不朽之大作共傳家, 以爲珍也, 幸勿推辭。又前日旁觀同知長洲公、醫員丹崖揮筆, 甚佳。如可得請, 則公幸從臾之。

玄川: 旣知不能書, 而引弇州語以勉, 敢不强其所不能。長洲、丹崖筆, 得之不難, 有中和書, 大字甚健且正, 當轉請矣。

又: 諸賢喜聞吾輩詩聲, 欲用歌章相贈之例, 請各垂聽。

於是朗吟詩五首。

鶴臺: 聳聽雅音, 清婉可悅。想春秋時, 列國大夫, 各賦其志者, 亦如是乎。不勝羨慕。

玄川: 文房之具, 出自文士, <u>秋月</u>已屢辭不得請, 兩硯留之。

鶴臺: 公之煙草, 氣味酷烈, 僕不能喫。

秋月: 何嗜麯糵而不能喫香草?

鶴臺: 香草亦嗜, 聖賢亦嗜, 唯公所喫辛烈不可當也。

龍淵: 歲籥將改, 只望諸公迓餞增吉。僕輩羇旅只不可堪, 今日賴諸公少慰, 何幸!

鶴臺: 歲月苒苒, 忽旣除日, 諸公旅悰可知也。但此勝會, 歌詩論文, 可以忘憂也, 僕亦不知老之將至爾。
又: 旣是秉燭, 請告退。

秋月: 豈不聞'桃李園秉燭夜遊'之說乎?

鶴臺: 倘是春夜, 僕亦豈讓青蓮乎? 其如歲盡何?

歲暮聞朝鮮書記退石 金君臥病舟中爲贈
臥枕<u>藍洲</u> <u>赤馬關</u>, 恨令我輩隔仙顏。更憐今夜迎春夢, 懸在城頭<u>三角山</u>。【漢城鎮山。】

彩鷁遙來赤水濱, 關門駐節問通津。天涯抱病長爲客, 雪裏題詩多
憶人。垂翅南溟望轉遠, 送鴻北塞愁愈新。難波到日梅應好, 請且開
顏一朶春。

次瀧鶴臺贈寄韻　　　　　　　　　　　　　　退石

一病支離久掩關, 自憐憔悴鏡中顏。感君詩律投相問, 料得前宵肩
聳山。

金幢久滯大瀛濱, 殘臘垂垂析木津。二豎侵凌悲作客, 一詩珍重問
何人。鄕程杳杳天同遠, 羇抱悠悠歲共新。聞說三山靈草在, 須君採
寄萬年春。

右十二月晦會席。

與南、成、元三子書

故鄕萬里, 異域迎春, 豈得無離索之感乎? 僕今日有公事, 不得至
館, 半夜俄聞諸公上舟, 投袂起, 馳行館所, 不及矣。乃欲就舟, 亦爲
吏所禁, 佇立瞻望, 悵然歸矣。此行也, 不圖接諸公之歡, 一連三日,
投桃得瓊, 以筆爲舌, 目擊心照, 相共莫逆, 奇哉遇也, 可謂天緣耶。
垂顧之餘, 豚兒、門生亦蒙含容推轂, 感謝何盡? 蓋諸公旣承閩、洛
之統, 如文辭記誦, 則其塵垢耳。而藻思如涌, 柔翰如飛, 有叩則應,
有往必來, 是可以見其才氣之高、學力之深, 愈動不屈, 多多益辨
也。雖然, 僕在側, 深慮諸公疲乎應接, 是以不盡所請, 以竢一日之有
間, 何意前日之別, 忽爲天涯? 歸期未卜, 再會何時? 不得握手拜辭,
深以爲憾耳。時惟春寒, 前程尙遐, 千萬自重。

律絕各數首奉呈舟中, 有間幸賜高和, 鄙問數條, 亦請明答。

贈秋月 東行

釜山東指青蜒洲, 海路三千行未休。天際樓臺多蜃氣, 波間島嶼總
鼇頭。誰論八駿瑤池駕, 寧讓孤槎銀漢遊。其羨平生男子志, 懸弧今
日已堪酬。

赤馬關高控紫陽, 西來使者繫牙檣。北溟秋運鯤鵬化。天闕夜明奎
壁光。唱和披襟人磊落。周旋委佩玉鏘鏗。相逢還恨示離別。月出東
方引領長。

迎賓候館幸追陪, 音吐雖殊青眼開。怪得清香携滿座, 曾攀丹桂一
枝來。

漢城詞客此相陪, 豈意青雲暫爾開。無惜關門留片語, 久知紫氣自
西來。

贈龍淵 東行

使節朝辭漢水隈, 艤舟幾日發東萊。照天寒火燭龍出, 擘海驚濤金
翅來。壯士寧無斬蛟氣, 詞臣多是跨鯨才。何愁港口迷風雪, 列國逢
迎次弟開。【筑紫海有陰火然。】

東道河山封建開, 郊迎館待使軺來。列國風謠何難辨, 客自延陵 季
子才。

相逢萍水暫相歡, 賦雪新詩彩筆寒。座客風標何所似, 映階玉樹與
芝蘭。

上國詞臣新結歡, 羽儀風采照人寒。何論天塹限南北。筆語相酬臭
似蘭。

贈玄川東行

漢京秋色送龍旌, 釜浦浮舟五兩輕。弱冠登朝嫺進退, 來賓就館重

逢迎。揮毫字挾風霜氣, 當座歌振金石聲。東道唱酬知幾處, 見君藻
思更縱橫。

風濤冒險向東隅, 共說賢勞堠使乎。相見寧論鮫室淚, 諸君咳唾總
爲珠。

漢家太史遠遊還, 述作長傳天地間。況復舟車窮海外, 新篇寧獨副
名山。

此去東行幾日還, 春風吹送驛亭間。軺車無誤函關路, 直指芙蓉天
外山。

稟

凡天地之間, 聖人之道莫尙焉。雖然, 後世之儒者, 以道爲己之私
有, 以標同伐異, 貴中國賤夷狄爲務, 是其識見之陋, 不知天地之大者
也。蓋貴邦、吾邦, 同僻東維, 而貴國聲敎之隆、民德之醇, 如四學養
人材, 設歸厚之署, 賜養老之燕, 奴僕亦許行三年之喪, 雖古至德之
世, 示不過如此已也。吾邦人情風俗之美, 盖出於天性, 忠臣、義士、
孝子、貞婦, 比比而有, 奴婢盡忠、娼妓死節之類, 亦不鮮矣。彼中華
聖人之國, 而其人之姦惡, 有甚於蠻夷者, 僕於明、淸律而見之, 凡律
條所載, 姦騙兇惡之甚者, 皆吾邦之人, 所未嘗及知也, 又如和蘭不二
色, 國無乞食, 皆中國之所不及也。且夫四目人之化, 詩書禮樂之敎,
所被及者, 貴邦、吾邦、琉球、交趾諸國已也。自古西洋、南蠻, 舟舶
來吾長崎者, 百二三十國, 又見地球圖《坤輿》、《外記》, 而考諸明淸
《會典》、《一統志》, 其所不載者尙多矣, 宇宙之大、邦域之多如此。
而其國各有其國之道, 而國治民安也。乾毒有婆羅門法, 與釋氏之道
幷行, 西洋有天主敎, 其他如回回敎、囉嘛法者, 諸國或皆有之。夫作
者七人, 皆開國之君也, 繼天立極者也。立利用厚生之道, 立成德之

道, 皆所以代天安民也。國治民安, 又復何求? 何必中國之獨貴, 而夷教之可廢乎? 故君子之道, 成器達材, 以供安民之用, 其不得志也。樂天安命, 優遊卒歲, 又復何求? 故欲使世之不信己者信己, 欲使夫不好學者好學。不知時, 不揣勢, 欲施其道於當世, 誾誾爭辨, 好勝人者, 皆不知天地之大者也。僕之所見如此, 高明以爲如何? 高明前有盡三大之語, 是以再請示教已。

　鴨綠江長廣可得詳乎?

　黃河大江, 其廣不見諸書, 問請華人, 始得聞其詳, 故以奉問耳。

　承貴國至北京, 道經沙漠, 自長城外入中國, 果爾乎? 行程幾許?

　盛京在遼東衛, 中國來往所經由乎?

　長白山在咸鏡道乎? 將徼外乎? 與金剛峯接近乎? 其形勝可得詳乎?

　貴國世宗以來, 不崇佛教, 僧與編戶民無異乎? 無有官寺、官僧如統正者乎?

　三使相皆正三品, 知事、同知正從二品, 而爲儐從者, 何爲乎?

　右解纜後贈於竈門關。

復鶴臺座下

　元日謀諸馬州舌官, 要再奉芝宇, 日曛而竟失望。非足下公暇之未間, 當由傳者之慢, 燭至後, 緘封草竹兩家詩所和, 及玄川墨戲, 並珍硯六面, 大筆四枝, 煩馬州 朝岡, 傳達几下。仍致戀戀之懷, 又未知免得洪喬否也。子夜解纜, 瞻望無由, 回首停雲, 但有惘怏, 忽此瓊函, 遠枉於三百里外, 披來, 字字眞懇, 深認不遐之至意。人生交契, 本無遠近疏數之別。僕輩初見足下氣味冲泊, 標致踈儁, 有足以警梔蠟而醒澆漓, 心甚暢悅, 固已倒廩無蘊。及夫三接儀而愈見其所存; 三和詩而愈覷其難窮, 則僕輩相與之期, 容有極哉? 然士之相與也, 不以一時離索爲恨, 以歲寒不渝交勉, 故處獨如群, 視睽如合, 惟各相努力, 竢春晚相見而一笑而已。'盟'字詩見視投還, 而不來, 似緣忘遺, 玆復寫呈, 原艸把削是望。退石沈痾小歇, 而猶未良已。荷問稱時, 自餘唯冀神勞豈弟。不宣。甲申正月五日小華三客頓謝。

竈湖酬鶴臺見寄諸作　　　　　　　　　　　秋月

關外眞人是伯陽, 雲間鶴立送烏檣。文多內蘊全歸實, 道在卑謙闇有光。堂上三鱣趨發發, 枝梢幺鳳語鏘鏘。東來可道無詞客, 終憶風流淡處長。

無盡乾坤到十洲, 水窮雲斷我方休。探書秦帝燒前處, 濯髮羲賓宅上頭。安、羨許成方外友, 濛鴻期造月中遊。赤城是入天台路, 先遇興公一賦酬。

梁苑詩書枚、馬陪, 三家材秀兎園開。春波綠入文通恨, 珍重寒梅寄使來。

滕筵携到子安陪, 三宿桑緣海上開。極目文峯靑未了, 碧桃花發待吾來。

上關和瀧鶴臺贈行詩　　　　　　　　　　　龍淵

有美一人雲水隈, 鶴汀孤夢溯蓬萊。松篁歲暮靈襟淨, 湖海天長道脈來。吳下豈無英妙質, 漢南先數老成才。風波別思茫茫遠, 空遣湖梅向客開。

四年江館講筵開, 弟子橫經自遠來。早是門屛書帶綠, 菁莪成就幾群才。

風雅新交遠客歡, 水關松桂轉春寒。尋常識得家庭學, 隅侍淸姿是

謝蘭

籌燈遙憶隔年歡，永夜孤舟枕席寒。海外希音知者少，楚謠何處悵幽蘭。

和次鶴臺追寄韻　　　　　　　　　　　　　　　　玄川

晨光捒動北風旆，無那樓船下瀨輕。未與高人崖上別，回思賓席燭前迎。天南喜得孤鸞羽，物外因聽獨鶴聲。東道客心君莫問，月明滄海片雲橫。

湖關梅樹見春還，輕著孤花曉靄間。難寄幽人溪上宅，淡雲低壓水西山。

尚憶琳宮共子還，溫溫風味襲筵間。扁舟寄我相思字，何處褰簾月裏山。

漠漠風陰漲海隅，驚濤出沒噫危乎。逢場幸有荊南寶，座上頓見合浦珠。

答

別副見諭，以世儒之貴中國而賤夷狄，爲小見陋識，異於天地聖人之道，此足下志大眼空之論也，足令曲士呿口。然竊謂天地至大，而不能不先陽而後陰；聖人至公，而不能不內華而外夷。其或中國而夷其行，則夷狄之；夷狄而變於夏，則中國之。揚子所謂‘在牆則揮，在狄則進’，是也。苟其生在中國之外，慕陳良而不可得。指中國之夷行者曰，是眞中國之不如夷狄；指夷狄之華行者曰，是眞夷狄之賢於中國，豈揣本齊末之言哉？但當平心公察，明是非而辨內外，形勢之所局者，雖不得自拔，趣向之本然者，當有以自定。鶴臺見識超邁，必有犁然者矣。

鴨綠江衺則有三江, 十里而近, 長則自發源至入海, 可千里而近。

弊邦至燕京, 經遼、瀋、長城, 行程三千餘里。

長白山在咸鏡道, 金剛山在江原道, 脈通而壤不接。形勝則卒忽難
說, 金剛以色相奇潔勝, 長白以氣勢雄拔勝。

弊邦貴四民而賤僧道, 不得與編戶比。國有左道之禁, 那得有官寺
官僧?

弊邦用人, 明有等威, 或有秩下而官淸者, 或有秩高而職冗者。 使
相雖三品, 皆朝廷名大夫, 員役雖二品, 自當爲使臣之統攝。

右自竈門關來。

장문계갑문사 건하

長門癸甲問槎 乾下

장문계갑문사 건하

『장문계갑문사』 권2

갑신년 5월 20일, 적마관(赤馬關)[1] 빈관에서 드린 시와 필어

농학대(瀧鶴臺)[2]

---

1 적마관(赤馬關, 아카마가세키 또는 세키바칸) : 적간관(赤間關, 아카마가세키) 혹은
약칭으로 마관(馬關, 바칸)이라고도 한다. 장문주(長門州)에 속하고, 현재의 산구현(山
口縣, 야마구치겐) 하관시(下關市, 시모노세키시)이다.

2 농학대(瀧鶴臺, 다키 가쿠다이, 1709-1773) : 강호시대 중기의 유학자. 장문(長門,
나가토, 현재의 야마구치겐) 추(萩)의 인두씨(引頭氏) 집안에서 태어나 본성(本姓)은 인
두(引頭, 인도), 아명은 구송(龜松)이다. 장성하여 농장개(瀧長愷)라 하였다. 호는 학대
(鶴臺), 자는 미팔(彌八). 추번의(萩藩醫) 농양생(瀧養生)의 양자(養子)가 되어 14세에
번교(藩校) 명륜관(明倫館)에 들어가서 소창상재(小倉尙齋, 오구라 쇼사이)·산현주남
(山縣周南, 야마가타 슈난)에게 배웠으며, 향보(享保) 16년(1731) 강호에 나가서 복부남
곽(服部南郭, 핫토리 난카쿠)을 사사하였다. 후에 장문(長門) 추번주(萩藩主, 하기한슈)
모리중취(毛利重就, 모리 시게타카 또는 시게나리)의 시강(侍講)이 되었다. 평야금화(平
野金華)·태재춘대(太宰春臺)·추산옥산(秋山玉山) 등과 교우를 맺었다. 화가(和歌) 및
의학 등에도 정통하였다.

남추월3께 드리다
贈南秋月

사원에서 헤어진 뒤 해가 바뀐 듯	分手琳宮感隔年
조문관4 앞에서 돌아온 배 기쁘게 맞이하네	喜迎歸旆竈門前
빙례의식은 원래 선왕의 전범을 중시하고	聘儀原重先王典
사명으로 더욱이 태사의 현인들5 일컫네	辭命尤稱太史賢
같은 길 호수와 산 예전부터 서로 아는 듯	一路湖山舊相識
쌍관6의 풍물 더욱 사랑할 만하리라	雙關風物更堪憐
헤어지고 만남이 부평초와 같다고 말하지 말게	莫言離合如萍水
이번 모임으로 인연 끝나지 않았음을 알 수 있네	此會須知未了緣

---

3 남추월(南秋月) : 남옥(南玉, 1722-1770). 조선 후기의 문신. 자는 시온(時韞), 호는 추월(秋月). 남옥은 1763년(영조 39) 8월 3일에 제술관으로 일본에 갔다가 다음해 7월 8일에 복명(復命)했다. 1764년 수안군수(遂安郡守)에 임명되었다. 1770년(영조 46)에 최익남(崔益男)의 옥사 때 이봉환(李鳳煥)과 친하다고 하여 투옥되어 5일 만에 매를 맞아 죽었다. 김창흡(金昌翕)과 육유(陸游)의 시풍을 추종하고 서정성이 강한 시를 지었으며, 문장은 당송(唐宋) 고문(古文)의 영향을 받았다. 저서로는 『일관시초(日觀詩草)』·『일관 창수(日觀唱酬)』·『일관기(日觀記)』 등이 있다.

4 조문관(竈門關) : 조관(竈關, 가마도세키)·상관(上關, 가미노세키). 현재의 산구현(山口縣, 야마구치켄) 웅모군(熊毛郡, 구마게군) 상관정(上關町, 가미노세키초)이다. 강호시대 주방주(周防州)에 속한다.

5 태사의 현인들[太史賢] : 『후한서』「순숙열전(荀淑列傳)」에 진식(陳寔)이 두 아들인 원방(元方)·계방(季方)과 손자 장문(長文)을 데리고 순숙(荀淑)의 집에 가자 하늘에 덕성(德星)이 모이는 상서(祥瑞)가 나타났는데, 태사(太史)가 이것을 보고 "하늘에 덕성(德星)이 모였으니 500리 안에 현인(賢人)들이 회합했을 것입니다."라고 하였다.

6 쌍관(雙關) : 주방주(周防州)의 상관(上關)과 장문주(長門州)의 하관(下關).

성용연[7]께 드리다
贈成龍淵

사신들 뗏목 타고 조선으로부터 와	乘槎星使自朝鮮
해 뜨는 주변 두루 유람하고 돌아왔네	遊遍歸來日出邊
바다 위 십주[8]에서 불사약 접하고	海上十洲逢大藥
동천[9]에선 몇 군데나 신선들 만났던고	洞天幾處會群仙
국풍으로 왕인[10]의 노래에 화답하기 어렵고	國風難和王仁詠
진화로 유독 서복편만 남아있네[11]	秦火獨餘徐福篇

---

7 성용연(成龍淵) : 성대중(成大中, 1732-1809). 조선 후기의 문신. 본관은 창녕(昌寧). 자는 사집(士執), 호는 청성(靑城). 1753년(영조 29)에 생원이 되고, 1756년에 정시문과에 병과로 급제하였다. 그는 서얼이라는 신분적 한계 때문에 순조로운 벼슬길에 오르지 못할 처지였으나, 영조의 탕평책에 힘입어 1765년 청직(淸職)에 임명되었다. 1763년에 통신사 조엄(趙曮)을 수행하여 정사서기로 일본에 다녀왔고, 1784년(정조 8)에 흥해군수(興海郡守)가 되어 목민관으로서 선정을 베풀었다. 학맥은 노론 성리학파 중 낙론계(洛論系)에 속하여 성리학자로서의 체질을 탈피하지는 못했으나, 당대의 시대사상으로 부각된 북학사상(北學思想) 형성에 일익을 담당하였다. 저서로는 『일본록(日本錄)』과 『청성집』이 있다.

8 십주(十洲) : 봉린주(鳳麟洲)·취굴주(聚窟洲) 등 해외에 신선이 사는 십주가 있다고 전해진다.

9 동천(洞天) : 신선이 사는 곳.

10 왕인(王仁) : 백제(百濟) 사람. 우리나라 고대사적(古代史籍)에는 그 이름이 보이지 않으나, 일본의 고대기록인 『일본서기(日本書紀)』·『고사기(古事記)』에는 왕인(王仁) 또는 화이길사(和邇吉師)란 이름으로 나타나 있고, 『속일본기(續日本紀)』에는 일본의 응신천황(應神天皇) 때에 왕인이 일본에 서적(書籍)을 전하고 유풍(儒風)을 크게 진작시켰다는 기록이 있다. 또 왕인의 자손도 대대로 하내(河內) 지방에 거주하였다고 한다.

11 진화(秦火) …… 남아있네[秦火獨餘徐福篇] : 진화(秦火)는 진시황(秦始皇)의 분서(焚書)를 말한다. 서복은 진시황의 명을 받고 삼신산(三神山)의 불사약(不死藥)을 구하러 떠난 방사(方士)의 이름인데, 뒤에 일본에 건너갔다는 설이 있다. 세상 사람들이 일본에는 진(秦)나라의 분서 파동을 겪지 않은 경서들이 남아 있다고 하면서, 대체로 서복이 바다에 들어갈 때 가지고 갔다는 이유를 대고 있기 때문에 이처럼 말한 것으로 보인다.

더욱 동쪽 모야주에 고경이 남아있으니   更有東毛古經在

그대로 인해 다른 나라에 전해졌으면   憑君欲使異方傳

모야주(毛野州)[12] 족리향(足利鄕)에 학교가 있는데, 참의(參議) 야황
(野篁)[13]이 창설한 것이다. 등사한 고경(古經)과 송판(宋板)『십삼경(十三
經)』등이 있는데 명판(明板)과 비교해보면 훌륭한 선본이라 할 수 있
다. 근래 조래(徂徠) 선생[14]의 숙생(塾生) 기인(紀人) 산중정(山重鼎)[15]이

---

12 모야주(毛野州) : 모야국(毛野國)·모국(毛國)이라고도 하는데, 율령제(律令制) 이전
　의 일본문화권의 하나이다.

13 참의(參議) 야황(野篁) : 소야황(小野篁, 오노노 다카무라, 802-853). 평안시대(平安
　時代) 전기 공경(公卿)·문인(文人). 관위는 종삼위(從三位)·참의(參議).

14 조래(徂徠) 선생 : 적생조래(荻生徂徠, 오규 소라이, 1666-1728). 강호시대 전-중기
　의 학자·사상가. 이름은 쌍송(雙松), 자는 무경(茂卿), 호는 조래(徂徠) 또는 훤원(蘐
　園), 통칭은 총우위문(惣右衛門). 물무경(物茂卿) 혹은 물쌍백(物雙栢)이라 일컫기도 한
　다. 강호(江戶) 출신. 적생방암(荻生方庵, 오규 호안)의 차남. 부친의 칩거에 의해 25세
　까지 상총(上總), 가즈사, 현재의 지바겐에서 살았다. 삼하(三河, 미가와) 물부씨(物部
　氏, 모노노베우지)를 선조로 하여 성(姓)을 고쳐서 물(物, 부쓰)이라고도 한다. 가업은
　의술(醫術)이다. 원록(元祿, 겐로쿠) 3년(1690)에 강호에 돌아왔고, 임춘재(林春齋)·임
　봉강(林鳳岡)·유택길보(柳澤吉保, 야나기사와 요시야스) 등을 섬겼다. 주자학을 '억측
　에 의거한 허망한 설(說)에 불과하다'고 갈파하고 주자학에 입각한 고전 해석을 비판하였
　으며, 고대 중국의 고전독해 방법론으로 고문사학(古文辭學, 蘐園學)을 확립하였다.

15 기인(紀人) 산중정(山重鼎) : 산정곤륜(山井崑崙, 야마노이 곤론, 1690-1728). 강호
　시대 중기의 한학자. 이름은 정(鼎) 혹은 중정(重鼎), 자는 군이(君彝), 호는 곤륜(崑崙),
　통칭은 소전차(小傳次)·선육(善六). 산정정(山井鼎)이라고도 한다. 기이국(紀伊國) 사
　람으로 족리학교(足利學校) 동숙(東塾) 남해기부(南海紀府)의 학생이다. 정덕(正德) 3
　년(1713)에 이등동애(伊藤東涯)의 문하에 들어갔지만, 『역문전제(譯文筌蹄)』를 일견(一
　見)하고 강호에 가서 적생조래(荻生徂徠)에게 입문하였다. 향보(享保) 3년(1718)에 기주
　번(紀州藩)의 지번(支藩)인 이예(伊豫) 서조번(西條藩)에 출사하였다. 향보 5년부터 9년
　까지 동문인 근본무이(根本武夷)와 하야(下野)의 족리학교(足利學校)의 고서(古書)를
　교감(校勘)하는 일에 종사하였다. 그 결실이 『칠경맹자고문보유(七經孟子考文補遺)』이
　다. 교감의 정밀성은 후인의 모범이 되었다.

같고 다름을 교수(校讎)[16]한 『칠경맹자고문(七經孟子考文)』[17]을 관(官)에
서 판각하여 해내에서 간행하였다. 옛것을 좋아하는 문사들이 기이한
보배로 여겼다.

원현천[18]께 드리다
贈元玄川

사신들 빙문하러 멀리 일본 동쪽으로 왔는데	使聘遙來日本東
문사들 재주 있어 다 같이 뛰어남을 다투네	詞臣才調共爭雄
문장 지음에 각자 구소[19]의 법도를 얻었고	屬文各得歐蘇法
도를 논함에 모두 염락[20]의 학풍을 전하네	論道皆傳濂洛風

---

16 교수(校讎) : 교정(校正)하는 일. 한 사람이 단독으로 하는 것을 교(校)라고 하고, 두
　사람이 대교(對校)하는 것을 수(讎)라고 한다.

17 『칠경맹자고문(七經孟子考文)』: 족리학교(足利學校)가 소장한 7경(七經)의 고초본
　(古鈔本)・송간본(宋刊本)을 이등동애(伊藤東涯)와 적생조래(荻生徂徠) 문하인 한학자
　산정곤륜(山井崑崙)이 정밀하게 교감(校勘)한 책. 뒤에 중국 청조(淸朝)의 고증학자에
　게 가치를 인정받았으며, 청나라 건륭제가 집성한 중국 최대의 총서인 『사고전서(四庫全
　書)』에 수록되어 있다.

18 원현천(元玄川) : 원중거(元重擧, 1719-1790). 호는 현천(玄川)・물천(勿天)・손암(遜
　菴)이고, 자는 자재(子才)이다. 1705년 사마시(司馬試)에 급제한 후 10여 년 뒤에 장흥고
　(長興庫) 봉사(奉事)를 맡았고, 1763년 통신사행 때 성대중(成大中)・김인겸(金仁謙)과
　함께 서기로 발탁되어 일본에 다녀왔다. 사행과 관련하여 일기(日記) 형식의 『승사록(乘
　槎錄)』과 일본 문화 전반에 대한 백과사전적 문헌인 『화국지(和國志)』를 저술했다. 1771
　년에는 송라찰방(松羅察訪), 1776년에는 장원서(掌苑署) 주부(主簿)를 지냈고, 1789년
　『해동읍지(海東邑誌)』 편찬에 이덕무(李德懋)・박제가(朴齊家) 등과 함께 참여했다.

19 구소(歐蘇) : 송(宋)나라의 문장가 구양수(歐陽脩)와 소식(蘇軾)을 가리킨다.

20 염락(濂洛) : 염락관민(濂洛關閩)의 준말. 염계(濂溪)의 주돈이(周敦頤), 낙양(洛陽)
　의 정자(程子), 관중(關中)의 장재(張載), 민중(閩中)의 주자를 통칭한 것으로, 곧 송대

천년 사업은 일월에 걸려있고	事業千秋懸日月
백년 영화는 영통[21]에 부쳤네	榮華百歲寄苓通
알겠도다, 그대 돌아가면 처음 뜻 좇아	知君歸去遂初志
좁은 누옥[22] 뜰 안의 풀 여전하겠지	庭草依然一畝宮

김퇴석[23]께 드리다
贈金退石

성균 진사 모두 영예로운 인재들	成均進士總英髦
선발되었으니 재기 높음을 더욱 알겠네	膺選尤知才氣高
긴긴 밤 장문주 바다의 눈 슬피 읊조렸는데	遙夜悲吟長海雪
이른 봄날 광릉의 파도에선 생기가 났으리	早春起色廣陵濤

의 성리학을 뜻한다.

21 영통(苓通) : 말똥과 돼지똥. 송(宋)나라 왕형공(王荊公)의 시에 "인간 세상 영예로움
도 영통일 뿐이다[人間榮願付苓通]."라고 하였다.

22 좁은 누옥[一畝宮] : 청빈한 선비의 검소한 거처를 뜻한다. 『예기』「유행(儒行)」에 "선
비는 가로세로 각각 10보(步) 이내의 담장 안에서 거주한다. 좁은 방은 사방에 벽만 서
있을 뿐이다. 대를 쪼개어 엮은 사립문을 매달고, 문 옆으로 규(圭) 모양의 쪽문을 낸다.
쑥대를 엮은 문을 통해서 방을 출입하고, 깨진 옹기 구멍의 들창을 통해서 밖을 내다본
다.[儒有一畝之宮, 環堵之室, 篳門圭窬, 蓬戶甕牖。]"라는 말에서 유래하였다.

23 김퇴석(金退石) : 김인겸(金仁謙, 1707-1772). 조선 후기의 문인. 자는 사안(士安),
호는 퇴석(退石). 문벌이 훌륭한 집안에서 태어났지만 그의 할아버지인 김수능(金壽能)
은 서출이라 과거에 급제하고도 현감에 그쳤다. 14세 때에 아버지를 사별하고, 가난에
시달려 학문에 전념하지 못하다가 47세 때인 1753년(영조 29)에야 사마시에 합격하여
진사가 되었다. 1763년 통신사행 때 종사관인 김상익(金相翊)의 서기(書記)로 뽑혀 일본
에 다녀왔다. 1764년 일본에 다녀온 기행사실을 가사형식의 『일동장유가(日東壯遊歌)』
로 남겼다. 그 뒤 지평현감(砥平縣監) 등의 벼슬을 지냈다. 저술로는 역시 일본기행을
한문으로 지은 『동사록(東槎錄)』이 있다.

관문 나루 안개 숲에서 무늬 깃발 맞이하고	關津烟樹迎文斾
역로의 꽃과 꾀꼬리 채색붓에 드네	驛路鶯花入彩毫
먼 유람으로 소광²⁴의 풍치 응당 많을 텐데	遠覽應多昭曠致
어찌 행역에서 혼자 수고로움을 말하랴	寧論行役獨賢勞

대판에서 변고를 만나²⁵ 세 분 사신께서 죄를 아시고 문초와 처단을 기다리고 있으니, 제술관과 세 분 서기도 사사로운 의리²⁶가 있어 한 묵으로 오락을 삼을 수 없기 때문에 화답한 시가 없다.

조선으로 돌아가는 남추월을 전송하다
送南秋月歸朝鮮

관산의 오월 자규새 나는데	關山五月子規飛
기수 숲속²⁷에서 손님 전송하네	祇樹林中送客衣
이별 아쉬워하며 잠시 손 잡으려는데	惜別暫時將握手

---

24 소광(昭曠) : 『장자』「천지편(天地篇)」에 나오는데, 넓게 트이고 환히 밝다는 뜻이다.

25 대판에서 변고를 만나[大阪遭變] : 1764년 통신사행 때 대판에서 최천종(崔天宗)이 피살된 사건을 이르는 말이다. 1764년 통신사행이 강호로부터 돌아오던 중, 4월 7일 밤 대판에서 상방(上房) 도훈도(都訓導) 최천종이 대마번의 통역 영목전장(鈴木傳藏, 스즈키 덴조)에 의해 살해되었다. 강호막부는 최천종 피살 사건이 양국의 교린 관계에 미칠 영향 때문에 감독관을 대판에 파견하여 진상 규명과 사후처리에 힘썼고, 결과 5월 2일 통신사측 54명이 형장에 입회한 상태에서 영목전장이 처형되었다.

26 사사로운 의리[私義] : 1764년 통신사행 때 대판에서 최천종(崔天宗)이 피살된 일로 삼사신(三使臣)이 조정의 문초와 처단을 염려하고 있던 터라 제술관과 서기 등은 이후 의리상 한묵으로 오락을 삼을 수 없어 일본 문사들의 시에 화운하지 않았다.

27 기수(祇樹) 숲속 : 중인도(中印度)에 있던 기타태자(祇陀太子) 소유의 수림(樹林)을 이르는데, 뒤에 여기에다 정사(精舍)를 지었으므로, 전하여 사찰을 뜻한다.

소리마다 또다시 불여귀 알리네　　　　　　　聲聲還報不如歸

성용연을 전송하다
送成龍淵

사신 태운 배 띄워 고향으로 돌아가는데　　　仙使浮査歸故鄕
바다 관문에서 헤어져 멀리 서로 바라보네　　海門分手遠相望
바람 탄 돛대 그림자 어느 곳을 가는고　　　　乘風帆影去何處
깊은 바다 넓은 하늘 모두 아득하구나　　　　積水長天共渺茫

원현천을 전송하다
送元玄川

자줏빛 바다 층층 파도 대방과 막혀 있는데　　紫海層波隔帶方
조각배는 아득히 변새의 긴 구름 속으로 드네　片帆遙入塞雲長
하늘 끝으로 지는 달 애 끊어지는 듯　　　　　天涯落月腸堪斷
그리워 고개 돌리면 해가 솟아 빛나겠지　　　相憶回頭日出光

김퇴석을 전송하다
送金退石

인생에서 이별이 가장 슬픈데　　　　　　　　人生離別最堪悲
무슨 일로 기쁨 나누자마자 헤어지나[28]　　　何事新歡染素絲
설사 황하가 맑아질 날이 있다 해도　　　　　縱使黃河淸有日

그대와 다시 만날 기약 없을 텐데 　　　　　　與君相遇更無期

역시 화답한 시가 없다.

필어

추월: 그리워한 나머지 다시 의용을 접할 수 있게 되어 얼마나 다행입
니까? 초대록(草大麓)[29]은 어찌하여 함께 오지 않으셨습니까?

용연: 이별 후에도 그대가 늘 그리웠습니다. 수 천 리나 되는 동도(東
都)[30]로 가는 사행길에서 만나본 인사들이 적지 않았지만 학대의 풍
류와 고상한 뜻을 가장 잊기 어려웠습니다. 지금 다시 뵙게 되니 지
극히 위로됩니다. 자제분[31]은 탈 없이 공부에 힘쓰고 대록은 편안히

---

28 헤어지나[染素絲] : 마음이 변하는 것을 비유한 말로, 춘추시대 묵적(墨翟)이 흰 실은
　물들임에 따라서 황색으로도 흑색으로도 변할 수 있듯이 인간의 성품도 환경에 따라 선하
　게도 악하게도 변할 수 있다 하여, 이를 슬피 여겨 울었던 데서 온 말이다.

29 초대록(草大麓) : 초장대록(草場大麓, 구사바 다이로쿠, 1740-1803) 강호시대 중-후
　기의 서예가. 초대록(草大麓)・초장안세(草場安世, 구사바 야스요)・초안세(草安世). 이
　름은 안세(安世), 자는 인보(仁甫), 아명은 시랑(市郞), 호는 대록(大麓), 통칭은 주장(周
　藏). 명륜관(明倫館)의 액(額) 등을 휘호한 초장거경(草場居敬, 구사바 교케이)의 양자
　인 초장윤문(草場允文, 구사바 인분)의 아들. 보력(寶歷) 3년(1753) 10월 12일, 아버지
　의 사망으로 14세에 대를 이었다. 1763,4년 적간관(赤間關)과 상관(上關)에서 통신사를
　응접하며 시문(詩文)을 지었다.

30 동도(東都) : 강호(江戶, 에도). 현재의 동경도(東京都, 도쿄토) 천대전구(千代田區,
　지요다쿠) 천대전(千代田, 지요다)에 위치. 동무(東武)・무주(武州)・무성(武城)・강관
　(江關)・강릉(江陵)이라고도 하였다. 강호는 일본의 수도인 동경(東京, 도쿄)의 옛 명칭으
　로 특별히 황거를 중심으로 한 동경 특별구 중심부를 지칭하며, 강호성에서 유래되었다.

31 자제분[蘭玉] : 난옥(蘭玉)은 지란옥수(芝蘭玉樹)의 준말. 남의 집안의 우수한 자제
　(子弟)를 예찬하는 말이다.

거하며 업무에 열중하겠지요?

학대: 섣달그믐날 헤어진 뒤 동도로 가는 사행길이 삼천리나 되어 향
기로운 봄날은 벌써 다 지나가고 무더위가 다가왔습니다. 제군들께
서는 복이 있어 일을 마치고 돌아가시게 되어 축하드립니다. 저는
4월 초순에 조관(竈關)에 가서 제군들을 기다렸는데 뜻하지 않게 용
절이 낭화(浪華)[32]에서 오래 머물게 되어 밤낮으로 동쪽을 바라보며
목을 빼고 있다가 지쳤습니다. 조관에 정박하셨는데 또한 밤이 깊
었고, 이른 새벽에 출발하는 바람에 통문할 겨를이 없어서 창망함
이 더욱 심했습니다. 마침내 사신배를 좇아와 다행히 청운을 헤치
게 되어 뛸 듯한 기쁨을 감당할 수 없습니다. 초대록·산근남명[33]·
진숭산[34]과 제 아들 모두 다시 뵈시지 못해 당신들과의 연분이 없어
유감입니다. 각자 서신과 시를 드리면서 또한 저에게 뜻을 잘 전해
달라고 하였습니다.

---

32 낭화(浪華) : 섭진주(攝津州)에 속하고, 현재의 대판부(大阪府, 오사카후) 대판시(大
阪市, 오사카시)이다. 대판(大坂)·낭화(浪花)·낭속(浪速)·난파(難波)라고도 한다. 12
차례 통신사행 가운데 12차를 제외한 나머지 사행 때마다 조선 사신이 들렀던 곳이다.

33 산근남명(山根南溟, 야마네 난메이) : 산근태덕(山根泰德, 야마네 다이토쿠, 1742-
1793). 강호시대 중-후기의 유학자. 성은 산근(山根), 이름은 태덕(泰德), 자는 유린(有
隣)·육랑(六郎). 저술로 『남명선생시집(南溟先生詩集)』, 『백초원십육경(百草園十六
景)』 등이 있다.

34 진숭산(秦嵩山, 신 스잔) : 진겸호(秦兼虎, 신 겐코, 1735-1785). 강호시대 중기의
유자(儒者). 진숭산(秦嵩山) 혹은 파다겸호(波多兼虎, 하타 겐코)라고도 한다. 성은 진
(秦) 혹은 파전(波田), 이름은 겸호(兼虎), 자는 자웅(子熊) 혹은 웅개(熊介), 호는 숭산
(嵩山). 준재(俊才)로 기대되어 추번(萩藩) 번교(藩校)인 명륜관의 장학생이 되었으며,
산근화양(山根華陽, 야마네 가요)을 사사하였다. 명화(明和, 1764-1771) 때 국로(國老)
익전씨(益田氏)를 유신(儒臣)으로 섬겼고, 조래학(徂徠學)을 신봉하였다.

용연: 조관에서 오래 기다리도록 한 것은 일찍이 뜻하지 않은 것이었습
니다. 저희들이 밤에 배를 정박하고 비록 배에서 내리지는 않았지만
만약 족하께서 오셔서 기다리신다는 말을 들었다면 어찌 반갑게 뛰
어나가 맞이하지 않았겠습니까? 일찍 알지 못해 한스럽기만 합니다.
오늘 배에서 내린 것도 또한 족하를 한 번 뵈러 온 것입니다.

또다시 말함: 제군들의 시와 서찰은 진실로 위로가 많이 되었습니다. 다
시 뵐 수 없다니 몹시 섭섭합니다. 시를 지어주셨으니 마땅히 화답
시를 지어드려야 하는데, 저희들이 대판에 있을 때 일어난 사건을
족하께서도 이미 들어서 아실 것입니다만, 이는 실로 역사에 없는
일입니다. 일은 비록 궁극적으로 죄인을 법대로 처벌하였지만 사상
께서 죄를 아시고 문초와 처단을 기다리면서 처신을 사패[35]로 돌리
고 있으니, 저희들이 의리상 다시 한묵의 즐거움에 함께할 수는 없
습니다. 그리하여 비록 본디 간곡한 바가 제군들과 같지만 지키던
것을 갑자기 깨뜨릴 수 없어 뜻을 저버리게 되었습니다. 의리가 본
래 그러하다 해도 마음은 실로 서운하고 슬픕니다. 의리를 밝히는
것을 군자는 혹 마음에 두니 이를 헤아려주셨으면 합니다.

추월: 제현들을 함께 만날 수 없어 매우 슬픕니다. 다행히 족하와는 잠
시나마 이별의 회포를 풀었고, 또 주옥같은 시를 주셔서 실로 저의

---

35 사패(司敗) : 사구(司寇)로서, 형(刑)을 맡은 관직. 『좌전(左傳)』에 자서(子西)는 말하
기를, "또 참언(讒言)이 있어 신(臣)더러 장차 도망할 것이라 하니, 신은 ▢▢▢와서 사패
(司敗)에 죽겠습니다."라고 하였다.

마음에 위로가 되었습니다. 다만 금번 사행에서 수응한 시가 적지 않았고, 시가 있으면 곧장 화답하여 일찍이 게을리 화답한 적이 없었다는 사실을 족하께서도 아실 것입니다. 그러나 대판에서 변고를 만난 이래로 심신이 놀랐습니다. 사건은 비록 대략 마무리를 지었으나 변고가 실로 전에 없었던 일입니다. 그리하여 사상께서는 사명을 제대로 받들지 못하여 이러한 끔찍한 변고가 생겼다는 죄로, 돌아가거든 조정의 심문과 처단을 기다려야만 합니다. 저희들은 의리상 감히 시 짓는 일을 스스로 즐길 수 없어 붓과 벼루를 손에서 놓은 채 오래도록 이 일을 폐하였으니 화답시를 지어드릴 수 없습니다. 이 뜻을 널리 살펴주시고 또한 이 뜻을 제현들께도 두루 알려 저희들의 마음을 알게 해주신다면 다행이겠습니다.

학대: 대판의 변고는 실로 전혀 예기치 못한 상황에서 일어났는데 사상께서 자신들의 죄로 여기고 계시다니, 이치상 혹 당연할 수도 있지만 생각지 못한 화이니 하늘이 어찌 그것을 살피지 않겠습니까? 게다가 제군들과 같은 경우는 다시 뭐 그리 염려할 게 있겠습니까? 의리상 감히 한묵을 놀려 소회를 풀 수 없다고 하시니 삼외(三畏)[36]의 마음을 깊이 체득하셨음을 알 수 있습니다. 흠모하며 복종하지 않을 수 없습니다. 시편들에 대해 어찌 반드시 화답해야만 하겠습니까? 오직 맑은 풍모를 거듭 뵙고 잠시 논의를 펼 수 있다면 발돋

---

36 삼외(三畏) : 공자(孔子)가 이르기를 "군자는 세 가지 두려워하는 것이 있으니, 천명을 두려워하고, 대인을 두려워하며, 성인의 말을 두려워하는 것이다.[君子有三畏, 畏天命, 畏大人, 畏聖人之言。]"라고 하였다. (『논어』「계씨(季氏)」)

움하는데 위안이 될 것입니다.

또다시 말함: 제군들께서 동도로 사행하시면서 낭화나 강도(江都: 江戶) 및 기타 여러 곳에서 뛰어난 문사들 가운데 기예를 품고 뵙기를 청하는 자들이 필시 많았을 것입니다. 재학(才學)과 풍류에서 더불어 말할 만한 자는 몇 사람이나 있었습니까?

용연: 족하의 시는 크게 고의(古意)가 있어 운격(韻格)의 아름다움은 진실로 말로 할 수 없습니다. 감히 사양하겠습니다. 제가 귀국 땅에 온 이래로 시인묵객들을 많이 접하였는데 문헌 박아한 학문에 이르러서는 오직 족하 한 분을 추천합니다. 오늘 만나 뵈었는데, 시를 주고받으며 서로 좋아하는 것만 못하지만, 마침 여타 소식을 얻고자 하시니 참으로 다행입니다.

추월: 강호의 제현들 중에는 정태실[37]과 목봉래[38]가 저희들이 특히 더 간절히 생각했던 분들인데, 족하께서 오래지 않아 동도에 가실 테니 저를 위해 뜻을 전해주시길 바랍니다. 낭화에서는 목홍공[39]의 풍

---

37 정태실(井太室) : 삽정태실(澁井太室, 시부이 다이시쓰, 1720-1788). 강호시대 중기의 한학자. 강호인(江戶人)이며, 삽정평(澁井平)이라고도 한다. 삽정씨(澁井氏)였는데 스스로 정(井)으로 바꾸었다. 이름은 효덕(孝德), 자는 자장(子章), 호는 태실(太室) 혹은 태정산인(太定山人), 통칭은 평좌위문(平左衛門)이다. 필담창화집으로 『가지조승(歌芝照乘)』이 있다.

38 목봉래(木蓬萊) : 목촌정관(木村貞貫, 기무라 데이칸, 1716-1766). 강호시대 중기의 유학자. 무장주(武藏州) 강호(江戶) 사람. 목정관(木貞貫)이라고도 한다. 자는 군서(君恕), 호는 봉래(蓬萊)이다.

류와 합리[40]의 빛나는 재주를, 평안에서는 나파사증[41]의 박학과 승
려 축상[42]의 고아한 의리를, 미장주에서는 원정경[43]의 훌륭한 재능

---

39 목홍공(木弘恭) : 목촌겸가당(木村蒹葭堂, 기무라 겐카도, 1736-1802). 강호시대 중
기의 문인이며 화가인 동시에 장서가이다. 호는 겸가당(蒹葭堂), 자는 세숙(世肅). 오사
카에서 상업을 하여 부를 이루었으며 많은 서적을 모아 낭화강가에 겸가당(蒹葭堂)을
짓고 문인들과 교유하였다. 1758년부터 월례시문회를 개최하여 혼돈시사(混沌詩社)의
기초를 세웠다.

40 합리(合離) : 세합반재(細合半齋, 호소아이 한사이, 1727-1803). 강호시대 중기의 유
학자·서예가·한시인(漢詩人). 이름은 이(離)·방명(方明), 자는 여왕(麗王), 호는 반재
(半齋)·학반재(學半齋)·두남(斗南)·백운산초(白雲山樵)·태을(太乙)·무고거사(武庫
居士), 통칭은 팔랑우위문(八郎右衛門)·차랑삼랑(次郎三郎). 이세주(伊勢州) 출신. 서
예는 송화당소승(松花堂昭乘, 쇼카도 쇼조)의 유파를 이어받은 농본류(瀧本流, 다키모
토류)에게 사숙하였으며, 후에 이 유파의 중흥조(中興祖)가 되었다. 경도(京都)에서 대
판(大坂)으로 이전하여, 처음에 적생조래(荻生徂徠) 문하인 관감곡(菅甘谷, 간 간코쿠)
의 문하가 되어 조래학을 주창하였지만, 후에 청인(淸人, 기요 히토) 효증(孝證)의 설
(說)을 주창하였다. 시문결사(詩文結社)인 혼돈시사(混沌詩社)에 가입하여 많은 시인
묵객들과 교류하였다.

41 나파사증(那波師曾, 나와 시소) : 나파노당(羅波魯堂, 나와 로도, 1727-1789). 강호
시대 중기의 유학자. 이름은 사증(師曾, 시소), 자는 효경(孝卿), 호는 노당(魯堂)·철연
도인(鐵硯道人). 파마국(播磨國) 희로인(姬路人). 17세부터 5년간 경도(京都)의 유자
(儒者) 강백구(岡白駒)에게 고문사학(古文辭學)을 배웠고, 그 후 성호원촌(聖護院村)에
초당을 지어 강설(講說)에 종사하였다. 만년에 아파덕도번(阿波德島藩)에서 벼슬하면서
주자학의 기초를 구축하였다.

42 축상(竺常) : 대전현상(大典顯常, 다이텐 겐조. 1719-1801) 강호시대 중기의 선승(禪
僧)·한시인(漢詩人). 경도(京都) 상국사(相國寺, 쇼코쿠지) 주지. 속성(俗姓)은 금굴
(今堀, 이마호리), 휘(諱)는 현상(顯常), 호는 대전(大典)·초중(蕉中)·축상(竺常)·태
진(太眞). 대전선사(大典禪師)라고 불렸으며, 종파 내에서는 호를 매장(梅莊)이라고 하
였다. 통칭은 태일랑(太一郎). 근강국(近江國, 오미노쿠니, 현재의 시가겐) 출신. 유의
(儒醫)인 금굴동안(今堀東安, 이마호리 도안)의 아들. 우야명하(宇野明霞, 우노 메이카)
및 대조원호(大潮元皓, 다이초 겐코)에게 고문사학을 배운 고주학파(古註學派)이다.

43 원정경(源正卿, 미나모토 세이케이, 1737-1802) : 강호시대 중기의 무인·유관(儒冠).
성은 원(源), 이름은 정경(正卿), 자는 자상(子相), 호는 창주(滄洲)·녹운거주인(綠雲居
主人). 대대로 미장번(尾張藩)에서 무직(武職)에 종사하였다. 미장주의 송평군산(松平
君山, 源君山, 源雲)을 사사하여 문장으로 이름이 났다. 1764년 송평군산을 따라 통신사

과 강전의생[44]의 사율 및 이 두 사람의 스승인 원운[45]의 넘치는 명
망을 들 수 있었는데, 모두 저희들이 마음속으로 깊이 좋아했던 분
들입니다. 나파사증은 동도까지 함께 갔기 때문에 정이 더욱 깊어
졌습니다. 족하께서 만약 더불어 좋아 허용하신다면 저희들의 이
말이 좋아하는 바에 아첨하는 것이 아니라는 것을 아실 것입니다.
뜻을 전해주셨으면 좋겠습니다.

현천: 의용과 범절이 준위하고 풍류가 양일함에 이르러서는 마땅히 족하
께서 으뜸이 되십니다. 이 말은 면전이라서 하는 아첨이 아닙니다.

학대: 정태실·목봉래와는 교분이 매우 두터운데, 그 나머지 사람들은
아직까지 한 번도 만나보지 못했습니다. 동도에 가 만나게 되면 마
땅히 뜻을 전해드리겠습니다. 다만 제군들께서 말씀을 지나치게 미
화시키시니 제가 어찌 감당할 수 있겠습니까? 비록 그렇다 해도, 저

일행을 접대하였고, 그것을 계기로 유관(儒冠)으로 발탁되었다. 남도(藍島)의 구정로(龜
井魯)와 병칭되었다.

44 강전의생(岡田宜生) : 강전신천(岡田新川, 오카다 신센, 1737-1799). 강호시대 중기
의 유학자. 성은 강전(岡田), 이름은 의생(宜生), 자는 정지(挺之), 호는 신천(新川), 통
칭은 선태랑(仙太郎), 별호는 창원(暢園)·삼재(杉齋)·감곡(甘谷). 송평군산(松平君山,
마쓰다이라 군잔)에게 경술(經術)을 배웠다. 천명(天明) 3년(1783) 미장(尾張, 오와리)
명고옥번교(名古屋藩校) 명륜당(明倫堂) 교수를 지내면서 번의 학정(學政)을 총괄하였
고, 관정(寬政) 4년(1792)에 독학(督學, 학두)을 지냈다. 시문으로 유명하다.

45 원운(源雲, 겐운) : 송평군산(松平君山, 마쓰다이라 군잔, 1697-1783). 강호시대 중기
미장번(尾張藩)의 유학자. 미장주 서실감(書室監). 아명은 미지조(弥之助)·태랑조(太
郎助), 이름은 수운(秀雲), 자는 사룡(士龍), 호는 군산(君山), 통칭은 태랑좌위문(太郎
左衛門). 그밖에도 용음자(龍吟子)·부춘산인(富春山人)·이은정(吏隱亭)·군방동(群
芳洞)·합잠와주인(盍簪窩主人) 등 많은 호가 있다. 17세 때 한시를 짓는 재능을 보였다.

의 평생의 이런저런 됨됨이에 대해 세상 사람들은 마땅히 제군들의
사람을 알아보는 식견에 의거할 것이니 다행이라 하겠습니다.

현천: 강호에 있을 때 정사명[46]의 서신을 보면서 대략 학대의 소식을
알 수 있었습니다. 안개구름이 수 천리나 끼어 있는데도 다시 의연
히 옥처럼 투명하심을 깨닫게 되어 진귀하고 소중합니다. 진숭산
등 여러 분들 모두 평안하십니까? 어찌 함께 오시지 않으셨습니까?

학대: 정사명이라는 사람에 대해서는 제가 잘 모릅니다.

현천: 사명은 이름이 잠인데 비전주의 문학입니다. 본가는 강호에 있
고, 비전주[47]에서 벼슬을 하고 있습니다. 갈 때 수창을 가장 많이 하
였습니다. 사행이 강호에 도착한 뒤에 서신이 있었는데, 서신 속에
학대에 대해 알고 있다는 말이 있었습니다. 비전주의 문학으로 사
명 이외에 또 호가 서애인 근등독[48]이라는 자가 있었는데, 족하께서

---

46 정사명(井四明) : 정상사명(井上四明, 이노우에 시메이, 1730-1819). 강호시대(江戸
時代)의 유학자. 비전(備前) 강산번(岡山藩) 유관(儒官). 비전주문학(備前州文學). 절충
학자. 본성(本姓)은 호구잠(戸口潛), 자는 중용(仲龍). 호는 사명(四明). 강설을 업으로
하였고 문장을 잘 지었다. 저서로『논어초해(論語鈔解)』·『효경초해(孝経抄解)』·『경제
십삼론(經濟十三論)』 등이 있고, 필담창화집으로 『우저창화집(牛渚唱和集)』이 있다.
47 비전주(肥前州, 히젠슈) : 현재의 일기(壹岐, 이키)·대마(對馬, 쓰시마)를 제외한 좌
하현(佐賀縣, 사가겐)·장기현(長崎縣)의 대부분 지역. 비전국(肥前國, 히젠노쿠니)이
라고도 하고, 비후국(肥後國, 히고노쿠니)과 합쳐서 비주(肥州, 히슈)라고도 한다. 율령
제(律令制) 하에서는 서해도(西海道, 사이카이도)에 속한다.
48 근등독(近藤篤, 곤도 아쓰시) : 성은 근등(近藤)이고, 이름은 독(篤), 호는 서애(西崖),
자는 자업(子業). 1748년 사행 때에도 조선문사들과 만나 수창하였다.

는 모두 다 뵌 적이 없으십니까? 저희들에게 서찰이 있어 학대께서 정군에게 전달해주셨으면 하는데, 인편을 찾아 전해주시는 것이 어떠신지요?

학대: 사명과 서애 모두 면식은 없으나, 그 서신은 제가 마땅히 강호에 갈 때 가지고 가 직접 전하겠습니다. 어떻습니까?

현천: 사명에게 갈 서찰이니, 만약 비전주에 직접 전할 인편이 있다면 좋겠습니다.

추월: 사명의 서찰 속에는 강도 사람 산안장[49]과 원성범[50]에게 답한 글이 있습니다. 족하께서 만약 이 사람에게 서신을 전해주신다면 사명에게 전달될 수 있을 것입니다. 족하께서 동도에 가시거든 목정관[51]과 정효덕[52] 군 등 여러 사람들을 만나 저희들 대신 뜻을 잘 전달해주시면 좋겠습니다. 자제분과 대록·남명·숭산 등 여러 문사들의 서신에 답할 수 있도록 해주시고 아울러 전해주십시오.

---

49 산안장(山岸藏, 야마기시 조) : 강호시대(江戶時代) 중기의 유자(儒者). 산안문연(山岸文淵). 자는 비룡(非龍), 호는 문연(文淵)·조현정(釣玄亭). 신농(信濃) 출신. 창평횡(昌平黌)의 생원이며, 임봉곡(林鳳谷, 林信言)의 제자로 그의 서기(書記)를 지냈다. 그가 직접 편찬한 필담창화집『갑신접사록(甲申接槎錄)』이 있다.

50 원성범(源成範, 미나모토 시게노리) : 호는 기북(冀北). 강호인(江戶人). 임봉곡(林鳳谷)의 제자이다.

51 목정관(木貞貫) : 목봉래(木蓬萊). 앞의 주38 참조.

52 정효덕(井孝德) : 정사명(井四明). 앞의 주46 참조.

학대: 사명에게 보내는 서찰은 제가 마땅히 속히 전달될 수 있도록 하겠습니다. 어찌 도중에 없어지는 지경에 이르도록 하겠습니까? 제 자식과 대록 등 여러 사람들에게도 각각 답서를 주신다니 제군들을 번거롭게 하였습니다. 은혜에 재삼 감사드립니다.

퇴석: 갈 때 제가 병이 나 선실에 누워있느니라 족하의 의용을 뵙지 못하고 오직 시편에 화답만 하였는데 지금 비로소 뵙게 되어 기쁨과 위로됨을 말로 할 수 없습니다. 자제분은 어찌 오지 않았습니까? 아직까지 서로 보지 못해 몹시 슬픕니다.

학대: 지난겨울 편치 않으셔서 배에 계시는 바람에 가르침을 받들 수 없었습니다. 시를 주고받음에 남달리 생각해주심을 입고 스스로 신교(神交)라고 여긴 것은 거짓이 아니었습니다. 길한 사람은 하늘이 도와 병마가 자취를 감추게 되고 바다와 육로를 편안히 밟을 것입니다. 사신 깃발을 돌린다고 하는데, 높은 바람을 타고 떠갈 수 있게 되었으니 본래의 소원을 이루셨습니다. 심히 경하드립니다.

퇴석: 이별시를 받들고 빨리 화답하고 싶었지만, 세 분 사상께서 바야흐로 심문과 처단을 기다리고 있는 중이라, 감히 붓을 잡을 수가 없어 끝내 성의를 저버리게 되었으니 부끄러움이 어떠하겠습니까? 자제분과 진숭산 등 제군들 또한 별도로 보내주신 시가 있는데 사세가 위와 같아 화답해드릴 수가 없습니다. 이러한 뜻을 잘 전해주시기를 바랍니다. 저물 무렵에 만나 의기가 서로 투합하였지만 너무 늦게 만난 것이 한스러울 뿐입니다. 내일 아침 이별하고 나면 하늘

가와 땅 끝 모두 묘연하여 뒷날의 안면으로는 오직 한 하늘의 밝은
달만 있을 것입니다.

학대: 변고를 만난 이래로 제군들께서 시를 짓거나 관현을 즐기지 않
는다는 의리를 이미 잘 알고 있습니다. 다만 잠시 만났어도 오래된
벗과 같았는데, 잠깐 사이에 기나긴 이별을 하게 되니 다시 무슨 말
을 하겠습니까?

퇴석: 족하께서는 저보다 세 살이 적을 뿐인데도 춘광이 시들지 않았
으니 매우 부럽고 찬탄합니다.

학대: 바다를 건너 멀리 유람하시어 백발의 심정을 모르시니 열사(烈
士)라고 말씀 드릴 만합니다. 저는 총기가 날로 쇠하여 한갓 먹고
마시는 것만 잘할 뿐입니다.

추월·용연·현천·퇴석: 장지[53]·화전·화간·해송자[54]·호도·약과·부채
돌아가는 길의 짐 보따리라서 텅 빈 채 쓸쓸하여 오직 이런 물건들
뿐입니다. 구구한 뜻을 우러러 표하니 웃으면서 받아주시길 바랍니다.
대록 족하께 보낼 지폭이 있으니 번거로우시겠지만 족하께서 전달해
주셨으면 합니다.

학대: 주시는 것을 잘 받겠습니다. 제군들께서는 해외에서 손님이신데 생각해 주심이 이와 같으니 심히 크나큰 은혜입니다. 감사한 은혜 어찌 그치겠습니까? 주신 지폭이 대록에게 이르게 되면 감사함을 알 것입니다. 우러러 청하건대, 주신 지전에 제군들께서 심획을 휘둘러 쓰시거나 혹 장주[55]·중화[56]·단애[57] 등 여러 사람들에게 수고로움을 나누어 써주시면 영원토록 문방을 빛내는 이별 뒤의 모습으로 삼겠습니다. 만족할 줄 모르는 바[58]를 탓하지 않으셨으면 합니다.

추월: 힘써 구하심에 어찌 우러러 부응하지 않고자 하겠습니까? 그러나 사자관은 쓰는 것을 직무로 삼고 있는데도 사상께서 오히려 남을 위해 글자를 쓰지 말도록 하였는데 하물며 저희들은 애초 이러

---

55 장주(長洲) : 현태익(玄泰翼, 1701-?). 조선 후기의 역관. 본관은 천녕(川寧). 자는 중거(仲擧), 호는 장주(長洲). 관직은 교회(敎誨)·동지(同知). 1722년(경종 2년) 임인(壬寅) 증광시(增廣試)에 2위로 합격하였고, 왜학(倭學)을 전공하였다. 1763년 통신사행 때 삼사(三使)의 수역(首譯)으로 일본에 갔다.

56 중화(中和) : 서유대(徐有大, 1732-1802). 조선 후기의 무신. 본관은 달성(達城). 자는 자겸(子謙). 1757년(영조 33) 문음(門蔭)으로 선전관이 되었고, 2년 후 사복시내승(司僕寺內乘)으로 무과에 급제하였다. 체격이 크고 성품이 너그러워 군졸의 원성을 산 바가 없어 당시 사람들은 그를 복장(福將)이라 불렀고, 글씨에도 능해 대자(大字)를 잘 썼다고 전한다. 시호는 무익(武翼)이다.

57 단애(丹崖) : 남두민(南斗旻, 1725-?). 조선 후기의 의관(醫官). 본관은 영양(英陽). 자는 천장(天章), 호는 단애(丹崖). 1754년(영조 30) 그의 나이 30세 때 증광시(增廣試) 의과(醫科)에 합격했다. 1763년 통신사 수행원이 되어 의원(醫員) 신분으로 일본에 가서 일본 의원들과 의담(醫談)을 나누었고, 1765년 의과(醫科) 증광시(增廣試)의 참시관(參試官)이 되었다. 관직은 전의정(典醫正)에 이르렀다.

58 만족할 줄 모르는 바[望蜀] : 광무제(光武帝)가 잠팽(岑彭)에게, "서성(西城)이 항복하거든 곧 군대를 거느리고 촉로(蜀虜)를 치라. 사람은 진정 만족을 모르는 것이구나. 농(隴)을 평정하니 다시 촉(蜀)을 바라게 되는구나."라고 하였다. (『후한서』「잠팽전(岑彭傳)」)

한 일을 임무로 하지도 않았습니다. 지금은 사사로운 의리로서 기왕에 하던 수창도 할 수 없는데 또한 어찌 저의 소관도 아닌 남의 일[59]을 대신 처단할 수 있겠습니까? 도리로서 헤아려보건대 타당하지 않습니다. 이에 받들 수 없으니 용서해주시고 양해하여주셨으면 합니다. 또한 이 말씀을 대록에게도 알려 주십시오.

학대: 제군들께서 의리상 편안하지 않는 바를 어찌 감히 억지로 무례를 범하겠습니까? 오직 마땅히 아름다운 은혜를 받은 것으로 길이 좋게 생각하겠습니다.

또다시 말함: 송자(松子)는 먹을 수 있습니까?

퇴석: 이것은 곧 중국 사람이 말하는 오엽송자[60]인데, 먹습니다. 신장을 보(保)하여 수명을 연장할 수 있습니다.

또다시 말함: 잠시 만났다가 바로 이별을 하게 되니 슬픔과 암담함이 유달리 심합니다. 아름다운 송별시는 격조가 청아하고 정과 경을 겸하였는데 화답시를 받들지 못하게 되었으니 혐의와 한탄스러움이

---

59 저의 소관도 아닌 남의 일[越俎] : 『장자(莊子)』「소요유(逍遙遊)」에 "庖人雖不治庖, 尸祝不越樽俎而代之矣."라고 하여, 월조(越俎)는 자기 소관이 아닌 남의 일을 가로맡음을 비유한 것이다.

60 오엽송자(五鬚松子) : 오엽송(五鬚松)의 열매. 곧 잣의 일종. 소나무과의 상록 교목으로, 겉껍질에 비늘이 없으며 잎은 다섯 개씩 모여서 나고 바늘 모양이며 씨는 잣이라고 하여 식용한다.

어떠하겠습니까? 벼루를 주신 은혜에 지극히 감사드립니다. 돌아가 훗날의 안면으로 삼으면 크게 위로가 되겠습니다.

학대: 보잘것없는 것으로 저의 정성을 표하였는데 어찌 족히 감사할 만하겠습니까? 저의 시는 마음속을 담아낸 여정(餘情)일 뿐이니 보아주신 것만도 다행입니다.

퇴석: 귀국의 부세는 한결같이 십일세의 예를 준수합니까?

학대: 조세는 10의 4를 세율로 하고 있습니다.

퇴석: 하(夏)·상(商)·주(周) 삼대에 견주면 좀 많겠습니다.

학대: 토양이 비옥하여 백성들은 오히려 가볍다고 여깁니다.

퇴석: 대략 십 수두[61]를 심은 밭에서는 몇 수두나 수확합니까?

학대: 옥토에 씨 1두를 뿌리면 1곡 5,6두를 수확합니다. 비록 메마른 땅이라 하더라도 또한 1곡 1,2두 밑으로 내려가지는 않습니다.

용연: 족리학교[62]의 고경(古經)과 기이주[63] 산군[64]의 저술은 이와 같이

---

61 수두(手斗) : 수두는 우리나라 되로 환산하면 두 되[二升] 반(半)이임. (『동사일록(東槎日錄)』 6월 19일)

해외 이본이라서 제가 아직까지 구경하지 못해 매우 한스럽습니다. 돌아갈 행장 차비에 몹시 바빠 사러 갈 길이 없어 더욱 한탄스럽습니다. 행낭에 혹 가지고 오셨습니까? 한 차례 보았으면 합니다.

학대: 고경은 아직 간행되지 않았습니다. 『고문』[65] 또한 여러 권이라서 가지고 오지 못했습니다. 보여드리지 못해 유감입니다.

용연: 적생조래의 『수필』[66]과 『논어징』[67]은 아직 보지 못했습니다. 그의

---

62 족리학교(足利學校) : 실정시대(室町時代) 초기에 족리 막부가 세운 학교. 승려가 교육을 담당하였고, 교과과정은 불교와 한학으로 구성되어 있다. 전국시대(1477-1573)에 활동이 절정에 달했다. 현재 족리학교유적도서관(足利學校遺蹟圖書館)에 수많은 고서가 소장되어 있다.

63 기이주(紀伊州, 기이노슈) : 현재의 화가산현(和歌山縣, 와카야마겐) 전역과 삼중현(三重縣, 미에겐)의 남부 지역. 기이국(紀伊國, 기이노쿠니)·기주(紀州, 기슈)라고도 한다. 율령제(律令制) 하에서는 남해도(南海道, 난카이도)에 속한다.

64 산군(山君) : 산정곤륜(山井崑崙, 야마노이 곤론, 1690-1728). 강호시대 중기의 한학자. 산정정(山井鼎) 혹은 산중정(山重鼎)이라고도 한다. 기이(紀州) 사람. 이름은 정(鼎) 혹은 중정(重鼎), 자는 군이(君彝), 호는 곤륜(崑崙), 통칭은 소전차(小傳次)·선육(善六). 정덕(正德) 3년(1713)에 이등동애(伊藤東涯) 문하에 들어갔지만, 『역문전제(譯文筌蹄)』를 일견(一見)하고 강호에 가서 적생조래(荻生徂徠)에게 입문하였다. 향보(享保) 3년(1718)에 기주번(紀州藩)의 지번(支藩)인 이예(伊豫) 서조번(西條藩)에 출사하였다. 향보 5년부터 9년까지 동문인 근본무이(根本武夷)와 하야(下野)의 족리학교(足利學校)의 고서(古書)를 교감(校勘)하는 일에 종사하였다. 그 결실이 『칠경맹자고문보유(七經孟子考文補遺)』이다. 교감의 정밀성은 후인의 모범이 되었다.

65 『고문(考文)』: 산정곤륜(山井崑崙)의 『칠경맹자고문(七經孟子考文)』.

66 『수필(隨筆)』: 훤원수필(蘐園隨筆). 적생조래(荻生徂徠)의 40세경 저서. 훤원(蘐園)은 조래의 별호. 보영(寶永) 6년(1709)에 문인(門人)의 손으로 편집 개시, 정덕(正德) 3년(1713)에 근작(近作)을 추가해서 완료하였고, 이듬해 간행하였다. 인재학(仁齋學)의 선구성을 인정하면서도 혹독하게 비판한 비판서이다. 부록을 더해 총 5권이다.

67 『논어징(論語徵)』: 적생조래(荻生徂徠)의 『논어(論語)』 주석서. 총10권. '고언(古言)

전집은 보았고,『변도』⁶⁸와『변명』⁶⁹ 또한 이미 보았습니다만『학칙』⁷⁰
은 아직 보지 못했습니다. 족하께서 가지고 오신 것이 있습니까?

학대: 제가 조관으로부터 이곳에 오다보니 집과 거리가 4백리나 되어
행장 속에 많은 서책을 가지고 올 수 없었습니다. 마음에 걸리고 한
탄스럽습니다.

용연: 적관(赤關, 赤間關)에도 또한 서점이 있습니까? 낭화에서 책을 사
셨습니까?

학대: 이곳 관문은 배들이 모이는 곳이라 갖가지 물품과 장사하는 집
들만 있을 뿐 글을 읽는 사람은 없습니다. 간혹 서적을 좋아하는 사

에 비추어보다'라는 뜻에서 서명(書名)이 나왔다. 주자(朱子) 및 이등인재(伊藤仁齋)와
달리『논어』를 절대시하는 입장을 떠나서 객관적인 언어해석의 입장을 취하면서 스스로
의 사상을 설명하였다. 때로는 기교(奇矯)가 지나친 해석도 있지만, 많은 주석서 중에서
도 뛰어나 중국에서도 인용되고 있다.

68 『변도(辨道)』:『변명(辨名)』과 함께 2변(二辨)이라고 불리는 적생조래(荻生徂徠)의
대표적인 저작이다. 1717년에 집필하였고, 적생조래 사후 1737년에 문인(門人)이 교정
(校訂)하여 간행하였다.『변명』의 총론에 해당하며, '도(道)'에 관한 논술(論述) 25칙으
로 되어 있다.

69 『변명(辨名)』:『변도(辨道)』와 함께 2변(二辨)이라고 불리는 적생조래(荻生徂徠)의
대표적인 저작이다.『변명』이란 선왕에 의한 명명(命名)과 제작(制作)에 되돌아가 행해
진 여러 명사(名辭)의 뜻을 해석하는 작업에서 이루어진 저작이다. 곧 유교 경전에 나오
는 도(道)와 덕(德) 등의 낱말의 의의를 구명(究明)한 책이다.

70 『학칙(學則)』: 적생조래(荻生徂徠)가『변명(辨名)』·『변도(辨道)』·『논어징(論語徵)』
등 주저(主著)의 정수(精髓)를 정리한 문헌이다. 그 내용은 학문을 할 때의 마음가짐과
학문을 하는 방법 등 7개 항목으로 구성되어 있고, 문인(門人)을 가르치기 위한 것이다.

람이 있는데 낭화에서 서책을 구합니다.

퇴석: 저의 눈병은 바람을 쐬면 매우 아픕니다. 거처로 돌아가 누워 조
리해야 될 성싶어 물러나기를 청합니다. 한 번 헤어지고 나면 다시
만날 길이 없으니 한갓 슬픔과 답답함이 더해집니다. 천시에 맞추
어 잘 지내시기를 바랍니다.

학대: 이별이라는 말을 하니 마음이 심란합니다. 오직 더위를 씻고 열
기를 피하시어 아프신 부위를 잘 돌보십시오. 내일 혹시 비라도 내
리면 다시 뵐 수 있을 것입니다.

용연: 강도의 용문 유유한[71]은 대단한 유학자이십니다. 족하께서 일찍
이 그와 더불어 창화하신 적이 있으십니까?

학대: 그 사람을 모릅니다.

또다시 물음: 이 관은 와룡관[72]입니까?

---

71 용문(龍門) 유유한(劉維翰, 류 이칸) : 궁뢰용문(宮瀬龍門, 미야세 류몬, 1720-1771).
강호시대 중기의 한시인(漢詩人). 기주(紀州) 출신. 이름은 유한(維翰), 호는 용문(龍門),
자는 문익(文翼), 통칭은 삼우위문(三右衛門). 선조가 후한(後漢) 헌제(獻帝)의 손자 지
하혈대촌왕(志賀穴大村王)으로부터 나왔다고 하여 유씨(劉氏)라고 칭하였다고 한다.
72 와룡관(臥龍冠) : 말총으로 만든 관(冠). 삼국시대 제갈량(諸葛亮)이 이 관(冠)을 썼다
고 하여 붙여진 이름.

용연: 동파관[73]입니다. 추월께서 쓰신 것은 종철방관(騌綴方冠)이며 달리 부르는 명칭은 없습니다. 입은 것은 벼슬이 있는 사람의 평상복으로 산골물이 부끄러워하고 숲이 부끄러워한 지[74] 이미 오래되었습니다.

학대: 귀국에도 또한 천연두를 앓지 않은 사람이 있습니까?

용연: 걸리지 않는 사람이 없습니다만 남쪽 땅에 간혹 걸리지 않은 자가 있습니다.

학대: 더위에 옷을 두껍게 입으시면 더 덥지 않으십니까?

추월: 다행히 여윈 몸이라 더위를 타지 않습니다.

학대: 저는 몸이 살찐 돼지와 같아서 한림학사(汗淋學士)[75]라 이릅니다.

---

73 동파관(東坡冠) : 조선시대 사대부들이 한가로이 거처할 때 쓰던 관으로, 말총으로 만들며, 송(宋)나라의 소식(蘇軾)이 썼다고 하여 그의 호를 본떠 동파관이라 하였다.

74 산골물이 부끄러워하고 숲이 부끄러워한 지[澗愧林慚] : 은사(隱士)가 산을 떠남으로 인하여, 구름이나 숲이나 계곡이 모두 실망을 하게 된다는 뜻으로, 공치규(孔稚珪)의 「북산이문(北山移文)」에 "풍운이 분기를 띠고, 천석이 목 메이게 슬퍼한다 …… 숲이 끝없이 부끄러워하고 계곡도 한없이 부끄러워한다.[風雲悽其帶憤 泉石咽而不愴, …… 林慙無盡澗愧不歇。]"라고 한 데서 온 말이다.

75 한림학사(汗淋學士) : 온몸이 젖을 정도로 땀을 많이 흘려 붙인 별명으로 한림학사(翰林學士)를 염두에 둔 표현이다.

또다시 말함: 기일을 옛날에는 갑자로 하였는데, 사마씨의 진(晉)나라 이
후로 일수를 사용하고 있습니다. 일수를 사용하면 그믐날에 죽은
자는 작은 달에는 기일이 없게 되고, 윤달에 죽은 자는 윤달이 없는
해에는 기월이 없게 되니, 옛날을 좇아 바르게 함이 마땅한 것 같습
니다. 모르겠습니다만, 귀국의 제도는 어떠합니까?

현천: 기일은 일월로 계산합니다. 그믐날에 죽은 자는 달의 크고 작음
을 따지지 않고 모두 당월 그믐날로 기일을 삼습니다. 윤달 또한 지
금의 달을 좇아 계산하고, 다른 해에 비록 윤달이 든 달을 만나도
또한 윤달을 버리고 지금의 달을 취합니다. 가령 금년 윤5월 그믐날
에 죽은 자는 다른 해 모두 지금의 5월 그믐날을 기일로 삼습니다.
뒤에 비록 다시 윤달이 든 5월의 해를 만나도 제사는 지금의 5월
그믐날에 행합니다. 다만 그 윤달 그믐날 또한 음악을 듣지 않고 고
기를 먹지 않은 채 저녁이 되어 마치면 됩니다.

추월: 화자악[76] 재상의 〈원이녀사(怨二女詞)〉는 한위의 여향을 깊이 얻
었습니다. 족하께서도 또한 그를 기리셨습니다. 저번에 비록 화자
의 시에 화답을 하긴 했지만 그가 학식이 높은 큰 선비인지는 몰랐

---

76 화자악(和子萼) : 화지동교(和智東郊, 와치 도코, 1703-1765). 강호시대 중기의 유자
(儒者)·한시인(漢詩人). 성은 화지(和智), 이름은 체경(棣卿), 자는 자악(子萼), 호는
동교(東郊), 통칭은 구랑좌위문(九郎左衛門). 대대로 모리가(毛利家)를 섬겼다. 어려서
부친을 사별하고 11세의 나이로 출사하였다. 산현주남(山縣周南)에게 배웠는데, 주남이
세자에게 시강(侍講)할 때 동교도 함께 배웠다. 그의 시(詩)는 명나라 시인 이반룡(李攀
龍, 滄溟)을 모방해서 다양한 시체(詩體)를 이루었으며, 만년의 작품은 왕세정(王世貞,
弇州)의 시풍과 비슷하였다.

습니다. 지금은 곧 족하의 벗이 될 만한 분임을 알겠습니다. 이 사람을 한 번도 뵙지 못해 한스럽습니다.

학대: 이 사람은 해내의 둘도 없는 재사입니다. 다만 벼슬을 젊어서부터 장년이 되도록 오래하여 만권을 독파할 수 없다보니 천리마의 기상을 펴지 못한 것이 한스러울 뿐입니다.

추월: 족하께서 돌아가 동교[77]를 뵙거든 제 뜻을 잘 전달하시어 선비의 도리를 잃은 죄를 면할 수 있도록 해주시면 좋겠습니다.

학대: 뜻을 받들겠습니다. 그 사람도 마땅히 감격할 것입니다.

추월: 족하께서도 또한 조래를 뵙고 그에게 배우셨습니까?

학대: 저는 늦게 태어나 문하에서 직접 수업을 받지는 못하였고, 그의 고제(高弟) 주남[78]에게 종사하였을 뿐입니다.

---

77 동교(東郊) : 화자악(和子萼)의 호.

78 주남(周南) : 산현주남(山縣周南, 야마가타 슈난, 1687-1752) 강호시대 전-중기 고문사학파(古文辭學派)의 유학자. 약현주남(若縣周南, 와카카케 슈난이라고도 한다). 이름은 효유(孝孺), 자는 차공(次公), 자호는 주남(周南), 통칭은 소조(少助). 주방(周防, 스오, 현재의 야마구치겐) 출신. 산현양재(山縣良齋, 야마가타 료사이)의 차남. 보영(寶永) 2년(1705) 19세 때 강호에 나와 적생조래(荻生徂徠, 오규 소라이)를 사사(師事)하였다. 향보(享保) 2년(1717) 장문(長門, 나가토, 현재 야마구치겐) 추(萩, 하기) 번주(藩主) 모리길원(毛利吉元, 모리 요시모토)·종광(宗廣, 무네히로) 부자(父子)의 시강(侍講)이 되었다. 원문(元文) 2년(1737) 번교(藩校) 명륜관(明倫館)의 창설에 힘써 2대(代) 좨주(祭酒, 태학두의 당나라 명칭)에 취임하였고 조래학(徂徠學)을 장주(長州, 조슈, 장문국의

용연: 화자악의 글 속에 현자(縣子)라고 한 사람은 누구입니까?

학대: 현효유(縣孝孺)로 호가 주남인데, 이곳 번의 명륜관 좨주입니다. 정덕 연간[79]에 나이가 겨우 스무 살이 지났는데 이동곽[80] 등 여러 사람들과 서로 창화를 하였습니다. 세 분 사상께서 그의 기이한 재주를 아껴 맞이하여 시로 시험했던 자입니다.

용연: 일찍이 무경[81]의 문집 속에서 그 이름은 본 적이 있는데 그의 문장을 보지 못해 한탄스럽습니다.

학대: 주남의 문집이 세상에 나와 있고, 조선 문사들과 창수한 것으로 『문사기상』[82]이 있습니다.

현천: 4,5천리를 오고가면서 만난 문인과 시인들이 천여 명이나 되는데 대체로 총명하고 뛰어나 시문이 숲처럼 울창하였습니다. 저희들이 서로 말을 주고받을 때마다, 일본의 문운이 날로 열려, 옛사람이 천

별칭)에 널리 보급하였다.

[79] 정덕(正德) 연간 : 1711년. 정사 조태억(趙泰億) · 부사 임수간(任守幹) · 종사관 이방언(李邦彦)이 일본으로 사행을 떠났던 해.

[80] 이동곽(李東郭) : 1711년 제술관으로 사행에 참여했던 이현(李礥)을 가리킨다.

[81] 무경(茂卿) : 적생조래(荻生徂徠). 장문계갑문사 건하 주14 참조.

[82] 『문사기상(問槎畸賞)』: 3책. 조선의 세 사신과 산현주남(山縣周南) · 안등동야(安藤東野) 사이의 시문 증답을 채록한 필담창화집. 정덕(正德) 원년(1711)에 추원이정(秋元以正)이 편찬하고, 길전유린(吉田有隣)이 교정하였다. 천리대학부속천리도서관(天理大學附屬天理圖書館)에 소장되어 있다.

기가 북쪽으로부터 남쪽으로 전해진다고 일컬었던 바가 이에 징험
이 있다고 생각하였습니다. 다만 지금 파도에 휩쓸리고 물살을 좇
아 달리는 것들이 대개 명나라 유자 왕세정[83]과 이반룡[84]의 남은 폐
단일 뿐인데 그것을 제창하여 일으키는 자 가운데 물조래가 실로
그 허물을 지니고 있으니 한탄스러울 뿐입니다. 전날 족하께서 말
씀하시면서 먼저 조래를 언급하셨고, 숭산 또한 편지에서 조래를
들어 말하였습니다. 모르겠습니다만, 족하와 숭산께서는 항상 조래
자로 순유(醇儒)의 정학(正學)을 삼으십니까? 자리가 비록 부산스럽
지만 감히 하나 묻습니다.

학대: 이 지방 학자 가운데 조래의 가르침을 좇지 않는 자들이 드뭅니
다. 비록 저만 하더라도 또한 그렇습니다. 옳다 옳지 않다라는 설에
이르러서는 진실로 간략하게 다 말할 수 있는 것이 아닙니다. 조래
가 지은 서책을 읽고 그의 학설을 궁구하지 않고서야 어찌 도가 있
는 곳을 알겠습니까? 회견이 끝나 제군들과 더불어 그의 학설에 대
해 논할 수 없게 되어 매우 유감스럽습니다.

---

83 왕세정(王世貞, 1526-1590) : 중국 명대 문학가이면서 역사학자. 자는 원미(元美),
　호는 봉주(鳳洲)·엄주산인(弇州山人). 가정연간(嘉靖年間)에 진사가 되었으며, 형부주
　사(刑部主事)를 제수받았다. 이반룡(李攀龍)과 함께 복고파인 후칠자(後七子)의 주요인
　물이 되었으며, 이반룡이 죽자 20년간 문단을 이끌었다. 문장은 반드시 진(秦)·한(漢)을
　본받고 시는 반드시 성당(盛唐)을 모범으로 삼을 것을 주장하면서, 문학 복고운동에 힘을
　기울였다.
84 이반룡(李攀龍, 1514-1570) : 중국 명나라의 문인. 자는 우린(于麟), 호는 창명(滄溟).
　칠언 근체시에 능하였고, 왕세정과 함께 고문사(古文辭)를 중시하고, 문(文)은 진한(秦
　漢) 시(詩)는 성당(盛唐)을 주장하였다.

현천: 지난번에 강호에 있을 때 『조래집』[85]을 가지고 와 보여주는 자가 있어 한 번 읽어보았습니다. 대체로 호걸스런 재사로 마음대로 변론을 폈습니다만, 인용한 것이 모두 왕세정과 이반룡을 가지고 논하여 병폐를 받아들임에 있어서 또한 심한 점이 있습니다. 만약 이 사람이 마음을 지켜[86] 실천하는 경지에 깊이 몰입할 수 있다면 자신에게 다행스러울 뿐만 아니라 그 때문에 후학에게도 훌륭한 혜택이 될 것이니 어찌 문장의 말단에 이르겠습니까? 주자의 도는 중천에 떠 있는 해와 같아서 공자 이후의 한 사람입니다. 이에 반대하는 자는 모두 도깨비의 먼 그림자입니다. 생각건대, 학대처럼 식견이 통달하신 분은 다만 조래의 밝은 곳만을 배우고 어두운 곳은 대개 이미 죄다 버려 남김이 없을 것입니다. 그러나 후생 가운데 새로 학문을 하는 자들은 학대와 같은 노성한 분도 오히려 조래를 존숭하고 받듦이 이와 같으니 우리들이 의지하고 돌아갈 곳은 오직 이곳에 있지 않겠는가라고 생각할까 싶습니다. 세도에 해가 됨은 이루 다 말할 수 없습니다. 다행히 사문에 들어와 있는 이단을 쫓아버리는[87] 의로움을 깊이 인도하시어 서로 구렁텅이에 빠지는[88] 폐단에는 이

---

85 『조래집(徂徠集)』: 『적생조래집(荻生徂徠集)』. 원문(元文) 5년(1740)에 간행된 적생조래의 한시문집(漢詩文集). 30권 18책이다.

86 마음을 지켜[操存]: 마음이 신명(神明)하여 그 작용을 헤아릴 수 없음에 대하여 공자가 사람 마음의 속성을 두고서 "잡으면 존재하고 놓으면 없어져서, 출입하는 것이 때가 없어 그 향하는 바를 알 수 없다.[操則存, 舍則亡, 出入無時, 莫知其鄉.]"라고 한 데서 유래하였다. (『맹자』「고자상(告子上)」)

87 사문에 들어와 있는 이단을 쫓아버리는[門揮]: 한유의 「송부도문창사서(送浮屠文暢師序)」에, "이단(異端)의 학설을 주장하는 자가, 사문(師門)에 들어와 있으면 쫓아 버려야 하겠지만[在門牆則揮之], 오랑캐 땅에 있는 자라면 이끌어 들여야 한다[在夷狄則進之]"하고 하였다.

르지 않기를 바랍니다. 어떠하십니까?

학대: 조래의 학문은 고어(古語)로 고경(古經)을 풀이한 것이라 불을 보듯 명확합니다. 주자의 명덕(明德)에 대한 해석은『시경』·『좌전』과 부합되지 않고, 인(仁)을 심덕(心德)이라 한 것은 전언(專言)과 편언(偏言)이라는 점이 있는데, 그 설이 관중에 이르면 군색해집니다. 옛날에는 시서예악을 사교(四敎)와 사술(四術)이라 하여[89] 사군자(士君子)가 배우는 것은 이것뿐이었습니다. 어찌 본연기질(本然氣質)·존양성찰(存養省察)·주일무적(主一無敵) 등의 여러 가지 조목이 있었겠습니까? 성인의 도는 하늘을 공경하는 것을 근본으로 삼았고, 조래의 가르침도 또한 그러합니다. 하늘을 공경하고 예를 지키는 것 이외에 어찌 별도로 마음을 지키고 실천하는 법이 있겠습니까? 모든 것이 이와 같은 유형인데 이야기를 길게 한다[90]고 어찌 다 말할 수 있겠습니까? 이것이 제가 정주(程朱)에게 의구심을 갖는 까닭입

---

88 서로 구렁텅이에 빠지는[胥及溺] :『시경』「상유(桑柔)」에 "그 어찌 잘될 수 있겠는가, 서로 구렁텅이에 빠질 뿐이네.[其何能淑, 載胥及溺]"라고 하였다.

89 시서예악(詩書禮樂)을 사교(四敎)와 사술(四術)이라 하여 : 사교는 원래『논어』「술이(述而)」편에 의거하면 "子以四敎, 文行忠信."라고 하여 문(文)·행(行)·충(忠)·신(信)을 뜻하지만 여기에서는 사술과 함께 시(詩)·서(書)·예(禮)·악(樂)을 말하고 있다.『예기(禮記)』「왕제(王制)」에 "악정(樂正)이 사술(四術)을 숭상하고, 사교(四敎)를 세운다."라고 하였다.

90 이야기를 길게 한다[更僕] : 피곤하면 사람을 바꾸어 가며 말하는 것으로 얘기가 매우 길다는 뜻이다. 애공(哀公)이 유행(儒行)에 대해 묻자 공자(孔子)가 대답하기를 "갑작스레 헤아려 말해서는 다 얘기할 수 없고, 자세히 다 얘기하려면 오래 머물러야 하니, 피곤하여 보좌하는 사람을 번갈아 세우더라도 다 말할 수 없습니다.[遽數之, 不能終其物, 悉數之乃留, 更僕未可終也。]"라고 하였다. (『예기』「유행(儒行)」)

니다.

현천: 조래의 명확한 곳은 족하께서도 또한 더불어 명확하면 되지만, 어두운 곳은 족하께서는 의당 취하고 버림이 있어야만 합니다. 다만 이는 몇 쪽의 글이나 몇 마디 말로 결정할 수 없습니다. 다행히 조용한 거처에서 혼자 고요히 있을 때 문득 고금의 유학 전적을 취하여 마음속의 물자[91]를 쓸어버리고 다만 처음부터 이치에 따라 분석해 나가면서 글의 뜻을 좇은 뒤에 다시 물자의 설을 취하여 보면 족하의 공평함으로 어찌 파탄이 난 곳을 철저하게 볼 수 없겠습니까? 또한 명교(名教) 속에 절로 낙지(樂地)가 있는데[92], 하필 광산 주변에 떨어진 모래를 주워서 백번이나 정련시킨 금과 비교하시겠습니까? 구구한 마음이지만, 이방인이 내세운 하나의 의론으로 내버리지 않으셨으면 합니다. 족하께서 헤아려주십시오. 후학과 신진은 바로 갓난아이가 처음 말을 배우는 것과 같으니 어른이 마땅히 더욱 신중하게 살피면서 가르치고 익히도록 해야 합니다. 족하께서는 잘 가르치는 분이시니 더욱 가벼이 할 수 없을 것입니다.

학대: 가르침을 입게 되어 매우 감사합니다. 제가 조용히 이리저리 궁

---

91 물자(物子) : 적생조래(荻生徂徠)를 높여 일컫는 말이다.
92 명교(名教) 속에 절로 낙지(樂地)가 있는데 : 진(晉)나라 때 왕징(王澄)·호무보지(胡毋輔之) 등 제인(諸人)은 방달(放達)하기로 유명했는데, 그 중에 옷을 다 벗고 알몸을 내놓은 자도 있었으므로, 악광(樂廣)이 그것을 보고 웃으면서 말하기를, "명교 안에 절로 즐거운 땅이 있는데, 어찌하여 이렇게 한단 말인가.[名教中自有樂地, 何爲乃爾也?]"라고 하였다.

구해 보도록 하겠습니다.

현천: 군자께서 매우 겸허하시고 깊이 흠모하며 탄복하시니 진실로 이
와 같다면 후생과 내생의 다행입니다.

용연: 무경[93]이 그릇 들게 됨은 바로 재주가 너무 높고 논변이 너무 통
쾌하며 식견이 너무 기이하고 학식이 너무 광박함에서 기인한 것이
지만 그의 문장을 잘 짓는 역량은 실로 갑자기 배척 단절할 수 없는
것이 있으니, 후학들이 만약 스승이 될 만한 것을 스승으로 삼고 버
릴 만한 것을 버릴 수 있다면 무경을 잘 배웠다고 할 수 있으며 무
경 또한 장차 후인들에게 보탬이 있을 것입니다.

추월: 제가 『조래집』과 『변도』·『변명』 등을 숙독해보니, 그의 학술은
끝내 요순의 도에 함께 들어갈 수는 없었지만, 그의 문장의 불꽃은
매우 이글이글 타올라 마멸할 수 없는 기운이 있었습니다. 남보다
뛰어난 재주로 사람들을 그르치는 죄를 짓게 되어 애석하기만 하고,
지하에 계신 분을 일으켜 아호[94]에서 한 차례 만나 논쟁을 하지 못
한 것이 한스럽습니다.

---

93 무경(茂卿) : 적생조래(荻生徂徠)의 자(字).
94 아호(鵝湖) : 송(宋)나라 순희(淳熙) 2년(1175)에 주희와 육상산이 여조겸(呂祖謙)의
주선으로 신주(信州)의 아호사(鵝湖寺)에서 사흘 동안 철학 논쟁을 벌인 것을 말한다.
양자 사이에 합치점을 찾지 못한 채, 주희는 상산의 학설이 태간(太簡) 공소(空疎)하여
선학(禪學)에 가깝다고 비평하고, 상산은 주희의 학설이 너무도 지리(支離)할 뿐이라고
반박을 하였는데, 후대에서는 이 논쟁을 주희의 이른바 객관유심주의(客觀唯心主義)와
상산의 주관유심주의(主觀唯心主義)가 충돌한 일대 논쟁이었다고 평가하였다.

학대: 문장의 불꽃이 이글거리며 타오르는 것이 어찌 향원(鄕愿)[95]의 부류이겠습니까? 공자께서 군자는 다투는 바가 없다[96]고 하였으니, 아호의 논쟁은 주자와 육구연이 됨을 면할 수 없는 소이입니다.

추월: 족하께서는 법을 전하는 사문[97]이자 법을 보호하는 사미[98]라 할 수 있으니 제가 비록 노파심이 있어도 어찌할 수 없습니다.

학대: 무성[99]의 찬제[100]이니, 부처도 헤아릴 수 없는 자입니다. 하하. 제군들의 한 차례 노파심에 제가 감히 감복하지 않을 수 있겠습니까? 오직 허공에 대고 부질없이 조래를 꾸짖을 뿐입니다. 그러나 그의 가르침이 선왕 공자의 도와 서로 어긋나는 곳을 명확하게 들추어내지 못하였으니, 이것이 제가 족하의 뜻에 묵묵히 찬동할 수 없는 이유입니다. 또한 이 지방에는 경서의 뜻으로 선비들을 뽑는

---

95 향원(鄕愿) : 시골 훈장. 그 지방 인심에 영합하면서 가장 점잖은 체하는 사람. 『논어』 「양화(陽貨)」편에, "鄕愿德之賊"이라고 하였다.

96 군자는 다투는 바가 없다[君子無所爭] : 『논어』「팔일(八佾)」에 "군자는 다투는 것이 없으나 반드시 활쏘기에서는 경쟁을 한다. 상대방에게 읍하고 사양하며 올라갔다가 활을 쏜 뒤에는 내려와 벌주를 마시니, 이러한 다툼이 군자다운 다툼이다.[君子無所爭, 必也射乎。揖讓而升, 下而飮, 其爭也君子。]"라고 하였다.

97 사문(沙門) : 머리를 깎고 불문(佛門)에 들어가 불도(佛道)를 닦는 사람.

98 사미(沙弥) : 사미(Sramonera)는 범어로 자비지(慈悲地)에 안식한다는 것이 그 본뜻으로 대개 불문(佛門)에 들어가 수행중인 승려를 가리킨다.

99 무성(無性) : 유성은 불성(佛性)을 지니고 있어 성불(成佛)할 가능성이 있는 중생을 말하고, 무성은 불성이 없어서 끝없이 윤회(輪廻)할 수밖에 없는 중생으로 일천제(一闡提)를 가리킨다.

100 찬제(屠提) : 찬제바라밀(屠提波羅蜜).

데 주자의 신주(新注) 등을 사용하는 제도가 없어서 사군자(士君子)
의 학문은 각자 좋아하는 바를 좇고 있습니다. 또한 이 지방은 봉건
정치로 삼대[101]와 풍속이 같아 한나라나 당나라에 비길 수 있는 바
가 아닙니다. 군신 상하 사이는 은혜와 의리로 서로 결합되어 있어
한 집안의 아비와 자식 사이 같습니다. 이 때문에 도량이 넓어 잘못
된 줄 알면서도 받아들여[102] 더럽혀지기 쉬운 희고 깨끗한[103] 살핌
을 쓰지 않고서도 일본이 크게 다스려지는 것입니다. 자양[104]의 엄
격하고 각박한 『강목』[105]은 혹 군현의 세상에서는 쓰일 수 있으나
봉건국가에 시행하기에는 마땅하지 않습니다. 저희들은 대대로 제
후국에 벼슬하면서 녹봉을 받고 있어 구차하게 나라를 다스리기 위
한 등용에 함께할 수 없으니 그것을 말해 무엇 하겠습니까? 이것이
송나라 이후의 학문을 버리고 고학(古學)에 종사하는 이유입니다.

추월: 삼대는 봉건제도로 나라를 다스렸고 인도(人道)의 정미함과 효제
충신으로 가르침을 삼았으니 그 학문이 어찌 후세와 다르겠습니까?

---

101 삼대(三代) : 하(夏)·은(殷)·주(周)의 시대를 말한다.

102 도량이 넓어 잘못된 줄 알면서도 받아들여[納汙含垢] : 『춘추좌씨전(春秋左氏傳)』
「선공(宣公)」15년 조에 "천택은 더러운 것을 받아들이고, 산의 숲은 악물을 감추어 주
고, 아름다운 옥은 흠결을 숨겨 간직하고, 나라의 임금은 더러운 것을 포용하나니, 이
것이 바로 하늘의 도이다.[川澤納汙, 山藪藏疾, 瑾瑜匿瑕, 國君含垢, 天之道也。]"라
고 한 데서 온 말로, 전하여 도량이 아주 너그러운 것을 의미한다.

103 희고 깨끗한[皦皦] : "높디높은 것은 허물어지기 쉽고, 희디흰 것은 더럽혀지기 쉽
다.[嶢嶢者易缺, 皦皦者易汙。]"라고 하였다.(『후한서』「황경열전(黃瓊列傳)」)

104 자양(紫陽) : 주희(朱熹) 곧 주자(朱子)의 별호(別號). 주자가 자양산(紫陽山)에 학
당(學堂)을 세웠기 때문에 후인들이 주자를 자양이라고 불렀다.

105 『강목』: 주자가 편찬한 『자치통감강목(資治通鑑綱目)』을 가리킨다.

물자(物子)가 중국의 훈으로 고경을 읽는 법을 만들어낸 뒤 지금까
지 학사들이 그것에 많은 힘을 입고 있으니 그 공은 비방할 수 없습
니다. 다만 맹자부터 그 이하를 망녕되이 꾸짖고 배척하니 이는 법
도를 벗어난 사람입니다. 족하께서 그 사람을 아껴 그의 나쁜 점을
잊을 수는 없으실 것이니 학술의 병폐가 되리라고는 조금도 염려하
지 않습니다. 저 또한 물자가 부사산과 같이 높은 일본의 대학자라
고 생각하고 있습니다. 이 사람을 교묘하게 꾸짖고자 한 것이 아니
니 족하께서 헤아려 주십시오.

학대: 높으신 뜻 삼가 받들겠습니다. 물자 또한 효제충신을 벗어나서
는 도로 여기지 않았습니다. 또한 제가 앞에서 말씀 드렸듯이 진실
로 나라가 다스려지고 백성이 편안하다면 다시 무엇을 구하겠습니
까? 어찌 반드시 학술의 같고 다름을 논쟁할 필요가 있겠습니까?

추월: 다만 삼성과 신성[106]처럼 분명한 것을 말하는 것이 좋겠습니다.

학대: 매우 옳습니다. 백향산[107]의 시에 '필여(匹如) 사후에는 무슨 일을
할까, 응당 인간을 향해 구할 게 없네.'[108]라고 하였는데, '필여(匹如)'

---

106 삼성(參星)과 신성(辰星) : 유시(酉時)에 서방(西方)에 나오는 삼성(參星)과 묘시(卯
時)에 동방(東方)에 나오는 신성(辰星)처럼 서로 동떨어져 있는 관계로, 세불양립(勢不
兩立) 혹은 시비곡직(是非曲直)을 분명히 따질 수 있는 일을 말한다.
107 백향산(白香山) : 당나라 시인 백거이(白居易). 그의 만년의 호가 향산거사(香山居
士)였다.
108 위의 시는 〈우음이수(偶吟二首)〉 가운데 첫째 수로『백향산시집(白香山詩集)』(권31)
에는 "眼下有衣兼有食, 心中無喜亦無憂. 正如身後有何事, 應向人間無所求. 静念道

는 무슨 뜻입니까?

추월: 제가 기억할 수 없습니다만 '정(正)'자의 오기인 것 같습니다. 시
제가 무엇인지 그리고 무슨 일을 읊었는지 모르겠습니다. 만약 그
것을 알면 혹 풀이할 수 있을 것입니다.

학대: 오직 회포를 술회하여 지은 것일 뿐입니다. 저는 '필여(匹如)'는
'여환(如幻)[109]'과 같다고 생각합니다. 주에 필여(匹如)는 비유한 것이
라고 하였습니다. 당나라 때의 속어로, 불서의 여여[110]라는 뜻과 같
지 않을까 싶습니다.

추월: 향산은 속어를 많이 사용하였는데, 보여주신 것도 그런 것 같습
니다. 그렇지 않다면 '파(叵)'자가 될 것입니다. 뜻은 '기여(豈如)'나
'하여(何如)'와 같거나 또는 그와 가까울 것입니다.

학대: 어떤 본에는 '파(叵)'자로 되어 있습니다. 그러나 '여(如)'가 되는

經深閉目, 閒迎禪客小低頭。猶殘少許雲泉興, 一歲龍門數度遊。"라 하여 '匹如'는 '正
如'로 '爲何事'는 '有何事'로 되어 있다.

109 여환(如幻) : 모든 일의 실답지 않음이 환영(幻影)과 같다. 이 세상의 일체 현상이
모두 환(幻)처럼 실체가 없다는 '제법개공(諸法皆空)'의 사상을 말하는데, 보살은 모름지
기 여환삼매(如幻三昧)를 닦아야 한다고 했다. (『원각경』「보현」)

110 여여(如如) : 불교의 용어로, 정지(正智)에 계합하는 이체(理體), 즉 진여(眞如)를
말하는데, 만유제법(萬有諸法)의 이체는 동일 평등하므로 여(如)라 하고, 여가 하나만이
아니므로 여여라고 하였다. 혜능선사(慧能禪師)의 『단경(壇經)』에, "만경이 스스로 여여
하니, 여여의 마음이 바로 진실이니라.[萬境自如如, 如如之心, 卽是眞實。]"고 하였다.

것이 옳은 것 같습니다.

용연: 일찍이 귀국의『삼재도회』[111]를 본 적이 있습니다. 안덕사당[112]에
는 평씨[113]의 오래된 물건을 소장하고 있다고 하던데, 지금도 남아
있습니까?

학대: 전해 내려오기를, 오래 전에는 의포와 악기 그리고 갑옷과 투구
종류가 있었다고 합니다만, 화재로 어찌 남아있겠습니까? 지금은
오직 어린 임금의 어검과 평교경[114]의 패도만 남아 있을 뿐입니다.

---

111 『삼재도회(三才圖會)』: 사도양안(寺島良安: 호는 尚順, 별호는 古林堂, 醫學者)의
『화한삼재도회(和漢三才圖會)』를 가리킨다. 중국의『삼재도회(三才圖會)』를 모방하여
일본의 상황에 맞게 내용과 체재를 재구성하였다. 조선 후기 학자들이 이 문헌을 즐겨
보았다.

112 안덕(安德) 사당 : 안덕사(安德祠). 남용익(南龍翼)의『문견별록(聞見別錄)』「도리
(道里)」에 "아미타사(阿彌陀寺)가 있고 절 옆에 안덕사(安德祠)를 세웠다. 원뇌조(源賴
朝)의 난리 때에 평청성(平清盛)이 안덕천황(安德天皇)을 끼고 서쪽 바다로 달아났었으
나 평씨의 군대가 패하게 되자 당시 안덕천황은 8세의 어린이였는데 할머니인 후백하후
(後白河后)가 그를 안고 바다에 빠져 죽었다. 그 뒤 나라 사람들이 그를 불쌍히 여기어
이곳에 사당을 세우고 소상(塑像)을 모시며 전토(田土)를 장만하여 해마다 제사를 지낸
다.[有阿彌陀寺, 寺傍建安德祠. 源賴朝之變, 平清盛挾安德天皇, 奔西海, 平氏兵敗,
安德方八歲. 祖母後白河后, 抱而投海. 國人哀之, 爲立祠塑像于此, 給田歲祀之.]"라
고 하였다.

113 평씨(平氏) : 안덕천황 집권시 외척 평청성(平清盛). 고창천황(高倉天皇, 재위
1169-1180) 말엽과 안덕천황(安德天皇, 1181-1185) 때 집정(執政) 대신.

114 평교경(平教經, 다이라노 노리쓰네, 1160-1185) : 평안(平安)시대 말기 평가(平家)
일문(一門)의 무장. 본명은 국성(國盛). 평청성(平清盛, 다이라노 교모리)의 동생인 교
성(教盛, 노리모리)의 차남. 백기수(伯耆守)·민부권대보(民部權大輔)·능등수(能登守)
를 지냈다. 뒤에 교경(教經)으로 개명(改名)하였다. 비중(備中) 수도(水島)에서 원씨(源
氏)를 격파하는 등 1183년 평가(平家)의 낙향 이후 가문에서 가장 뛰어나고 용맹한 무사
로 알려졌다.

용연: 서경[115]의 목순암[116]의 학파에 지금 몇 사람이나 있습니까?

학대: 황정백석[117]·실구소[118]·유천삼성[119]·양태암[120]·기원유[121] 등이

---

115 서경(西京): 경도(京都, 교토). 산성주(山城州)에 속하고, 현재의 경도부(京都府, 교토후) 경도시(京都市, 교토시) 중심부에 위치. 경성(京城)·경(京)·왜경(倭京)·화경(和京)·평안(平安)·평안경(平安京, 헤이안쿄)라고도 하였다.

116 목순암(木順庵): 목하순암(木下順庵, 기노시타 준안, 1621-1699). 강호시대 전기의 유학자. 이름은 정간(貞幹), 자는 직부(直夫), 호는 금리(錦里)·순암(順庵)·민신재(敏愼齋)·장미동(薔薇洞), 시호는 공정(恭靖), 통칭은 평지윤(平之允). 경도(京都) 출신. 순암(順庵) 4세(世)의 선조가 이하국(伊賀國, 이가노쿠니, 현재의 미에겐)에서 경도로 이주하였으며, 목하씨(木下氏)로 이름지었다. 학문적으로는 등원성와(藤原惺窩, 후지와라 세이카) 이래의 학풍을 이어 주자학의 입장이었지만, 왕양명(王陽明)의 문(文)을 존중하는 등 주자학만을 고집하지는 않았다. 그의 문하로 목문십철(木門十哲) 등 다양한 학자가 배출되었다. 저서로『금리문집(錦里文集)』등이 있다.

117 황정백석(荒井白石): 신정백석(新井白石, 아라이 하쿠세키, 1657-1725). 강호시대 중기의 정치가·경세가·학자·시인. 원여(源璵). 아명은 전장(傳藏), 이름은 군미(君美), 호는 백석(白石)·물재(勿齋), 통칭은 여오랑(與五郎)·감해유(勘解由). 강호 출신. 상총(上總, 가즈사, 현재의 지바겐) 구유리번(久留里藩, 구루리한, 현재의 기미쓰군) 번사(藩士)인 신정정제(新井正濟, 아라이 마사나리)와 처(妻) 천대(千代, 지요)의 아들이다. 1711년에 쇼군의 정치 고문의 입장에서 내정과 외교의 대개혁을 주도하였고 대조선외교에도 쇄신을 실행하였다.

118 실구소(室鳩巣, 무로 규소, 1658-1734): 강호시대 전-중기의 유학자. 이름은 직청(直清), 자는 사례(師禮)·여옥(汝玉), 별호는 창랑(滄浪), 통칭은 신조(新助). 강호(江戶) 출신. 실현박(室玄樸, 무로 겐보쿠)의 아들. 15세에 가하(加賀, 가가) 금택번(金澤藩, 가나자와한)에 출사하였고, 경도(京都)에서 목하순암(木下順庵, 기노시타 준안)에게 주자학을 배웠으며 동문(同門)인 신정백석(新井白石, 아라이 하쿠세키)과 비견되는 목하(木下) 문하의 준재(俊才)로 불렸다.

119 유천삼성(柳川三省): 유천창주(柳川滄洲, 야나가와 소슈, 1666-1731). 강호시대 전-중기의 유자(儒者). 이름은 삼성(三省), 자는 자로(子魯)·노보(魯甫), 통칭은 소삼차(小三次). 섭진(攝津) 고규인(高槻人). 경도(京都)에서 목하순암(木下順庵)에게 배웠으며, 스승을 따라서 강호로 가서 실구소(室鳩巣)·신정백석(新井白石) 등과 교유하였다. 뒤에 경도에서 유천진택(柳川震澤)을 사사하였으며 이때 유천(柳川)이라는 성(姓)을 이었는데, 후에 본성(本姓)인 향정(向井)으로 돌아갔다.

모두 그 문하에서 나와 성대히 명가가 되었습니다만 모두 이미 고
인이 되었습니다. 지금 자손이 있는지 알지 못합니다.

용연: 순암과 구소는 일본의 정통 학맥인데 족하께서는 어찌 그들을
취하지 않고 무경을 취하셨습니까?

학대: 사람에게는 각자 마음이 있습니다.

용연: 이밖에 또 명가가 있습니까?

학대: 서경의 이등인재[122]가 『논』·『맹고의』[123]를 지었는데, 드러난 바

---

120 양태암(梁蛻岩) : 양전태암(梁田蛻巖, 야나다 제이간, 1672-1757). 강호시대 중기의
한시인. 이름은 방미(邦美)·언방(彦邦), 자는 경란(景鸞), 호는 태암(蛻巖)·구모(龜
毛), 통칭은 재우위문(才右衛門). 십일세 때 막부의 유관(儒官)이었던 인견학산(人見鶴
山)에게 배웠고, 10대 후반에는 산기암재(山崎闇齋)의 학문에 심취하여 주자학·불전(佛
典)·신도(神道)에 정통하였고, 신정백석(新井白石)에게도 가르침을 받았다. 실구소(室
鳩巢) 등과 교유하였으며, 한시를 잘 지었다. 저서로 『태암집(蛻岩集)』·『답문서(答問
書)』·『사서강의(四書講義)』 등이 있다.
121 기원유(祇園瑜) : 기원남해(祇園南海, 기온 난카이, 1676-1751). 강호시대 전-중기
한시인(漢詩人) 겸 화가. 이름은 유(瑜), 자는 백옥(伯玉), 통칭은 여일(余一). 기원상렴
(祇園尚濂, 기온 쇼렌)의 아버지. 목하순암(木下順庵, 기노시타 준안)을 사사(師事)하였
고, 목문십철(木門十哲) 가운데 한 사람이다. 22세에 기이(紀伊) 화가산번(和歌山藩,
와카야마한)의 유관(儒官)이 되었으나 방탕무뢰(放蕩無賴)했기 때문에 10년간 관직에서
쫓겨났다. 후에 조선통신사 접대역(接待役), 번교(藩校) 강석장(講釋場, 고샤쿠바)의 주
장(主長, 슈초)이 되었다.
122 이등인재(伊藤仁齋, 이토 진사이, 1627-1705) : 강호시대 전기의 유학자·사상가.
이름은 유정(維禎), 본명은 원길유정(源吉維貞), 호는 인재(仁齋), 자는 원좌(原佐)·원
조(源助), 통칭은 학옥칠우위문(鶴屋七右衛門). 경도(京都)의 상가(商家) 출신. 청년시
절에는 독학으로 주자서(朱子書)를 읽었으며, 그의 『경재잠(敬齋箴)』에 경도(傾倒)되어

큰 줄기가 명나라 오정한[124]의 설과 은근히 부합되고 있습니다. 그의 아들 동애[125]도 함께 유림의 거벽이 되었습니다. 축전주에는 손헌[126]과 춘암[127]이 있는데 제군들께서 이미 다 알고 계실 것입니다.

호를 경재(敬齋)라고 하였으나, 만치(萬治) 1년(1658)에 『인설(仁說)』을 쓰고, 인(仁)의 본질은 애(愛)라고 하였으며, 호를 인재(仁齋)라고 고쳤다. 관문(寬文) 2년(1662)인 36세 때 경도 굴천(堀川, 호리카와)의 자택으로 돌아와서 학옥칠우위문(鶴屋七右衛門)을 습명(襲名)함과 함께 고의당(古義堂) 숙(塾)을 열고, 고의학파(古義學派) [굴천학파(堀川學派)]의 창시자가 되었다. 자유롭고 실천적인 학풍으로 폭넓은 계층에 걸쳐 문하 제자가 3,000명에 달하였다. 저서로 『어맹자의(語孟字義)』・『동자문(童子問)』・『대학정본(大學定本)』・『중용발휘(中庸發揮)』・『논어고의(論語古義)』・『맹자고의(孟子古義)』・『고학선생문집((古學先生文集)』・『고학선생시집(古學先生詩集)』 등이 있는데, 대부분 사후 동애(東涯)에 의해서 간행되었다.

123 『논』・『맹고의』: 이등인재의 『논어고의(論語古義)』와 『맹자고의(孟子古義)』를 가리킨다.

124 오정한(吳廷翰, 1491-1559): 자는 숭백(嵩柏), 호는 소원(蘇原). 명나라 무위주(無爲州) 사람. 유물주의 사상으로 유심주의를 반대하였다. 그의 철학 저술은 일본 학계에서 환영을 받았다. 저서로 『오정한집(吳廷翰集)』이 있다.

125 동애(東崖): 이등동애(伊藤東涯, 이토 도가이, 1670-1736). 강호시대 전-중기의 유자(儒者). 이름은 장윤(長胤, 나가쓰구), 자는 원장(原藏)・원장(源藏)・원장(元藏), 별호는 조조재(慥慥齋, 조조사이). 경도 출신. 이등인재(伊藤仁齋, 이토 진사이)의 장남. 부친의 가숙(家塾)인 고의당(古義堂)을 지켜, 다수의 문인을 가르쳤다. 부친의 저서를 간행하기 위해 고의학(古義學)을 집대성했다. 또한 중국의 유교사・어학・제도를 일본과 대비시켜 연구하였고 결과 방대한 저술을 남겼다.

126 손헌(損軒): 패원익헌(貝原益軒, 가이바라 에키켄, 1630-1714). 강호시대 전-중기의 본초학자(本草學者)・유학자(儒學者)・생물학자(生物學者)・농학자(農學者). 이름은 독신(篤信), 자는 자성(子誠), 호는 유재(柔齋)・손헌(損軒)・익헌(益軒, 73세 이후), 통칭은 구병위(久兵衛). 축전국(筑前國) 복강인(福岡人). 1664년 35세 때 귀번(歸藩)하여 번내에서 주자학을 강의하였고, 조선통신사 접대를 맡았다. 어려서부터 독서가로 매우 박식하였다. 단, 서적에만 얽매이지 않고 자신의 발로 걷고, 눈으로 보며, 손으로 만지거나 혹은 입으로 확인하는 등 실증주의적인 면을 가지고 있다. 주요 저서로는 『대화본초(大和本草)』・『채보(菜譜)』・『화보(花譜)』 등의 본초서, 『양생훈(養生訓)』・『화속동자훈(和俗童子訓)』・『오상훈(五常訓)』 등의 교육서, 『대의록(大擬錄)』 등의 사상서가 있고, 기행문으로 『화주순람기(和州巡覽記)』・『흑전가보(黑田家譜)』・『축전국속풍토기

비후주에는 수진암[128]과 추옥산[129] 옥산은 지금 시습관 좨주로 있다.이 있고,

조래의 문하에 등동벽[130]·태재춘대[131]·복남곽[132]과 우리 현주남[133]

(筑前國續風土記)』 등이 있다.

127 춘암(春菴) : 죽전춘암(竹田春庵, 다케다 슌안, 1661-1745). 강호시대 중기의 유학자. 죽춘암(竹春菴). 이름은 정직(定直), 자는 자경(子敬), 호는 춘암(春庵), 통칭은 칠지조(七之助)·조태부(助太夫). 경도(京都) 출신. 축전(筑前, 지쿠젠) 복강(福岡, 후쿠오카) 번사(藩士)인 패원익헌(貝原益軒, 가이바라 에키켄)에게 정주학 등의 학문을 배웠고 그의 추천으로 번의 유관이 되었다.

128 수진암(藪震菴) : 수신암(藪愼庵, 야부신안, 1689-1744). 강호시대 중기의 유학자. 이름은 홍독(弘篤), 호는 정헌(定軒)·경산인(京山人)·산양산인(山陽散人)·진암(震庵)·신암(愼庵) 등, 통칭은 구우위문(久右衛門). 비후(肥後) 웅본번사(熊本藩士). 조선 이퇴계의 영향을 받아서 주자학을 준봉(遵奉)하였고, 같은 번(藩)의 대총퇴야(大塚退野)와 함께 비후(肥後) 실학 지도자가 되었다. 강호(江戶)에 나갔을 때 고문사학(古文辭學)의 태두인 적생조래(荻生徂徠)와 친교가 있었지만 최후까지 그의 학설을 따르지 않았다. 저서로는『신암유고(愼庵遺稿)』가 있다.

129 추옥산(秋玉山) : 추산옥산(秋山玉山, 아키야마 교쿠잔, 1702-1764). 강호시대 중기의 한학자(漢學者). 이름은 의(儀)·정정(定政), 자는 자우(子羽), 호는 옥산(玉山)·청가(靑柯), 통칭은 의우위문(儀右衛門). 풍후(豊後, 분고) 학기(鶴崎, 쓰루사키, 현재의 오이타시) 출신. 수족병산(水足屏山, 미즈타리 헤이잔)에게 유학을 배웠고, 선학(禪學)도 좋아했다 강호(江戶)로 올라가 임봉강(林鳳岡, 하야시 호코)을 사사하였다. 그의 학문은 주자학을 중심으로 하면서 당시 성행한 조래학(徂徠學)을 적극적으로 받아들이는 등 학풍이 자유로웠다.

130 등동벽(藤東壁) : 안등동야(安藤東野, 안도 도야, 1683-1719). 강호시대 전-중기의 유학자. 본성(本姓)은 대소(大沼, 오누마), 이름은 환도(煥圖), 자는 동벽(東壁), 통칭은 인우위문(仁右衛門). 하야(下野, 시모쓰케, 현재의 도치겐) 출신. 중야휘겸(中野撝謙, 나카노 기켄)·적생조래(荻生徂徠, 오규 소라이)에게 배웠다. 적생조래의 초기 제자로 훤원학파(蘐園學派)의 세력을 넓혔다. 후에 유택길보(柳澤吉保, 야나기사와 요시야스)를 섬겼다. 시문(詩文)에 뛰어났으며, 죽은 후『동야유고(東野遺稿)』가 간행되었다.

131 태재춘대(太宰春臺, 다자이 슌다이, 1680-1747) : 에도시대 중기의 유학자. 태재순(太宰純). 이름은 순(純), 자는 덕부(德夫), 통칭은 미우위문(彌右衛門). 서재를 자지원(紫芝園)이라고 불렀다. 본성은 평수(平手)씨로 직전신장(織田信長)을 섬겼던 평수정수(平手政秀)의 자손이라고 한다. 17세로 강호의 주자학자 중야위겸(中野撝謙)의 사숙에 들어간 후 학문에 정진해서 32세에 적생조래(荻生徂徠, 오규 소라이)에게 입문했을 때에

이 있으며, 장기에는 노초졸[134]이 있습니다. 모두 근세의 대가들로 그들이 지은 책이 해내에 간행 반포되어 있습니다.

용연: 인재라는 분은 유정[135]입니까? 동애라는 분은 무경이 서경에 이

는 이미 학식을 갖춘 상태였다. 저서로『논어고훈(論語古訓)』19권,『논어고훈외전(論語古訓外傳)』20권,『공자가어증주(孔子家語增注)』10권,『시서고전(詩書古傳)』34권,『주역반정(周易反正)』12권 등이 있고 또 유학 사상에 관련한 독자적 주장을 서술한 것으로『성학문답(聖學問答)』·『변도서(辨道書)』·『육경략설(六經略說)』등이 있다.

132 복남곽(服南郭) : 복부남곽(服部南郭, 핫토리 난카쿠, 1683-1759). 강호시대 전-중기의 유학자·한시인(漢詩人)·화가. 이름은 원교(元喬), 자는 자천(子遷)·행팔(幸八), 호는 남곽(南郭), 별호는 부용관(芙蓉館)·부과관(芙蘽館), 화호(畵號)는 주설(周雪)·관옹(觀翁), 통칭은 소우위문(小右衛門). 경도(京都) 출신. 강호에 나와서 5대 장군(將軍) 덕천강길(德川綱吉, 도쿠가와 쓰나요시)의 총신(寵臣)인 유택길보(柳澤吉保, 야나기사와 요시야스)를 가인(歌人)으로 섬겼고, 정덕(正德) 1년(1711)경 유택가(柳澤家)의 유신(儒臣)인 적생조래(荻生徂徠, 오규 소라이)에게 입문해서 한시문(漢詩文)으로 방향을 바꾸었다. 향보(享保) 3년(1718) 유택가에서 물러난 이후에는 죽을 때까지 오로지 시문(詩文)만 하였다. 그때까지 유학의 지배하에 있었던 한시(漢詩)를 문학으로 해방시킨 공적이 있으며, 또한 생활태도가 강호(江戶) 중기 지식인들의, 현실을 벗어나 예술·취미의 세계에서 노는, 소위 문인의식의 전형을 행하였다. 경세론(經世論)의 태재춘대(太宰春臺, 다자이 슌다이), 시문(詩文)의 복부남곽(服部南郭)으로 적생조래(荻生徂徠) 문하에서 쌍벽을 이루었다.

133 현주남(縣周南) : 산현주남(山縣周南, 야마가타 슈난, 1687-1752) 강호시대 전-중기의 고문사학파(古文辭學派)의 유학자. 장문계갑문사 건하 주78 참조.

134 노초졸(盧草拙, 로 소세쓰, 1675-1729) : 강호시대 중기의 천문학자. 장기(長崎)의 문화인. 노군옥(盧君玉)의 증손. 증조부인 노군옥(盧君玉)은 명나라 복건인(福建人)으로 경장(慶長) 17년(1612, 광해 4) 처음 장기(長崎)로 건너갔다. 노초졸은 독서를 좋아하며 다양한 학문을 배워 박람강기(博覽强記)하였는데, 특히 천문으로 이름이 높았다. 천문은 소림의신의 고제(高弟)인 관장삼랑(關庄三郞)에게 배웠으며, 세정광택(細井廣澤)의『측량비언(測量秘言)』에서 미루어 짐작하면 서양 천문학 지식에도 밝았다. 향보(享保) 4년(1719, 숙종 45)에 서천여견(西川如見)과 함께 천문에 대한 일로 강호(江戶)에 부름을 받아 자문하게 되었다. 저서로는『장기선민전(長崎先民傳)』이 있다.

135 유정(維楨) : 이등인재(伊藤仁齋, 이토 진사이, 1627-1705). 강호시대 전기의 유학

원장[136]이 있고 관서에 우백양[137]이 있다고 말한 자입니까?

학대: 그렇습니다. 백양은 또한 순암의 문인으로 대마주에서 벼슬하였습니다.

용연: 태재순[138]은 자손 가운데 명성을 계승한 자가 있습니까?

학대: 의붓아들이 있는데 학업이 어떠한지는 모르겠습니다.

용연: 주남 또한 그러합니까?

자·사상가. 이름은 유정(維禎), 본명은 원길유정(源吉維貞), 호는 인재(仁齋), 자는 원좌(原佐)·원조(源助), 통칭은 학옥칠우위문(鶴屋七右衛門). 경도(京都)의 상가(商家) 출신. 장문계갑문사 건하 주122 참조.

136 이원장(伊原臧): 이등동애(伊藤東涯, 이토 도가이, 1670-1736).

137 우백양(雨伯陽): 우삼방주(雨森芳洲, 아메노모리 호슈, 1668-1755). 강호시대 전-중기의 유학자. 이름은 준량(俊良)·성청(誠淸), 자는 백양(伯陽), 통칭은 동오랑(東五郎), 호는 방주(芳洲)·상경당(尙絅堂)·귤창(橘窓), 조선에서는 우삼동(雨森東)의 이름으로 알려져 있다. 근강국(近江國, 오미쿠니, 현재의 시가겐) 출신. 18세경에 강호에서 목하순암(木下順庵, 기노시타 준안)의 문하에 들어갔으며, 신정백석(新井白石)·실구소(室鳩巢) 등과 함께 목문(木門)의 5선생이라는 존칭을 받게 되었다. 원록(元祿) 2년(1689) 22세 때 스승의 추천으로 대마 부중번(府中藩)에서 일했다. 중국어와 조선어에 능통하였다. 조선방좌역(朝鮮方佐役, 조센호사야쿠)으로 조선과의 외교를 담당했다. 통신사행 때 진문역(眞文役, 외교문서의 해독 및 기초)이 되어 강호(江戶)에 수행 또는 참판사(參判使)나 재판역(裁判役) 등 외교사절로서 조일외교(朝日外交)의 실무를 담당하였다.

138 태재순(太宰純): 태재춘대(太宰春臺, 다자이 슌다이, 1680-1747). 장문계갑문사 건하 주131 참조.

학대: 사내 태항[139]이 있어 업을 계승하였습니다. 무진년에 내빈을 접
　　　견하여 창화를 주고받았습니다.

용연: 초대록[140]은 초장중장[141]의 후손이 아닙니까? 중장이 중국 사람에
　　　게 배웠다는데 그가 장기(長崎)에서 생장하였기 때문입니까?

학대: 중장은 장기 사람으로 이곳 번에 와서 벼슬하였고 임도영[142]에게
　　　서법을 배웠으며 아울러 역관으로 통했습니다. 대록이 그의 손자입
　　　니다.

용연: 귀국에서는 군대 사열을 1년에 몇 차례나 합니까? 집집마다 사람

---

139 태항(泰恒) : 산현당원(山縣棠園, 야마가타 도엔, 1719-1783). 강호시대 중기의 유
　　　학자. 이름은 태항(泰恒), 통칭은 이랑우위문(二郎右衛門). 산현주남(山縣周南, 야마가
　　　타 슈난)의 장남. 아버지의 뒤를 이어 장문(長門, 나가토, 현재의 야마구치겐) 추번(萩藩,
　　　하기한)의 유관(儒官)이 되었다. 『주남선생문집(周南先生文集)』을 편집했다.
140 초대록(草大麓) : 초장대록(草場大麓, 구사바 다이로쿠, 1740-1803). 강호시대 중-
　　　후기의 서예가. 장문계갑문사 건하 주29 참조.
141 초장중장(草場中章) : 초장거경(草場居敬, 구사바 교케이, 1679-1737). 강호시대
　　　중기의 서예가. 이름은 중장(中章), 자(字)는 표장(豹藏), 통칭은 병장(兵藏). 비전(肥
　　　前, 비젠) 송포(松浦, 마쓰라) 출신. 임도영(林道榮, 하야시 도에이)과 북도설산(北島雪
　　　山, 기타지마 세쓰잔)에게 배워, 장문(長門, 나가토, 현재의 야마구치겐) 번주(藩主) 모
　　　리길광(毛利吉廣, 모리 요시히로)을 섬겼다.
142 임도영(林道榮, 하야시 도에이, 1640-1708) : 강호시대 전-중기의 당통사(唐通
　　　事)·서예가. 이름은 웅채(應采), 자는 관운(款雲). 비전(肥前) 장기인(長崎人). 부친은
　　　중국에서 온 도래인. 원록(元祿) 12년(1699, 숙종 22)에 당통사의 상급직인 풍설정역(風
　　　説定役)에 올랐고, 그 해 호(號)로 사용하던 관매(官梅)를 성(姓)으로 했다. 서예는 즉비
　　　여일(卽非如一)에게 배웠으며, 심견현대(深見玄岱)와 쌍벽으로 불렸다. 저서로 『해외이
　　　문록(海外異聞錄)』이 있다.

마다 모두 병적에 속합니까?

학대: 사인(士人)과 보졸(步卒)은 모두 대오가 있지만 농민과 장인 및
상인은 함께 대오를 지을 수 없습니다. 군대 사열은 여러 주에 있습
니다. 다만 그 법에 조금씩 같고 다름이 있을 뿐입니다.

용연: 공께서 계신 번주의 제도를 물은 것입니다.

학대: 저희 번의 제도는 백성들에게 피해를 주지 않기 위해 사시 가운
데 농한기에 수렵을 합니다. 혹 과군께서 친히 나가기도 하고 혹은
공경 보좌관들이 대리로 행하기도 하는데 조련하는 법을 맡기고 또
대오와 기계를 사열합니다. 또한 무예를 위한 교사 교육장이 있어
서 매번 말을 달리면서 칼을 부딪치고 활쏘기를 익히며 봉(棒)을 사
용하는데, 몇 차례로 제한하지 않습니다.

용연: 귀국의 칼을 지니고 다니는 습속이 원뇌조[143] 때부터 시작되었다
고 하는데 과연 그렇습니까?

---

143 원뇌조(源賴朝, 미나모토노 요리토모, 1147~1199) : 평안시대(平安時代) 말기 겸창
시대(鎌倉時代) 초기의 무장. 귀무자(鬼武者)·귀무환(鬼武丸)이라고도 한다. 평청성
(平淸盛)의 집정에 반항하여 군사를 일으킨 정이대장군(征夷大將軍)으로 겸창막부(鎌倉
幕府, 가마쿠라 바쿠후)의 초대 장군(將軍). 원의조(源義朝, 미나모토노 요시토모)의 3
남. 이인왕(以仁王)의 영지(令旨, 료지)를 받은 뇌조는 이두(伊豆)의 목대(目代, 모쿠다
이) 산목겸륭(山木兼隆, 야마키 가네타카)을 쳐서 반평씨(反平氏)의 깃발을 선명하게
했다.

학대: 예전 군현제도시대에는 오직 무관과 병사들만 칼을 차고 다녔습니다. 선비와 서민들 모두 칼을 차고 다닌 것은 원뇌조 때부터 점차 그리하였습니다.

추월: 무진 사행 때 장문주에 『문사』[144]라는 소책자 세 권이 있었는데, 지금 사행에서도 또한 판각하고자 하십니까? 저희들이 수응한 예가 모두 천박하여 만약 새길 것 같으면 형편없는 것[145]을 새기는 꼴일 것입니다.

학대: 이번 사행에서의 수창시 또한 마땅히 판에 새길 것입니다. 저희 무리들 것이 다만 형편없다고 생각합니다.

추월: 서경·동도·낭화는 모두 다른 지방에서 수응 화답한 것도 모아 함께 간행하는데, 이곳은 다만 이 지역에서 화답한 것만 간행합니까?

학대: 서사(書肆)에서 집록한 것이 대개 소루함이 많아, 이 때문에 저희 주에서 별도로 판각하는 것이라 다른 지역의 것은 포함시키지 않습니다.

추월: 책으로 펴낼 때 제현들의 귀국길 송별시도 함께 펴내십니까? 저

---

144 『문사(問槎)』: 『장문무진문사(長門戊辰問槎)』를 가리킨다.
145 형편없는 것[無鹽]: 전국시대 제(齊)나라 무염 땅의 유명한 추녀(醜女) 종리춘(鍾離春)의 별칭으로, 재능이 형편없다는 뜻으로 쓴 겸사이다.

희들은 사사로운 의리로 하나같이 수응을 할 수가 없었습니다. 만약 귀하의 시들을 간행하게 되면 조선 사람들이 변고를 만나 의리로 인해 시를 짓지 못해 화운시가 없다는 내용의 주를 달아주시면 좋을 것 같습니다.

학대: 마땅히 가르침과 같이 하겠습니다.

추월: 날이 저물려고 합니다. 저희들이 배에서 내려야만 하니 족하와 여기서 헤어져야겠습니다. 창해가 아득하여 훗날 인연을 잇기 어려우니, 굴삼려[146]가 '새로 사귐과 생이별'[147]이라는 말을 진실로 먼저 읊은 것입니다. 다만 연륜과 덕망을 함께 소중히 하시면서 후진을 힘써 인도하시어 이역에서의 구구한 기대를 저버림이 없으시기를 바랄 뿐입니다.

용연: 새로 사귀고 생이별하는 것은 옛사람이 슬퍼한 바입니다. 말이 서로 통하지 않았지만 뜻만은 유독 미더웠습니다. 다할 수 없는 것이 회포요 지속하기 어려운 것이 인연입니다만 날이 이미 저물어 사상께서 배에서 내리시니 저희들도 또한 오래 앉아 있을 수 없습니다. 이로부터 작별을 고하는데 구름 낀 바다 아득하기만 합니다. 오직 높은 연륜과 덕망으로 구구한 소망에 부응해 주시기를 바랄

---

146 굴삼려(屈三閭) : 중국 전국시대 초나라의 정치가이며 시인인 굴원(屈原).
147 새로 사귐과 생이별 : 굴원(屈原)의 〈소사명(少司命)〉에, "살아서 이별하는 것보다 더 큰 슬픔은 없고, 새로 사람을 알아서 사귀는 것보다 더 큰 즐거움은 없다.[悲莫悲兮生別離, 樂莫樂兮新相知]"라는 구절이 있다.

뿐입니다. 서로 떨어져 있게 되니 이 한스러움을 어찌 하겠습니까?

현천: 작별한 이래 이곳에 이르기까지 이미 5개월을 지내면서 매양 학대의 풍모와 운치가 사람들에게 젖어들고 있음을 알게 되었습니다. 금일 또한 만나자마자 이별을 하게 되니, 한 하늘의 남과 북에 조각달을 나누어 남겨두고 서로 그리우면 바라보는 것 오직 이것뿐입니다. 대록과 숭산 등 여러 분들은 끝내 다시 보지 못하게 되어 더욱 슬픕니다. 오직 전에 말했던 풍류가 흘러넘치는 것을 돌아가는 소매에 가득 가지고 갈 뿐입니다.

학대: 제군들과 작별을 고하는데 어찌 녹아내리는 슬픈 마음을 이길 수 있겠습니까? 아아, 각자 하늘의 남과 북으로 나뉘어 큰 바다로 경계를 삼고 있지만, 하루아침에 만나 한 차례 뵈었음에도 마치 오래된 벗을 만난 것과 같았고, 잠시 만나자마자 홀연 헤어지긴 했어도 헤어진 뒤 다시 만났으니 어찌 기연이 아니겠습니까? 그러나 이로부터 영영 이별하게 되니 삼성과 상성[148]뿐만 아니라 하늘가와 바다 끝에서도 빛나는 위용을 꿈 꿀 뿐입니다. 끝없는 회한을 어찌 다할 수 있겠습니까? 엎드려 생각건대, 제군들께서는 강건하여 벼슬할 수 있는 나이[149]로 아름다운 덕을 힘써 숭상하셨으니 성은을 입

---

148 삼성(參星)과 상성(商星): 삼성(參星)은 서남방에 있고 상성(商星)은 동방에 있어 동서(東西)로 서로 등지고 있기 때문에 이별한 뒤에 오래도록 만나지 못할 때의 비유로 쓰인다.
149 강건하여 벼슬할 수 있는 나이[强仕]: 『예기(禮記)』「곡례편(曲禮篇)」에 '四十日强而仕'에서 온 말. 곧 마흔 살을 이르는 말이다.

으실 수 있을 것입니다. 고향으로 돌아갈 날이 가까우니 식사 잘 하시고 건강하십시오.

통자
通刺

농홍(瀧鴻)[150]

　조선과 일본이 우호를 다지기 위해 큰 깃발이 바다에 떠오르는데 병예[151]가 바람을 거두고 해신[152]이 노여움을 거두어 비단 돛배가 별 탈 없이 위엄스럽게 이곳에 임하였으니 경하드립니다. 소자는 성은 농(瀧)이요 이름은 홍(鴻)이며 자는 사의(士儀)입니다. 지금 부친을 좇아 이곳에 이르렀습니다. 다행히 물리치지 않으셔서 빼어나신 풍모를 뵙고 훌륭한 말씀을 받들게 되었으니 기쁨과 감사함을 어찌 다할 수 있겠습니까. 보잘것없는 시 한 편이 있어 감히 옹졸한 솜씨를 감추지 않고 족하께 드리니 잠시 보아주시면 매우 다행이겠습니다.

---

150 농홍(瀧鴻) : 농고거(瀧高渠, 다키 고쿄, 1745-1792). 에도시대 중-후기의 유자(儒者). 성은 농(瀧), 이름은 홍(鴻), 자는 사의(士儀), 호는 고거(高渠), 통칭은 홍지윤(鴻之允). 장문(長門, 현재의 야마구치현) 추번(萩藩) 유학자인 농학대(瀧鶴臺)의 3남. 추번 번사(藩士). 안영(安永) 2년(1773, 영조 49) 부친의 죽음으로 집안의 대를 이었고, 번주인 모리중취(毛利重就)의 시강(侍講)이 되었다.

151 병예(屛翳) : 풍백(風伯). 고대 전설에 나오는 바람의 신. 삼국시대 위(魏)나라 조식(曹植)의 〈낙신부(洛神賦)〉에 "병예가 바람을 거두고, 천후가 물결을 잠재우네.[屛翳收風, 川后靜波.]"라고 하였다.

152 해신[海若] : 해약은 북해약(北海若)의 준말. 약(若)은 바다 귀신의 이름. 널리 해신(海神)을 지칭하는 말로 쓰인다.

남추월께 드리다
呈南秋月

적수 사이로 외로운 배 타고 떠난	駕去孤帆赤水間
붉은 얼굴, 오색구름 깊은 곳에 머물고 있네	五雲深處駐朱顏
약수 바다[153] 원래 넘기 어렵다고 뉘 말했나	誰言弱海原難超
신선은 훨훨 날아와 약을 캐어 돌아가리라	仙子翩然採藥還

농사의께 화답하다
和瀧士儀

추월

대와 잣나무 사이에서 찬 비 쓸쓸히 내리는데	寒雨蕭疎竹柏間
하늘가 나그네 회포 낯빛 초췌해지려 하네	天涯羈抱欲凋顏
단구의 채색 날개 새끼봉황 거느리고 왔는데[154]	丹丘彩翮將雛下
깊은 바다의 외로운 붕새는 언제 돌아갈까	積水孤鵬幾日還

---

153 약수(弱水) 바다 : 신선이 살았다는 중국 서쪽의 전설적인 강. 삼신산의 하나인 봉래
산(蓬萊山)과는 거리가 3만 리나 떨어져 있어 지극히 먼 거리를 표현할 때 봉래약수(蓬萊
弱水)라 하며, 서로의 거리가 매우 멀어서 만날 수 없는 경우를 약수지격(弱水之隔)이라
고 한다.

154 단구의 채색 …… 거느리고 왔는데[丹丘彩翮將雛下] : 단구(丹丘)는 밤이고 낮이고
항상 밝다고 하는 신선이 사는 곳. 채색 날개는 봉황을 가리킨다. 고악부(古樂府) 〈농서
행(隴西行)〉에 "鳳凰鳴啾啾, 一母將九雛"라고 하였고, 봉황이 새끼를 거느리고 있는
〈봉장추(鳳將雛)〉라는 고대 악곡명이 있다. 여기서는 농장개가 아들 농홍을 데리고 왔음
을 말한다.

성용연께 드리다
呈成龍淵

선객이 적수가에 배를 멈추었는데	仙客留橈赤水濱
손바닥에 휴대한 현주[155] 새롭구나	玄珠携得掌中新
만나거든 야광주 던져줌을 아끼지 마오	相逢莫惜暗投去
우리들 원래 칼 어루만지는 사람 아니라오[156]	吾輩原非按劍人

농사의께 화답하다
和瀧士儀

용연

초수가에서 향기로운 난초 빛을 발하니	燁燁芳蘭楚水濱
매화 창가에서의 시상 눈썹 위에서 새롭네	梅窗詩思上眉新
문장은 절로 가학을 전승하였으니	文章自有傳家學
이마와 삼소[157]가 어찌 다른 사람이랴	二馬三蘇豈別人

155　선객이 적수가에 …… 현주[仙客留橈赤水濱, 玄珠携得掌中新] : 황제(黃帝)가 적수(赤水) 북쪽에서 노닐다가 돌아오는 길에 현주(玄珠)를 잃어버렸는데, 아무도 찾지 못하는 중에 상망(象罔)만이 찾아냈다는 이야기가 있다. (『장자(莊子)』「천지(天地)」)

156　만나거든 …… 사람 아니라오[相逢莫惜暗投去, 吾輩原非按劍人] : 밤에 길 가는 행인의 앞에다 명월주(明月珠)나 야광주(夜光珠)와 같은 좋은 보배를 몰래 던져 주면 고맙게 생각하는 대신 까닭 없이 자기 앞에 떨어졌기 때문에 칼자루를 잡고 노려보지 않을 사람이 없다는 '명주암투(明珠暗投)'의 고사를 인용한 것이다. (『사기』「추양열전(鄒陽列傳)」)

157　이마(二馬)와 삼소(三蘇) : 이마(二馬)는 한나라 문장가 사마천(司馬遷)과 사마상여(司馬相如)를 가리키고, 삼소(三蘇)는 송나라 문장가 소순(蘇洵)과 그의 두 아들 소식(蘇軾)·소철(蘇轍)를 가리킨다.

원현천께 드리다
呈元玄川

성인 기자의 유풍으로 제왕의 교화 열려 　　　　箕聖流風聲教開

사신들 모두 출중한 재주 있네 　　　　　　　使臣共有不羣才

멀리서 들었네, 봉황 위세 현자 부른 곳 　　　遙聞威鳳招賢地

여전히 당년의 갈석대[158]와 같다고 　　　　猶似當年碣石臺

농사의께 화답하다
和瀧士儀

　　　　　　　　　　　　　　　　　　　　현천

교화를 입고 그대 마음 열리더니 　　　　　蛾化知君心孔開

봉모와 인각[159]이요 또 기이한 재주라네 　　鳳毛麟角又奇才

이 아이 박학함이 지금 이와 같음은 　　　　此兒博學今如此

순후한 고풍으로 학대를 받들어서라네 　　　醇厚高風挹鶴臺

---

158 갈석대(碣石臺) : 갈석대는 연(燕)나라 소왕(昭王)이 제(齊)나라 임치인(臨淄人)인
　추연(鄒衍)을 모시기 위해 지었다는 갈석궁(碣石宮)을 말한다. 소왕은 추연을 사사(師
　事)하였다.

159 봉모와 인각 : 봉모(鳳毛)는 송(宋) 효무제(孝武帝)가 사봉(謝鳳)의 아들 초종(超宗)
　을 차상(嗟賞)하며 자못 봉모(鳳毛)를 지녔다고 하였다. 그래서 후세 사람들이 남의 집안
　의 문채 있는 자손을 보면 봉모라고 예찬하였다. (『남사(南史)』「사초종전(謝超宗傳)」)
　진대(晉代)의 명신(名臣)인 왕도(王導)의 아들 왕소(王劭)의 비범한 자태를 보고는, 환
　온(桓溫)이 "원래 봉의 터럭을 지니고 있는 것이 당연하다.[故自有鳳毛]"고 하며 찬탄을
　했던 고사도 전한다. (『세설신어(世說新語)』「용지(容止)」) 인각(麟角)은 말세에 훌륭한
　인재가 났다는 뜻. 인각은 『시경』「주남(周南)」〈인지지(麟之趾)〉에 "麟之角, 振振公族"
　에서 유래하였다.

필어

용연: 농사의는 올해 몇입니까?

사의: 제 나이는 열아홉입니다.

용연: '더디던 시냇가의 소나무, 무성하여 늦도록 푸름 간직하네'[160]라
고 한 시구가 있는데 그대는 이 시의 뜻을 아는가?

사의: 삼가 가르침을 받들어 마땅히 마음에 새겨두겠습니다.

위는 12월 28일 모임 자리에서

추월께 드리다 전운을 쓰다.
呈秋月 用前韻

훌륭한 재주와 기상 세상에서 뛰어난데	翩翩才氣出人間
서로 만나 붓 휘두르며 활짝 웃는구나	相遇揮毫堪解顔
미리 알겠구나, 신선배 동도 향해 가는데	預識仙舟向東去
고향으로 돌아온 이응[161]과 풍류 같음을	風流猶似李膺還

---

160 이 시구는 송대의 재상 범질(范質)이 종자(從子) 고(杲)를 경계한 시에 "곱디고운 정
원의 꽃들은, 일찍 피기에 또한 먼저 시들고, 더디던 시냇가의 소나무, 무성하여 늦도록
푸름 간직하네.[灼灼園中花, 早發還先萎。遲遲澗畔松, 鬱鬱含晚翠。]"라고 한 시에서
인용한 것이다.

161 고향으로 돌아온 이응(李膺) : 이응은 한(漢)나라 영천(潁川) 양성(襄城) 사람으로,

사의께 화답하다
和士儀

추월

이틀 동안 그대 부자 사이에서 노니는데	兩日遊君父子間
학모와 홍우162 모두 신선 얼굴이로세	鶴毛鴻羽總仙顔
강가 매화는 지나는 나그네 머물든 말든	江梅不管留行客
가랑비 속 봄날 돛배만 돌아올 날 기다리겠지	細雨春帆待我還

용연께 드리다 전운을 쓰다.
呈龍淵 用前韻

사객이 멀리 아름다운 물가 좇아 왔는데	詞客遙從麗水濱
맞이함도 기쁘려니와 채색 붓놀림 새롭구나	逢迎且喜彩毫新
사조163의 맑고 기이한 시구 가지고 와	携來謝眺淸奇句
쾌히 바다 동쪽 향해 몇 사람이나 놀라게 했나	好向海東驚幾人

자는 원례(元禮). 이응·곽태(郭泰)·진번(陳蕃)·두밀(杜密) 등은 당시에 으뜸가는 명사들이었는데, 곽태가 낙양(洛陽)에서 이름을 날리다가 고향으로 돌아갈 때 그를 전송하기 위해 나온 사류들의 수레가 수천 량이 늘어서서 성황을 이루자 곽태는 그들 중에서 오직 이응과 같이 배를 타고 가므로 전송하는 사람들이 바라보고 그 모습이 신선 같다고 하였다. (『후한서』「곽태전(郭泰傳)」)

162 학모와 홍우[鶴毛鴻羽] : 학모(鶴毛)는 학(鶴)의 깃털을 말하는 동시에 농학대(瀧鶴臺)를 높여 표현한 것이고, 홍우(鴻羽)는 기러기 깃을 말하면서 동시에 농학대의 아들 농홍(瀧鴻)을 높여 표현한 것이다.

163 사조(謝眺) : 남제(南齊) 때 시인. 자는 현휘(玄暉). 선성(宣城) 태수(太守)를 지냈으므로, 사선생이라 일컬었다. 글이 맑고 화려하며 시(詩)에 능했다.

사의의 시에 거듭 차운하다
重次士儀

용연

금호 물가의 기이한 깃털과 연약한 깃[164]	奇毛弱羽錦湖濱
노을 달리는 맑은 시구 눈에 들어 새롭구나	霞鶩淸詞入眼新
문득 생각나네, 구랑[165]의 재주 절묘하여	却憶龜郞才絶妙
다섯 편으로 조선 사신 놀라게 한 일이	五篇驚動小華人

---

164 기이한 깃털과 연약한 깃[奇毛弱羽] : 기이한 깃털은 농장개를, 연약한 깃은 그의 아들 농홍을 가리킨다.

165 구랑(龜郞) : 축전주(筑前州) 남도(藍島)의 유자(儒者)이며 의원(醫員) 구정로(龜井魯, 1743-1814)를 말한다. 구정남명(龜井南溟, 가메이 난메이)이라고도 한다. 강호시대 중-후기의 유학자·의원(醫員)·교육자. 이름은 노(魯), 자는 도재(道載), 호는 남명(南溟), 별호는 신천옹(信天翁)·광념거사(狂念居士), 통칭은 주수(主水). 축전국(筑前國, 지쿠젠노쿠니, 현재의 후쿠오카젠) 질빈(姪浜, 메이노하마, 현재의 후쿠오카시) 출신. 촌의(村醫)인 구정청인(龜井聽因, 가메이 조인)의 장남. 비전(肥前, 히젠) 연지(蓮池, 하스노이케, 현재의 사가시)의 황벽승(黃檗僧, 선종인 황벽종의 승려)인 대조원호(大潮元皓, 다이초 겐코)에게 유학을 사사하였고, 경도(京都)에 올라가서 길익동동(吉益東洞, 요시마쓰 도도)에게 의학을 사사하였으며, 곧바로 영부독소암(永富獨嘯庵, 나가토미 도쿠쇼안)의 문하로 옮겼다. 영부(永富)는 산협동양(山脇東洋, 야마와키 도요)의 수제자로 산현주남(山縣周南, 야마가타 슈난)에게 배웠다. 남명은 유학자로서는 훤원학파(蘐園學派, 고문사학)에 속하며, 의학에서는 산협동양 유파를 이어받았다. 문화(文化) 11년(1814) 3월 2일에 자택의 실화(失火)에 의해 사망하였다. 시문에 능했으며, 구문학(龜門學)의 시조이다. 1764년 사행 때 21세의 나이로 조선 사신들을 성심으로 접대하였고, 이때 조선문사와 주고받은 시문이 『앙앙여향(泱泱餘響)』에 수록되어 있다. 저서로 『논어어유(論語語由)』·『비후물어(肥後物語)』 등이 있다.

현천께 드리다 전운을 쓰다.
呈玄川 用前韻

관문에서 멀리 바라보매 바다구름 열리더니	關門極目海雲開
상국의 시 잘 짓는 재사 만나게 되었네	逢著上邦詩賦才
빈관 안에서 서로 마주하고 흉금을 터놓으니	相對披襟賓館裏
세차게 부는 웅풍[166] 높은 누대에 가득하네	雄風颯爾滿高臺

농 수재[167]의 시에 거듭 화답하다
重和瀧秀才

현천

고래가 파도를 일으킨다는 말 들었는데	聞道鯨魚跋浪開
이런 속에서 곤으로 화하는[168] 재주 얻었나	此中因得化鯤才
소년이 마침 기뻐하며 광채를 거두어 들이니	少年正喜收芒耀
훗날 열 길 높은 누대에서나 그댈 보겠군	異日看君十仞臺

---

166 웅풍(雄風) : 전국시대 초(楚)나라의 대부(大夫)이며 문장가였던 송옥(宋玉)이 지은
〈풍부(風賦)〉에 바람을 웅풍(雄風)과 자풍(雌風)으로 나누어 호화로운 왕이 사는 곳에
부는 바람은 웅풍(雄風)이요, 곤궁한 백성들의 집에 부는 바람은 자풍(雌風)이라 하여
풍자하였다.

167 수재(秀才) : 미혼 남성의 존칭으로 사용.

168 곤(鯤)으로 화하는 : 『장자』「소요유(逍遙遊)」에 "북쪽 바다에는 곤(鯤)이라는 물고기
가 있어 그 크기가 몇 천 리나 되는지 알 수 없고, 이 고기가 화하여 붕(鵬)이라는 새가
되는데, 붕새의 등 넓이는 또 몇 천 리나 되는지 알 수가 없다."라고 하였다.

필어

사의: 저는 젖 냄새 풍기는 서생인데 성대한 연회석에서 다시 모실 수
있게 되었으니 어떤 경사스러움이 이보다 더하겠습니까? 또한 여러
공들에게 감히 〈연로〉·〈양국〉[169]과 같은 보잘것없는 시를 드렸는데,
널리 사랑해주시고 또한 훌륭한 화운시를 거듭 내려주시어 제가 너무
기쁜 나머지 손뼉 치며 춤을 출 지경에 이르렀습니다. 감사합니다.

현천: 좌중에서 그대를 보았는데, 훌륭한 재기로 온화한 가운데 겉치
레를 거두고 실질로 나아가는 기색이 있어, 마침 사랑스러워 도와
주고 싶은 마음이 있었습니다. 돌아보건대 저는 시를 잘 짓지 못해
언외의 풍간에는 이르려고 하지 않습니다만, 그러나 구구한 뜻 또
한 절로 반복된 것이 있으니, 헤아려주시면 다행이겠습니다.

사의: 지나치게 칭찬하시니 부끄럽고 땀이 납니다. 공께서는 매우 겸
손하셔서 더욱 존경스럽고 감복하게 됩니다.

위는 12월 29일 모임 자리에서

---

169 〈연로(延路)〉·〈양국(陽局)〉: 〈연로(延路)〉는 〈연로(延露)〉, 〈연로(延露)〉와 〈양국
(陽局)〉은 모두 옛날에 불리던 비리(鄙俚)한 노래의 곡명(曲名)이다.

추월께 드리다
呈秋月

남아의 뜻과 정 원래 장대하여	男子志情原壯哉
만 리 장풍을 타고 봉래를 방문하였네	長風萬里訪蓬萊
관문에 청우[170]가 지나가지 않았다면	關門非是青牛過
하늘가에 열린 붉은 기운 어찌 보았으랴?	天際何看紫氣開
해상에서 파도 구경한 매숙[171]의 부요	海上觀濤枚叔賦
양원에서 눈을 읊은 마경[172]의 재주로다	梁園詠雪馬卿才
오늘 이어지는 성대한 등용[173]의 모임	聯翩今日登龍會
예로부터 귀한 손님 모시기 쉽지 않았다네	自古纖鱗不易陪

---

170 청우(青牛) : 함곡관(函谷關)의 관령(關令) 윤희(尹喜)가 동쪽에서 서쪽으로 옮겨 오는 자기(紫氣)를 보고 성인이 오실 것이라고 기대하였는데, 과연 노자(老子)가 청우(青牛)를 타고 왔다는 전설이 전한다. (『열선전(列仙傳)』「관령내전(關令內傳)」)

171 매숙(枚叔) : 매숙은 한(漢)나라 경제(景帝) 때 회음(淮陰) 사람인 매승(枚乘)을 가리킨다. 그가 지은 〈칠발(七發)〉 내용 중에 광릉(廣陵)의 곡강(曲江)에 가서 파도를 구경하는 대목이 있다.

172 양원(梁園)에서 눈을 읊은 마경(馬卿) : 양원(梁園)은 양(梁) 효왕(孝王)의 정원으로 토원(兎苑)이라고도 한다. 사혜련(謝惠連)의 〈설부(雪賦)〉에 의하면, 양 혜왕이 세모(歲暮)에 눈이 내리자 문사(文士)들을 초청하여 주연(酒宴)을 베풀고 사마상여(司馬相如)에게 눈을 노래하게 했다 한다.

173 등용(登龍) : 명망 있는 자가 직접 이끌어 주어서 높은 데 올라가게 하는 것을 뜻한다. 후한 때 이응(李膺)이 높은 명망을 지니고 있었는데, 그가 불러 준 선비들을 보고는 사람들이 '용문(龍門)'에 올랐다'고 하였다. (『후한서』「이응(李膺)」)

농 수재께 세 번째 화답하다
三和瀧秀才

추월

고국 떠나 남쪽에 오니 그리움 아득하여	去國南來思渺哉
높은 가을날 지는 낙엽 동래에 떨어지겠지	高秋落木下東萊
울타리에서 시들어가는 단국 처음 보았는데	初看短菊籬邊老
바닷가에는 한매가 벌써 피어 있구나	已有寒梅海上開
하수에서 장건은 뗏목 타고 먼 길 근심하였고[174]	河首張槎愁遠役
강관에서 유신은 부 지어[175] 재주 없음 부끄러워했네	江關庾賦媿微才
구봉 곁 오동나무 천 척이나 되는데	龜峰側畔梧千尺
봉황 모시고 있는 새끼봉황 기쁘게 보네	喜見雛毛一鳳陪

용연께 드리다
呈龍淵

기자 나라에 예악 전해온다고 들었는데	昔聽箕邦傳禮樂
사신들 문장이 있음을 지금 보게 되었네	今觀使客有文章
의관엔 절로 아침노을 빛 띠었고	衣冠自帶朝霞色
풍채엔 봄날 달빛 유난히 머금었네	風采偏銜春月光
눈 그친 관문엔 깃발 아름답게 나부끼고	雪霽關門靡旆節

---

174 하수에서 …… 먼 길 근심하였고[河首張槎愁遠役] : 장건(張騫)이 한 무제의 명을
받고 대하(大夏)에 사신으로 나가 황하의 근원을 찾았는데, 이때 뗏목을 타고 은하수로
올라가 견우와 직녀를 만났다는 전설이 있다.

175 유신(庾信)은 부(賦) 지어 : 남조 양나라의 시인 유신(庾信 513-581)의 〈애강남부(哀
江南賦)〉를 가리킨다.

파도 평온한 고각소리 돛대에서 진동하네 　　波平鼓角震帆檣

태평시절이라 다 함께 덕 있는 이웃 있어 　　升平共是存隣德

옥백[176]이 몇 년이나 이방에 통했던가 　　玉帛幾年通異方

농사의께 화답하다
和瀧士儀

용연

기러기[177] 홀로 구고의 학 울음[178]에 화답하는데 　　冥鴻獨和皐禽唳

단산의 오채장[179] 좋기도 하구나 　　好是丹山五采章

업하의 붉은 연꽃[180] 기상을 나누고 　　鄴下朱華分氣象

초나라 남쪽 멋진 나무[181] 광휘가 있네 　　楚南嘉樹有輝光

---

176 옥백(玉帛) : 옥과 비단인데 옛날 회맹(會盟)과 조빙(朝聘)에는 반드시 이것을 가지고 가서 예물(禮物)로 삼았다.

177 기러기[冥鴻] : 하늘 높이 나는 기러기를 가리키는데, 전하여 뜻이 고상하여 속세를 초월한 사람을 비유하기도 한다.

178 구고(九皐)의 학 울음 : 『시경』〈학명(鶴鳴)〉에 "학이 구고(九皐)에서 우니, 그 소리가 하늘에 들린다[鶴鳴于九皐, 聲聞于天]."라고 하였다.

179 단산(丹山)의 오채장(五采章) : 단산은 선약이 나고 봉황이 사는 산. 오채장은 다섯 가지 채색 비단과 같은 아름다운 문장. 순 임금이 일찍이 우(禹)에게 이르기를 "내가 해와 달과 별과 산과 용과 꿩을 무늬로 만들고, 종묘의 술그릇과 물풀과 불과 흰쌀과 보와 불을 수놓아서 다섯 가지 채색을 다섯 가지 빛깔로 물들여 옷을 만들고자 하는데 그대는 그것을 밝게 만들라.[日月星辰山龍華蟲作會, 宗彝藻火粉米黼黻絺繡, 以五采彰施于五色作服, 汝明。]"라고 하였다.

180 업하(鄴下)의 붉은 연꽃 : 왕발(王勃)의 「등왕각서(滕王閣序)」에 "업수의 붉은 꽃빛이 임천의 붓에 비쳤네.[鄴水朱華, 光照臨川之筆。]"라는 말이 있는데, 조조(曹操)의 아들 조비(曹丕)가 아우 조식(曹植) 등 문사들과 함께 연꽃이 만발한 업궁(鄴宮)에서 자주 시를 짓고 놀았던 일을 표현한 것이다.

진 노래와 조 비파[182] 손님 자리에 연해 있고	秦聲趙瑟聯賓席
강변의 봄날, 바다 해[183]는 객선을 두르고 있네	海日江春繞客檣
저물 무렵 높이 오르니 나그네 마음 공허한데	向晚登高空遠恨
고국 소식이라 서쪽 지방 아득하기만 하네	故園消息渺西方

현천께 드리다
로玄川

먼 유람 자랑한 노오[184] 얼마나 부러웠으면	何羨盧敖誇遠遊
비단배 타고 곧장 일본을 방문하였을까	錦帆直訪蜻蜓洲
구름 안개 속에 하늘과 땅 빛 호탕하고	雲烟浩蕩乾坤色
깃발은 바다 흐름 속에서 흔들리네	旌旆動搖滄海流

---

181 초나라 남쪽 멋진 나무 : 초(楚)나라 굴원(屈原)의 〈굴송(橘頌)〉시에 "후황의 가수인 굴나무가 남쪽의 이 땅을 사모해 찾아왔네.[后皇嘉樹橘徠服兮]"라는 구절이 있다. 가수(嘉樹)는 황천(皇天) 후토(后土)가 내놓은 나무 중에 특히 멋진 나무로, 중국 양자강 이남 동정호 부근에서 생산되는 굴나무를 말한다.

182 진(秦) 노래와 조(趙) 비파 : 진나라 노래는 고국을 그리워하면서 부르는 슬픈 노래를 말하고, 조나라 비파는 진왕(秦王)과 조왕(趙王)이 우호를 다지기 위해 민지(澠池)에서 회동했을 때 술이 거나하자 진왕이 일부러 조왕의 입장을 곤혹스럽게 만들기 위하여 조왕으로 하여금 비파를 직접 퉁기게 했다고 한다.

183 강변의 봄날, 바다 해 : 이 시구는 왕만(王灣)의 〈차북고산하(次北固山下)〉 시 '海日生殘夜, 江春入舊年'이라는 시구에서 취한 것인데, 조엄(趙曮)의 『해사일기(海槎日記)』 '수창록(酬唱錄)'에 〈섣달 그믐밤에 두시(杜詩) '해일생잔야(海日生殘夜)' '강춘입구년(江春入舊年)'의 글귀로 나눠 절구 한 수씩 지음〉이라고 하였듯이 1764년 같은 날 밤에 조선 사신들은 '해일(海日)'과 '강춘(江春)'을 사용하여 별도로 시를 지었음을 알 수 있다. 그런데 이 시제에서는 왕만의 시가 아닌 두시라고 하였다.

184 노오(盧敖) : 노오는 진시황(秦始皇)의 부름을 받고 박사(博士)에 임명된 뒤 신선을 찾으러 갔다가 도망쳐 돌아오지 않았다고 하는 인물.

적간관에서 시 짓는데 날리는 눈발 차갑고	裁賦赤間飛雪冷
남도에서 배에 기대었는데 외기러기 시름겹네	倚舷藍嶋斷鴻愁
동쪽 지방에서 다시 산천의 승경 만날 텐데	東方更遇山川勝
생각해보니 누가 붓 휘둘러 함께 수응할까	憶爾揮毫誰共酬

사의께 화답하다
和士儀

현천

먼 길손 시편 이루어 원유편[185] 잇는데	遠客篇成續遠遊
주렴 걷으니 붉은 해 바다 섬에 가득하네	捲簾紅日滿滄洲
우연히 나와 매화 주변의 소식 찾다가	偶然出訪梅邊信
완연히 대나무 아래 흐르는 물 보았네	宛爾相看竹下流
쓸쓸히 어지러운 돛은 물빛에 허허롭고	落落亂颿虛水色
소소히 남은 피리소리 변방 시름에 드네	蕭蕭殘角入邊愁
해외에서 같은 글로 마음 비추고	同文海外心因照
또 밤낮으로 편장에 수응하니 기쁘네	且喜篇章日夜酬

---

185 원유편(遠游篇) : 초(楚)나라 굴원(屈原)이 자신의 방직(方直)한 행실이 세상에 용납
되지 않아서 참녕(讒佞)에 시달려도 호소할 곳이 없자, 이에 선인(仙人)과 함께 이르지
않은 곳이 없이 천지를 두루 돌아다니는 내용을 소재로 하여 지은 시.

김퇴석께 드리다
呈金退石

근래 남·성·원[186] 등 여러 공들을 접한 날이 있어 공께서 병환으로 고생하신다는 말씀을 들었습니다. 어제 남공으로부터 깨우침을 받고서 스스로를 헤아리지 않은 채 거친 시를 부쳐드립니다. 화운시 같은 것은 병환이 나으실 때를 기다리겠습니다. 요즘 추위가 심하니 보중하시기 바랍니다.

한강가에서 힘차게 날듯이 함께 출발하여	雄飛共發漢江潯
깊은 바다 구름 위로 붕새 날개 드리웠네	鵬翼垂雲積水深
가련하게도 침상에 누운 채 남관을 지났고	憐過藍關猶伏枕
애석하게도 적마관에 와서도 흉금 터놓지 못했네	惜來赤馬誤披襟
해문의 차가운 비는 하늘가의 꿈이요	海門寒雨天涯夢
침상의 외로운 등불은 긴긴 밤의 심사로다	牀上孤燈遙夜心
하물며 또한 오늘 아침 연말을 맞이했으니	況又今朝逢歲杪
쓸쓸히 홀로 초인의 시[187] 짓겠구나	蕭條獨作楚人吟

농 수재의 시에 차운하다
次瀧秀才惠韻

퇴석

병으로 외로운 배에 누워 있다 보니 족하 부자 두 분을 아직까지

---

186 남(南)·성(成)·원(元) : 남옥(南玉)·성대중(成大中)·원중거(元重擧)를 가리킨다.
187 초인(楚人)의 시 : 굴원(屈原)의 〈이소(離騷)〉를 비롯하여 『초사(楚辭)』에 나오는 모든 애원(哀怨)한 노래를 가리킨다.

뵙지 못하였습니다. 답답한 채 묵묵히 지내고 있는데 밤에 율시 한 수를 보내주셔서 직접 만나 뵙는 것 같았습니다.

삼일 동안 적간관 포구에 배를 매어두니	三日維舟赤浦潯
창해에서의 나그네 수심 누가 이보다 깊겠는가	客愁滄海挍誰深
앙상한 병골인데 나이까지 더해지려하니	稜稜病骨將添齒
가물거리는 차가운 등불만 홀로 가슴속 비추네	耿耿寒燈獨照襟
비에 섞인 성긴 종소리 새벽 알리자 놀라고	和雨疎鐘驚報曉
좋은 시 짧은 서찰로 마음 전해주어 기쁘네	好詩短札喜傳心
그대는, 같은 문자 쓰는 우의 생각하시어	須君念得同文誼
백설 노래[188] 자주 지어주는 것 아끼지 마오	莫惜頻投白雪吟

위는 12월 그믐 모임 자리에서

남·성·원 제공께
與南·成·元諸公

오늘 밤에 제공들께서 이미 배에 오르셨다는 말을 갑자기 듣고 그 때문에 매우 놀랐습니다. 어찌하여 하늘은 좋은 인연을 빌려주면서 갑작스럽게 서로 이별하게 하는 것인지요? 지난번에 제가 풋내기로서 글 짓는 자리에서 모시면서 외람되이 맑은 인품을 뵐 수 있었습니다.

---

188 백설 노래 : 송옥(宋玉)의 「대초왕문(對楚王問)」에 따르면, 〈양춘(陽春)〉과 〈백설 (白雪)〉은 전국시대 초(楚)나라의 고아(高雅)한 가곡(歌曲) 이름으로, 수준이 높아 이 노래를 따라 부를 수 있는 자가 극히 드물었다고 한다.

게다가 화운시 여러 장을 주셨는데, 군자의 사람을 인도하는 덕이 아니었다면 어찌 이와 같이 가까이에서 모실 수 있었겠습니까? 매우 감사드립니다. 우러러 경모한 나머지 다시 보잘것없는 시 여러 편을 드리니, 아름다운 시로 화답해 주신다면 저 또한 여한이 없겠습니다. 삼천리나 되는 동도 행차에 나라를 위해 자애하시기를 바랍니다. 이만 줄입니다.

퇴석공의 병세는 어떠하십니까? 일전에 화운시를 주셨는데 감사의 뜻을 공들께서 전해주셨으면 합니다.

동도로 가는 추월께 드리다
贈秋月東行

적목관[189] 문, 깊은 바다 동쪽	赤目關門積水東
사신 배 며칠이나 먼 하늘 거슬러왔던고?	客槎幾日泝遙空
악포[190]의 놀란 파도 빛에 상심하여	傷心鰐浦驚濤色
한경[191]의 지는 달 속으로 고개 돌리네	回首韓京落月中
전대[192] 위해 선비들 중에 뽑힌 사실 다 아는데	專對同知多士選

---

189 적목관(赤目關) : 지금의 하관(下關)인 적간관(赤間關)을 달리 칭한 것으로 보인다.

190 악포(鰐浦, 와니우라) : 현재의 대마시(對馬市, 쓰시마시) 상대마정(上對馬町, 가미쓰시마마치)에 속한다. 상대마(上對馬) 북부에 위치. 통신사의 최초 입항지(入港地) 가운데 하나이다. 1711년, 1719년, 1763년, 1811년 통신사행을 제외한 사행 때마다 조선 사신이 이곳에서 잠시 머물거나 묵었다.

191 한경(韓京) : 조선의 도읍 한성(漢城).

192 전대(專對) : 타국에 사신으로 가서 독자적으로 모든 질문에 응답하는 것. 『논어』「자로(子路)」에 "시 삼백 편을 잘 외운다 하더라도,……사방에 사신으로 나가서 제대로 전대

시 지어 누가 대국의 풍도와 견줄 수 있을까　　　　　賦詩誰比大邦風
해외에서 먼 행역 수고롭다 말하지 말게　　　　　　休論海外勞征役
돌아가는 날이면 박망후[193]와 공업 나란하리라　　　　歸日還齊博望功

조선과 일본, 바다 몇 겹인지 아는가?　　　　　　　韓海桑溟知幾重
사객들과 홀연 만날 줄 어찌 생각했으랴!　　　　　　豈圖使客忽相逢
누가 해 아래에 와서 명학이라 칭했던가?　　　　　　誰來日下稱鳴鶴
다시 구름 나루 향해 뛰어오르는 용을 보네[194]　　　　更向雲津見躍龍
가슴 속에는 원래 밝은 달빛 지녔고　　　　　　　　懷裏元携明月色
붓 끝 또한 채색 노을 짙어 기이하구나　　　　　　　毫端且怪彩霞濃
한나라 태사공 사마천의 천년의 업적　　　　　　　　漢家太史千秋業
하늘 밖 봉우리 부용[195]에 길이 기탁하리라　　　　　長託芙蓉天外峰

하지 못한다면, 비록 많이 외우고 있다 한들 무슨 소용이 있겠는가.[誦詩三百……使於四
方, 不能專對, 雖多亦奚以爲?]"라고 한 공자의 말에서 유래하였다.

193　박망후(博望侯) : 한(漢) 무제(武帝) 때의 문신 장건(張騫). 한 무제 때 장건이 흉노를
친 공으로 박망후(博望侯)에 봉해졌고 대하(大夏)에 사신 갔다가 황하(黃河)의 근원을
찾아 천하(天河)에 이르렀다는 고사가 있다.

194　누가 해 아래에 …… 뛰어오르는 용을 보네[誰來日下稱鳴鶴, 更向雲津見躍龍] : 진
(晉)나라 때 순명학(荀鳴鶴)과 육사룡(陸士龍)이 서로 처음 인사하면서, "나는 해 아래
[日下] 순명학이다."라고 하니, "나는 구름 사이의 육사룡이다."라고 하였다고 한다. 이
는 높은 데 있다고 자신을 추켜서 말한 것이다.

195　부용(芙蓉) : 부사산(富士山, 후지산). 비유적으로 부용(芙蓉)·팔엽(八葉)·팔엽봉
(八葉峰)·백설(白雪)·부악(富嶽)·용악(蓉嶽)·함담봉(菡萏峯)이라고도 한다. 본주(本
州, 혼슈) 중부 산리현(山梨縣, 야마나시껜)과 정강현(靜岡縣, 시즈오카껜)의 태평양 연
안에 접해 있다.

동도로 가는 용연께 드리다
贈龍淵東行

그대 청운의 뜻 헛되지 않아	知子靑雲志不虛
왕후의 문에서 몇 해나 긴 옷자락 끌었던가[196]	王門幾歲曳長裾
웅대한 재주 홀로 짊어진 용연의 기상	雄才獨負龍淵氣
지금의 한상서[197]라고 다들 말하네	共道當年韓尙書

두 나라의 맹약 산하를 두고 맺으니	二邦盟約結山河
옥백 예물 멀리 푸른 물결 위에 떠있네	玉帛遙浮靑海波
하늘가의 상서로운 구름 빛 다시 보며	更見天邊瑞雲色
천릿길 떠나는 사신 뒤따라가 만나네	追隨千里使臣遇

채색 구름 사이로 멀리 계림을 바라보면	鷄林遙望彩雲間
금자라 등 위에 있는 산 우뚝하리라	突兀金鼇背上山
부럽도다 장쾌한 유람,[198] 거룻배 띄우면	羨爾壯遊浮一葦
장풍으로 곧장 조문관[199]에 이르게 되니	長風直到竈門關

---

196 왕후의 문에서 ……긴 옷자락 끌었던가[王門幾歲曳長裾] : 한(漢)나라 추양(鄒陽)의
「상서오왕(上書吳王)」에 "고루한 마음을 꾸미려고만 한다면, 어떤 왕후의 문인들 긴 옷
자락을 땅에 끌고 다닐 수가 없겠는가.[飾固陋之心, 則何王之門不可曳長裾乎?]"라고
하였다.

197 한상서(韓尙書) : 사후에 예부상서(禮部尙書)로 추증된 당나라 대문장가 한유(韓愈).

198 장쾌한 유람[壯遊] : 사마천이 한 경제(漢景帝) 연간에 용문(龍門)에서 태어나 10여
세에 고문(古文)을 다 통하고, 20여 세에는 웅지(雄志)를 품고 천하를 유람하고자 하여
남으로 강회(江淮) · 회계(會稽) · 우혈(禹穴) · 구의(九疑) · 원상(沅湘) 등지를 유람하고,
북으로 문수(汶水) · 사수(泗水)를 건너 제로(齊魯)의 지역에서 강학하다가 양초(梁楚)
지역을 거쳐 돌아왔다고 한다.

빙례 닦은 연릉[200]의 명성 양보하지 않은	不讓延陵修聘名
사신 배 동해 이곳에서 맹약을 다지네	浮槎東海此尋盟
사행 중 봉영하는 열국의 선비들 보실 텐데	行看列國逢迎士
교제함에 누가 호저[201]의 정성 있으려나	交態誰人縞紵情

동도로 가는 현천께 드리다
贈玄川東行

아득히 자라 머리 솟은 큰 바다에	縹緲鼇頭大海中
한 조각 신선 돛배 장풍에 걸어두었네	仙帆一片挂長風
나루 묻는데 어찌 울창한 남도 잘못 말하랴	問津何誤鬱藍島
선약 구하려면 응당 단계 더미 더위잡아야지[202]	求藥應攀丹桂叢

---

199 조문관(竈門關) : 상관(上關, 가미노세키). 현재의 산구현(山口縣, 야마구치겐) 웅모
군(熊毛郡, 구마게군) 상관정(上關町, 가미노세키초)이다. 강호시대 주방주(周防州)에
속하고, 조관(竈關, 가미도세키)이라고도 한다.

200 연릉(延陵) : 춘추시대 때 오(吳)나라의 계찰(季札)을 가리킨다. 계찰은 오왕(吳王)
수몽(壽夢)의 작은아들로, 어질다는 명성이 있어서 수몽이 왕으로 세우고자 하였으나
사양한 채 받지 않자, 연릉(延陵)에다가 봉하였으므로 연릉계자(延陵季子)라고 부른다.
상국에 두루 조빙하면서 당시의 어진 사대부들과 사귀었으며, 노(魯)나라에 조빙하면서
주나라의 음악을 보고 열국의 치란 흥망을 알았다고 한다. (『사기』「오태백세가(吳太伯世
家)」)

201 호저(縞紵) : 흰 명주 띠와 모시옷. 오(吳)나라 계찰(季札)이 정(鄭)나라 자산(子産)
에게 흰 명주 띠를 선사하자 자산이 그 답례로 모시옷을 보냈다는 고사에서 온 말로,
선물을 주고받음 또는 정이 두터움을 가리킨다.

202 단계 더미 더위잡아야지[攀丹桂叢] : 『초사(楚辭)』 회남소산(淮南小山)의 〈초은사
(招隱士)〉에 "그윽한 산속에 떨기로 무성한 계수나무[桂樹叢生兮山之幽]"라는 구절과
"계수 나무 가지 부여안고 애오라지 머무노라.[攀援桂枝兮聊淹留]"라는 구절이 있다.
〈초은사〉는 원래 은자를 세상으로 부르는 노래였으나, 뒤에 은거를 지향하는 의미로 쓰
였다.

땅에 던지니 시편에서 금석 소리 울리고[203] 擲地詩篇金石響

문장을 논하니 지취가 혜초 난초와 같네 論文臭味蕙蘭同

낙성[204]에서 홀연 천태의 수려함을 찾으니 洛城儻訪天台秀

채색 붓 노을 기풍이 일동을 비추네 彩筆霞標映日東

바다 밖 오성[205] 창망한 곳에 닿자 五城海外接蒼茫

물가에서 홀연 신선 바지 걷어올리네[206] 臨渚忽褰仙子裳

궁궐은 하늘에 이어져 신기루 일어나고 宮闕連空蜃氣起

고래들 물결 불어대니 조수 소리 길구나 鯨鯢吹浪潮聲長

남과 북 먼 길 떠나 수고롭다 말하지 마오 莫論南北勞征路

관산이 고향과 떨어져 있음을 어찌 돌아보랴 寧顧關山隔故鄕

먼 유람 박망후[207]와 같지 않다면 不是遠遊同博望

객성이 어찌 두우성 빛 범하였으리오[208] 客星何犯斗牛光

---

203 땅에 던지니 시편에서 금석 소리 울리고[擲地詩篇金石響] : 글을 땅에 던지면 금석
같은 소리가 난다.[擲地作金石聲]"라는 뜻으로 훌륭한 글을 말한다. 진(晉)나라 손작(孫
綽)이 시문을 잘했는데, 일찍이 〈천태산부(天台山賦)〉를 지어 범영기(范榮期)에게 보이
면서 "경(卿)은 이것을 땅에 던져 보라. 응당 금석(金石) 소리가 날 것이다."라고 하였다.
(『진서(晉書)』「손작전(孫綽傳)」)

204 낙성(洛城) : 중국 하남성 낙양(洛陽)을 말한다. 낙양성(洛陽城)이라고도 한다.

205 오성(五城) : 동방삭(東方朔)의 「십주기(十洲記)」에 서왕모(西王母)가 사는 곤륜산
(崑崙山) 꼭대기에 다섯 곳의 금대(金臺)와 열두 곳의 옥루(玉樓)가 있다는 전설이 있다.

206 신선 바지 걷어올리네[褰仙子裳] : 『세설신어(世說新語)』「언어(言語)」에 "가령 진나
라와 한나라의 임금이라면, 분명히 바지를 걷어 올리고 발에 물을 적셨을 것이다.[若秦漢
之君, 必當褰裳濡足。]"라는 말이 나오는데, 진과 한의 임금은 각각 진시황(秦始皇)과
한무제(漢武帝)를 가리킨다. 『사기(史記)』「봉선서(封禪書)」에 "봉래(蓬萊)・방장(方
丈)・영주(瀛洲)의 삼신산에 선인(仙人)과 불사약(不死藥)이 있다는 방술사(方術士)의
말을 듣고 진시황과 한무제가 직접 동해(東海)까지 갔다가 돌아왔다."라고 하였다.

207 박망후(博望侯) : 한나라 무제(武帝) 때의 문신 장건(張騫).

위의 것은 배가 출발한 뒤에 조문관에서 드린 것이다.

농 수재에게 감사하다
謝瀧秀才

설날 저녁에 족하와 한 차례 악수나 나누며 작별할까 싶어서, 맞이
해 오라고 대마도 사람에게 여러 차례 부탁하였습니다만, 이것저것 바
쁜 일로 전해지지 못한 채 다음날 새벽에 배가 출항하고 말았습니다.
고개 돌려 슬피 바라보면서 마음이 마냥 허전하였는데, 분수 넘게도
멀리서 서신을 받게 되었습니다. 화려한 시축(詩軸)까지 곁들여 주니
정성스러운 마음에 감복하여 많은 보배를 얻은 것 같았습니다. 하물며
언외의 간절한 정은 사람을 감동시키기에도 족했습니다. 뜻하지 않게
바다 끝 이역 밖에서 이런 좋은 인연을 얻게 되어 매우 다행입니다.
이번 사행에 무사히 상관에 도착하여 지금 바야흐로 앞으로 나아가고
있는데 벗을 향하는 그리움[209]이 갈수록 더욱 마음에 걸립니다. 화운

---

208 객성이 어찌 두우성 빛 범하였으리오[客星何犯斗牛光] : 두우는 북두(北斗)와 견우
(牽牛) 두 별을 가리킴. 한(漢) 무제(武帝) 때 장건(張騫)이 사명을 받들고 서역(西域)에
나갔던 길에 뗏목을 타고 황하(黃河)의 근원을 한없이 거슬러 올라가다가 한 성시(城市)
에 이르니, 한 여인은 방 안에서 베를 짜고, 한 남자는 소를 끌고 은하(銀河)의 물을
먹이고 있었다. 그들에게 "여기가 어디인가?"라고 묻자, 그 여인이 지기석(支機石) 하나
를 장건에게 주면서 "성도(成都)의 엄군평(嚴君平)에게 가서 물어보라."라고 하므로, 돌
아와서 엄군평을 찾아가 지기석을 보이자, 엄군평이 "이것은 직녀(織女)의 지기석이다.
어느 날 객성(客星)이 견우와 직녀를 범했는데, 지금 헤아려 보니, 그때가 바로 이 사람이
은하에 당도한 때였다."라고 했다는 전설에서 유래하였다.

209 벗을 향하는 그리움[雲樹之恨] : 운수(雲樹)는 두보(杜甫)의 〈춘일억이백(春日憶李
白)〉시 "위수 북쪽 봄날의 나무 한 그루, 장강 동쪽 해질녘 구름이로다.[渭北春天樹,

시는 조강(朝岡)[210]에게 부탁해서 드리지만, 보잘것없고 껄끄러워 부끄
러우니 뜻만 거두시길 바랍니다. 돌아갈 때 다시 회포를 펼 수 있을
것입니다. 선비가 헤어진 지 사흘이 지나면 마땅히 괄목상대[211]하게 되
는데 하물며 수개월이 지남에 있어서이겠습니까? 천만 번 힘쓰십시오.
퇴석은 병을 앓고 있는 중으로 안부를 물어주신 정성에 대해 멀리서나
마 감사드리고 있습니다. 이만 줄이며 하직 인사 올립니다.

멀리 상관에서 사의 수재의 시에 차운하다
上關遠次士儀秀才

추월

| 옅은 안개 가벼운 조수, 채익선 동도로 가는데 | 細靄輕潮鷁首東 |
| 언덕에서 전송하는 사람들 갠 하늘에도 근심하네 | 送崖諸子悄晴空 |

江東日暮雲。]라는 시구에서 유래하였다.

210 조강(朝岡) : 조강일학(朝岡一學, 아사오카 이치가쿠). 강호시대 중기의 유학자. 씨
(氏)는 기(紀), 초명은 국서(國瑞), 자는 백린(伯麟), 호는 난암(蘭菴). 우삼방주(雨森芳
洲, 아메노모리 호슈)에게 배웠으며, 대마도 서기(書記)를 지냈다. 1748년 통신사행 때
진문역(眞文役)으로 활약하였고, 1763년 5월 통신사호행대차왜 도선주(都船主)로 조선
에 건너왔으며, 1763년 통신사행 때에는 도선주왜(都船主倭)·호행도선주(護行都船
主)·간사관(幹事官)으로서 대마도 도주를 보좌하며 대조선 외교임무를 수행하였다. 필
담창화집에는 조강(朝岡)·아비류난암(阿比留蘭菴)·난계(蘭溪) 아비류씨(阿比留氏)·
난암(蘭巖)이라고 하였고, 사행록에는 기국서(紀國瑞)·기번실(紀蕃實)·조강기번실(朝
岡紀蕃實)이라고 하였다.

211 괄목상대 : 다음에 다시 만날 때에는 학식이나 재능이 놀랍도록 발전한 모습을 볼
수 있기를 기대한다는 말. 삼국시대 오나라 여몽(呂蒙)이 노숙(魯肅)에게 "선비가 서로
헤어진 지 사흘이 지나면, 눈을 비비고 다시 보아야 한다.[士別三日, 卽更刮目相待。]"라
고 말했다는 고사에서 유래하였다. (『삼국지』「여몽전(呂蒙傳)」)

하의와 혜대[212] 나부낀 뒤요	荷衣蕙帶飄颻後
신마와 구륜[213] 드넓은 속에서라	神馬尻輪廣漠中
사우는 응당 아융[214]의 기림을 받들고	士友應推阿戎譽
선가는 끝내 이모[215]의 풍도를 생각하네	仙家終憶二茅風
시를 듣고 예를 익히는 꽃다운 나이의 일	聞詩習禮芳年事
주원에서 콩 거두는[216] 공력 생각하시게	須念周原采菽功

---

212 하의(荷衣)와 혜대(蕙帶) : 세상을 피해 사는 은사의 고고한 모습. 하의(荷衣)는 연잎으로 엮어 만든 옷으로 은자가 입는 옷을 가리킨다. 『초사(楚辭)』〈구가(九歌)〉〈소사명(少司命)〉에 "연잎 옷에 혜초 띠 매고 갑자기 왔다가 홀연히 떠나네.[荷衣兮蕙帶, 儵而來, 忽而逝。]"라고 하였다.

213 신마(神馬)와 구륜(尻輪) : 『장자』「대종사(大宗師)」에 "조물주가 나의 꽁무니를 점점 변화시켜 수레바퀴로 만들고 나의 정신을 말로 변화시킨다면, 내가 이를 이용하여 타고 다닐 것이니 어찌 다시 수레가 필요하겠는가.[浸假而化予之尻以爲輪, 以神爲馬, 予因以乘之, 豈更駕哉?]"라고 한 데서 온 말이다.

214 아융(阿戎) : 남의 아들을 칭찬해 부르는 말로, 진(晉)나라의 왕융(王戎)이 어려서 매우 영특했던 데서 유래하였다. 완적(阮籍)이 동료인 왕혼(王渾)의 집을 찾아갈 때마다 "그대와 이야기하는 것보다 아융과 대화하는 것이 낫다.[共卿言, 不如共阿戎談。]"라고 하고는 해가 질 때까지 왕융과 허교(許交)하며 노닐다가 가곤 하였는데, 이때 왕융은 나이 15세로 완적보다 20년 연하였다고 한다. (『진서(晉書)』「왕융열전(王戎列傳)」)

215 이모(二茅) : 전국시대 때 귀곡자(鬼谷子)를 사사한 모몽(茅濛)과, 모몽의 증손으로 도교 모산파(茅山派)의 조사(祖師)인 서한의 모영(茅盈)을 일컫는 것으로 보인다. 모영은 중국 하북성 구곡산(句曲山)에서 함께 지낸 그의 아우 모충(茅衷)·모고(茅固)와 함께 신선 삼모군(三茅君)으로 칭송되었다.

216 주원(周原)에서 콩 거두는[采菽] : 주원은 『시경(詩經)』「대아(大雅)」〈면(綿)〉에, "고공단보(古公亶父)가 아침에 말을 달려, 서쪽 물가를 따라 기산(岐山) 아래에 이르러, 강녀(姜女)와 더불어, 집터를 보니, 주(周) 땅의 언덕 기름지고 비옥하네.[古公亶父, 來朝走馬, 率西水滸, 至于岐下, 爰及姜女, 聿來胥宇, 周原膴膴。]"라고 하였다. '콩 거두는[采菽]'은 백성들이 학문을 배워서 선도(善道)를 행하게 하는 교화를 말한다. 『시경』「소아(小雅)」〈소완(小宛)〉에, "언덕 가운데 콩이 있거늘, 서민들이 거두도다.[中原有菽, 庶民采之。]"라고 하였다.

맑고 옅은 너른 바다 만 겹이나 푸른데　　　　　　淸淺溟波碧萬重

세상 이별은 쉽고 만나기 어려워 괴롭구나　　　　人間易別苦難逢

자손으로는 초종이 봉모[217]임을 일찍 알았는데　　孫枝早識超宗鳳

큰 바다에선 이부가 용 타는 것[218] 멀리서도 부끄럽네

　　　　　　　　　　　　　　　　　　　　　　巨海遙慚吏部龍

옛 절엔 지팡이와 짚신, 소나무 우뚝하고　　　　　古寺笻鞵松偃蹇

밤 창가엔 시묵으로 이슬 맑고도 짙구나　　　　　夜窓詩墨露澄濃

객수와 이별의 슬픔 어느 정도인지 아는지　　　　客愁離恨知多少

언덕 곁 네댓 봉우리에서 원숭이 울음소리 나네　傍岸猿聲四五峰

구산사(龜山寺) 송단(松壇)에서 해후하여 한 바탕 웃었다. 배가 원산(猿山)[219]을 지
나갔기 때문에 경련과 결구에서 그것을 언급하였다.

---

217 초종(超宗)이 봉모(鳳毛) : 송(宋) 효무제(孝武帝)가 사봉(謝鳳)의 아들 초종(超宗)
　을 차상(嗟賞)하며 자못 봉모(鳳毛)를 지녔다고 하였다. 그래서 후세 사람들이 남의 집안
　의 문채 있는 자손을 보면 봉모라고 예찬하였다. (『남사(南史)』「사초종전(謝超宗傳)」)
218 이부(吏部)가 용 타는 것 : 이부시랑(吏部侍郎)을 지낸 당나라 문장가 한유(韓愈)의
　문장 기백을 형용한 말.
219 원산(猿山) : 추월이 적간관 동쪽에 있는 산을 원산으로 잘못 안 것이다. 원래 원산은
　추월이 아직 지나가지 않은 비후주(備後州) 도포(韜浦)에 있다. 1719년에 사행했던 신유
　한(申維翰)의 『해유록(海游錄)』상(上), 8월 18일(무오) 기록에 "내가 우삼동에게 이르기
　를, '일찍이 들어보니 적간관의 동쪽에 원산(猿山)이 있는데 산에 원숭이가 많이 산출되어
　원숭이 소리가 들을 만하다 하는데, 어느 곳이 원산(猿山)입니까?'라고 하니, 우삼동이
　배를 움켜쥐고 웃으며 대답하기를, '세상에는 참으로 실지는 없고 헛소문만 나는 것이
　있나 봅니다. 누가 보고 누가 전했습니까?'라고 하였다. 다음날 바다 위에서 왼쪽에 있는
　조그마한 산을 바라보았는데, 이름을 원산(元山)이라고 하였다. 산에는 새나 짐승도 없는
　데, 전하는 사람이 한 번 잘못하여 원자(猿字)로 만들었고, 두 번 잘못하여 원숭이가 산출
　된다고 전하였으며, 또 원숭이 소리가 들을 만하다고 보태었으니, 이것은 농장(弄獐)의
　그릇된 것보다 심하니, 참으로 사람으로 하여금 포복절도할 일이었다."라고 하였다.

상관의 배 안에서 농 수재의 시에 화답하다
上關舟中和瀧秀才韻

용연

바다 걸음 망망한데 진실로 목선 가벼워	海步茫茫信木虛
백화 빈관에서 정답게 앉게 되어 기뻤네	柏花賓館喜連裾
덧없는 인연, 방일한 생각일랑 다 없애고	浮緣逸想宜消盡
고개 숙여 소학 글 보는데 힘쓰시게	勉爾低頭小學書

신령한 사신 배 아득히 은하수 가려는데[220]	靈槎渺渺欲窮河
요해[221]엔 미풍이어서 파도 일지 않네	瑤海微風不起波
필축이 있는 문자성[222]에 재자들 융성하여	筆岫文城才子盛
적간관의 바람과 눈 속 지나가며 기뻐하네	赤關風雪喜相過

어린 봉황 벽오동 사이에 깃들어 있어	弱翎栖止碧梧間
세모에 요금은 소산[223] 연주를 멈추네	歲暮瑤琴閟小山
조달한 난성[224]은 그대 유형 아니니	早達蘭成非汝類

---

220 은하수 가려는데[欲窮河] : 『한서(漢書)』「장건전(張騫傳)」에 "한나라 사신이 은하수까지 갔다.[漢使窮河源]"라고 하였다.

221 요해(瑤海) : 요지(瑤池)를 말한다. 요지는 전설 속에 나오는 못으로, 서왕모(西王母)가 사는 곤륜산(崑崙山) 속에 있다고 한다.

222 문자성(文字城) : 남옥의 『일관기(日觀記)』「하(夏)」 12월 27일조에 의하면 "문자성(文字城)에는 기이한 돌이 많은데 적간관에서 나는 벼루는 이 성에서 나온 것"이라는 기록이 있다.

223 소산(小山) : 소산(小山)은 대산(大山)과 함께 한(漢)나라 회남왕(淮南王) 유안(劉安)이 문객들의 시를 정리할 때 『시경』의 대아와 소아처럼 비슷한 종류끼리 묶어서 구별한 분류명이다. 혹은 거문고 연주를 좋아한 한(漢)의 회남왕(淮南王)의 노래라고도 한다.

224 난성(蘭成) : 난성은 남북조시대 때 서릉(徐陵)과 함께 대표적인 궁체 문학 작가인

다만 사부로 강관을 진동시킬 뿐이라네　　　　只將詞賦動江關

객지에서 아름다운 명성 알았는데　　　　　　風山六街識嘉名
천리 준마 비로소 갈 길을 열었네　　　　　　千里龍駒始啓行
물 푸르고 난초 향기로운데 이별의 한 남아　　綠水芳蘭留別恨
하늘가 저녁 구름 정회 가눌 수 없구나　　　　暮雲天際不勝情

농사의의 시에 수응하다
酬瀧士儀

현천

물 건너 아름다운 빛 완연한 가운데　　　　　隔水娟娟宛在中
조관의 석양 무렵 돛배에 불어오는 바람　　　竈關斜日落颿風
외로운 구름 밖으로 달빛 나며드는데　　　　　沈浮月色孤雲外
가는 대숲에서 거문고 소리 은은하네　　　　　隱約琴徽小竹叢
일정한 조수는 남과 북으로 무한하고　　　　　一道潮無南北限
만방의 사람들 글과 궤도 같네[225]　　　　　萬方人有軌書同
혼정신성[226]과 이정[227]에 힘쓰면　　　　　鯉庭趨侍晨昏暇

유신(庾信)의 어릴 적 이름.『청장관전서』제2권 〈남여화(南汝華)에게 주다〉라는 시에
"겨우 난성의 석책한 나이[15세]를 넘었는데[纔過蘭成射策年]"라고 하였다.

225　글과 궤도 같네[軌書同] : 수레의 궤철(軌轍)이 같고 글에 대한 문자가 같다는 것으로
통일(統一)을 말한다.『중용(中庸)』에 "지금 천하에 수레는 궤철이 같고 글은 문자가 같
다.[今天下, 車同軌, 書同文。]"라고 하였다.

226　혼정신성(昏定晨省) : 어버이를 정성껏 봉양하는 것을 뜻한다.『예기』「곡례상(曲禮
上)」에 "자식이 된 자는 어버이에 대해서, 겨울에는 따뜻하게 해 드리고 여름에는 시원하
게 해 드려야 하며, 저녁에는 잠자리를 보살펴 드리고 아침에는 문안 인사를 올려야 한

영예가 석목[228] 동쪽에서 다하리라	令譽須終析木東

둥근 하늘 깊은 바다 망망한데	圓天積水處茫茫
오군의 산하에선 옷자락에 눈 가득하네	五郡山河雪滿裳
북두에선 다만 떠도는 대기 합해졌는데	北斗但看游氣合
남기성에선 오직 음침한 기운 오래가네	南箕唯許瘴雲長
어룡의 나라에서 별안간 세월 가버리니	年華瞥眼魚龍國
귤과 유자 고장에서 시 지을 마음 아니네	詞藻非心橘柚鄉
이별 후 소식과 모습 그대 묻지 마시게	別後音容君莫問
백발노인이 등잔불 마주하고 있을 테니	白頭相對小燈光

위의 것은 조문관으로부터 왔다.

제술관과 세 분 서기께 드리다
與製述官 · 三書記書

농홍

농홍은 머리 조아리고 다시 절을 올리며 여러 선생님들께 편지를 씁니다. 삼가 생각건대, 사명을 받든 일을 마무리하시고 당당히 수레

다.[冬溫而夏凊, 昏定而晨省。]"라고 하였다.

227 이정(鯉庭) : 공자(孔子)가 일찍이 뜰에 지나가는 그의 아들 이(鯉)를 불러 세우고 시(詩)와 예(禮)를 배워야 한다고 훈계한 고사(故事)가 있다.

228 석목(析木) : 별의 위차의 이름인데, 기(箕) · 두(斗) 별과 서로 마주하고 있다. 『이아(爾雅)』에, "析木之津, 箕斗之間, 漢津也。"라고 하였다.

를 타고 돌아오시는데 때는 봄과 여름의 교체기여서 봄바람이 화창하고 바다 파도가 잔잔합니다. 삼천리나 되는 육로와 해로를 지나심에 별 탈 없으셨으니 실로 두 나라에 하늘의 돌봄이 두터운 것입니다. 삼가 축하드립니다. 소인은 지난번에 적관(赤關, 赤間關)에 있으면서 다행히 대국의 훌륭하신 위의를 마음껏 볼 수 있었고, 게다가 여러 선생님들의 바다와 같이 크신 은덕으로 인해 말석에서 모시고 삼일 동안이나 맑은 풍모를 접할 수 있었으며, 또 아름다운 시문을 여러 차례 받들었으니 이 어찌 소인의 커다란 광영이 아니겠습니까? 집에 돌아와 보니 상관에서 지어주신 글이 또다시 와 있었습니다. 어찌 여러 선생님들의 사랑하여 돌보아주심이 여기까지 미칠 것이라고 생각이나 하였겠습니까? 두터운 우의를 흔연히 받듦에 실로 이처럼 극에 달한 때가 없었습니다. 제 마음속으로, 상관에서 돌아오는 배를 맞이하거든 다시 좋은 말씀을 받들고 또 만에 하나라도 감사해야겠다고 생각하고 있었는데, 어찌 하다가 소인이 그만 바람과 이슬의 찬 기운을 삼가지 않아 피부병에 걸려 찾아뵙지를 못하게 되었습니다. 비록 병이 거의 나아가고 있지만 가까이에서 어르신을 모실 수 없어, 이 때문에 아버님의 뒤를 좇아 빈관으로 찾아뵙지 못하였습니다. 어찌 하늘이 사람의 하고 싶은 일을 하지 못하게 함이 이와 같은지요? 서로 멀리 떨어져 있어 한 차례 헤어지고나면 다시 뵐 기약이 없으니 한갓 슬플 뿐입니다. 짧은 율시 각 한 수마다 뵐 수 없는 유감스러운 마음을 펴보았습니다. 돌아가시는 길이 머니 천만 몸조심하십시오. 다른 것은 아버님의 말씀이 있을 것이니 글로 다 아뢰지 않겠습니다. 헤아려 살펴주십시오. 이만 줄입니다.

남추월께 작별시를 드리다
贈別南秋月

봄이 다한 남쪽 바다 깊은 물 잔잔하고 春盡南溟積水平
먼 유람에 탈 없이 그대 서울로 향하네 遠遊無恙向韓京
사신 깃발 곧장 구주의 물결을 떨치고 龍旌直破九州浪
채익선은 멀리 삼도[229]의 맑음을 지나가리 鷁首遙過三嶋晴
한 차례 하늘가에서 날개짓 제대로 하고부터 一自天邊能矯翅
비로소 해외에서 고래 타는[230] 자랑을 보았네 始看海外誇騎鯨
이별 후 적선과 흡사한 그대 그립겠지만 別來思子謫仙似
이역에선 도리어 채색 붓 명성 전해지리라 異域還傳彩筆名

성용연께 작별시를 드리다
贈別成龍淵

동도에서 돌아오니 봄날 저물려는데 東道歸來將暮春
안개꽃 핀 몇 곳에서 귀한 손님 전송하네 烟花幾處送嘉賓
녹실 지나면 다시 닻줄 맬 테지만 想過鹿室重維纜
용문 향해 나루 묻지[231] 못함 한스럽네 恨向龍門難問津

---

229 삼도(三島) : 동해에 신선이 산다는 봉래(蓬萊)·방장(方丈)·영주(瀛洲)의 삼신산
　(三神山)을 가리킨다.
230 고래 타는[騎鯨] : 적선(謫仙) 이태백(李太白)이 최종지(崔宗之)와 함께 채석에서 금
　릉(金陵)까지 달밤에 배를 타고 갈 적에 시와 술을 즐기면서 방약무인(傍若無人)하게
　노닐었음을 가리킨다. 두보(杜甫)는 〈송공소보(送孔巢父)〉에서 '경어를 타고 가는 이백
　을 만나면[若逢李白騎鯨魚]'이라고 하였다. (『후촌시화(後村詩話)』)
231 용문 향해 나루 묻지[問津龍門] : 용문은 산서성(山西省) 하진현(河津縣)에 있는 나

준마 늘어선 뜰에 이웃 사신 대접 두텁고 　璧馬陳庭隣好厚

의관 차리고 앉은 자리 예의 바른 용모 새롭네 　衣冠當座禮容新

남궁232의 조정 반열에서 공을 아뢰는 날이면 　南宮鵷列奏功日

다 같이 금의환향하는233 분들이겠지 　共是鄕園晝錦人

원현천께 작별시를 드리다
贈別元玄川

해 긴 날 조수 따라 삼한에 닿으려고 　長陽潮水接三韓

적마간234에서 신선 배 돌아가네 　歸去仙舟赤馬干

수레 명하여 오랫동안 천리의 뜻 이루었는데 　命駕久懸千里意

병상에 누워 제현의 기쁨 부질없이 그르쳤네 　臥牀空誤諸賢歡

파도 고요해 청산은 거울 속에서 움직이고 　靑山波靜鏡中動

하늘 맑아 붉은 기운은 관문 위에서 차갑네 　紫氣天淸關上寒

훗날 위용과 광채 그립거든 　他日容光相憶處

해문에서 달 지는 서쪽을 보리라 　海門落月向西看

루. 이곳은 물이 험하여 고기들이 올라오지 못하는데, 잉어가 이곳을 뛰어 오르면 용이
된다는 전설이 있다. 문진(問津)은 공자(孔子)가 도를 행하고자 제자들을 데리고 천하를
주류하던 시절, 초(楚)나라에 들렀을 때 마침 밭을 갈고 있던 두 은자(隱者)인 장저(長沮)
와 걸닉(桀溺)에게 자로(子路)를 시켜 나루터를 묻게 했던 데서 온 말로 인하여 학문의
진로를 가르쳐 주기를 청하는 것이다. 『논어』「미자(微子)」)

232 남궁(南宮) : 조선시대 때 예조(禮曹)를 달리 일컫던 말.

233 금의환향하는[晝錦] : 주금은 낮에 비단옷을 입는다는 뜻으로, 출세하여 고향에 돌아
가는 것을 뜻한다. 곧 금의환향(錦衣還鄕)과 같은 말.

234 적마간(赤馬干) : 지금의 하관(下關)인 적간관(赤間關)을 달리 칭한 것으로 보인다.

김퇴석께 작별시를 드리다
贈別金退石

사신 배 해문에 잠시 정박하더니	海門暫泊使臣船
만 리 하늘 동래로 돌아가네	歸去東萊萬里天
가까이서 그리워하니 한은 한량없고	咫尺懷人何限恨
강호에 병이 많은데 누가 가련타하리	江湖多病有誰憐
빼어난 문장이라 백운의 그림자 좇기 어렵지만	鶴翰難逐白雲影
일본 땅에 수호[235]의 시편 길이 전하리라	蜻域長傳繡虎篇
아, 어진이 모시는 것[236] 두 차례나 어기고	嗟我兩回違御李
한 조각 마음 부질없이 밝은 달 곁에 걸려 있네	片心空傍月明懸

농사의께 감사하다
謝瀧士儀

추월·용연·현천·퇴석

헤어진 뒤에도 그대 모습이 늘 눈에 어른거려 돌아가는 길에 다시 만날 것이라고 생각했는데, 도착하고 보니 계획이 홀연 어긋나게 되어 한탄스러움과 슬픔이 그치질 않았습니다. 그러나 춘부장을 뵙고

---

235 수호(繡虎) : 시문에 뛰어나고, 또 내용이 화려한 문장을 가리킨다. 삼국시대 위(魏)나라 조자건(曹子建)의 문장이 뛰어나므로, 세상에서는 그를 수호라고 하였다.

236 어진이 모시는 것[御李] : 어리(御李)는 현자(賢者)를 경모(敬慕)하는 일. 후한(後漢)의 이응(李膺)은 성품이 간항(簡亢)하여 교제하는 바가 없고 오직 순숙(荀淑)과 진식(陳寔)을 스승과 벗으로 삼았는데, 순숙의 아들 순상(荀爽)이 어느 날 이응을 찾아뵙고 이어서 그의 수레를 몰고, 돌아와서 기뻐하며 말하기를, "오늘에서야 비로소 이군을 모실 수 있었다."라고 하였다. (『후한서』 「이응(李膺)」)

다시 자초지종을 알 수 있게 되어 다행이라 여깁니다. 인하여 서신을 받고 병이 있음을 알고 심히 염려되었습니다. 보내주신 시를 펴보고 찬란한 빛이 눈에 가득하여 가학(家學)의 연원과 천부적 자질의 **빼어**남을 알았습니다. 선비가 헤어지고 사흘이 지나면 마땅히 괄목상대하게 되는데 수개월이 지났으니 진전된 바가 참으로 이미 클 것입니다. 마땅히 화운시를 지어 주면서 영원한 이별의 회포를 술회해야 하겠지만 이곳에서 사사로운 의리[237]를 갑자기 깨뜨릴 수 없게 되었습니다. 이에 대해서는 춘부장께서 아시는 바이니 소홀하고 오만하다고 생각지 않았으면 합니다. 서운하고 한스러움 깊습니다만, 밤낮으로 부지런히 힘써 시와 예의 학문을 더욱 돈독하게 하여 원대한 희망에 저버림이 없기를 바랍니다. 이만 줄입니다.

『장문계갑문사』권2 마침

『문사(問槎)』전편(全篇)을 이어 출판하다.
명화 2년(1765) 을유년 추구월
장문(長門) 명륜관 장판(藏版)

---

237 사사로운 의리[私義] : 1764년 통신사행 때 대판에서 최천종(崔天宗)이 피살된 일로 삼사신(三使臣)이 조정의 문초와 처단을 염려하고 있던 터라 제술관과 서기 등은 이후 의리상 한묵으로 오락을 삼을 수 없어 일본 문사들의 시에 화운하지 않았다.

長門癸甲問槎 乾下

《長門癸甲問槎》卷之二

甲申五月廿日，赤馬關賓館贈詩筆語
瀧鶴臺

贈南秋月

分手琳宮感隔年，喜迎歸旆竈門前。聘儀原重先王典，辭命尤稱太史賢。一路湖山舊相識，雙關風物更堪憐。莫言離合如萍水，此會須知未了緣。

贈成龍淵

乘槎星使自朝鮮，遊遍歸來日出邊。海上十洲逢大藥，洞天幾處會群仙。《國風》難和王仁詠，秦火獨餘徐福篇。更有東毛古經在，憑君欲使異方傳。

毛野州 足利鄉有學校，參議野篁所創。有謄寫古經、宋板十三經等，比明板，大爲善本。近徂徠先生塾生紀人 山重鼎校讎異同，官刻《七經孟子考文》，行於海內，好古之士，以爲奇寶焉。

贈元玄川

使聘遙來日本東, 詞臣才調共爭雄。屬文各得歐、蘇法, 論道皆傳
濂、洛風。事業千秋懸日月, 榮華百歲寄苓通。知君歸去遂初志, 庭
草依然一畝宮。

贈金退石

成均進士總英髦, 膺選尤知才氣高。遙夜悲吟長海雪, 早春起色廣
陵濤。關津烟樹迎文斾, 驛路鶯花入彩毫。遠覽應多昭曠致, 寧論行
役獨賢勞。

大阪遭變, 三使引罪待勘, 是以製述官、三書記私義不敢以翰墨爲
娛, 故無和章。

送南秋月歸朝鮮

關山五月子規飛, 祇樹林中送客衣。惜別暫時將握手, 聲聲還報不
如歸。

送成龍淵

仙使浮查歸故鄕, 海門分手遠相望。乘風帆影去何處, 積水長天共
渺茫。

送元玄川

紫海層波隔帶方, 片帆遙入塞雲長。天涯落月腸堪斷, 相憶回頭日
出光。

送金退石

人生離別最堪悲, 何事新歡染素絲。縱使黃河清有日, 與君相遇更無期。

亦無和章。

筆語

秋月: 相憶之餘, 得復接容儀, 何幸何幸? 草大麓何不同臨?

龍淵: 別後光儀常依依。東行數千里, 見人士不爲不多, 而鶴臺風流雅義, 最所難忘。今復奉接, 慰幸無極。蘭玉無恙勤課, 大麓安居懋業否?

鶴臺: 除夕一別, 東行三千, 春芳旣盡, 溽暑方至。諸君祉福, 竣事而歸, 恭喜恭喜。僕以四月初旬往竈關, 以竢諸君, 不意龍節久淹於浪華, 日夜東望, 引領爲疲。竈關之泊, 亦以夜深, 發以早晨, 不遑通問, 悵望盆深。遂逐仙舟而來, 幸得披青雲, 不堪欣躍。草生、山生、秦生及犬兒皆不能重奉, 登仙無分, 爲憾耳。各奉書詩, 且使僕多多致意。

龍淵: 竈關久俟, 曾是不意。僕輩泊船在夜, 雖未下陸, 若聞足下來待, 則豈不顚倒相迎耶? 恨不得早知也。今日下陸, 亦爲一面足下之來耳。

又: 諸君詩札, 良慰多少, 而不得更面, 深以悵缺。詩作宜卽和屬,而僕輩在大阪時所遭, 足下想已聞知。此實史牒所無之事, 事雖究竟罪人伏法, 而使相方引罪俟勘, 歸身司敗, 僕輩義不當復與於翰墨之娛, 故雖素所惓惓如諸君者, 而拙守不可遽破, 未免孤負。義雖固然, 心實觖悵, 明義君子倘有心, 諒此矣。

秋月: 諸賢俱不得奉接, 甚悵。幸與足下暫敍離情, 且承瓊琚之贈, 實慰我心。但今行酬詩不爲不多, 有作輒和, 未嘗或懶, 足下之所知。而大阪遭變以來, 心神驚慄。事雖粗了, 變實無前, 使相方以不善奉使, 致此極變之罪, 歸待朝廷勘處。僕輩義不敢以文墨自娛, 斷棄筆硯, 永廢此事, 不得奉和。幸恕察此義, 亦以此意遍告諸賢, 俾知僕輩之心也。

鶴臺: 大阪之變, 實出不虞, 使臺自引罪, 理雖或當然, 而無妄之禍, 皇天豈不鑒諸? 至如諸君, 其復何慮之有? 而義不敢爲弄翰墨以消遣, 可見深體三畏之心也。不勝欽服已。諸詩何必高和? 唯得重接淸儀, 暫承緖論, 足以慰翹企也。
又: 諸君東行, 浪華、江都及其他處處, 藻客髦士, 抱藝求見者定多矣。才學風流, 可與語者, 有幾人乎?

龍淵: 盛作大有古意, 韻格之佳, 固不暇言也。敢謝敢謝。僕入貴境以來, 接韻士墨客多矣, 至如文獻博雅之學, 獨推足下一人。今日相對, 非如唱酬往復相好, 正欲得緖餘之聞, 尤幸尤幸。

秋月: 江戶諸彥中, 井太室、木蓬萊僕輩尤所惓惓者, 知足下未久東赴, 望爲僕致意。浪華 木弘恭之風流、合離之才華, 平安 那波師曾之博學、釋竺常之雅義，尾張州 源正卿之偉才、岡田宜生之詞律，二子之師源雲之豊望，皆僕輩所與傾倒，而那波與之同往江都，情好尤密。足下若與從容，當知僕輩此言非阿好之比。幸爲致意。

玄川: 至其儀範峻偉、風流洋溢，則當以足下爲冠冕。此言非面諛也。

鶴臺: 太室、蓬萊交誼尤厚，其餘諸子未得一面。東行若與相會，宜傳盛意。但諸君溢美之言，僕安能敢當也？雖然，僕終身品目，世人當據諸君藻鑑，可謂多幸耳。

玄川: 在江戶時，見井四明書，略聞鶴臺消息。烟雲數千里，更覺依然玉澈，珍重。而嵩山諸人俱平安耶？何不携與同來？

鶴臺: 井四明僕未審其人。

玄川: 四明名潛，備前州文學也。本家江戶，遊官于備前。去時酬唱最多，行到江戶後有書，有言鶴臺聲聞矣。備前文學，四明外又有近藤篤號西崖者，足下俱無面雅耶？僕輩有書，欲托鶴臺以傳于井君，幸爲覓便傳致，如何？

鶴臺: 四明、西崖俱未識面，其書僕當携往江都直傳之，如何？

玄川: 抵四明書，如有直傳備前之便，則爲幸耳。

秋月: 四明書中有答江都人山岸藏 源成範書，足下若致之此人，則可達<u>四明</u>矣。足下<u>東</u>去, 逢<u>木君</u> <u>貞貫</u>、<u>井君</u> <u>孝德</u>諸人, 幸爲僕輩多多致意。令胤及<u>大麓</u>、<u>南溟</u>、<u>嵩山</u>諸賢許答書, 幷傳致也。

鶴臺: <u>四明</u>書, 僕當謀速達耳。豈令致浮沈乎? 豚兒及<u>大麓</u>諸人各賜答書, 有煩諸君。感荷感荷。

退石: 去時僕病臥船房, 未接芝宇, 唯和詩篇, 今始相逢, 欣慰不可言。胤君何不來? 未得相見, 悵莫甚焉。

鶴臺: 客冬違和在舟, 不得承警咳, 而瓊李往來, 枉蒙匪他, 自謂神交, 不誣已。吉人天祐, 二竪歛迹, 海旱綏履, 文斾云旋, 得挹高風, 愜素願, 甚大慶也。

退石: 承此贐章, 亟欲奉和, 而三使相方在待勘中, 不敢把筆, 遂未免孤負盛意, 慚忍奈何? 令胤及<u>秦</u><u>嵩山</u>諸君亦有別章, 而事勢如右, 未能和迓, 此意幸乞傳致焉。遲暮相逢, 意氣相投, 只恨相見之晚。明朝一別之後, 涯角渺然, 後日顔面, 唯是一天明月。

鶴臺: 遭變以來, 諸君不摛藻弄管之義, 旣領旨意。唯是傾蓋如故, 俄頃永別, 其復何言?

退石: 足下少僕三歲, 而韶華不凋, 欽歎欽歎。

鶴臺: 蹈海遠遊, 不知白首之心, 可謂烈士哉。僕聰明日衰, 徒善飮食耳。

秋月、龍淵、玄川、退石: 壯紙、華牋、華簡、海松子、胡桃子、藥菓、扇子、歸橐蕭然，唯有此物。仰表區區之意，笑留爲望。大麓足下亦有紙幅之送，煩足下傳致。

鶴臺: 祗領大貺。諸君海外爲客，推念及此，甚是大惠也。感荷曷已？紙幅之贈，當致大麓，感拜可知也。仰懇，所賜紙牋，諸君揮洒心畫，或分勞於長洲、中和、丹崖諸子以爲賜，永以炫耀文房，爲別後容顔。幸勿罪望蜀已。

秋月: 勤索豈不欲仰副？而寫字官以書爲職，使相猶使之勿爲人寫字，況僕輩初不以此事爲任。今以私義旣不得爲所可爲之酬唱，則又何可以越俎代斷乎？揆以道理，實未安當，茲不能仰塞。幸見恕諒。亦以此語報大麓也。

鶴臺: 諸君義之所不安，豈敢强瀆乎？唯當拜受嘉惠，以爲永好耳。
又: 松子可服餌否？

退石: 此乃華人所謂五鬣松子也，餌之。可以補腎養年。
又: 乍逢旋別，悵黯殊切。送別佳什，格調淸雅，情境兼摯，而末因奉和，慊恨如何？紫潭之惠，極用感荷，歸作他日面目，尤以慰幸。

鶴臺: 薄物聊表下悃，何足爲謝？鄙作述銷夏之餘情耳，賜覽爲幸。

退石: 貴邦賦稅，一遵什一之例乎？

鶴臺: 租稅以什之四爲率。

退石: 比三代一何多也?

鶴臺: 土壤豊腴, 民猶以爲輕也。

退石: 大率十手斗所種田, 收幾手斗?

鶴臺: 沃土下種一斗, 收成一斛五六斗, 雖瘠地, 亦不下一斛一二斗。

龍淵: 足利學校之古經, 紀州 山君之著述如是, 海外異本, 而僕未得一玩, 深可恨也。歸裝甚忙, 無由購去, 尤可歎。行橐其或帶來耶? 願得一覽。

鶴臺: 古經未刊行, 考文亦多卷帙, 僕不携來, 不得供覽, 可憾也。

龍淵: 徂徠《隨筆》、《論語徵》未見。 其全集已見,《辨道》、《辨名》亦已見, 未見《學則》。足下有帶來者否?

鶴臺: 僕自竈關來此, 距家四百里, 裝中不能帶許多書。慊歎慊歎。

龍淵: 赤關亦有書肆否? 買書於浪華否?

鶴臺: 本關舟舶所湊, 唯有百般行貨、經紀人家。而無有讀書人, 間好墳籍者, 求諸浪華爾。

退石: 僕眼病觸風甚苦, 欲歸臥蓬房調治, 請退。一別之後, 無由更奉, 徒增悵黯。惟冀對時加護。

鶴臺: 一言及別, 情緒紊亂。唯祈清暑避熱, 保攝所患, 明日倘雨, 則獲再奉。

龍淵: 江都 劉龍門 維翰宏儒也。足下曾與之唱和否?

鶴臺: 未識其人。
又: 此冠臥龍冠乎?

龍淵: 東坡冠也。秋月所戴鬃綴方冠, 別無名稱, 所服, 有官者便服, 澗愧林慚已久矣。

鶴臺: 貴國亦有不患痘瘡者否?

龍淵: 無人不經, 而南地或有不經者。

鶴臺: 當暑重衣, 不加熱否?

秋月: 幸瘦骨不怕熱。

鶴臺: 僕如肉猪, 所謂汗淋學士也。
又: 忌日, 古者以甲子, 司馬晋以來用日數。用日數, 則晦日死者, 小盡之月無忌日, 閏月死者, 無閏之年無忌月, 似宜從古爲正。不知貴國之制如何。

玄川: 忌日當以日月計。晦日死者, 勿論月之大小, 皆以當月晦日爲
忌日。閏月亦從本月數計, 他年雖遇當月之置閏, 亦捨閏而取本月。
假如今年閏五月晦日死者, 他年皆以本五月晦日爲忌日, 而後雖更遇
五月置閏之歲, 祭則行於本五月晦日。但其閏月晦日亦不聽樂、不食
肉, 以終當夕耳。

秋月: 見和子孥宰相《怨二女詞》, 深得漢、魏餘響。足下亦爲之嘉
翊, 向來雖和和子之詩, 不知其爲大儒, 今乃知足爲足下之友, 恨不一
見此人也。

鶴臺: 是子海內無雙之才也。唯恨少長仕途, 不能讀破萬卷, 未由展
驥足耳。

秋月: 足下歸見東郊, 幸爲僕輩深深致意, 以謝失士之罪。

鶴臺: 領盛意。彼當感激。

秋月: 足下亦及見徂徠而學之否?

鶴臺: 僕生也晩矣, 不得親受業於門下, 從事其高第周南也已。

龍淵: 和子孥文中所謂縣子者誰也?

鶴臺: 縣孝孺號周南, 本藩明倫館祭酒。正德中年纔過弱冠, 與李東郭諸子相唱和, 三使相愛其奇才, 延見試詩者。

龍淵: 茂卿集中曾見其名, 而未見其文章, 可歎。

鶴臺: 有周南文集行於世。如其韓賓唱酬, 有《問槎畸賞》。

玄川: 往還四五千里所接文人、韻士千餘人, 大抵聰明秀俊, 詞藻蔚然林立, 僕輩每相語以爲, 日東文運日闢, 古人所稱, 天氣自北而南者, 斯有驗矣。但恨目今波奔而水趣者, 大抵是明儒王、李之餘弊, 而唱而起之者, 物徂徠實執其咎。前日足下之語, 先有及徂徠者, 嵩山書亦有提說者, 未知足下與嵩山常以徂徠子爲醇儒正學乎? 座間雖恩撓, 敢一問之。

鶴臺: 此方學者, 不遵奉徂徠之教者鮮矣。雖僕亦然。至正不正之說, 固非草草之可盡矣。不讀徂徠所著書, 以究其說, 則安知其道之所在乎? 會見渠央, 不得與諸君論究其說, 深以爲憾耳。

玄川: 頃在江戶, 有以《徂徠集》來示之者, 一番披閱。大抵以豪傑之才, 騁捭闔之辨, 所引用者, 皆王、李徐論之, 其受病, 則又有甚焉者。若使此人屈首於操存實踐之地, 則不獨自我之幸, 其所以嘉惠後學者, 豈至於文章之末而已哉? 朱子之道, 如日中天, 是孔子後一人, 反是者, 皆魍魎之遠影。想達識如鶴臺者, 只欲學徂徠之明處, 其暗處, 則盖已痛棄之, 不有餘。但恐後生新學, 將以爲鶴臺老成者, 猶尊奉之如此, 吾輩所依歸, 獨不在是邪。其爲世道之害, 有不可勝言者。

幸望深引在門揮之義, 無陷胥及溺之弊。如何如何?

　鶴臺: 徂徠之學, 以古言解古經, 明如觀火。 如朱子明德解, 與
《詩》、《左傳》不合, 仁爲心德, 有專言、偏言之目, 其說至萱仲而窘
矣。古者詩、書、禮、樂, 謂之四敎、四術, 士君子之所學是已, 豈有
本然氣質、存養省察、主一無適等, 種種之目乎? 聖人之道, 敬天爲
本, 徂徠之敎亦然。敬天守禮之外, 豈別有操存實踐之法乎? 諸如此
類, 更僕何盡? 是僕之所以有疑於程、朱也。

　玄川: 徂徠明處, 足下亦與明焉, 其暗處, 則足下亦宜有取舍, 但此
不可隻紙片言而決矣。幸於靜居幽獨之時, 却取古今儒籍, 掃去心中
之物子, 只從頭順理擘將下, 要文從意順, 後更取物子說觀之, 則以足
下之公平, 豈無所痛看得破綻處耶? 且名敎中自有樂地, 何必拾得礦
邊之零砂, 以較百練之精金乎? 區區之誠, 不欲以異邦人之一論卽置
耳。足下幸諒之。後學新進, 正如赤子之初學言語, 長者尤當十分愼
審而敎之, 使習之, 足下學半之工, 尤不可輕也。

　鶴臺: 深感見敎。僕當從容尋繹耳。

　玄川: 君子虛己之盛, 深用歆歎, 誠如此也, 後生之幸也, 來世之幸也。

　龍淵: 茂卿之誤入, 正坐才太高、辨太快、識太奇、學太博, 而其文
華力量, 實有不可遽斥絶者, 後學若能師其可師者, 而捨其可捨者, 則
可謂善學茂卿, 而茂卿亦將有補於後人也。

秋月: 僕熟閱《徂徠集》及《辨道》、《辨名》，其學術終不可與入堯、舜之道，而其文熖甚煒煒，有不可磨滅之氣。惜其以過人之才，負誤人之罪，恨不起九原，如鵞湖一會也。

鶴臺: 文熖煒煒者，其豈鄉愿之類也乎？孔子曰，君子無所爭也，鵞湖之爭，所以不免爲朱、陸也。

秋月: 足下可謂傳法沙門、護法沙弥，僕雖心切老婆，無如之何。

鶴臺: 所謂無性屠提，佛不能度者。呵呵。
諸君一片婆心，僕敢不感佩？而唯懸空詆呵徂徠已。而未蒙明拳似其敎與先王孔子之道相齟齬處，是僕之所以不得默契也。且此方無經義策士，用朱子新注等之制，是以士君子之學，各從所好。且此方封建之治，與三代同風，非漢、唐之所得與比也。君臣上下之間，恩義相結，猶家人父子也。是以納汙含垢，不用皦皦之察，而海宇大治矣。夫紫陽《綱目》之嚴刻，其或可用諸郡縣之世，而不宜施諸封建之國也。僕輩世祿仕諸侯國，苟不能共治國之用，其謂之何？是所以棄宋後之學，而從事古學也。

秋月: 三代以封建治國，而以人道精微、孝弟忠信爲敎，其學問何嘗與後世異乎？物子創出華訓讀經之法，至今學士多賴之，其功不可誣。而只是自孟子以下，妄加詆斥，此度外之人也。足下不可以愛其人，而忘其惡者，爲學術之病，非小慮也。僕亦謂物子可與富嶽齊高，爲日東之一巨手。非欲工訶此人也，足下其思之。

鶴臺: 高意謹領。物子亦不外孝弟忠信而爲道。且僕前所謂苟國治民安, 則復何求? 何必爭學術之異同乎?

秋月: 但敍參辰之別好矣。

鶴臺: 正是正是。白香山詩云, ‘匹如身後爲何事, 應向人間無所求’, ‘匹如’義如何?

秋月: 僕記不得, 似是‘正’字之誤邪。其所賦之題, 所詠之事, 未知爲何事。若知之則或可解。

鶴臺: 是唯述懷作耳。僕謂‘匹如’猶‘如幻’也。注云, 匹如喩也。恐是唐時俗語, 猶佛書‘如如’之義耳。

秋月: 香山多用俚語, 盛示恐然。不然, 則作‘叵’字, 意義與‘豈如’‧ ‘何如’同, 亦是近之。

鶴臺: 一本作‘叵’字。然作‘如’似爲是。

龍淵: 曾見貴國《三才圖會》。有云, 安德廟中, 藏平氏故物, 今尙留在否?

鶴臺: 相傳, 古有衣袍、樂器、甲冑之類, 火災烏有? 今唯存幼帝御劒、平敎經佩刀耳。

龍淵: 西京 木順庵之派, 今有幾人邪?

鶴臺: 荒井白石、室鳩巢、柳川三省、梁蛻岩、祇園瑜等, 皆出其門, 鬱爲名家, 俱已爲故人。未知今有子孫否。

龍淵: 順庵、鳩巢是日東正派, 足下何不取之, 而取茂卿邪?

鶴臺: 人各有心。

龍淵: 此外更有名家邪?

鶴臺: 西京有伊藤仁齊, 著《論》、《孟古義》, 其所見, 大要與明 吳廷翰之說暗符。其子東崖共爲儒林巨擘, 筑前州有摑軒、春菴, 諸君已悉之。 肥後州有藪震菴、秋玉山,【玉山見爲時習館祭酒】 徂徠門有藤東壁、太宰春臺、服南郭、吾縣周南, 長崎有盧草拙, 皆近世大家, 其所著刊刊布海內矣。

龍淵: 仁齋者維楨邪? 東崖者茂卿所謂西京有伊原藏, 關以西有雨伯陽者邪?

鶴臺: 然。伯陽亦順菴門人, 仕對州。

龍淵: 太宰純有子孫繼聲者乎?

鶴臺: 有義子, 不知其學業如何。

龍淵: 周南亦然否?

鶴臺: 有<u>男泰恒</u>嗣業。戊辰接來賓, 相唱和。

龍淵: <u>草大麓</u>非<u>草場中章</u>之後乎? <u>中章</u>學於<u>華</u>人, 以其生長<u>長崎</u>[238]之故邪?

鶴臺: <u>中章</u> <u>長崎</u>[239]人, 來仕本藩, 學書法於<u>林道榮</u>, 兼通象胥。<u>大麓</u>其孫也。

龍淵: 貴邦閱武一年幾次邪? 家家, 人人皆屬兵藉邪?

鶴臺: 士人幷步卒, 皆有隊伍, 農、工、商、賈不得與齒也。閱武, 諸國有之, 但其法稍有異同耳。

龍淵: 唯問貴州之制耳。

鶴臺: 本藩制, 以四時農隙蒐獵, 爲民除害。或寡君親出, 或卿佐攝事, 以寓操練之法, 且閱隊伍器械。又有武藝敎師敎場, 每馳馬擊劍習射使捧, 不限幾次。

龍淵: 貴邦帶劍之俗, 自<u>源賴朝</u>時始云, 果然否?

238　원문은 '碕'로 되어 있으나 '崎'로 바로잡는다.
239　원문은 '碕'로 되어 있으나 '崎'로 바로잡는다.

鶴臺: 古郡縣之世, 唯武官并兵士得帶劍已。士庶皆佩刀, 則自賴朝時漸矣。

秋月: 戊辰之行, 長門有《問槎》三小卷, 今行亦欲入梓否? 僕輩所酬, 例皆膚淺, 若刻之, 則是刻畫無鹽也。

鶴臺: 此行酬唱, 亦當付剞劂。僕輩徒覺形穢耳。

秋月: 西京、東武、浪華, 則或集他境所酬和而同刊, 如本州, 則只刊此境所和者乎?

鶴臺: 書肆所輯錄, 大率多疎漏, 是以本州別刻, 不厠他境。

秋月: 刊印時, 並入諸賢送歸之詩乎? 僕輩以私義一不得和酬, 若刊貴詩, 則注以韓客以遭變, 引義不賦詩, 故無和章云云, 似得矣。

鶴臺: 當如高諭。

秋月: 日將暮矣。僕輩將下船, 與足下從此訣矣。滄海茫渺, 後緣無續, 屈三閭'新知生別'之語, 信是先獲也。只望年德俱尊, 勉導後進, 無孤區區異域之期。

龍淵: 新知生別, 昔人所悲。言不相通, 意獨潛孚。不盡者懷, 難續者緣, 日之已暮, 使相下船矣, 僕輩亦不可久坐。從此告別, 雲海茫渺, 惟望年與德高, 以副區區之望。分天各地, 此恨如何?

玄川: 別來已五朔于玆, 每覺鶴臺風韻襲人. 今又相逢, 是別筵, 一天南北, 片月分留, 相思相看, 唯此而已. 大麓、嵩山諸人, 遂不更見之, 尤可恨也. 唯前所謂風流之洋溢者, 携滿歸袖耳.

鶴臺: 諸君告別, 曷勝黯銷? 嗟乎各天南北, 限以大海, 而一朝相逢, 一面如故, 倏逢倏別, 別而復逢, 豈非奇緣乎? 而自此永訣, 參商不啻, 天涯海角, 夢寐容輝而已. 無涯之恨, 何其得盡? 伏惟諸君强仕, 力崇令德, 以對天眷. 貴梓日近, 加餐保嗇.

通刺　　　　　　　　　　　　　　　　　　　瀧鴻
韓、桑修好, 大旆浮海, 屏翳收風, 海若霽怒, 錦帆無恙, 儼然辱臨, 敬祝. 小子姓瀧名鴻字士儀, 今從家翁至此. 幸不糞棄, 得披靑雲奉咳唾, 欣感何悉. 鄙什一篇, 不敢藏拙, 輕穢大方, 枉賜電覽幸甚.

呈南秋月
駕去孤帆赤水間, 五雲深處駐朱顔. 誰言弱海原難超, 仙子翩然採藥還.

和瀧士儀　　　　　　　　　　　　　　　　　　秋月
寒雨蕭疎竹柏間, 天涯羇抱欲凋顔. 丹丘彩翩將雛下, 積水孤鵬幾日還.

呈成龍淵
仙客留橈赤水濱, 玄珠携得掌中新. 相逢莫惜暗投去, 吾輩原非按劍人.

和瀧士儀　　　　　　　　　　　　　　　　　　　　龍淵
燁燁芳蘭楚水濱，梅窗詩思上眉新。文章自有傳家學，二馬、三蘇
豈別人。

呈元玄川
箕聖流風聲教開，使臣共有不群才。遙聞威鳳招賢地，猶似當年碣
石臺。

和瀧士儀　　　　　　　　　　　　　　　　　　　　玄川
蛾化知君心孔開，鳳毛麟角又奇才。此兒博學今如此，醇厚高風把
鶴臺。

筆語

龍淵: 瀧士儀今年幾何?

士儀: 犬馬之齒十有九。

龍淵: ‘遲遲澗邊松，鬱鬱含晚翠’，君知此詩意否?

士儀: 謹領教，當佩服。
右十二月廿八日會席

呈秋月 【用前韻】
翩翩才氣出人間，相遇揮毫堪解顏。預識仙舟向東去，風流猶似李
膺還。

和士儀 秋月

兩日遊君父子間, 鶴毛鴻羽總仙顏。江梅不管留行客, 細雨春帆待
我還。

呈龍淵 【用前韻】

詞客遙從麗水濱, 逢迎且喜彩毫新。携來謝眺清奇句, 好向海東驚
幾人。

重次士儀 龍淵

奇毛弱羽錦湖濱, 霞鶩清詞入眼新。却憶龜郎才絶妙, 五篇驚動小
華人。

呈玄川 【用前韻】

關門極目海雲開, 逢著上邦詩賦才。相對披襟賓館裏, 雄風颯爾滿
高臺。

重和瀧秀才 玄川

聞道鯨魚跋浪開, 此中因得化鯤才。少年正喜收芒耀, 異日看君十
仞臺。

筆語

士儀: 僕乳臭書生, 重得陪盛筵, 何慶加之? 且叩以《延路》、《陽局》,
奉呈諸公, 汎愛之及, 亦重賜瑤和, 是僕所抃舞。敢謝。

玄川: 坐間見賢, 以翩翩才氣, 雍容有斂華就實之色, 正有愛欲助之

意。而顧僕短於詞律，不欲致言外之諷，然區區之意，亦自略有反復者，幸量之。

士儀: 過獎愧汗。公謙遜之甚，益以敬服。
右十二月廿九日會席

呈秋月
男子志情原壯哉，長風萬里訪蓬萊。關門非是青牛過，天際何看紫氣開。海上觀濤枚叔賦，梁園詠雪馬卿才。聯翩今日登龍會，自古纖鱗不易陪。

三和瀧秀才　　　　　　　　　　　　　　　　秋月
去國南來思渺哉，高秋落木下東萊。初看短菊籬邊老，已有寒梅海上開。河首張槎愁遠役，江關庾賦媿微才。龜峰側畔梧千尺，喜見雛毛一鳳陪。

呈龍淵
昔聽箕邦傳禮樂，今觀使客有文章。衣冠自帶朝霞色，風采偏銜春月光。雪霽關門靡旆節，波平鼓角震帆檣。升平共是存隣德，玉帛幾年通異方。

和瀧士儀　　　　　　　　　　　　　　　　　龍淵
冥鴻獨和皐禽唳，好是丹山五采章。鄴下朱華分氣象，楚南嘉樹有輝光。秦聲、趙瑟聯賓席，海日江春繞客檣。向晚登高空遠恨，故園消息渺西方。

呈玄川

何羨盧敖誇遠遊, 錦帆直訪蜻蜓洲。雲烟浩蕩乾坤色, 旌旆動搖滄海流。裁賦赤間飛雪冷, 倚舷藍嶋斷鴻愁。東方更遇山川勝, 憶爾揮毫誰共酬。

和士儀 　　　　　　　　　　　　　　　　　玄川

遠客篇成續《遠遊》, 捲簾紅日滿滄洲。偶然出訪梅邊信, 宛爾相看竹下流。落落亂飅虛水色, 蕭蕭殘角入邊愁。同文海外心因照, 且喜篇章日夜酬。

呈金退石

頃接南、成、元諸公德宇者有日, 已聞公爲二竪見惱焉。昨南公有被敎, 是以不自揣, 奉寄蕪章, 如其高和, 更竢病間。辰下寒甚, 伏惟保嗇。

雄飛共發漢江潯, 鵬翼垂雲積水深。憐過藍關猶伏枕, 惜來赤馬誤披襟。海門寒雨天涯夢, 牀上孤燈遙夜心。況又今朝逢歲杪, 蕭條獨作楚人吟。

次瀧秀才惠韻 　　　　　　　　　　　　　　退石

病臥孤篷, 未接足下喬梓淸範。愁鬱悁悁, 夜來一律, 足當面晤。

三日維舟赤浦潯, 客愁滄海校誰深。稜稜病骨將添齒, 耿耿寒燈獨照襟。和雨疏鐘驚報曉, 好詩短札喜傳心。須君念得同文誼, 莫惜頻投白雪吟。

右十二月晦會席

與甫、成、元諸公

今夜忽聞諸公已上舟, 爲之愕然。何天之假良緣, 而相別之遽也! 前者僕以黃兒輩, 漫得陪文壇, 拜淸標, 且辱賜瑤和數章, 非君子誘人之德, 何得容接如是耶? 感拜尤深。傾仰之餘, 復奉贈下里數什, 幸賜大觀, 如其瓊報, 僕亦不勝至願也。東行三千里, 伏惟爲國自愛。不備。

退石公牀褥如何? 日者辱賜高和, 感佩之意, 幸煩諸公。

贈秋月 東行

赤目關門積水東, 客槎幾日泝遙空。傷心鰐浦驚濤色, 回首韓京落月中。專對同知多士選, 賦詩誰比大邦風。休論海外勞征役, 歸日還齊博望功。

韓海桑溟知幾重, 豈圖使客忽相逢。誰來日下稱鳴鶴, 更向雲津見躍龍。懷裏元携明月色, 毫端且怪彩霞濃。漢家太史千秋業, 長託芙蓉天外峰。

贈龍淵 東行

知子靑雲志不虛, 王門幾歲曳長裾。雄才獨負龍淵氣, 共道當年韓尙書。

二邦盟約結山河, 玉帛遙浮靑海波。更見天邊瑞雲色, 追隨千里使臣遇。

鷄林遙望彩雲間, 突兀金鼇背上山。羨爾壯遊浮一葦, 長風直到竈門關。

不讓延陵修聘名, 浮槎東海此尋盟。行看列國逢迎士, 交態誰人縞
紵情。

贈玄川 東行

縹緲鼇頭大海中, 仙帆一片挂長風。問津何誤鬱藍島, 求藥應攀丹
桂叢。擲地詩篇金石響, 論文臭味蕙蘭同。洛城儻訪天台秀, 彩筆霞
標映日東。

五城海外接蒼茫, 臨渚忽褰仙子裳。宮闕連空蜃氣起, 鯨鯢吹浪潮
聲長。莫論南北勞征路, 寧顧關山隔故鄉。不是遠遊同博望, 客星何
犯斗牛光。

右解纜後贈竈門關。

謝瀧秀才

元日之夕, 思與足下一握而別, 屢托馬州人奉邀, 倥傯未克傳, 翌曉
船發矣。回首悵望, 忽忽如失, 分外遠承辱書, 華軸副之, 感佩盛念,
如獲百朋。況言外惓惓之情, 有足動人。不意窮海異域之外, 得此良
契, 幸甚幸甚。此行無事到上關, 今方前進, 而雲樹之恨, 去益懸懸。
和章托朝岡奉呈, 拙澀可愧, 只望領意, 歸時可復奉展。士別三日, 當
刮目相對, 況數月之間乎! 千萬加勉。退石病間, 遙謝寄問之眷。不
究。小華人等頓謝。

上關遠次士儀秀才　　　　　　　　　　　　　　　秋月

細靄輕潮鷁首東, 送崖諸子悄晴空。荷衣蕙帶飄飆後, 神馬尻輪廣
漠中。士友應推阿戎譽, 仙家終憶二茅風。聞詩習禮芳年事, 須念周
原采菽功。

清淺溟波碧萬重, 人間易別苦難逢。孫枝早識<u>超宗</u>鳳, 巨海遙慚<u>吏部</u>龍。古寺筇鞵松偃蹇, 夜窓詩墨露澄濃。客愁離恨知多少, 傍岸猿聲四五峰。【<u>龜山寺</u>松壇邂逅一笑。舟行過<u>猿山</u>, 故頸與結及之。】

<u>上關舟中和瀧秀才韻</u> <u>龍淵</u>

海步茫茫信木虛, 柏花賓館喜連裾。浮緣逸想宜消盡, 勉爾低頭《<u>小學</u>》書。

靈槎渺渺欲窮<u>河</u>, 瑤海微風不起波。筆岫<u>文城</u>才子盛, <u>赤關</u>風雪喜相過。

弱翎栖止碧梧間, 歲暮瑤琴閟<u>小山</u>。早達<u>蘭成</u>非汝類, 只將詞賦動江關。

風山六街識嘉名, 千里龍駒始啓行。綠水芳蘭留別恨, 暮雲天際不勝情。

<u>酬瀧士儀</u> <u>玄川</u>

隔水娟娟宛在中, <u>竈關</u>斜日落颷風。沈浮月色孤雲外, 隱約琴徽小竹叢。一道潮無南北限, 萬方人有軌書同。<u>鯉</u>庭趨侍晨昏暇, 令譽須終析木東。

圓天積水處茫茫, 五郡山河雪滿裳。北斗但看游氣合, 南箕唯許瘴雲長。年華瞥眼魚龍國, 詞藻非心橘柚鄉。別後音容君莫問, 白頭相對小燈光。

右自<u>竈門關</u>來

與製述官、三書記書　　　　　　　　　　　　　　　瀧鴻

瀧鴻頓首再拜, 裁書諸先生案下。謹惟奉使事竣, 儼然還軫, 時是春夏之交, 惠風和暢, 海波晏如。陸海三千, 跋踄無恙, 實是天顧之厚乎二邦, 謹祝。小人鄉者在赤關, 幸得縱觀大國之盛儀, 加旃因諸先生海量之德, 陪席末, 接清範三日, 且屢領瓊玫之賜, 是豈非小人之大幸乎? 歸家則上關之賜, 亦復繼至。何圖諸先生愛顧之至此也? 欣戴高誼, 實無窮時。私心竊謂迎歸旆于上關, 再領德音, 且拜謝萬一, 奈何小人不愼風露, 癬疥作祟, 不便拜跪。雖末疾乎, 不可近侍長者之側, 是以不從家翁之後, 執謁賓館。何天之不從人欲如此也? 一別秦、胡, 重奉無期, 徒以惆悵耳。短律各一章, 聊泄弗及之憾已。歸程猶逖, 千萬自重。他在家翁口, 書不盡言, 伏惟諒監。不宣。

贈別南秋月

春盡南溟積水平, 遠遊無恙向韓京。龍旌直破九州浪, 鷁首遙過三嶋晴。一自天邊能矯翅, 始看海外誇騎鯨。別來思子謫仙似, 異域還傳彩筆名。

贈別成龍淵

東道歸來將暮春, 烟花幾處送嘉賓。想過鹿室重維纜, 恨向龍門難問津。璧馬陳庭隣好厚, 衣冠當座禮容新。南宮鵷列奏功日, 共是鄉園畫錦人。

贈別元玄川

長陽潮水接三韓, 歸去仙舟赤馬干。命駕久懸千里意, 臥牀空誤諸賢歡。青山波靜鏡中動, 紫氣天淸關上寒。他日容光相憶處, 海門落

月向西看。

贈別金退石

海門暫泊使臣船，歸去東萊萬里天。咫尺懷人何限恨，江湖多病有誰憐。鶴翰難逐白雲影，蜻域長傳繡虎篇。嗟我兩回違御李，片心空傍月明懸。

謝瀧士儀　　　　　　　　　　　秋月、龍淵、玄川、退石

別後手儀常在眼，歸路謂當復奉，及到計忽左矣，恨悵無已。而惟以得拜尊丈更接緒餘爲幸。仍承手書，審有美疹，仰念實深。惠詩披來，璀璨盈眼，尤認家學之淵源、天才之秀拔。士別三日，當刮目相對，數月間所進信已富矣。宜有和章，兼敍永世之別，而第此私義不可遽破，此尊公所知也，想不以爲疎慢。而觖恨則深，只希夙夜孜孜，益敦詩禮之學，無孤遠大之望。不一。

《長門癸甲問槎》卷之二　終

《問槎》全篇嗣出
明和二乙酉年秋九月
長門　明倫館藏版

장문계갑문사 곤상

長門癸甲問槎 坤上

장문계갑문사 곤상

『장문계갑문사』 권3

통자
通刺

사절단이 멀리서 오는데 뱃길 천리에 비렴(飛廉)[2]과 양후(陽侯)[3] 모두 빌미가 되지 않고 비단 돛단배가 탈 없이 적간관[4]에서 잠시나마 쉬게 되어 경하 드립니다. 저의 성은 초(草)이고, 이름은 안세(安世)이며, 자는

---

1 초대록(草大麓) : 초장대록(草場大麓, 구사바 다이로쿠, 1740-1803) 강호시대 중-후기의 서예가. 초대록(草大麓)·초장안세(草場安世, 구사바 야스요)·초안세(草安世)라고도 한다. 이름은 안세(安世), 자는 인보(仁甫), 아명은 시랑(市郎), 호는 대록(大麓), 통칭은 주장(周藏). 명륜관(明倫館)의 편액 등을 휘호한 서예가 초장거경(草場居敬, 구사바 교케이)의 양자인 초장윤문(草場允文, 구사바 인분)의 아들. 보력(寶歷) 3년(1753) 10월 12일, 아버지의 사망으로 14세에 대를 이었다. 보력(寶歷) 14년(1764) 통신사행 때 적간관(赤間關)에서 조선 사신을 응접하며 시문(詩文)을 주고 받았다.
2 비렴(飛廉) : 비렴은 중국 전설 속의 바람귀신 이름. 곽박(郭璞)의 설에 "비렴은 용작(龍雀)인데 세상에서 풍백(風伯)의 이름으로 삼았다."라고 하였다.
3 양후(陽侯) : 양후는 거센 파도를 일으키는 신(神). "양후의 범람을 겁내지 않고[淩陽侯之汜濫兮]"에서 나온 말로 여기서는 거센 파도를 가리킨다. (『초사(楚辭)』)
4 적간관(赤間關, 아카마가세키) : 장문주(長門州)에 속하고, 현재의 산구현(山口縣, 야마구치겐) 하관시(下關市, 시모노세키시)이다. 하관(下關) 혹은 마관(馬關)이라고도 한다.

인보(仁甫) 호는 대록(大麓)이라고 합니다. 집안 대대로 이곳 번에서 벼슬을 하고 있는데, 강독관을 지내고 있습니다. 지금은 과군의 명을 받들어 알현하기 위해 빈관에 와 있습니다. 다행히 버림받지 않고 대국다운 군자의 풍채를 뵐 수 있게 되어 감사함을 어떻게 말할 수 있겠습니까?

제술관 남추월[5]께 드리다
呈製述官南秋月

비단배 탈 없이 적간관에 이르러	錦帆無恙赤間關
시모임에서 만나 고운 모습 마주하네	相値騷壇對玉顔
사마천의 장대한 유람의 뜻 알고	知是壯遊史遷意
부상 만리에서 명산을 묻는구나	扶桑萬里問名山

초대록이 준 시에 수응하다
酬草大麓相贈

추월

세모에 외로운 배 해관에 닿았는데	歲暮孤帆到海關
한매는 맑고 고요히 쇠잔한 얼굴 마주한 듯	寒梅淸寂對衰顔

---

5 남추월(南秋月) : 남옥(南玉, 1722-1770). 조선 후기의 문신. 자는 시온(時韞), 호는 추월(秋月). 1763년(영조 39) 통신사행 때 제술관으로 일본을 다녀왔다. 수안군수(遂安郡守)에 임명되었다. 1770년(영조 46)에 최익남(崔益男)의 옥사 때 이봉환(李鳳煥)과 친하다고 하여 투옥되어 5일 만에 매를 맞아 죽었다. 김창흡(金昌翕)과 육유(陸游)의 시풍을 추종하였고, 그 이듬해 서정성이 강한 시를 지었으며, 문장은 당송(唐宋) 고문(古文)의 영향을 받았다. 사행 후 『일관시초(日觀詩草)』·『일관창수(日觀唱酬)』·『일관기(日觀記)』 등의 방대한 저술을 남겼다.

배 안에서 이미 문사들 성함을 알았고   舟中已識文儒盛

해안을 낀 솔숲 대숲은 그림 속 산일세   夾岸松篁畫裏山

서기 성용연[6]께 드리다
呈書記成龍淵

큰 고래 물결 헤치며 바다 서쪽에서 오니   長鯨破浪海西來

상서로운 기운 높이 옥절에 임해 도는구나   瑞靄高臨玉節廻

허리 아래 채광 어디에서 띠고 왔는지   腰下彩光何所帶

풍성에는 밤마다 두성과 우성이 열리네   豊城夜夜斗牛開

이곳이 풍포군(豊浦郡)[7]에 속하기 때문에 풍성(豊城)을 썼다.

초대록의 시에 화답하다
和草大麓瓊韻

용연

사신 배 멀리 해 곁에서 나와   浮槎逈自日邊來

---

6 성용연(成龍淵) : 성대중(成大中, 1732–1809). 조선 후기의 문신. 본관은 창녕(昌寧). 자는 사집(士執), 호는 청성(靑城). 1753년(영조 29)에 생원이 되고, 1756년에 정시문과에 병과로 급제하였다. 서얼이라는 신분적 한계 때문에 순조로운 벼슬길에 오르지 못할 처지였으나, 영조의 탕평책에 힘입어 1765년 청직(淸職)에 임명되었다. 1763년에 통신사 조엄(趙曮)을 수행하여 정사서기로 일본에 다녀왔고, 1784년(정조 8)에 흥해군수(興海郡守)가 되어 목민관으로서 선정을 베풀었다. 학맥은 노론 성리학파 중 낙론계(洛論系)에 속하여 성리학자로서의 체질을 탈피하지는 못했으나, 당대의 시대사상으로 부각된 북학사상(北學思想) 형성에 일익을 담당하였다. 저서로는 『일본록(日本錄)』과 『청성집』이 있다.

7 풍포군(豊浦郡, 도요우라군): 산구현(山口縣)에 있던 군(郡)의 이름.

마침 큰 바다에 도는 따뜻한 기운[8] 만났네	正値窮溟暖律廻
한 점 신령스런 서각[9] 서로 비추는 곳에서	一點靈犀相照地
귀한 편지[10] 여섯 군자[11]를 위해 여네	雲箋聊爲六君開

용연께 다시 화답하다
再和龍淵

신선 사신 홀연 어디에서 오시는지	仙使忽然何處來
깃발 아득히 바람 곁에서 도네	旌旗縹渺傍風廻
관문에 이미 푸른 소 지나갔나	關門已有青牛過
하늘가에 자색 기운 보이네[12]	天際方看紫氣開

---

8 따뜻한 기운[暖律] : 연(燕)나라에 한곡(寒谷)이 있으니 추워서 곡식이 되지 않았는데, 추연(鄒衍)이 난율(暖律)을 불어 넣으니 따뜻한 기운이 돌아왔다고 한다.

9 한 점 신령스런 서각(犀角) : 두 마음이 서로 비추어 통하는 것을 신령스러운 서각에 비유하였다. 서각은 한 가운데에 구멍이 뚫려 있어 양쪽이 서로 관통되었으므로, 전하여 두 사람의 의사(意思)가 서로 투합함을 비유한 말이다.

10 귀한 편지[雲箋] : 귀함(貴函). 곧 남의 편지에 대한 경칭(敬稱).

11 여섯 군자[六君] : 중국의 덕이 높은 여섯 군자 곧 우(禹)·탕(湯)·문(文)·무(武)·성왕(成王)·주공(周公) 등을 일컫는 말인데 여기서는 회석(會席)에 참석한 일본 문사를 뜻하는 것으로 보인다.

12 관문에 푸른 소 …… 자색 기운 보이네[關門已有青牛過, 天際方看紫氣開] : 노자(老子)가 서쪽으로 떠나갈 때 관령(關令) 윤희(尹喜)가 멀리 바라보니 자색(紫色) 기운이 떠 있는 것이 보였는데, 과연 얼마 뒤에 노자가 푸른색 소를 타고 관문을 지나가더라는 전설이 있다. (『열선전(列仙傳)』상(上))

대록께 거듭 화답하다
重和大麓

용연

정신적 교유로 이방에 오게 되어	神交嬴得異邦來
진기한 묵적 그대 시낭[13]에 있네	寶墨憑將粤橐廻
문자성[14] 안에서 세모를 당하니	文字城中當歲暮
동백꽃 살구꽃 가까이에서 피네	柏花杏色近人開

서기 원현천[15]께 드리다
呈書記元玄川

말방울 패옥 소리 울리며 함께 날아와	鳴珂佩玉共聯翩
그대 영재라서 전대[16] 현명하게 수행하리	君自英才專對賢
사명 받들고 부상의 해 주변 지나거든	奉使扶桑日邊過
오가며 몇 군데에서 화려한 잔치 베풀까	送迎幾處設華筵

---

13 그대 시낭[粤橐] : 월(粤) 땅은 지금의 중국 광동성 일대로 남쪽을 뜻하기 때문에 일본을 비유적으로 표현한 말이다. 따라서 월탁(粤橐)은 일본 문사의 시낭을 가리킨다.

14 문자성(文字城) : 남옥의 『일관기(日觀記)』「하(夏)」 12월 27일조에 의하면 "문자성(文字城)에는 기이한 돌이 많은데 적간관에서 나는 벼루는 이 성에서 나온 것"이라는 기록이 있다.

15 원현천(元玄川) : 원중거(元重擧, 1719-1790). 호는 현천(玄川)·물천(勿天)·손암(遜菴)이고, 자는 자재(子才)이다. 1705년 사마시(司馬試)에 급제한 후 10여 년 뒤에 장흥고(長興庫) 봉사(奉事)를 맡았고, 1763 통신사행 때 성대중(成大中)·김인겸(金仁謙) 등과 함께 부사 서기로 일본에 다녀왔다. 사행 후 일기(日記) 형식의 『승사록(乘槎錄)』과 일본 문화 전반에 대한 백과사전적 문헌인 『화국지(和國志)』를 저술했다. 1771년에는 송라찰방(松羅 察訪), 1776년에는 장원서(掌苑署) 주부(主簿)를 지냈고, 1789년 『해동읍지(海東邑誌)』 편찬에 이덕무(李德懋)·박제가(朴齊家) 등과 함께 참여했다.

16 전대(專對) : 타국에 사신으로 가서 독자적으로 모든 질문에 응답하는 것.

대록께 화답하다
和大麓

현천

화락하고 조용한 문채 기운 훨훨 날리니	雍容文彩氣翩翩
이로부터 기이한 재주 해상에서 뛰어나리	自是奇才海上賢
듣건대 그대 청요직 강독관 벼슬하며	聞子淸要官講讀
오경 강론 자리에서 쉼 없이 이야기한다지[17]	打來談屑五經筵

필어

용연: 시독(侍讀)으로 지내시면서 무슨 책을 강독하시는지 두루 말씀해 주실 수 있습니까?

대록: 지금은 『논어』를 강독하고 있습니다.

추월: 강관(講官)은 몇 명입니까? 품계의 높고 낮음은 어떠합니까?

대록: 강관은 8,9명쯤 되는데 모두 대대로 나라의 녹봉을 받고 있습니다. 봉건제도에서는 선비의 자제가 통상 선비가 되니 품계는 대개 같습니다.

---

17 쉼 없이 이야기한다지[談屑] : 아름다운 말이 계속 되는 것이 마치 톱질할 때 톱밥이 끊임없이 쏟아지는 것과 같음을 비유한 말. 『진서(晉書)』「호모보지전(胡母輔之傳)」에 "언국(彦國 : 호모지의 자)은 좋은 말 뱉기를 톱질한 나무에서 톱밥이 쏟아지는 것 같다. 진실로 후진(後進)의 영수가 될 만하다."라고 하였다.

추월: 직임이 있는 사람 외에는 와서 접견할 수 없다니, 이 고장에도 반드시 산림처사들이 많을 텐데 만날 수 있는 길이 없으니 한스럽지 않겠습니까?

대록: 벼슬하는 사람이나 산림에 묻혀 있는 사람이나 일 만들기를 좋아하는 선비들이 많습니다. 그러나 관금(官禁)에 묶여 있으니 와서 뵐 수는 없습니다. 유감임은 말할 것도 없습니다.

추월: 오성묘[18]는 어느 곳에 있습니까?

대록: 국도(國都)에 있습니다.

추월: 이곳과의 거리가 몇 리나 됩니까?

대록: 이백리길입니다.

또 물음: 『장문문사』[19]가 책상 위에 있던데, 귀국에서 가지고 오셨습니

---

18 오성묘(五聖廟) : 신유한의 『해유록(海游錄)』상(上), 8월 18일(무오)조에 "일본은 국도 (國都)에만 성묘(聖廟)를 세우고 각 주(州)에는 상서(庠序)와 조두(俎豆)가 없었다. 그런데 길원(吉元)이 장문주(長門州)의 태수가 되어 자못 선비를 장려하고 학문을 숭상하여 금년 봄에 관백에 계청하여 비로소 오성묘(五聖廟)를 세웠는데 국도로부터 신주(神主)를 받들어 왔고 소창정(小倉貞)으로 교수(敎授)를 삼아서 시서(詩書)의 교육을 맡게 하였다.[日本但於國都, 立聖廟, 各州無庠序俎豆. 而吉元爲長門太守, 頗能獎士崇學, 今春 請命始建五聖廟, 自京師奉題版而來, 以小倉貞爲敎授, 掌詩書訓誨.]라고 하였다.
19 『장문문사(長門問槎)』: 1748년 사행 때 초장윤문(草場允文)이 편찬한 『장문무진문사 (長門戊辰問槎)』를 가리킨다.

까? 대마도에서 가지고 오셨습니까?

추월: 축전주[20]에서 구했습니다. 양국의 문아(文雅)의 자취를 보고 싶었습니다.

대록: 제가 일찍이 귀국의 송자[21] 약간을 얻었는데, 우리나라의 종자와 비교해보니 그 모양이 크게 달랐습니다. 봄과 여름 사이에 씨를 심으면 한 여름에 싹이 납니다. 가지와 잎을 보면 우리나라의 송(松)과 다름이 없긴 한데, 다른 종자가 있습니까? 보여주셨으면 합니다.

추월: 일찍이 귀국의 송(松)을 자세히 보지 못했습니다. 가지와 잎이 우리나라의 종과 조금 다른 것 같긴 한데 같다고 해도 무방할 것 같습니다. 우리나라의 해송(海松)과 산송(山松)은 종류가 다르고 또한 씨를 심어서 나는 것이 쉽지 않기 때문에 자생한 송(松)을 옮겨 심는 경우가 많습니다.

대록: 제군들께서 구정로[22]의 기이한 재주를 칭찬하셨는데, 남도[23] 관

---

20 축전주(筑前州, 지쿠젠슈) : 현재의 복강현(福岡縣, 후쿠오카겐) 북서부 지역. 복강번(福岡藩), 축전국(筑前國, 지쿠젠노쿠니)이라고도 하며, 축후국과 합하여 축주(筑州, 지쿠슈)라고도 한다. 옛날에는 축후국(筑後國, 지쿠고노쿠니)과 함께 축자국(筑紫國, 쓰쿠시노쿠니)이라 하였으나 율령제(律令制) 하에서 분할되었으며, 서해도(西海道, 사이카이도)에 속한다. 한반도와 중국대륙의 창구로서 서해도 제국(諸國)을 통할하는 태재부(大宰府, 다자이후)가 설치되었다.

21 송자(松子) : 해송자(海松子). 백자(柏子)라고도 하는데 잣을 가리킨다.

22 구정로(龜井魯) : 구정남명(龜井南溟, 가메이 난메이, 1743-1814). 강호시대 중-후기

소에서 몇 차례나 창수하셨습니까?

용연: 한산의 편석[24]으로 그래도 가장 더불어 말할 만하였습니다. 남도 관소에서 창화한 것이 거의 40여 수나 됩니다.

위는 12월 28일 모임 자리에서

이번 동도[25] 사행으로 만 리를 지나시다보면 명승지가 매우 많을 것

─────────────────

의 유학자·의원(醫員)·교육자. 이름은 노(魯), 자는 도재(道載), 호는 남명(南溟), 별호는 신천옹(信天翁)·광념거사(狂念居士), 통칭은 주수(主水). 축전국(筑前國), 지쿠젠노쿠니, 현재의 후쿠오카겐) 질빈(姪浜, 메이노하마, 현재의 후쿠오카시) 출신. 촌의(村醫)인 구정청인(龜井聽因, 가메이 조인)의 장남. 비전(肥前, 히젠) 연지(蓮池, 하스노이케, 현재의 사가시)의 황벽승(黃檗僧, 선종인 황벽종의 승려)인 대조원호(大潮元皓, 다이초겐코)에게 유학을 배웠고, 경도(京都)에 올라가서 길익동동(吉益東洞, 요시마쓰 도도)에게 의학을 배웠으며, 곧바로 영부독소암(永富獨嘯庵, 나가토미 도쿠쇼안)의 문하로 옮겼다. 영부(永富)는 산협동양(山脇東洋, 야마와키 도요)의 수제자로 산현주남(山縣周南, 야마가타 슈난)에게 배웠다. 남명은 유학자로서는 훤원학파(諼園學派, 고문사학)에 속하며, 의학에서는 산협동양 유파를 이어받았다. 문화(文化) 11년(1814) 3월 2일에 자택의 실화(失火)에 의해 사망하였다. 시문에 능했으며, 구문학(龜門學)의 시조이다. 1763년 사행 때 21세의 나이로 조선 사신들을 성심으로 접대하였고, 이때 조선 문사와 주고받은 시문이 『앙앙여향(泱泱餘響)』에 수록되어 있다. 저서로 『논어어유(論語語由)』·『비후물어(肥後物語)』 등이 있다.

23 남도(藍島, 아이노시마) : 축전남도(筑前藍島, 지쿠젠 아이노시마). 현재의 복강현(福岡縣, 후쿠오카겐) 조옥군(糟屋郡, 가스야군)에 속하며 상도(相島)라 불린다. 통신사행 때마다 조선 사신이 이곳 다옥(茶屋)에 묵었다.

24 한산(寒山)의 편석(片石) : 남조(南朝)의 유신(庾信)이 북방에 사신을 갔다 오는데 사람들이 묻기를, "북방에 문사(文士)들이 어떠하던가?"라고 하니, 답하기를, "한산(寒山)에 한 조각 돌이 더불어 말할 만하고 그 나머지는 당나귀 울고 개 짖는 것과 같다."라고 하였다.

25 동도(東都) : 강호(江戸, 에도). 현재의 동경도(東京都, 도쿄토) 천대전구(千代田區, 지요다쿠) 천대전(千代田, 지요다)에 위치. 동무(東武)·무주(武州)·무성(武城)·강관

입니다. 그 가운데 가장 뛰어난 것으로 다섯 곳이 있어서 칠언절구 5
장을 지어 동도로 가시는 여러 문사들을 전송합니다. 또한 제가 어려
서부터 서예를 좋아하긴 했지만, 새나 벌레 모양의 글씨체나 아로새
기는 작은 재주라서 부끄러움을 말로 다할 수 없습니다. 비록 그렇다
해도 지금 다행히 널리 사랑해주셔서 그 졸렬함을 감추지 않고 멋대
로 5체로 나누어 써서 감히 드립니다. 만약 화운시를 지어주시고 비평
도 함께 내려주신다면 매우 다행이겠습니다.

기일 해서
其一
낭화²⁶ 나루 입구 절로 번화하여　　　　　　浪華津口自繁華
해안에 임한 누대와 십만 가구라네[그림 같음]　臨岸樓臺十萬家[如畫]
열국의 배들 신선 사신 전송하는데　　　　　列國舟船送仙使
상아 돛대 비단 닻줄 구름노을 같네[결구가 아름답다.]

　　　　　　　　　　　　　　　牙檣錦纜似雲霞[結得麗]

위는 대판성²⁷임

(江關)·강릉(江陵)이라고도 하였다. 강호는 일본의 수도인 동경(東京, 도쿄)의 옛 명칭으로 특별히 황거를 중심으로 한 동경 특별구 중심부를 지칭하며, 강호성에서 유래되었다.
26 낭화(浪華) : 섭진주(攝津州)에 속하고, 현재의 대판부(大阪府, 오사카후) 대판시(大阪市, 오사카시)이다. 대판(大坂)·낭화(浪花)·낭속(浪速)·난파(難波)라고도 한다. 통신사행 가운데 1811년 역지통신을 제외한 나머지 사행 때마다 조선 사신이 들렀던 곳이다.
27 대판성(大坂城, 오사카조) : 섭진주(攝津州)에 속하고, 현재의 대판부(大阪府, 오사카후) 대판시(大阪市, 오사카시) 중앙구(中央區, 주오쿠) 대판성(大阪城, 오사카조)이다.

기이 행서
其二

오색구름 제왕의 고을 두르고   五雲繚繞帝王州

태악 높구나, 두 줄기 강물 흐르네   台嶽巍乎二水流

원래 주나라[28] 문물의 땅이라서   原是成周文物地

거문고소리 밤낮으로 높은 누대에서 나네[맑고 평안한 세상을 상상할 수 있다.]

     絃歌日夕起高樓[可想淸平世界]

위는 평안성[29]임

기삼 초서
其三

비파의 바다, 대진[30] 동쪽   琵琶之海大津東

만경 연파가 푸른 하늘 침노하네[얼마나 대단한 기력인가!]

     萬頃煙波浸碧空[何等氣力]

석경산[31] 정상에서 고개 돌려 바라보면   石鏡山斗回首望

밝은 달빛 묘음궁[32]을 비추네   月明照出妙音宮

---

28 주나라[成周] : 성주(成周)는 주(周)나라. 무왕(武王)이 은(殷)나라를 쳐서 이기고 천
하를 빼앗았지만 얼마 안 있다가 죽고 그 아들 성왕(成王) 때에 그의 숙부인 주공(周公)
이 모든 체제를 갖추었으므로 성주라고 말한다.

29 평안성(平安城) : 평안경(平安京, 헤이안쿄). 곧 경도(京都, 교토). 산성주(山城州)에
속하고, 현재의 경도부(京都府, 교토후) 경도시(京都市, 교토시) 중심부에 위치.

30 대진(大津, 오쓰) : 근강주(近江州)에 속하고, 현재의 자하현(滋賀縣, 시가겐) 대진시
(大津市, 오쓰시)이다.

31 석경산(石鏡山) : 비파호 부근에 있는 원각사(圓覺寺)의 산호(山號).

[결구에서는 매양 기력이 다함을 근심하는데, 특별한 경지를 얻었으니 더욱 유원하다.]

[結句每患氣盡 包得別境 益悠遠]

위는 비파호³³임

기사 에서
其四

서기들 훨훨 바다 동쪽 향하다가	書記翩翩向海東
붓 휘두르니 당당하여 기상이 무지개 같네	揮毫睥睨氣如虹
지나가다 부용봉에 쌓인 눈 보거든	過時試見芙蓉雪
영 땅 노래³⁴와 웅자 겨눌 만하리라	當與郢歌堪競雄

위는 부용봉³⁵임

---

32 묘음궁(妙音宮) : 범패소리 나는 사원(寺院)을 가리킨다.

33 비파호(琵琶湖) : 파호(琶湖)·파수(琶水)라고도 한다. 남옥의 『일관기(日觀記)』추(秋) 정월 29일 기록에 "정오에 대진(大津)에 도착했다. 진(津)은 비파호이다. 호수의 둘레가 400리인데 비파 모양으로 생겼기 때문에 호수 이름을 붙인 것이다."라고 하였다.

34 영 땅 노래[郢歌] : 영(郢)은 초(楚)나라 서울. 영가는 〈백설(白雪)〉·〈양춘(陽春)〉과 같은 고상한 노래.

35 부용봉(芙蓉峰) : 부사산(富士山, 후지산). 부산(富山)이라고도 하며, 비유적 표현으로 부용(芙蓉)·팔엽(八葉)·팔엽봉(八葉峰)·백설(白雪)·부악(富嶽)·용악(蓉嶽)·함담봉(菡萏峯)이라고도 한다. 본주(本州, 혼슈) 중부 산리현(山梨縣, 야마나시겐)과 정강현(靜岡縣, 시즈오카겐)의 태평양 연안에 접해 있다.

기오 전서
其五

깃발 아득하고 의기 가벼운 채	旌斾悠悠意氣輕
구름산 외길로 동경에 들어가네	雲山一路入東京
누가 말했던가 함령이 몹시 험하다고	誰言函嶺千尋險
마부 다그치며 그대 눈 속을 가겠지	叱馭知君雪裏行
[나그네의 심사를 말하였다.]	[道得行子意中事]

위는 함령(函嶺)[36]임

5체 서축 평어
五體書軸評語

추월

　필체는 5체의 대가가 되셨고 시는 삼매의 경지에 드셨습니다. 침둔 청신[37]하여, 완곡하면서도 정감이 있어서, 마치 진경의 경지에 든 것 같아 재주가 훌륭합니다. 더욱 당송의 절구까지 지으셨는데, 당에서는 그 명색을 취하고 송에서는 전아함을 취하여 비단 위에 꽃을 더하였

---

36 함령(函嶺, 간레이) : 상근(箱根, 하코네). 이두주(伊豆州)에 속하고, 현재의 신내천현 (神奈川縣, 가나가와겐) 족병하군(足柄下郡, 아시가라시모군) 상근정(箱根町, 하코네 마치)이다. 정강현(靜岡縣, 시즈오카겐)에 가까운 신내천현 남서부의 모서리에 위치하며, 상근칼데라(Caldera) 부근의 일대를 가리킨다. 예로부터 동해도(東海道, 도카이도)의 요충지이며, '천하의 험지(天下の險)'라고 알려진 험난한 함령에는 숙장(宿場, 슈쿠바, 역참)이라는 관소(關所, 세키쇼, 관문)가 있었다.
37 침둔(沈頓) 청신(淸新) : 침둔은 기력이 침착하게 가라앉아 있는 상태를 뜻하고, 청신은 맑고 새로운 경지에 든 상태를 뜻한다.

으니 일본의 이름난 대가가 되실 만합니다. 이 또한 크게 기대하고 권
면하는 것이니 대록께서는 어떻게 생각하십니까?

추월의 전운에 화답하다
和秋月前韻

대록

문자관[38]에서 종횡으로 붓 휘두르며	揮筆縱橫文字關
관문 앞에서 하룻밤 홍안을 만나뵈었네	關前一夜接朱顔
숙연히 누가 용모와 안색 고치지 않겠는가	肅然誰不改容色
밝게 비추어 그대 보니 옥산[39]과 같네	映照看君似玉山

대록께 거듭 화답하다
重和大麓

추월

솔숲 마르기 전에 솔 관문 두드리는데	松林殘滴扣松關

---

38 문자관(文字關) : 북구주시(北九州市, 기타규슈) 문사구(門司區, 모지구)의 고칭으로,
‘文字ヶ關’라고도 한다. 645년 대재부(大宰府, 다자이후)와 도성을 연결하는 교통의 요
충지로 관문해협에 임해 있고 관소가 설치되어 있었는데, 정확한 장소는 불분명하다.
문자성(文字城)이라고도 하는 것으로 추정된다. 남옥의 『일관기(日觀記)』「하(夏)」12월
27일조에 “문자성(文字城)에는 기이한 돌이 많은데 적간관에서 나는 벼루는 이 성에서
나온 것”이라는 기록이 있다.
39 옥산(玉山) : 혜강(嵇康)의 자태가 마치 외로운 소나무가 홀로 선 것처럼 빼어나 그가
술에 취해서 넘어지면 옥으로 된 산 곧 옥산이 무너지는 것과 같았다고 한다. (『세설신어
(世說新語)』「용지(容止)」)

한바탕 웃으며 맞이하니 낯익은 얼굴일세	一笑相迎是故顔
짧은 해 처마 지났어도 기쁨 끝나지 않아	短日經簷懽未了
다시 함께 눈 덮인 산에 오르고자하네	更要同上雪中山

용연께 드리다
呈龍淵

대록

가슴속 밝은 달빛, 자리 주변 차가운데	懷中明月席邊寒
백설 노래[40] 지어주어 화답하기 어렵네	白雪投來和者難
만나는데 말씨 다르다고 무슨 방해되랴	相見何妨音吐異
하루아침 해후하여 사귐의 기쁨 다하네	一朝邂逅盡交歡

대록께 화답하다
和大麓

용연

세모의 하늘가, 비바람 차가운데	歲暮天涯風雨寒
창주에서 나의 길 괴롭고 고생스럽네	滄洲吾道屬艱難
매화 창가에 같은 문자 쓴 분 있어	梅窓賴有同文者
생황과 비파 연주하며 두 나라 기뻐하네	笙瑟相將兩國歡

---

40 백설 노래 : 송옥(宋玉)의 「대초왕문(對楚王問)」에 따르면, 〈양춘(陽春)〉과 〈백설(白雪)〉은 전국시대 초(楚)나라의 고아(高雅)한 가곡(歌曲) 이름으로, 수준이 높아 이 노래를 따라 부를 수 있는 자가 극히 드물었다고 한다.

용연께 다시 화답하다
再和龍淵

대록

찬 바닷바람 속에서도 만나 고담 나누니	高談相對海風寒
피차 어찌 회합의 어려움을 말하랴	彼此何言會合難
모두 왕문에서 옷자락 끌던 손님으로	總是王門曳裾客
한 차례 읊고 노래하며 기쁨 나누네	一吟一唱接餘歡

대록의 시에 다시 수응하다
再酬大麓

용연

비파꽃 아래 평상 온통 차가운데	枇杷花下一床寒
작별하는 날 응당 만나기 어려움 알고	別日應知會日難
진중한 제군들 급히 일어나는 분 없이	珍重諸君無遽起
석양녘 마주 앉아 사귄 기쁨 나누네	夕陽相對整交歡

현천의 전운에 다시 화답하다
再和玄川前韻

대록

대국의 사객들 본래 당당하여	大邦詞客本翩翩
연릉계자의 어짊41으로 빙례를 닦네	修聘延陵季子賢

---

41 연릉계자의 어짊[延陵季子賢] : 연릉계자는 춘추시대 때 오(吳)나라의 계찰(季札). 계

| 바다 섬 산호, 진주나무[42] 빛 | 海島珊瑚珠樹色 |
| 가지고 와 밤새 시 짓는 자리 비추네 | 携來一夜照文筵 |

대록께 거듭 화답하다
重和大麓

현천

객창에 햇살 드는데 연이어 방문하니	羇窓鎭日訪聯翩
자리 위 진기한 초나라 보배 어질구나	席上奇珍楚寶賢
고향이 만 겹 산 너머에 있음 망각한 채	忘却家鄉山萬疊
구슬신 밟는[43] 잔치 새로 여는 줄 알았네	錯疑新闢躡珠筵

추월께 거듭 드리다
重呈秋月

대록

| 채익선 멀리 삼한의 바다하늘에 떠있는데 | 彩鷁遙浮韓海天 |

찰은 오왕(吳王) 수몽(壽夢)의 작은아들로, 어질다는 명성이 있어서 수몽이 왕으로 세우고자 하였으나 사양한 채 받지 않자, 연릉(延陵)에 봉하였으므로 연릉계자(延陵季子)라고 한다. 상국에 두루 조빙하면서 당시의 어진 사대부들과 사귀었으며, 노(魯)나라에 조빙하면서 주나라의 음악을 보고는 열국의 치란 흥망을 알았다고 한다. (『사기』「오태백세가(吳太伯世家)」)

42 진주나무[珠樹] : 전설 속의 진귀한 나무. 중국의 남방에 있다는 전설적인 나무로, 나뭇잎이 모두 진주가 된다고 한다. 곤륜산(崑崙山)에 구중(九重)의 성이 우뚝 솟아 있는데, 그 위 서쪽에 주수(株樹)·옥수(玉樹)·불사수(不死樹) 등이 서식하고 있다고 한다.

43 구슬신 밟는[躡珠] : 구슬로 꾸민 신을 신은 빈객, 즉 상등의 빈객을 말한다.

상서로운 구름이 적간 해변으로 호송하네 　　祥雲護送赤間邊

머무른 지 이미 한 해가 다가는 때에 　　淹留已値年華盡

고향 생각하며 지은 시 몇 편인지 아는가 　　賦就思鄕知幾篇

대록의 세모에 지은 시에 대해 자리에서 다시 화답하다
席上復和大麓歲暮作

추월

삼과 대 그늘 성근 한 해 저무는 날 　　杉竹陰疎歲盡天

꿈속에 고국은 구름가에 아득하네 　　夢中家國渺雲邊

차가운 등불 여관엔 아름다운 시구 없어 　　寒燈旅館無佳句

그대의 훌륭한 시[44]에 제멋대로 화답하네 　　漫和高翁入蜀篇

추월의 전운에 화답하다
和秋月前韻

대록

사신 배 아득히 하늘에 오르려고 　　縹緲星槎將上天

관문 동쪽 광릉 주변을 향하네 　　關門東指廣陵邊

채색 붓 온통 파도 빛 비추니 　　彩毫一映波濤色

어찌 매승의 〈칠발〉편보다 덜하랴[45] 　　何減枚生七發篇

---

44 훌륭한 시[入蜀篇]: 두보(杜甫)가 촉(蜀) 땅으로 들어갈 때 지은 〈입촉(入蜀)〉이라는
고시(古詩) 12수를 가리키며, 훌륭한 시를 뜻한다.

45 채색 붓 …… 덜하랴[彩毫一映波濤色, 何減枚生七發篇]: 매생은 매승(枚乘)을 가리

대록의 시에 다섯 번째 화답하다
五和大麓

추월

동과 서가 각각의 하늘임을 믿지 않으니	未信東西是各天
영서의 의기 통함[46]이 붓놀림과 멀지 않네	靈犀不隔筆狀邊
외로운 돛배 다시 구름 사이를 향해 가는데	孤帆更指雲間去
그대의 시 대여섯 편으로 배가 무겁네	舟重君詩五六篇

자리에서 칠율 한 편을 지어 추월께 드리다
席上賦七律一篇呈秋月

대록

울타리의 메추라기 미물 같은 유형이라	藩籬尺鷃類微蟲
붕새와 곤어 보려하나 보지 못했네	欲覩鵬鯤望未通
뛰어올라봐야 쑥대덤불이니[47] 진실로 가소롭고	騰躍蓬蒿眞可笑
남과 북 회오리바람 타니[48] 뉘라서 웅자 다투랴	扶搖南北孰爭雄

킨다. 그가 지은 〈칠발(七發)〉 내용 중 광릉(廣陵)의 곡강(曲江)에 가서 파도를 구경하는
대목이 있는데, 파도에 대한 묘사가 매우 풍부하다.

46 영서(靈犀)의 의기 통함 : 영서는 영묘(靈妙)한 서각(犀角). 무소뿔은 한가운데에 구멍
이 뚫려 있어 양쪽이 통(通)해 있기 때문에 두 사람이 의기(義氣)가 서로 통함을 이르는
말이다.

47 뛰어올라봐야 쑥대덤불이니[騰躍蓬蒿] :『장자』「소요유」에, 아주 작은 뱁새가 구만
리를 날아 올라가는 붕새를 보고 말하기를 "저 새는 어디로 가는 것일까? 나는 뛰어올라
봤자 두어 길도 못 오르고 도로 내려와 쑥대밭 속에서 빙빙 돌 뿐인데, 나는 이 정도도
최고로 나는 것이거늘, 저 새는 대체 어디로 간단 말인가.[彼且奚適也? 我騰躍而上,
不過數仞而下, 翶翔蓬蒿之間, 此亦飛之至也。而彼且奚適也。]"라고 했다는 데서 온 말
로, 전하여 식견이 천박하고 포부가 크지 못한 사람을 비유한다.

날개는 만 리 부상 너머로 드리우고	翮垂萬里搏桑外
그림자는 깊은 창해 속에서 일렁이네	影動千尋滄海中
어찌 뜻하였으랴, 적간관 물 위에서	豈意赤間關水上
표연히 일거에 장풍에 맡길 줄을	飄然一擧任長風

자리에서 다시 대록의 시운을 따라 짓다
席間更步大麓

추월

얽매인 인생살이 여름 벌레[49] 비웃었는데	拘繫人生笑夏虫
경쇠 치던 양 돌아간[50] 뒤 사신배 통하네	磬襄歸後一槎通
바다 본 마고선녀[51]도 장수한 것 아니고	麻姑閱海猶非壽
하늘 횡단한 희유조[52]도 아직 웅자 아닐세	希有橫天未是雄

---

48 남과 북 회오리바람 타니[扶搖南北] : 『장자』「소요유(逍遙遊)」에 "붕새가 남쪽 바다로
　날아갈 때에는 물을 3천 리나 박차고 회오리바람을 타고 9만 리나 날아오른 뒤에야 6월의
　대풍을 타고 남쪽으로 날아간다.[鵬之徙於南冥也, 水擊三千里, 搏扶搖而上者九萬里,
　去以六月息者也。]"라고 하였다.

49 여름 벌레[夏虫] : 여름에만 사는 벌레. 『장자』「추수(秋水)」에 "여름 벌레에게는 얼음
　을 말할 수 없으니, 이는 계절에 구애받기 때문이다.[夏蟲不可以語於氷者, 篤於時也。]"
　라고 하였다.

50 경쇠 치던 양(襄) 돌아간 뒤[磬襄歸後]: 양은 춘추시대 노(魯)의 악관(樂官)이었던 사양
　자(師襄子). 주(周)나라 왕실이 쇠미해지고 예악(禮樂)이 무너지니, 주 왕실에서 봉사하
　던 예관(禮官) 악관(樂官)들이 뿔뿔이 흩어져 다른 곳으로 갔다. 『논어』「미자편(微子篇)」
　에, "소사인 양과 경쇠를 치던 양은 바다에 들어갔다.[少師陽擊磬襄入於海]"라고 하였다.
　경쇠 치던 양이 원래의 자리에 돌아갔다는 것은 태평성대를 맞이한 것으로 보인다.

51 마고선녀[麻姑] : 옛날 신선인 마고(麻姑)는 동해(東海)가 세 번이나 뽕나무 밭으로
　변한 것을 보았을 정도로 오래 살았다고 한다.

52 희유조(希有鳥) : 세상에 드문 새라는 뜻으로 붕새를 말한다.

해와 달은 안석 아래에서 광휘 성한데 日月升輝牀几底
고래와 용은 휘파람 속에서 기세를 거두네 鯨龍斂勢嘯唫中
제일강산인 호수관문의 석양 무렵 江山第一湖關夕
대록의 기풍에 소요할 수 있어 기쁘네 喜得逍遙大麓風

자리에서 용연께 드리다
席上呈龍淵

대록

큰 나라 빙례를 닦은 지 몇 천 년 大邦修聘幾千年
멀리 동방 만 리나 되는 하늘 향하네 遙指東方萬里天
해외의 즐거운 유람으로 의기가 생기고 海外遨遊生意氣
인간 세상의 만남에서 신선을 보네 人間邂逅見神仙
구름 맑게 갠 은하수 사신 배 움직이고 雲晴銀漢星槎動
햇살 비친 금장53으로 옥절이 선명하네 日照金章玉節鮮
기자 나라 문화 두터움 원래 알고 있듯 箕域原知文化厚
대청에 가득한 재자 모두 훌륭하네 滿堂才子總翩翩

대록께 붓을 달려 화답하다
走和大麓

용연

서왕54이 나라를 연 아득한 해 徐王開國渺茫年

---

53 금장(金章) : 금으로 만든 관인(官印).
54 서왕(徐王) : 서복(徐福)을 가리킨다. 진시황(秦始皇)이 서복에게 동남동녀 수천 명을

선약과 온전한 경전[55] 바다 밖 하늘에 있네	大藥全經海外天
성세에는 늘 화평한 우호의 서신 통하여	聖世常通和好信
영산에 신선이 있는지 없는지 물었네	靈山仍問有無仙
연잎치마 영락하여 섣달이 닥쳤는데	荷裳冷落窮陰迫
비단 배 영롱하게도 햇빛에 선명하네	錦帆玲瓏出日鮮
적수의 주정[56] 온힘을 다해 찾는데	赤水珠精爭力探
추주[57]의 서기 모두 당당하네	萩州書記共翩翩

자리에서 현천께 드리다
席上呈玄川

대록

사신 배 표연히 붉은 기운 다스리니	仙使飄然御紫氣
하늘 맑아 은하수 사방으로 나뉘네	天晴銀漢四望分
만 리 바람 좇아 맑은 부절 나부끼고	從風萬里翻淸節
삼신산에서 약초 캐며 푸른 구름 헤치네	採藥三山披翠雲
손바닥 위로 비쳐오는 창해의 달빛	掌上照來滄海月
허리에서 빛 흔들리는 두우의 문채[58]	腰間光動斗牛文

배에 싣고 바다로 가서 삼신산(三神山)의 불사약(不死藥)을 캐 오게 하였는데, 돌아오지 않고 일본으로 도망가서 살았다고 한다.

55 선약과 온전한 경전[大藥全經] : 대약(大藥)은 선약(仙藥)을 말하고, 전경(全經)은 진화(秦火)를 피한 온전한 경전을 뜻한다.

56 적수(赤水)의 주정(珠精) : 적간관 바다에서 나는 정채로운 구슬로 적간관에서 지은 훌륭한 시문을 뜻한다. 『장자』「천지(天地)」편에, 황제(黃帝)가 적수(赤水)에서 놀다가 현주(玄珠)를 잃어버렸는데, 무심(無心)을 뜻하는 상망(象罔)이 찾아냈다고 한다.

57 추주(萩州) : 지금의 산구현山口縣) 추시(萩市) 지방.

| 알겠도다, 그대 지기석 얻고부터 | 知君自得支機石 |
| 자자한 명성 이역까지 소문났음을 | 藉甚名聲異域聞 |

대록께 거듭 화답하다
重和大麓

현천

차가운 비 쓸쓸히 바다 기운 거두는데	寒雨蕭疎捲海氛
일어나 안개 낀 숲 수관이 나뉘어짐을 보네	起看烟樹水關分
대나무 창엔 마침 부상의 해 빛나고	筠窗正耀扶桑日
판옥선엔 석목59의 구름 낮게 들어오네	板屋低侵析木雲
일본의 운수 열림을 이미 알았는데	已識蜻邦開氣數
추국60에 유자의 문장 성함을 다시 보네	更看萩國盛儒文
육예 시서의 일 서로 기약하며	相期六藝詩書事
훗날 해외에서 소문나길 기다리리	佇得他時海外聞

---

58 허리에서 빛 흔들리는 두우의 문채[腰間光動斗牛文] : 풍성(豐城) 땅에 묻힌 용천(龍泉)과 태아(太阿)의 두 보검이 밤마다 두우(斗牛) 사이에 자기(紫氣)를 발산하였다는 전설이 있다. (『진서(晉書)』「장화열전(張華列傳)」)

59 석목(析木) : 석목은 별자리 이름으로 석목성(析木星)을 가리킨다. 옛날 중국에서는 국가의 위치를 하늘에 있는 별들의 방위에 응하여 분야(分野)를 정하였는데, 원래는 중국의 연(燕)나라와 함께 우리나라가 동쪽 석목성(析木星)의 위치에 해당하나 여기에서는 우리나라의 동쪽에 있는 일본을 지칭한다.

60 추국(萩國) : 지금의 산구현(山口縣) 추시(萩市)로 강호시대에 주방국(周防國)과 장문국(長門國)을 영지로 한 장주번(長州藩) [추번(萩藩)이라고도 함]을 말한다.

자리에서 남명[61]의 시에 차운하여 용연께 드리다
席上次酬南溟高韻呈龍淵

대록

사신 배 멀리 흰 구름 동쪽으로 지나는데	使槎遙過白雲東
문사 모임에서 준걸 만나니 얼마나 다행인가	何幸文筵接俊雄
기자 나라에 주나라 예악 길이 전하고	箕聖長傳周禮樂
문사에게서 오히려 한나라 유풍을 보네	詞臣猶見漢流風
장대한 천리 유람으로 큰 업적 이루고	壯遊千里遂鴻業
전대[62]하여 사방에 큰 공적 드러내네	專對四方表大功
의기 훨훨 나니 누가 부럽지 않으랴	意氣翩翩誰不羨
바다하늘 가운데서 남아의 뜻 펼치네[63]	懸弧男子海天中

대록의 장율에 붓을 달려 화답하다
走和大麓長律

용연

수군이 쇠하여[64] 갈 길 하늘 동쪽 아득한데	師衰去路渺天東

---

61 남명(南溟) : 산근남명(山根南溟, 야마네 난메이, 1742-1793). 강호시대 중기의 유
   학자. 성은 산근(山根), 이름은 태덕(泰德), 자는 유린(有隣), 통칭은 육랑(六郎). 산근화
   양(山根華陽, 야마네 가요)의 아들. 장문(長門, 나가토, 현재의 야마구치겐) 추번(萩藩,
   하기한) 번교인 명륜관의 학두(學頭)가 되었으며, 시강(侍講)으로 근무했다.
62 전대(專對) : 타국에 사신으로 가서 독자적으로 모든 질문에 응하는 것.
63 남아의 뜻 펼치네[懸弧男子] : 호(弧)는 뽕나무로 만든 활인데, 옛날 사내아이를 낳으
   면 뽕나무 활 여섯과 쑥대 화살 여섯으로 천지 사방에 하나씩을 쏘아서, 그 아이가 장래에
   천지 사방에 공업(功業)을 세우기를 기원했던 데서 온 말이다.
64 수군[舟師]이 쇠하여 : 사(師)는 군사나 군대를 뜻하며 특히 수군(水軍)을 달리 이르는

금과 검 함께 가지고 와 의기 절로 뛰어나네	琴劍同來意自雄
진과 초의 맹약65으로 옛 우호 닦고	晉楚盟期修舊好
안과 양66의 교분으로 유풍을 추승하네	晏羊交契挹遺風
유람하는 신선세계에서 세월만 보내는데	年華斷送空遊界
돛단배 저어 바다 건넌 공 거두겠네	帆楫收將利涉功
몇 군데 누대들 안개비 속에 있고	多少樓臺烟雨裡
이곳 산수풍광 그림 속에 있구나	一方山水畫圖中

추월: 말씀 나누는 것이 온화하여 시보다 낫겠습니다. 또한 저희들은 절 관광과 숲속 수목이 보고 싶으니 지어주신 시 다섯 편은 마땅히 틈을 내어 화답토록 하겠습니다.

대록: 깨우침을 받들겠습니다. 절 관광을 함께 완상하는 것에 대해 학대(鶴臺)67가 이미 답을 하였으니 제가 별도로 알리지 않겠습니다.

주사(舟師)를 뜻하는 것으로 여겨진다. 수군이 쇠했다는 것은 전쟁이 일어나지 않은 태평 성세를 의미하는 것으로 보인다.
65 진(晉)과 초(楚)의 맹약 : 중국 춘추시대 때 오패(五霸) 중의 두 나라. 진은 먼저 개화한 북방의 강자였고 초는 남방의 강자였다. 『좌전』 성공(成公) 12년 12월 조에 "진(晉)나라 군주와 초(楚)나라 공자 피(罷)가 적극(赤棘)에서 맹서하였다."라고 하였다.
66 안(晏)과 양(羊) : 제(齊)나라 안영(晏嬰)과 진(晉)나라 양설힐(羊舌肸, 字는 叔向). 안영이 진나라에 사신으로 갔을 때 숙향과 연회석상에서 시국에 대해 허심탄회하게 대화를 나누면서 각각 자국의 앞날에 대해 우려하였다.
67 학대(鶴臺) : 농학대(瀧鶴臺, 다키 가쿠다이, 1709-1773). 강호시대 중기의 유학자. 장문(長門) 추번(萩藩)의 인두씨(引頭氏) 집안에서 태어나 본성(本姓)은 인두(引頭, 인도), 아명은 구송(龜松)이다. 장성하여 농장개(瀧長愷)라고 하였다. 호는 학대(鶴臺), 자는 미팔(彌八). 추번의(萩藩醫) 농양생(瀧養生)의 양자(養子)가 되어 14세에 번교(藩校)

추월: 지어주신 절구 다섯 편에 대해 제가 화답을 해야 합니까? 아니면 저희들 모두 한 편씩 화답을 해야 합니까?

대록: 각자 한 편씩 화운시를 지어주시면 좋겠습니다.

추월: 해서·행서·초서·예서·전서 모두 겸하여 잘하시니 참으로 부럽습니다. 각 편 아래에 제 생각을 쓰면 어떻겠습니까?

대록: 삼가 받들겠습니다.

추월: 평안성과 함령이 어느 곳에 있는지 자세하지 않아 화운시를 받들기가 어렵습니다. 평안이 만약 풍신수길[68]의 옛성이라면 결단코 시를 지을 수 없습니다.

대록: 평안은 환무제[69]가 건립한 도읍이고, 함령은 동도의 서문입니다.

명륜관(明倫館)에 들어가서 소창상재(小倉尙齋, 오구라 쇼사이)·산현주남(山縣周南, 야마가타 슈난)에게 배웠으며, 1731년 강호에 나가서 복부남곽(服部南郭, 핫토리 난카쿠)을 사사하였다. 후에 장문 추번주(萩藩主, 하기한슈) 모리중취(毛利重就, 모리 시게타카 또는 시게나리)의 시강(侍講)이 되었다. 화가(和歌) 및 의학 등에도 정통하였다.

68 풍신수길(豊臣秀吉, 도요토미 히데요시, 1536~1598) : 일본 무장·정치가. 본명은 일길환(日吉丸, 히요시마루) 혹은 우시축전수(羽柴筑前守, 하시바 지쿠젠노카미)라고도 한다. 미장주(尾張州) 중재향(中村鄕) 농민 출신. 1585년 관백(關白)에 임명된 이래 태정대신(太政大臣)이 되었으며 천황으로부터 풍신(豊臣, 도요토미)이라는 성을 하사받아 '도요토미 히데요시'로 불리게 되었다. 16세기 직전신장(織田信長, 오다 노부나가)이 시작한 일본 통일의 대업을 완수했고, 해외 침략의 야심을 품고 조선을 침략해 임진왜란을 일으켰으며, 1596년 재차 조선을 침략하여 정유재란을 일으켰으나 뜻을 이루지는 못하였다.

추월: 평안은 어느 곳에 있습니까? 함령이 강호의 서문이라면 무슨 기
이한 경관이 있습니까? 상세히 기록한 것을 보여주십시오.

대록: 평안은 산성주[70]에 있고, 함령의 승경은 이루다 말할 수 없습니
다. 꼬불꼬불한데다가 험하고 가파르며, 높은 고개가 구름 사이로
돌출해 있습니다. 산 정상에는 호수가 있어 사방이 끝없이 펼쳐져
있습니다. 곁에 인가 수만 가구가 늘어서 있어 관문에 역참을 설치
하여 동쪽과 서쪽 경계를 삼고 있습니다. 오르내리는데 험난한 길
이 무려 80리나 되어 마부를 다그치지 않으면 올라갈 수가 없습니
다. 바로 사신 행렬이 지나가는 곳입니다.

대록: 월전[71]의 봉서지[72]를 보여주었다.

---

69 환무제(桓武帝, 737- 806) : 일본의 제50대 천황. 재위 기간은 781-806년.

70 산성주(山城州, 야마시로슈) : 현재의 경도부(京都府, 교토후) 경도시(京都市, 교토
시) 이남(以南)지역. 단, 좌경구(左京區, 사쿄쿠) 광하원(廣河原, 히로가와라), 우경구
(右京區, 우쿄쿠) 경북(京北, 게이호쿠)은 제외. 산성국(山城國, 야마시로노쿠니)·성주
(城州, 조슈) 또는 옹주(雍州, 요슈)라고도 한다. 산성은 옛날에는 산대(山代)라고 하였
는데, 7세기에 대화국(大和國, 현재의 나라겐)의 배후에 있다고 해서 산배국(山背國,
야마시로노쿠니)이라는 이름으로 나라가 세워졌다. 연력(延曆) 13년(794) 평안경(平安
京, 헤이안쿄, 경도의 옛이름) 천도 때 환무천황(桓武天皇)이 산하(山河)가 금대(襟帶)
처럼 자연적으로 성(城)을 이룬 형승(形勝)이라며 산성국으로 개칭했다.

71 월전(越前, 에치젠) : 월전은 현재 복정현(福井縣, 후쿠이겐)의 영북지방(嶺北地方)에
위치하고 있다.

72 봉서지(奉書紙) : 닥나무를 원료로 하여 만든, 주름이 없고 흰색의 고급종이. 이덕무
(李德懋)의『청장관전서』「청령국지(蜻蛉國志)」물산(物産)에 "봉서지(奉書紙 호쇼가미)
는 두껍고 농밀하여 주름지지 않는데, 월전(越前, 에치젠)의 부중(府中, 후추)에서 나는
것이 상품이다."라고 하였다.

이 종이는 귀국의 종이와 비슷합니까?

추월: 품질은 우리나라 설화지[73]와 비슷한데, 다만 너무 빳빳한 것이 흠입니다.

대록: 퇴석 김공[74]은 병상에 있습니까? 병세는 어떠합니까?

추월: 배 안에서 병을 조리하고 있어 제현들과 마주 앉아 즐길 수 없는 것을 한스럽게 여기고 있습니다. 제현들께서는 어찌하여 배 안으로 시를 부치지 않습니까? 청컨대, 돌려가며 보십시오.

대록: 김공께서 아직 일어날 수 없다니 잘 보중하시기를 바랍니다. 하늘은 어찌하여 이처럼 좋은 인연을 아껴 만나뵐 수 없도록 한단 말입니까? 실로 유감이라 생각합니다. 보잘것없는 시나마 배 안으로 올리겠습니다.

---

73 설화지(雪花紙) : 강원도 평강에서 생산되던 빛깔이 흰 종이.

74 퇴석(退石) : 김인겸(金仁謙, 1707-1772). 조선 후기의 문인. 자는 사안(士安), 호는 퇴석(退石). 문벌이 훌륭한 집안에서 태어났지만 그의 할아버지인 김수능(金壽能)이 서출이라 과거에 급제하고도 현감에 그쳤다. 14세 때에 아버지를 사별하고, 가난에 시달려 학문에 전념하지 못하다가 47세 때인 1753년(영조 29)에야 사마시에 합격하여 진사가 되었다. 1763년 통신사행 때 종사관 김상익(金相翊)의 서기(書記)로 뽑혀 일본에 다녀왔다. 1764년 일본에 다녀온 기행사실을 가사 형식의 『일동장유가(日東壯遊歌)』로 남겼다. 그 뒤 지평현감(砥平縣監) 등의 벼슬을 지냈다. 저술로는 역시 일본 기행을 한문으로 지은 『동사록(東槎錄)』이 있다.

대록: 추월이 자리에서 예서로 된 글자를 썼다.

붓을 휘둘러 쓰시니 흠모와 찬탄을 그칠 수 없습니다.

추월: 족하께서는 팔분체[75]에 능하시어 진상[76]과 핍진(逼眞)하신데, 졸함을 비웃지 마십시오.

대록: 어찌 그리 겸양이 심하십니까? 저는 수로[77]와 정문[78]을 쓰기를 좋아합니다. 모르겠습니다만, 귀국에는 서체가 몇 종류나 있습니까?

추월: 우리나라는 전법[79]으로는 고전[80]을 으뜸으로 삼고, 팔분으로는 한예[81]를 으뜸으로 삼는데, 예를 들면 「하승비」[82]와 「합양비」[83]와 같

---

75 팔분체(八分體) : 예서(隸書) 2분쯤과 전서(篆書) 8분쯤으로 섞어 만들어낸 글씨체의 한 가지로, 한(漢)나라의 채옹(蔡邕)이 처음 지은 것이라는 설도 있고 왕차중(王次仲)이 처음 지은 것이라는 설도 있다.

76 진상(秦相) : 진(秦)나라 때 소전(小篆)을 만든 이사(李斯). 대표적인 작품으로 「창힐편(倉頡篇)」이 있다.

77 수로(垂露) : 서체의 하나. 『묵지편(墨池編)』에, "한(漢)나라 조희(曹喜)가 글씨를 써서 주장(奏章)을 올리면 필법이 가벼운 이슬이 점철한 것 같다."라고 하였다.

78 정문(鼎文) : 종정문(鐘鼎文). 금문(金文)이라고도 한다. 은주(殷周)시대에 청동기 위에다 새긴 문자를 가리켜 말한다. 청동기 중에서 종(鐘)과 정(鼎)이 비교적 유명하기 때문에 종정문(鐘鼎文)이라고 한다.

79 전법(篆法) : 도장으로 새긴 글을 전자체로 쓰는 데서 유래하였다. 전법은 진(秦)나라 이사(李斯)로부터 시작되었다고 한다.

80 고전(古篆) : 전자(篆書)를 가리킨다. 대전(大篆)과 소전(小篆)이 있다. 춘추전국시대와 진대(秦代)에 통행되었기 때문에 고전(古篆)이라고 칭한다.

81 한예(漢隸) : 한(漢)나라 예서로, 특히 서경 때의 예서(隸書)를 말한다. 한예(漢隸)의 서체도 서경시대에는 정막(程邈)의 고예(古隸)가 성행하다가 동경시대에는 채옹(蔡邕)의 분서(分書)가 나와 약간의 변체를 가져왔다. 방경(方勁)과 고졸(古拙)한 묘를 구현하

은 종류를 들 수 있습니다.

추월: 족하께서는 시와 사가 청고(淸高)할 뿐만 아니라 필법에도 자못 조예가 깊어 해서·초서·전서·예서 등을 두루 익히셨습니다. 모르겠습니다만, 귀국의 서첩은 몇 종류나 있습니까?

대록: 지나친 칭찬을 들어 매우 부끄럽습니다. 우리나라에 있는 법첩이 얼마나 되는지 모르겠습니다만 주(周)와 진(秦) 이후의 첩으로는 구비하지 않은 것이 없습니다. 귀국의 서첩은 또한 어떻습니까?

추월: 우리나라에도 또한 고금의 유명한 서첩이 있어 신우의 비책[84]부터 명나라 여러 명가에 이르기까지 없는 첩이 없습니다. 귀국도 또한 그러하다고 하시니 문화의 융성함을 알 수 있습니다.

고 있고, 대표적인 작품으로 「사신비(史晨碑)」와 「예기비(禮器碑)」 등이 있다.

82 「하승비(夏承碑)」: 『임하필기(林下筆記)』『금해석묵편(金薤石墨編)』「비갈지속(碑碣之屬)」에 한나라 순우장하승비(淳于長夏承碑)는 구비(舊碑)는 명주(洺州)에 있는 하천의 제방 흙 속에서 나왔는데 이미 없어졌고, 지금 전해지는 것은 명나라 가정(嘉靖) 계묘에 군수 당요(唐曜)가 중각(重刻)한 비이다. 왕운(王惲)의 『추간집(秋簡集)』에 이르기를, "이것은 채옹(蔡邕)의 글씨인데, 하(夏)나라가 구리로 솥을 주조한 것처럼 형태가 기이하다."라고 하였다.

83 「합양비(郃陽碑)」: 「조전비(曹全碑)」로 더 알려져 있다. 원래 명칭은 「한합양령조전기공비(漢郃陽令曹全紀功碑)」이고, 동한 중평(中平) 2년(185)에 새겼으며, 합양현(郃陽縣)에서 출토되었다.

84 신우(神禹)의 비책(碑策): 「구루비(岣嶁碑)」로 「우비(禹碑)」라고도 한다. 하(夏)나라 임금 우(禹)의 비석. 우 임금이 홍수(洪水)를 다스릴 때의 업적을 구루산 벽에 새긴 것인데, 석각(石刻)으로는 가장 오래된 것으로 호남성(湖南省) 형산(衡山) 운밀봉(雲密峯)에 있다.

대록: 이 붓[85]은 말을 잘 듣는 것 같으니 한두 자루 드릴까요?

추월: 응당 학대공이 찾으실 것입니다. 그것이 필요하지 않으니 괜찮습니다.

추월: 이 지방은 감(柑)을 생산하는 곳이라 귀하게 여기지 않습니까?

대록: 귤(橘)이 도처에 있어서요.

추월: 귀국에 들어온 지 오래되었습니다만 감만 보았을 뿐 귤은 보지 못했습니다. 귤은 어느 지방에서 생산됩니까?

대록: 이곳이 귤 생산지입니다.

추월: 우리나라는 탐라(耽羅: 제주도)라는 옛 나라에서 감귤을 생산하는데, 이곳에서의 감에 해당하며, 맛도 이것과 다릅니다. 귀국에는 금귤[86]이나 동정귤[87] 등과 같은 품종은 없는 것 같습니다.

---

85 붓[管城子] : 붓을 의인화한 표현. 한유(韓愈)의 「모영전(毛穎傳)」에 나온다.

86 금귤(金橘) : 정식 명칭은 금감(金柑)으로, 일본어 킨캉(キンカン)에서 유래되어 한국에서는 '낑깡'이라고 불린다. 『본초강목(本草綱目)』 금귤(金橘)에 "이 귤이 처음에는 청로색(靑盧色)을 띠다가 노랗게 익으면 황금빛 같으므로, 금귤이니 노귤이니 하는 명칭이 있게 되었다."라고 하였다.

87 동정귤(洞庭橘) : 품종(品種)이 좋은 귤을 이르는 말. 원래는 절강성(浙江省) 태호(太湖) 부근에 있는 동정서산(洞庭西山)에서 생산되어 동정귤이라고 일컬어지게 되었다.

추월: 조선에서 만든 흰떡을 꺼내 우리들에게 주었다.

　　이것은 우리나라 세시 때 먹는 떡입니다. 귀국에도 또한 이런 떡
이 있습니까?

대록: 우리나라에도 또한 그러합니다. 후의에 감사드립니다.

현천: 어제 자리에서 대록의 시문을 짓는 풍류의 도가 조용하면서도 화
락함이 있음을 이미 엿보았는데, 지금 사조의 찬란함과 필세의 날
램을 보니 흠모하고 숭상함을 그칠 수 없습니다. 시독(侍讀)으로 지
내신다니 본래 지니신 바가 또한 문장으로만 그치지 않을 것임을
알 수 있습니다.

대록: 독학과 역행에 뜻을 두고 있습니다만 아직 능하지 못합니다. 얼
굴이 붉어지고 땀이 남을 금할 수 없습니다.

대록: 종일토록 좋은 말씀을 받들었습니다. 무슨 말로 감사를 드려야
할런지요? 내일 만약 시간이 있으시다면 마땅히 이곳 시 짓는 모임
에 다시 오겠습니다. 송별시 한 축은 한가한 날에 화운과 비평을 내
려주셨으면 합니다. 잊지 않으셨으면 합니다.

추월: 비평과 화운시는 삼가 마땅히 잊지 않도록 하겠습니다. 참으로
다시 만나기를 바랍니다.

　　위는 12월 29일 모임 자리에서

족하께서 환우가 있어 수십일 동안 배 안에 계시면서 풍파를 무릅쓰고 계시다는 소식을 들었습니다. 천만 몸조심하십시오. 저 안세[88]는 사신 행차가 동도로 향한다는 말을 듣고 번주의 명을 받들어 이곳에서 맡은 일을 하고 있습니다. 다행히 물리치지 않으셔서 황공하게도 남·성·원 세 분의 말씀을 받들게 되었으니, 실로 천 년 만에 한 번 있는 기이한 일입니다. 다만 문단의 어른이 계시지 않아 유감이었습니다. 혹시 관문에 머무시는 날 다시 만날 기약이 있을까 싶어 절구 한 장을 지어 추월 남공 편에 부탁하여 어른께 올립니다. 병세가 좀 나아지시면 화운시를 지어주시길 청합니다.

김퇴석께
金退石案下

대록

세밑에 여기 머물 것이라 생각지 못했을 텐데	不圖歲杪此淹留
병상에 누워 홀로 배에 있는 그대 가련하구려	臥病憐君獨在舟
이로부터 봉래 삼도[89]이니	自是蓬萊三島裡
길 가다 영약을 만나 근심 없길 청하네	行逢靈藥請無愁

---

88 안세(安世) : 초장안세(草場安世), 곧 초장대록(草場大麓, 구사바 다이로쿠, 1740-1803)을 가리킨다. 강호시대 중–후기의 서예가. 장문계갑문사 곤상 주1 참조.

89 봉래(蓬萊) 삼도(三島) : 동해에 신선이 산다는 봉래(蓬萊)·방장(方丈)·영주(瀛洲)의 삼신산(三神山)을 가리킨다.

우리 소인들이 조촐하고 고상한 연회에서 여러 차례 모시면서 풍채를 몸소 접할 수 있게 되었으니 얼마나 영광이겠습니까? 사귀는 교분이 마치 예로부터 서로 아는 것처럼 간극이 없으니 감사와 기쁨을 무슨 말로 하겠습니까? 칠언절구 한 수를 드립니다.

남·성·원 세 분께
南·成·元三君

대록

지금 바로 시맹을 맺으니 얼마나 다행인가	卽今何幸結詩盟
한묵 자리에는 모두 영웅 준걸일세	翰墨場中總俊英
높은 곡조로 산수의 뜻 화답해 오니	高調和來山水意
새로 사귀었는데 오랜 벗처럼 우정 깊네	新知還似舊知情

대록 사백의 시에 차운하다
次大麓詞伯

추월

백구와의 한가로운 강호 맹약[90] 저버렸는데	江湖鷗鷺謝閒盟
삼도의 안개노을 채색 꽃인가 싶었네	三島煙霞擬采英
안기생(安期生)[91] 만나지 않았는데 세모라니	未遇安期先歲暮

---

90 백구와의 한가로운 강호 맹약[江湖鷗鷺閒盟] : 자연에 은거하려는 마음을 뜻한다. 송나라 육유(陸游)의 〈숙흥(夙興)〉시에 "학의 원망은 누굴 의지해 풀거나. 백구와의 맹서 이미 식었을까 염려되네.[鶴怨憑誰解, 鷗盟恐已寒。]"라고 하였다.

흰 구름 낀 하늘가에서 공연히 외롭구나 　　　　白雲天末謾勞情

대록의 시에 차운하다
次大麓

용연

시단에서 저물녘 월중[92]의 맹약 맺고 　　　　騷壇晚結粵中盟
계관과 난주[93]에서 함께 꽃을 줍네 　　　　桂館蘭洲共掇英
우뚝한 필봉 앞 매화나무 깨끗한데 　　　　卓筆峰前梅樹淨
세한이라 먼 길손의 정회 남아 있구나 　　　　歲寒留得遠人情

대록께 화답하다
和大麓

현천

그대 백구와의 맹약 게을러 저버린 　　　　知君懶罷白鷗盟
한묵 자리 안에서 빛나는 영걸이로세 　　　　翰墨場中華彩英
긴 날 빈연자리에서 얼마간 나눈 대화 　　　　日永賓筵多少話

---

91 안기생(安期生) : 전국시대 제(齊)나라 사람으로, 하상장인(河上丈人)에게 황제(黃帝)
와 노자(老子)의 설을 배우고 세속을 떠나 동해(東海)의 선산(仙山)에서 약을 팔며 살았
다는 고대의 전설적인 선인(仙人)의 이름.

92 월중(粵中) : 월나라처럼 남쪽에 있는 일본을 지칭한다.

93 계관(桂館)과 난주(蘭洲) : 계관은 두보의 〈복주(覆舟)〉 시에 "죽궁에서 때때로 망배를
하고, 계관에서 간혹 신선 찾누나.[竹宮時望拜, 桂館或求仙。]"라는 구절이 있다. 난주
는 목란주(木蘭舟)를 만드는 목란나무가 자라는 곳인 심양강(潯陽江)의 목란주(木蘭洲)
를 말한다.

돌아가지 못한 고국의 정 잊게 하네 　　　　　令人消得未歸情

세 분 공의 시에 다시 화답하다
再和三公高韻

　　　　　　　　　　　　　　　　　　　　대록

조선 사신 백 년 동안 옛 맹약 다지는데 　　　韓使百年尋舊盟
종행한 인사들 모두 영재들이로세 　　　　　從行人士共群英
산천을 밟는 수고로움 어찌 마다할까 　　　　山川跋涉勞何厭
원래 사내대장부의 원대한 포부였는데 　　　原是懸弧男子情

대록 사종께 화답하다
和大麓詞宗

　　　　　　　　　　　　　　　　　　　　추월

호수바다의 풍류 우연히 함께 맺었으니 　　　湖海風流偶共盟
하늘가에서 병기로 막힘을 근심하지 않네 　　不愁天末滯矛英
내일 아침 배와 수레 청산으로 떠나게 되면 　明朝帆輿靑山去
섬 안개 자욱하여 부질없이 다시 그립겠지 　島霧渺煙空復情

대록께 거듭 화답하다
重和大麓

　　　　　　　　　　　　　　　　　　　　용연

일본과 조선 문아하여 다시 맹약 다지며 　　和漢文雅復尋盟

빈관의 풍류로 수많은 영재 마주하네 償館風流對數英
날리는 눈발 외로운 등불 종죽[94] 결사 飛雪孤燈棕竹社
형 땅 노래로 부질없이 망향의 정 맺네 荊歙空結望鄕情

대록께 거듭 화답하다
重和大麓

현천

마땅히 시단에서의 모임 주도하며[95] 騷壇宜爾執牛盟
가을 난초로 옷 해 입고[96] 국화 꽃잎 따먹네[97] 衣紉秋蘭餐菊英
꽃을 거두고 열매 남겨둔 실지를 말한다면 若語歛華存實地
세한 이후 송백의 뜻 다시 보게 되리라 更看松柏歲寒情

---

94 종죽(棕竹) : 외떡잎식물 종려목 야자나무과의 열대 상록관엽식물. 신유한의 『해유록(海游錄)』 중(中), 9월 22일(신묘) 기록에 "종죽은 일명(一名) 봉미(鳳尾)라고도 하는데, 그 잎이 가늘고 길어 대롱대롱 드리워진 것이 봉황새의 꼬리와 같다."라고 묘사되어 있다.

95 모임 주도하며[執牛盟] : 대록의 문단에서의 위상이 높음을 암유하는 말. 여기서 집(執)은 집우이(執牛耳)의 준말로, 회맹(會盟)할 때 소의 귀를 잡고 피를 받아 삽혈(歃血)하는 등 맹주(盟主)의 역할을 수행하는 것을 말한다.

96 가을 난초로 옷 해 입고[衣紉秋蘭] : 고결(高潔)한 지취(志趣)를 의미한다. 『초사(楚辭)』〈이소(離騷)〉에 "강리와 벽지를 몸에 걸쳐 입고, 가을 난초를 꿰어서 허리에 찬다.[扈江離與辟芷兮, 紉秋蘭以爲佩。]"라고 하였다.

97 국화 꽃잎 따먹네[餐菊英] : 『초사(楚辭)』〈이소(離騷)〉에 "아침에는 목란에서 떨어지는 이슬을 마시고, 저녁에는 가을 국화의 지는 꽃잎 먹었네.[朝飮木蘭之墜露兮, 夕餐秋菊之落英。]"라고 하였다.

오율 한 편을 용연께 드리다
五律一篇呈龍淵

대록

동서 만 리 하늘	東西萬里天
빙례 몇 천 년이었던가	聘禮幾千年
창명 밖에서 부절 안고	擁節蒼溟外
적수가에 사신 배 머무네	留槎赤水邊
재주 높은 전대하는 문사요	才高專對士
문장 뛰어나 원유편[98]일세	文巧遠遊篇
응당 사관의 주청이 있어	應有史官奏
이 밤에 덕성[99] 걸리리라	德星此夜懸

대록께 화답하다
和大麓

용연

북두성 하늘을 돌더니	星斗方回天
풍파 속에서 급히 한 해를 보내네	風波遽送年
외로운 촛불 아래에 손님 머물고	留人孤燭下

---

98 원유편(遠遊篇) :『초사(楚辭)』의 편명. 굴원(屈原)이 자기의 방직(方直)한 행동이 세
상에 용납되지 못하여 심정을 호소할 곳이 없으므로, 스스로 선인(仙人)을 짝하여 천지를
두루 돌아다니는 내용을 노래하였다.

99 덕성(德星) : 경성(景星)의 별칭으로, 전하여 도덕이 있는 사람을 비유한다. 후한 때
진식(陳寔)이 일찍이 자질(子姪)들을 데리고 함께 순숙(荀淑)의 집에 가서 토론을 하는
데, 이때 덕성이 한자리에 모였으므로, 태사(太史)가 아뢰기를, "오백 리 안에 반드시
현인이 모였을 것입니다.[五百里內有賢人聚]"라고 했던 데서 온 말이다.

작은 매화 주변에서 붓 휘두르네	揮筆小梅邊
장건의 원역(遠役) 끝나지 않았는데	未了張騫役
부질없이 두보의 시편 읊조리네[100]	空吟杜甫篇
내일 아침 멀리 대궐을 바라보며	明朝遙望闕
돌아가는 꿈, 오색구름 걸리리라	歸夢五雲懸

초 사백께 부치면서 감사드리다
謝寄草詞伯案下

퇴석

어제 족하께서 저의 유익한 벗 세 분과 함께 같은 문자로 글 짓는 모임을 가지셨다고 들었는데, 병으로 인해 말석에서나마 합석하여 한 차례 맑은 위의를 받들지 못해 이렇게 마음에 걸려 잊지 못하고 있습니다. 족하께서 노쇠하고 병약하다고 버리지 않으시고 주옥같은 글을 먼저 주시니 저의 병이 비록 심하다 해도 성의를 저버리기 어려워 이에 고통을 무릅쓰고 엮어 드리긴 합니다만 시라고 할 수 있겠습니까? 그저 한 차례 웃으십시오.

바다 위 세월 끊임없이 흘러가는데	海上光陰去不留
삼양[101]에 사신이 타고가는 배 태평하려나	三陽欲泰漢臣舟

---

100 부질없이 …… 읊조리네[空吟杜甫篇] : 두보(杜甫)의 〈추흥(秋興)〉시에 "원숭이 울음 세 번 들어 눈물 흐르는데, 사명 받들고 헛되이 팔월의 배 따라가네.[聽猿實下三聲淚, 奉使虛隨八月槎。]"라고 하였다.

101 삼양(三陽) : 양효(陽爻)가 셋인 『주역(周易)』의 태괘(泰卦)를 가리킨다. 동짓달인 11월부터 양효가 아래에서 하나씩 생겨 올라와서 정월에 이르면 양효가 셋이 되므로 새해

봉래산 영약 그대 말하지 마시오 　　　　　　　蓬山靈藥君休說

이곳 사람도 오히려 백발 근심한다오 　　　　　此地人猶白髮愁

대록이 동행오절로 지나가는 곳의 기이한 승경을 두루 언급하여 송별시를 지으면서 붓으로 오체를 쓰고 시 또한 각각 하나의 칙(則)을 이루어 주면서 나의 품평을 요구하고 또 운자를 이어 시를 지어달라고 하였다. 그 뜻을 저버리기가 어려워 이윽고 시를 짓고 망령되이 붉은 비점을 가해 대록의 시에 화운한다.

大麓贈以東行五絶, 歷言所過奇勝, 仍作送章, 筆用五體, 詩亦各成一則, 要余評品, 且索賡續。重孤其意, 旣爲之, 妄加朱批, 輒此奉和大麓。

기일(其一)

추월

소제[102] 항곡[103]과 화려함 다투고 　　　　　蘇堤杭曲競奢華

금방과 상렴[104] 즐비한 집들 　　　　　　　　金牓緗簾撲地家

무수한 교량 수많은 절과 통하고 　　　　　　三百橋通三百寺

푸른 안개 떠 반공의 노을 만드네 　　　　　　靑煙浮作半天霞

위는 대판성임.

정월이 되었음을 뜻한다.

102 소제(蘇堤) : 송(宋)나라 소식(蘇軾)이 쌓은 제방인데 절강(浙江) 항주현(杭州縣) 서호(西湖)에 있다. 이 소제는 호중(湖中)의 긴 둑으로 양 옆에 꽃과 버들을 심고 중간에 육교(六橋)가 있다.

103 항곡(杭曲) : 항주지방에 있는 서호의 물굽이.

104 상렴(緗簾) : 옅은 노랑색 비단으로 꾸민 발.

기이(其二)

안팎이 금성탕지[105]인 육십 고을	表裏金湯六十州
야마대[106] 아름다워 풍류 으뜸이네	馬臺佳麗擅風流
산하를 바라보나 내 땅 아니라며	山河擧目非吾土
왕찬[107]은 봄날 제일 누대 올랐다지[108]	王粲春登第一樓

위는 평안성임.

기삼(其三)

월나라 하늘 동쪽으로 동정호 갈라지더니	洞庭分裂越天東
사백 리 맑은 호수 푸르게 공중에서 빛나네	四百澄湖綠映空
다만 악양루 한 누대가 없을 뿐	秖欠岳陽樓一片
맑게 갠 구름 그림자, 수정궁[109] 안고 있네	晴雲影抱水晶宮

위는 비파호임.

---

105 금성탕지(金城湯池) : 금탕(金湯)은 쇠로 성을 쌓고 끓는 물로 참호를 만들었다는 금성탕지(金城湯池)의 준말로, 적병이 범할 수 없는 튼튼한 요새지를 말한다.
106 야마대(野馬臺) : 왜왕(倭王)이 대화(大和) 화주(和州)에 도읍하고 이름을 화국(和國)이라 했는데 또한 야마대(野馬臺)라고도 하였다. 야마대는 일어의 야마토(大和)의 음역(音譯)으로 중국 사람이 일본을 일컫는 말이다.
107 왕찬(王粲) : 왕찬의 〈등루부(登樓賦)〉를 염두에 둔 표현. 왕찬은 삼국시대 위(魏)나라 산양(山陽) 사람으로 자는 중선(仲宣)인데, 박식하고 문장이 뛰어나 건안칠자(建安七子) 중 한 사람이다. 한나라 헌제(獻帝) 때 난리를 피해 형주(荊州)의 유표(劉表)에게 15년 동안 의탁해 있다가 조조(曹操) 밑으로 들어가 시중(侍中) 벼슬까지 지냈는데, 형주에 있을 때 성루(城樓)에 올라가 시사를 한탄하고 고향을 그리는 뜻으로 등루부를 지었다.
108 산하를 …… 올랐다지[山河擧目非吾土, 王粲春登第一樓] : 왕찬이 난세를 만나서 고향을 떠나 형주(荊州)로 가서 유표(劉表)에게 의탁하고 있을 때에 누(樓)에 올라 부(賦)를 지었는데, "비록 실로 아름다우나 내 고장이 아니니 조금인들 머무르랴. [雖信美而非吾土兮, 曾何足以少留.]"라고 하였다.
109 수정궁(水晶宮) : 전설 속의 월궁(月宮).

기사(其四)

자라 등 위 삼신산 하나 동쪽에 있는데	鰲背三山一在東
선인이 떠난 뒤 무지개다리 끊겼네[110]	僊人去後斷橋虹
갈대인 양 눈인 양 우뚝우뚝 빛나니	疑蘆疑雪亭亭色
금강산과 견주면 어느 것이 나을까?	較我金剛竟孰雄

위는 부용봉임.

기오(其五)

구름바다 천 리 한 차례 가벼이 달려	雲海千里一颷輕
높은 절정에 기대 궁궐 수도 바라보네	更憑危頂望宸京
왕의 신자 이미 평탄함과 험준함 잊고	王臣已自忘夷險
험난한 바닷길 굽은 육로 뜻대로 가네	鯨鬣羊腸信意行

위는 함령임.

---

110 선인이 떠난 뒤 무지개다리 끊겼네[僊人去後斷橋虹] : 홍교는 무지개 모양으로 굽은 긴 다리. 전설에 의하면 진시황 2년에 무이산(武夷山) 만정봉(幔亭峯) 위로 홍교를 설치하고 연회를 베풀었다고 한다. 주자(朱子)의 〈무이도가(武夷棹歌)〉 일곡(一曲)에 "홍교가 한 번 끊어진 뒤로 소식이 없으니, 만학과 천암이 푸른 안개 속에 잠겨 있구나.[虹橋一斷無消息, 萬壑千巖鎖翠煙]"라고 하였다.

대록이 준 동행 오절에 화답하다
和大麓贈行五絶

용연

기일(其一)

영주의 신선배, 사신 인도하는데	瀛洲僊楫引皇華
매화와 대, 종려와 귤나무, 포구 집들	梅竹棕橙匝浦家
대판성 다리 끝에 봄빛 가까이 드리우니	大坂橋頭春色近
채색 돛배 먼저 적성의 노을 매어두네	彩帆先繫赤城霞

기이(其二)

아름다운 동쪽 관문 제일 고을	佳麗東關第一州
물 빛 산 색 반공에 흐르네	水光山色半空流
채색 성곽 밝은 달 수많은 꽃나무	彩城明月花千樹
무수한 붉은 단장 취루에 앉아 있는 듯	無數紅粧坐翠樓

기삼(其三)

서호의 연꽃과 계수, 푸른 바다 동쪽	西湖荷桂翠溟東
죽도의 옅은 구름 먼 하늘에 떠도네	竹島微雲漾遠空
만 섬 유리구슬 빛 흔들려	萬斛玻璃光不定
진주 채색 흩어놓은 백룡궁이라네	眞珠散彩白龍宮

기사(其四)

갈대꽃 한 떨기 바다구름 동쪽	蘆花一朶海雲東

채색 노을 드높은데 흰 무지개 걸렸네　　　　　霞彩亭亭倒白虹

오로[111]들 봉우리 앞에서 기력 부끄러운데　　　五老峯前慚氣力

악양루의 시격 뉘라서 자웅 다툴까[112]　　　　岳陽詩格孰爭雄

기오(其五)

만 리 풍파 속에 배 한 척 가벼이 떠　　　　　風波萬里一舟輕

긴 밤 높은 돛대로 수도 강호를 향하네　　　　遙夜危檣向紫京

험난하여 부절 지닌 신하의 고통 볼수록　　　險處彌看臣節苦

상근령 위에서 갈 길 더욱 재촉하리라　　　　箱根嶺上更催行

초대록께서 주신 시운에 화답하다
和草大麓見贈韻

병서(幷序)

장문주의 초대록이 전송시 5장을 손수 전해 주었는데, 매 장마다 각
각 전서·예서·초서·해서·반행서로 베껴 쓴 것이다. 나는 바로 그

---

111 오로(五老) : 송(宋)나라 두연(杜衍)이 노년을 이유로 벼슬에서 물러나 남경(南京)에
　　살면서 왕환(王渙)·필세장(畢世長)·주관(朱貫)·풍평(馮平)과 더불어 오로회(五老會)
　　를 맺어 시주(詩酒)로써 서로 권면하였는데, 다섯 노인이 모두 80여 세의 고령인데도
　　강녕(康寧)하여 세인의 부러움을 샀다고 한다. (『민수연담록(澠水燕談錄)』「고일(高逸)」)

112 악양루(岳陽樓) …… 자웅 다툴까[岳陽詩格孰爭雄] : 악양루는 호남성(湖南省) 악양
　　현(岳陽縣) 서문(西門)의 옛 성루인데, 그 정면에 동정호(洞庭湖)가 있고, 멀리 군산(群
　　山)을 바라보고 있어 매우 뛰어난 경치로 유명하다. 누가 건립했는지는 확실하지 않으나,
　　당 현종(唐玄宗) 개원(開元) 연간에 중서령(中書令) 장열(張說)이 파릉태수(巴陵太守)
　　로 좌천되어 나가 있으면서 매양 재사(才士)들을 거느리고 이 누각에 올라 시를 읊고
　　풍류를 즐겼던 데서 더욱 유명해졌다.

표치(標致)의 옹용(雍容)함을 기뻐하였고, 다음으로 시율의 훌륭함을
보았으며, 끝으로 필법의 전아함에 크게 놀랐다. 진실로 해외의 난봉
이며 초나라 남쪽의 편남[113]이다. 돌아보건대, 내가 필법을 아는 사람
은 아니어도 정중하게 준 글에 운자를 밟아 화답하고 싶었지만, 다만
앞길의 명승지를 시로 서술하는 것은 제대로 알지 못하면서 억지로
말을 해야 하니 실로 하고 싶지 않은 바이다. 그리하여 이곳에 오면서
직접 지나온 곳을 기록하되 운자에 따라 차운하여 5장을 이루었다. 계
미년 섣달 그믐.

기일(其一)

양양한 봉우리들 햇빛을 가렸는데 　　　　　　洋洋群峰蘸日華
수증기 증발하고 파도 잠잠하니 인가가 보이네 　氣蒸波麕見人家
천년동안 물나라의 금빛 은빛 　　　　　　　千年水府金銀色
절로 누대 세워 저녁노을을 두르네 　　　　自起樓臺擁晚霞

위는 대마[114]도임.

기이(其二)

파도 사이의 옛 섬, 기주[115]라 하는데 　　　波間古島號岐州

---

113 편남(楩楠) : 좋은 목재인 편나무와 남나무.

114 대마(對馬, 쓰시마) : 대마도(對馬島)·대주(對州)·마도(馬島)·마대(馬臺)·대양
(對陽)이라고도 하며, 일본 장기현(長崎縣, 나가사키겐)에 속한다. 사행 때마다 반드시
묵었던 곳으로 통신사의 호송 책임과 사행 관련 제반 사항에 대한 협의가 이곳을 중심으
로 이루어졌다.

115 기주(岐州) : 일기주(壹岐州), 지금의 일기도(壹岐島, 이키노시마). 구주(九州) 북방

사면이 짙은 감빛으로 물도 흐르지 않는 듯　　四面紺光水不流
변변치 못한 생애 바다와 육지에서 보내니　　小小生涯兼陸海
배와 가마 속의 배움 신기루일세　　　　　　板簷架學蜃成樓

위는 일기도임.

기삼(其三)

있는 듯 없는 듯 북동쪽 흐릿한데　　　　　疑有疑無迷北東
파도 사이 해와 달 겨울 하늘에서 차구나　　波間日月冷寒空
한밤중 단장한 벽 수많은 등불 거니　　　　中宵粉壁千燈出
하마터면 행인 수궁으로 들 뻔했네　　　　　錯訝行人入水宮

위는 남도[116]임.

기사(其四)

얕은 언덕 동쪽에 점점이 등불 이어졌는데　　點綴籩燈小岸東
서쪽 외로운 달 보니 긴 무지개 드리웠네　　西看孤月臥長虹
선창에서 한 숨 잠으로 시 짓기 어려워　　　篷窓一睡因難著
교룡만 씩씩하게 물결치게 하네　　　　　　獨許鮫龍鼓浪雄

위는 남박[117]임.

현해탄(玄海灘)에 접해 있고, 복강현과 대마의 중간에 위치하고 있는 섬. 장기현(長崎
縣) 일기시(壹岐市)의 1시(市) 체제로 되어 있다. 대마도와 함께 옛날부터 구주 본토와
한반도를 연결하는 해상교통의 중계지로서 역할을 담당해왔다.

116 남도(藍島, 아이노시마) : 축전남도(筑前藍島, 지쿠젠 아이노시마). 현재의 복강현
(福岡縣, 후쿠오카겐) 조옥군(糟屋郡, 가스야군)에 속하며 상도(相島)라 불린다. 통신사
행 때 조선 사신이 이곳 다옥(茶屋)에서 묵었다.

117 남박(南泊, 미나미도마리) : 장문주(長門州)에 속하고, 적간관(赤間關, 아카마가세

기오(其五)

높은 누각 옆 수많은 돛배 가벼운데	高樓側畔萬驪輕
홀연 한나라 수도 제압한 서호 생각나네	忽憶西湖控漢京
강관이 해외에서 으뜸임을 이미 인정하고	已許江關雄海外
천년 동안 사신 행차 머물며 완상하였지	千年留賞使華行

위는 적간관임.

의봉사, 남·성·원[118] 세 분 공께 드리다
儀鳳詞呈南·成·元三公案下

대록

봉황 봉황이여! 언제 볼 수 있나	鳳凰鳳凰何得覩
백 년 동안 사해가 문명한 때라네	百年四海文明時
구중 만 리의 뜻 애틋하기도 한데	可憐九重萬里志
천 년 만에 한 차례 만나다니 탄식하네	可歎一遇千載期
천 년 만에 만난 기약 얼마나 얻기 어려웠는지	千載期遇最難得
어느 날 아침 돌아보며 도리어 서로 의아해하네	一朝顧眄却相疑
구름 해 너머 하늘로 높이 날고	高翔霄漢雲日表
멀리 약수[119]의 변방 부상에서 쉬네	遠憩扶桑弱水陲

키)에서 60리 떨어진 곳으로 현재의 북구주항(北九州港, 기타큐슈코) 부근 암류도(巖流島, 간류지마) 또는 하관항(下關港, 시모노세키코) 근처로 추정된다.

118 남(南)·성(成)·원(元) : 남(南)은 제술관 추월(秋月) 남옥(南玉)을, 성(成)은 정사서기 용연(龍淵) 성대중(成大中)을, 원(元)은 부사서기 현천(玄川) 원중거(元重擧)를 가리킨다.

119 약수(弱水) : 신화 속에 나오는 하해(河海)의 이름. 삼신산의 하나인 봉래산(蓬萊山)

나에겐 단혈[120]인 부용령이 있는데	我有丹穴芙蓉嶺
다시 요지[121]와 같은 비파호 있다네	更有琵琶似瑤池
비파호수 위에서 아득히 바라보면	琵琶湖上望緲茫
물결 사이로 묘음사 우뚝하네	波間突出妙音祠
오조 육율[122]에 누가 화답할까	五調六律孰和者
황령의 옥녀가 함지[123]를 연주하네	皇靈玉女奏咸訑
아름다운 문장 빛을 발하는 곳	五彩文章映發處
부용봉 정상에 부슬부슬 눈 날리네	芙蓉峰頭雪霏霏
산허리엔 상서로운 안개 기운 둘러있고	山腰繚繞瑞靄氣
계곡 사이엔 옥나무 가지 울창하네	谿間蓊蔚瓊樹枝
깃들 곳과 먹을 것 또 어찌 찾을까	栖止飮食又那索
죽실과 오동 절로 늘어서 있다네	竹實梧桐自離離
연작 같은 우리들 만날 만하지 않는데	吾曹燕雀不可接
무슨 일로 나에게 읍하며 풍채 드날리는가	揖我何事揚釆眉
소호[124] 아홉 번 연주한 자웅의 곡조	韶護九奏雌雄調

과는 거리가 3만 리나 떨어져 있어 지극히 먼 거리를 표현할 때 봉래약수(蓬萊弱水)라고
한다.

120 단혈(丹穴) : 금과 옥이 널려 있고 오색의 무늬를 가진 봉황새가 산다고 전해진다.

121 요지(瑤池) : 서왕모(西王母)가 살고 있는 곤륜산(崑崙山)에 있다는 전설상의 못.

122 오조(五調) 육율(六律) : 오조는 궁(宮)·상(商)·각(角)·치(徵)·우(羽)음. 육율은
십이율(十二律) 중(中) 양성(陽聲)에 속(屬)하는 여섯 가지 소리. 즉 황종(黃鐘)·태주
(太簇)·고선(姑洗)·유빈(蕤賓)·이칙(夷則)·무역(無射).

123 함지(咸訑) : 궁중의 정통 음악. 함지(咸訑)는 요(堯) 임금의 음악인 함지(咸池)를
뜻한다.

124 소호(韶護) : 은(殷)나라 탕왕(湯王)의 음악 이름. 혹은 소(韶)는 우순(虞舜)의 음악
이고 호(護)는 탕왕의 음악이라고도 한다.

속된 귀 따끔하게 침놓는다고 어찌 알랴	俗耳鍼砭何得知
태평시절이라 오직 성세의 교화 받들 뿐	昇平唯戴聖世化
대궐 뜰의 아각[125]은 생각도 못하네	紫庭阿閣不可思
잠시 날아돌아 동방에서 날개 치더니	須臾翩旋東方擊
봉황 봉황이여, 의식에 따라 춤춰[126] 기쁘네	鳳凰鳳凰喜來儀

추월: 오언절구는 이미 흠탄의 극치를 이루었는데, 장편은 더욱 기력이 드러납니다. 저희들이 은혜 입음이 많습니다.

추월: 동도 사행에 대해 읊은 오언절구를 제가 이미 평을 해드렸으니, 다시 한 본(本)을 써주시면 좋겠습니다.

대록: 화운시를 주시고 또 비평까지 해주시니 어떠한 행운이 이와 같겠습니까? 가르침 삼가 받들겠습니다.

추월: 장편시는 매우 쟁쟁하여 마치 벽오동에 깃든 봉황의 울음소리와 같아서 정신을 허비한 줄도 모른 채 읽었습니다.

대록: 과찬의 말씀을 여러 차례 듣게 되었습니다. 배 안에서 겨를이 있으시거든 화운시를 지어 주셨으면 합니다.

---

125 아각(阿閣) : 황제(黃帝) 때 이곳에 봉황이 깃을 쳤다는 기록이 전한다.

126 의식에 따라 춤춰[來儀] :『서경(書經)』「익직(益稷)」에, "순임금의 음악 아홉 번 연주하니, 봉황새도 날아와서 의식에 맞추어 춤을 추었다.[簫韶九成, 鳳凰來儀.]"라고 하였다.

대록: 어제 지어주신 화운시 가운데 '횡천미시웅(橫天未是雄)' 앞에 해서 (楷書) 두 자를 알려주십시오.

추월: '희유조'라는 이름이 『남화경』에 보이는데, 붕새보다 크며 한 번에 천지를 다 납니다.

대록: 저의 절구를 김공[김인겸]께 올리려는데 번거로우시겠지만 전달해 주십시오.

추월: 공들의 작품을 한꺼번에 전하도록 하겠습니다.

추월: 큰 붓을 밤사이에 함부로 문질러 쓰다 보니 망가져 몽땅해졌습니다. 부끄럽습니다.

대록: 무슨 부끄러움이랄 게 있겠습니까?

대록: 여기 길고 짧은, 여러 폭에 써주시기를 삼가 청합니다.

추월: 본래 글씨를 잘 쓰지 못하고 또한 이번 사행에 창수할 만한 겨를이 없습니다. 비록 먹을 묻혀 붓을 휘두르고 싶지만 그럴 수 없을 듯싶습니다.

대록: 지니고 있는 부채에 한두 구절 지어주시면 가지고 돌아가 벗에게 나누어 주겠습니다.

추월: 은근한 뜻 저버리기 어려워 부채 하나에 붓을 휘두르겠습니다.

대록: 제가 윗분들을 대접하는 것이 공경스럽지 못하여 여러 차례 몹시
번거롭게 했습니다.

추월: 서본(書本) 두세 첩은 힘써 구하심에 부응해야 마땅하니 붓과 함
께 남겨두십시오.

대록: 그렇게 하겠습니다.

추월: 〈의봉사(儀鳳詞)〉를 이곳에 두시면 며칠 새 마땅히 화답하도록
하겠습니다. 그렇지 않으면, 내일은 설날이라서 한가롭게 시를 읊
조릴 수 없을 테니, 배가 출발한 뒤에 화답하여 다시 만날 날을 기
다렸다가 암송하실 수 있을 것입니다.

대록: 반드시 화답하지 않으셔도 되니 살펴만 주십시오.

사자관 홍·이[127] 두 공께
寫字官洪·李二公案下

대록 초안세

일찍이 아름다운 영예를 듣고 우러러 사모한 지 이토록 오래되었는

---

127 홍·이 : 1763년 통신사행 때 사자관(寫字官)으로 일본에 간 경재(景齋) 홍성원(洪聖
源)과 매와(梅窩) 이언우(李彦佑)를 가리킨다.

데 뜻하지 않게 오늘 풍모를 뵙게 되었으니 일생의 단한번의 기회일 것입니다. 누가 부평초 만남에 골육과 같은 정이 없다고 하였습니까? 공들께서는 사자관 벼슬을 하시니 다행히 병풍 대여섯 폭을 써주신다면 간직하여 보배로 삼겠습니다. 수고하심은 생각지도 않고 번거롭게 붓을 들도록 하였습니다.

매와: 그렇게 하겠습니다. 등불을 켜야 쓸 수 있을 것입니다.

위는 12월 그믐 모임 자리에서

삼가 새해 복 많이 받으십시오. 저번 모임이 홀연 해를 달리하게 되었습니다. 뜻하지 않게 갑자기 배가 출발하여 서로 작별함이 어찌 그리 빠른지 멀리서 바라볼 수도 없었습니다. 오직 만 리 먼 길에 산 넘고 물 건너야 하는 수고로움이 있을까 싶으니 각별히 몸조심하십시오. 저의 시 3장을 조강(朝岡)[128]씨 편에 드리니 한가하실 때 화운시를 지어주셨으면 합니다. 황망한 중이라 하고 싶은 말을 일일이 다 할 수

---

128 조강(朝岡) : 조강일학(朝岡一學, 아사오카 이치가쿠). 강호시대 중기의 유학자. 씨(氏)는 기(紀), 초명은 국서(國瑞), 자는 백린(伯麟), 호는 난암(蘭菴). 우삼방주(雨森芳洲, 아메노모리 호슈)에게 배웠으며, 대마도 서기(書記)를 지냈다. 1748년 통신사행 때 진문역(眞文役)으로 활약하였고, 1763년 5월 통신사호행대차왜 도선주(都船主)로 조선에 건너왔으며, 1763년 통신사행 때에는 도선주왜(都船主倭)·호행도선주(護行都船主)·간사관(幹事官)으로서 대마도 도주를 보좌하며 대조선 외교임무를 수행하였다. 필담창화집에는 조강(朝岡)·아비류난암(阿比留蘭菴)·난계(蘭溪) 아비류씨(阿比留氏)·난암(蘭巖)이라고 하였고, 사행록에는 기국서(紀國瑞)·기번실(紀蕃實)·조강기번실(朝岡紀蕃實)이라고 하였다.

없습니다. 거칠기만 합니다.

남·성·원 세 분 공께 올립니다. 대록 고개 숙여 절합니다.

이 글 이하는 배가 출발한 뒤 조관[129]에서 보내온 것이다.

별계
別啓

어제 남공의 휘필과 김공의 화운시가 대포(大浦)[130]씨로부터 함께 전달되어 얼마나 감격하고 기뻐했는지 아실 것입니다. 김공께서 아직도 병상에 계시니 식사 잘하시고 몸을 잘 보중하시라는 저의 이런 뜻을 번거로우시겠지만 공들께서 전달해 주셨으면 합니다.

---

129 조관(竈關, 가마도세키) : 상관(上關, 가미노세키)을 가리킨다. 현재의 산구현(山口縣, 야마구치껜) 웅모군(熊毛郡, 구마게군) 상관정(上關町, 가미노세키초)이다. 강호시대 주방주(周防州)에 속하고, 뇌호내해(瀨戶內海, 세토나이카이)의 최서단(最西端)에 위치하여 항로상의 주요항구로서 역할을 하였다.

130 대포(大浦) : 대포익지진(大浦益之進, 오우라 마스노신). 평경일(平敬一)이라고도 한다. 대마도 재판(裁判) 평송겸(平松謙)의 부친이며, 조강일학(朝岡一學, 아사오카 이치가쿠, 紀國瑞)과 함께 우삼방주(雨森芳洲, 아메노모리 호슈)에게 배웠다. 1762년 4월에 통신사청래대차왜(通信使請來大差倭) 도선주(都船主)로서 정관(正官) 도웅팔좌위문(島雄八左衛門, 시마오 하치자에몬, 平如房)과 함께 도항하였으며, 4월 12일부터 8월 1일까지 왜관(倭館)에 머물렀다. 1763년 통신사행 때 조강일학과 함께 통신사를 호행하였고, 이듬해 6월에는 통신사호환차왜(通信使護還差倭)의 도선주로서 조선에 건너온 일이 있다.

남·성·원 세 분 공께 드리다
呈南·成·元三公

대록

붉은 휘장 깊이 드리우고 주현 연주하니	深垂絳帳奏朱絃
수사[131]가에서 기른 영재와 견줄 만하네	堪擬育英洙泗邊
문객 삼천 명[132]은 늘 줄지 않고	門客三千常不乏
십오 국풍은 영원히 서로 전하네	國風十五永相傳
명성은 북두 이남의 준걸처럼 높고	名高北斗以南傑
사람들 지금 조선의 어진이라고 칭상하네	人賞東華今代賢
사명 받든 이래 즐거운 게 무엇일까	奉使由來何所樂
장쾌한 유람[133] 후 돌아갈 때의 장유편이겠지	壯遊歸日壯遊篇

기이(其二)

각각 하늘 천리 밖	各天千里外
부평초 인생 여기서 만났네	萍水此相逢
시부는 대방의 아름다움이요	詩賦大邦美

---

131 수사(洙泗) : 수수(洙水)와 사수(泗水)라는 강 이름. 공자가 이 근처에서 제자들을 가르쳤으므로 즉 공자의 문하(門下)를 지칭한 말이다.

132 문객 삼천 명 : 전국시대에 제(齊)나라의 맹상군(孟嘗君), 위(魏)나라의 신릉군(信陵君), 조(趙)나라의 평원군(平原君), 초(楚)나라의 춘신군(春申君)이 모두 재상 지위에 있으면서 선비들을 좋아하여 항상 문하에 식객이 3000여 명이나 있었던 데서 온 말이다.

133 장쾌한 유람[壯遊] : 사마천이 한나라 경제(景帝) 연간에 용문(龍門)에서 태어나 10여 세에 고문(古文)을 다 통하고, 20여 세에는 웅지(雄志)를 품고 천하를 유람하였다. 남으로 강회(江淮)·회계(會稽)·우혈(禹穴)·구의(九疑)·원상(沅湘) 등지를 유람하고, 북으로 문수(汶水)·사수(泗水)를 건너 제로(齊魯)의 지역에서 강학하다가 양초(梁楚) 지역을 거쳐 돌아왔다고 한다.

문장은 일대의 으뜸이로다	文章一代宗
구름 사이로 봉황새 보아 기쁘고	雲間喜覩鳳
관문 위에서 유룡[134]을 마주하네	關上對猶龍
붉은 기운 우러러보는데	紫氣可瞻仰
삼신산 만 길 봉우리로세	三山萬仞峯

기삼(其三)

부산 포구 위, 흰 구름 끝	釜山浦上白雲端
바다에 임한 관소 앞 적수 차갑네	臨海館前赤水寒
하늘 끝에 지기 적다고 말하지 말게	休道天涯知己少
상봉하면 뉘라서 금란지교[135] 맺지 않으랴	相逢誰不結金蘭

공작행, 대록자의 의봉가에 수응하다
孔雀行, 酬大麓子儀鳳歌

추월

| 바다 가운데 있는 공작 공작이여! | 孔雀孔雀在海中 |

---

134 유룡(猶龍) : 유룡은 도(道)가 매우 고심(高深)하고 신묘(神妙)하여 마치 변화를 예측할 수 없는 용과 같다는 뜻에서 온 말로 노자(老子)를 가리킨 말이다. 공자(孔子)가 노자를 만나고 와서 제자들에게 말하기를 "용에 이르러서는 풍운을 타고 하늘로 오르는 것을 알지 못하겠다. 내가 오늘 노자를 보니, 용과 같았도다! [至於龍, 吾不能知其乘風雲而上天。吾今日見老子, 其猶龍邪。]"라고 한 데서 유래하였다. (『사기』「노자열전(老子列傳)」)

135 금란지교(金蘭之交) : 벗과 서로 의기가 투합하여 굳기는 쇠를 자를 만하고 향기는 난초와 같은 교분을 말한다. 『주역』「계사전(繫辭傳)」에 "두 사람이 마음을 함께하면 그 예리함이 쇠를 자를 만하고 마음을 함께한 말은 그 향기가 난초와 같다.[二人同心, 其利斷金, 同心之言, 其臭如蘭。]"라고 하였다.

훨훨 높은 하늘에서 날아오는 때가 있구나	翩然赤霄來有時
깃털 길지 않아 괴롭다고 스스로 한하더니	自恨羽毛苦不長
낮게 날며 뭇새들과의 기약 부끄러워하네	低飛恥與鵃鵙期
펄럭이며 온갖 종류와 서로 친함이 많건만	翾翾百族多相狎
문장 현란하여 도리어 의심 만나네	文章絢爛還遭疑
한 차례 구름에 올랐다 다시 내려와	一擧雲間復一下
세모에 날개 드리우고 영주(瀛洲) 근처에 닿네	歲暮垂翅窮瀛陲
구고에서 우는 빼어난 학[136] 보고 싶고	願見逸鶴鳴九皐
천지를 치는 신이한 붕새[137] 보고 싶네	願見神鵬擊天池
부사산 정상에서 가을날 벽오동에 깃들고	碧樹秋棲富士頂
서불(徐市)의 사당에서 밤새 아름다운 꽃 쪼네	琪花夜啄徐君祠
깊은 물 넓고 넓어 동정호 멀기만 한데	積水漭漭洞庭遠
광악[138] 어느 곳에서 운지[139]를 들으랴	廣樂何處聆雲䶵
북방 사람들 진주 빛 바탕 사랑하여	北方之人愛珠質

---

136 구고(九皐)에서 우는 빼어난 학[逸鶴鳴九皐] : 『시경(詩經)』「소아(小雅)」〈학명(鶴鳴)〉에, "학이 구고(九皐)에서 우니, 소리가 하늘에 들리다.[鶴鳴于九皐, 聲聞于天。]"라고 하였다.

137 천지(天池)를 치는 신이한 붕새[神鵬擊天池] : 『장자(莊子)』「소요유(逍遙遊)」에, "그 새가 가면 장차 남명(南溟)으로 갈 것인데, 남명은 천지(天池)이다."라고 했다. 웅지를 품고 넓은 천지를 마음껏 나는 붕새를 묘사한 것이다.

138 광악(廣樂) : 아주 미묘한 천상(天上)의 음악인 균천광악(鈞天廣樂)을 말하는데 여기서는 균천광악을 연주하는 상제가 거처하는 곳을 뜻한다. 『열자(列子)』「주목왕(周穆王)」에, "청도(淸都)·자미(紫微)·균천(鈞天)·광악(廣樂)은 모두 상제(上帝)가 거하는 곳이다."라고 하였다.

139 운지(雲䶵) : 중국 요임금 때에 연주되던 음악의 이름인 함지(咸池)를 아름답게 칭한 것이다. 『장자』「지락(至樂)」에, 헌원(軒轅) 즉 황제(黃帝)가 동정의 들판에서 함지(咸池)라는 음악을 연주하자, 새가 듣고는 높이 날아올라가고 짐승들도 모두 달아났다는 이야기가 전해온다.

아침저녁으로 노니는데 풍채 화려하네	朝暮徊翔華朵靡
아각[140]의 구포[141] 음악으로 화답하고	和以阿閣九苞音
도도[142]의 만 리 가지로 기약하네	期以桃都萬里枝
낭간[143]의 죽실 상자를 드리니	贈以琅玕之實函
거듭 흙먼지 털어내 빛 찬란하네	重令拂拭光陸離
입으로 말하지 않아도 마음 적이 기쁘니	口雖未言心竊喜
연잎 혜초 치마[144] 입은 자태요 자란 풍모로세	荷蕙裳兮紫蘭眉
기이한 깃털 아끼지 않고 떼어서 주니	不惜奇毛解相贈
은덕 보답하려는[145] 마음 아는 자는 아네	啣環欲報知者知

---

140 아각(阿閣) : 아각은 네 모퉁이가 있는 누각(樓閣)을 가리키는데, 황제(黃帝) 때에 봉황이 아각에 둥우리를 틀었다고 한다.

141 구포(九苞) : 봉황의 깃에 나타나는 아홉 종류의 빛.

142 도도(桃都) : 『술이기(述異記)』에, "동남쪽에 도도산(桃都山)이 있는데, 그 위에 큰 나무가 있어서 이름을 도도(桃都)라고 한다. 가지와 가지 사이가 8천 리나 되는데, 그 위에 천계(天鷄)가 있다. 해가 처음 뜨면 먼저 이 나무를 비추어 천계가 울면 천하의 닭이 다 운다."라고 하였다.

143 낭간(琅玕) : 대[竹]를 낭간(琅玕)이라 하는데, 낭간은 구슬 나무로 봉황(鳳凰)이 그 열매를 먹는다는 말이 옛 글에 있으므로, 봉황이 죽실(竹實)을 먹는다는 옛 글과 연결시켜 대[竹]를 낭간이라고 한 것이다. 『포박자(抱朴子)』「거혹(祛惑)」에 "곤륜산에 주옥(珠玉)이 열리는 나무가 있으니, 사당(沙棠)과 낭간(琅玕)과 벽괴(碧瑰)의 나무가 그것이다."라고 하였다.

144 연잎 혜초 치마[荷蕙裳兮] : 연잎과 혜초로 만든 옷으로 은사의 고결함을 비유. 〈초사(楚辭)〉〈이소(離騷)〉에 "마름과 연잎으로 저고리를 만들고, 부용을 엮어 바지를 만들어 입는다.[製芰荷以爲衣兮, 集芙蓉以爲裳。]"라고 하였다.

145 은덕 보답하려는[啣環] : 은덕을 잊지 않고 기필코 보답한다는 말. 동한(東漢) 사람 양보(楊寶)가 9세 때에 올빼미의 습격을 받고 나무 아래에 떨어진 황작(黃雀) 한 마리를 치료해서 날려 보냈는데, 그날 밤에 서왕모(西王母)의 사자라고 하는 황의동자(黃衣童子)가 나타나 흰 구슬 네 개를 주면서 자손들이 삼공(三公)의 지위에 오를 것이라고 말한 일화가 전한다.

천 년에 한 번 보았는데 다시 천 년이라 千年一見還千年

아득한 하늘 푸른 바다에 공허한 근심! 長天碧海空愁思

공허한 근심 또한 어찌 할거나? 空愁思亦可奈何

공작 공작이여! 아름다운 위의 그리워하네 孔雀孔雀慕華儀

주조행, 초대록의 의봉가에 화답하다
朱鳥行, 和草大麓儀鳳歌

용연

남쪽에 있는 새여! 부리가 길구나 南有鳥兮長其味

축융[146]이 표지 돌려 마침 한낮이라네 祝融回標正中時

기설[147] 같은 북두자루 뒤섞어 펼치고 箕舌斗柄紛翕張

창룡과 백호[148] 좌우에서 기약하네 蒼龍白虎左右期

공작 낮게 날고 현무 높이 오르니 孔雀低飛玄武昂

견우성 궤도와 익성 자리[149] 의심하지 않네 牛躔翼次非所疑

별빛에 깃발 날려 구름이 수레에 읍하는 듯 火揚其旗雲挹車

반짝이며 바다 동쪽 주변을 비추네 燁然下燭海東陲

오색 난새는 봉래산에서 발돋움하고 彩鸞跂足於蓬山

---

146 축융(祝融) : 화신(火神)으로 남방(南方)과 여름철을 맡은 신. 화정(火正) 혹은 화덕
진군(火德眞君)이라고도 한다.

147 기설(箕舌) : 키 바닥의 앞으로 길게 나온 넓고 평평한 바닥. 바다에서 솟은 북두성의
모습이 키의 바닥처럼 생겼다는 표현으로 보인다. 위원(魏源)의 「주조편상(籌漕篇上)」
에 "山東之登萊二州, 斗出海中, 長如箕舌, 由南赴北, 舟行必繞出其外."라고 하였다.

148 창룡(蒼龍)과 백호(白虎) : 28수의 별자리를 동방은 창룡(蒼龍), 서방은 백호(白虎),
남방은 주조(朱鳥), 북방은 현무(玄武)로 나누어 배열하였다.

149 익성(翼星) 자리 : 익성은 28수(宿)의 제27절[驚蟄節]의 별.

신이한 붕새는 천지에서 날개 박차네	神鵬搏翮於天池
펄펄 나는 새들 포우에 모였고[150]	翩者鳥集于苞栩
기화요초는 서복 사당[151]에 있네	琪草瑤花徐福祠
그대가 먹은 것은 밤이슬[152] 정수(精髓)요	爾所餐兮精沆瀣
그대가 즐기는 것은 소지[153]음악이라	爾所樂兮音韶䪫
오색으로 달을 꿰는[154] 패옥 차고와 보여주니	帶示以五色貫月之佩
진주 어지러이 떨어져 몹시도 화려하네	蚌珠歷落華披靡
해를 목욕시킨[155] 만 리 물결로 씻으며	濯爾以萬里浴日之波
용마 고삐 부상 가지에 매어두네	龍驂總轡扶桑枝
사신의 금 부절 뒤쫓는데 황홀하여	羽衣金節躧恍惚

---

150 펄펄 나는 새들 포우(苞栩)에 모였고[翩者鳥集于苞栩] : 『시경』〈사모(四牡)〉에 "펄펄 나는 비둘기여, 날다가 내려앉아, 새순 돋은 상수리나무에 앉았도다.[翩翩者鵻, 載飛載止, 集于苞栩。]"라고 하였는데, 이 시는 사신이 먼 길을 다녀오는 것을 위로하는 시이다.

151 서복 사당[徐福祠] : 일본 기이(紀伊)의 웅야산(熊野山)에 진(秦)나라 방사(方士)인 서복(徐福)을 모신 사당이 있다고 한다. 서복을 서불(徐市)이라고도 한다. 서복이 진시황(秦始皇) 때 불로초(不老草)를 구해 오겠다는 핑계로 동남동녀(童男童女) 3천 명을 거느리고 바다로 들어가 돌아오지 않았는데, 전하는 말로는 2천~3천 명의 남녀가 왜인(倭人)의 조상이 되었다고 한다.

152 밤이슬[沆瀣] : 선도(仙道)를 수련함에 있어서 밤이슬을 마신다. 『한서』「사마상여전(司馬相如傳)」에 "밤이슬을 마시고, 아침놀을 먹는다.[呼吸沆瀣兮餐朝霞]"라고 하였다.

153 소지[韶䪫] : 우(虞)나라 순(舜)임금의 음악인 소소(簫韶)와 헌원(軒轅) 즉 황제(黃帝)가 동정의 들판에서 연주한 함지(咸池)라는 음악을 일컫는 말이다.

154 오색으로 달을 꿰는[五色貫月] : 송(宋)나라 황정견(黃庭堅)의 〈대증미원장(對贈米元章)〉시에 "창강에 밤새도록 무지개가 달을 꿰니, 정녕코 미가의 서화 실은 배로세.[滄江盡夜虹貫月, 定是米家書畫船。]"라고 하였다.

155 해를 목욕시킨[浴日] : 중국의 고대 신화에 의하면, 여와씨(女媧氏)가 오색 돌을 구워서 터진 하늘을 꿰매고[補天], 희화(羲和)가 감연(甘淵)에서 해를 목욕시켰다고[浴日] 한다. 『회남자(淮南子)』「천문훈(天文訓)」에 "해는 양곡에서 떠올라 함지에서 목욕한다.[日出於暘谷, 浴於咸池。]"라고 하였다.

명성 옥녀[156] 헤어지지 않네	明星玉女不相離
원추리 무늬, 봉황의 날개	鵁之采鳳之翬
나 그대와 함께 빼어난 풍신 떨치리라	吾與汝兮振秀眉
구슬 쌀 한 움큼으로 나의 기쁨 돋우고	瓊糗一掬侑余歡
흰 느릅나무 그늘가에서 새 벗과 즐거워하네	白楡陰邊樂新知
높은 하늘 푸른 구름 넓어 망망한데	紫霄靑雲浩茫茫
그리움 많아 겨울매화 손수 꺾네	手折寒梅多所思
밝은 저 칠수[157]는 나를 향해 기울고	晥彼七宿向我傾
별 고깔[158] 구름 관은 한나라 위의일세	星弁雲冠是漢儀

적마호가, 주신 시를 보고 차운하여 대록께 드리다
赤馬湖歌, 次見贈韻呈大麓

현천

| 적마관[159] 호수 하늘에 떠 있는데 | 赤馬湖浮天 |
| 해 저무는 창망한 때로구나 | 納日蒼茫時 |

---

156 명성 옥녀(明星玉女) : 선녀 이름.

157 칠수(七宿) : 이십팔수(二十八宿)를 사방으로 나누어 한 방위마다 칠수가 있는데, 각·항·저·방·심·미·기 (角亢氐房心尾箕)는 동방에 있고, 두·우·여·허·위·실·벽 (斗牛女虛危室壁)은 북방에 있으며, 규·누·위·묘·필·자·삼 (奎婁胃昴畢觜參)은 서방에 있고, 정·귀·유·성·장·익·진 (井鬼柳星張翼軫)은 남방에 있다.

158 별 고깔[星弁] : 별 고깔은 솔기를 오색 구슬로 장식하여 별처럼 빛나는 관(冠)을 가리킨다. 『시경』 「위풍(衛風)」〈기욱(淇奧)〉에 위 무공(衛武公)을 칭송하면서 "고깔에 장식한 오색 구슬이 별처럼 빛난다.[會弁如星]"라고 하였다.

159 적마관(赤馬關) : 적간관(赤間關, 아카마가세키)이다. 장문주(長門州)에 속하고, 현재의 산구현(山口縣, 야마구치겐) 하관시(下關市, 시모노세키시)이다. 하관(下關) 혹은 마관(馬關)이라고도 한다.

목란배 계수나무 돛대에 물결 침노하니	蘭舟桂棹侵汗浪
완연히 해상의 영험스럽고 기세등등한 때일세	宛是靈敖海上期
온통 검푸른 빛에 잠겨 층층 절벽 흔들리니	純浸黛色層厓動
절로 붉은 노을 일어나 반조인가 싶었네	自起紅霞返照疑
동남쪽으로 수많은 돛대 그림자 출현하고	東南闢出千檣影
먼 산은 주조160 끝에서 가물거리네	遠山明滅朱鳥陲
깊이 잠겨 고요하며 넓고 망망한데	沈淫裊窕淼空闊
천지에 드리운 짙푸른 빛만 보이네	但見藍碧垂天池
구계(胸界)161에 부질없이 동해의 문 만들고	胸界謾設東海門
부서162에 누군가 축융163의 사당 세웠구나	扶胥誰立祝融祠
어찌 붉은 해 솟는 부상의 곁과 같으랴	豈如赤日扶桑側
육룡의 높은 표지164 도도산165으로 옮겨가네	六龍高標桃都移
내가 와 만난 때가 마침 정월 초하루라	我來適逢正元朔

---

160 주조(朱鳥) : 남방을 지키는 신(神) 적제(赤帝)를 말한다.

161 구계(胸界)에 부질없이 동해의 문 만들고 : 『사기』「진시황본기」에 의거하면, 동해에 구계라고 하는 곳이 있어 이곳에 돌비석을 세워 진(秦)나라의 동문(東門)으로 표시한다고 하였다. 구(胸)는 진나라 동해군(東海郡)의 속현(屬縣)이다.

162 부서(扶胥) : 광동성(廣東省) 번우현(番禺縣)의 바닷가에 있는 지명인데, 한유(韓愈)의 「남해신묘비문(南海神廟碑文)」에 '부서의 어귀 황목의 물굽이[扶胥之口, 黃木之灣]'라고 하였다.

163 축융(祝融) : 화신(火神)으로 남방(南方)과 여름철을 맡았다 한다.

164 육룡의 높은 표지[六龍高標] : 이백(李白)의 〈촉도난(蜀道難)〉에 "위에는 육룡(六龍)이 끄는 수레로 해를 우회하는 높은 산봉우리가 있다.[上有六龍回日之高標]"라고 하였다.

165 도도산[桃都] : 도도(桃都)는 도도산(桃都山). 『현중기(玄中記)』에 "동방에 도도산(桃都山)이 있고, 산 위에 큰 복숭아나무가 있어 그 가지가 삼천리를 연했고 그 위에 천계(天鷄)가 있다. 해가 처음 솟아서 이 나무에 비치면 천계가 곧 울고 천하의 닭이 그 소리에 따라 모두 운다."라고 하였다.

봄빛이 이미 돌아 봄바람 불기 시작하네	春光已發韶風靡
신선들 객을 뵈러 어지러이 내려오는데	群仙見客紛而下
물기 머금은 매화가지 머리에 꽂았다네	挾頭水蔭梅花枝
선골¹⁶⁶은 맑고 여위어 복장과 맞지 않고	金骨淸癯服裝詭
검은 옷과 옥검은 알록달록 무늬 섞여있네¹⁶⁷	烏衣玉劍班陸離
적막한 가운데 조용히 붓 휘두르니	寂然無譁但揮毫
마음속에 유독 해맑은 기상 발하네	中心獨發淸揚眉
해 돋는 곳에서 태어나 그곳에서 지내니	生於出日居出日
온 세상에 알아주는 사람 누가 있었겠나	九州六合有誰知
큰 붓은 나는 듯 맑은 글 생동하고	掾筆如飛淸詞動
산호와 옥수¹⁶⁸처럼 기이한 발상 교차하네	珊瑚玉樹交奇思
사뿐히 옥처럼 아름다운 신선 꽃 꺾어 주며	翩然折贈瑤華芳
대록 산인의 맑은 위의 드러내는구나	大麓山人表淸儀

'지(訑)'자가 운서(韻書)에 보이지 않고, 알지 못하는 글자를 억지로 쓰는 것은 마땅하지 않아 '이(移)'자로 고쳤다. 나의 견해가 부끄럽다.

---

166 선골[金骨] : 속세(俗世)를 벗어난 풍골. 선골(仙骨). 선풍도골(仙風道骨).

167 알록달록 무늬 섞여있네[班陸離] : 반(班)은 반(斑)이다. 육리(陸離)는 광채가 뒤섞여 있는 모양. 『초사』〈이소〉에 "紛總總其離合兮, 班陸離其上下."라고 하였다.

168 산호와 옥수[珊瑚玉樹] : 힘차고 생동감 넘치는 필획을 형용한 말로, 한유(韓愈)의 〈석고가(石鼓歌)〉에 "오랜 세월에 어찌 자획 이지러짐을 면하리오, 잘 드는 칼로 산 교룡과 악어를 잘라낸 것 같네. 난새 봉새가 날고 뭇 신선이 내려온 듯하고, 산호와 벽옥나무 가지가 서로 엇걸린 듯하며, 금줄과 쇠사슬을 얽어 놓은 듯 웅장도 하고, 고정이 물에 뛰어들고 용이 북처럼 나는 듯하네.[年深豈免有缺畫, 快劍斫斷生蛟鼉。鸞翔鳳翥衆仙下, 珊瑚碧樹交枝柯。金繩鐵索鎖紐壯, 古鼎躍水龍騰梭。]"라고 하였다.

초대록께 드리는 답신
草大麓詞案回納

설날 저녁 등불을 마주하고 맞이해주셨습니다. 밤이 깊어서야 배가 정박해 있는 곳으로 돌아오면서, 제현들께서 이런 사실을 들으시면 다들 섭섭하고 슬퍼하실 거라고 생각하였습니다. 조관(竈關)에 닻줄을 매면서 서쪽 달을 하염없이 바라보고 있는데, 시편을 지닌 서찰이 이르렀습니다. 헤어진 뒤 이미 삼백 리나 멀리 떨어져 있으니 극진한 성의가 아니라면 어찌 이와 같을 수 있겠습니까? 깊이 탄복하였습니다. 하물며 보내오신 시는 말과 이치가 모두 지극하여 빈연(賓筵)에서의 시편과 비교해도 갑절이나 찬란하니 이는 언(言)이 더욱 깊을수록 사(辭)가 더욱 공교해지는 바로 그것입니다. 부평초처럼 떠다니는 중에 이렇게 난초처럼 아름다운 시를 얻을 줄 어찌 생각이나 했겠습니까? 보면서 감탄하여 오래도록 잊을 수 없었습니다. 사행이 비록 바쁘지만 성의를 저버릴 수 없어 등불을 마주하고 시구를 찾는데 말이 뜻을 좇지 못하고 있습니다. 굽어 살펴주실 것으로 생각합니다. 그날 화운시와 학대께서 부탁한 서본(書本)과 벼루 6개, 붓 4자루를 조강(朝岡)[169] 편에 보내드렸는데, 이미 받아보셨을 것으로 짐작됩니다. 돌아오는 길에 뵐 날이 있어 흠모한 바를 다시 펼칠 수 있기를 바랍니다. 잘 지내십시오. 이만 줄입니다. 퇴석은 병세에 차도가 좀 있어 다행입니다.

갑신년 정월 20일 몇몇 조선인 올림

---

169 조강(朝岡) : 조강일학(朝岡一學, 아사오카 이치가쿠). 강호시대 중기의 유학자. 장문계갑문사 곤상 주127 참조.

조관의 배 안에서, 대록이 멀리서 부쳐온 여러 시편에 차운하다
竈關舟中, 次大麓遠寄諸篇

추월

하리[170]를 고상한 음악이라 과찬하시지만	下里虛稱淸廟絃
음을 감상하니 바다구름 주변 쓸쓸하구려	賞音寥廓海雲邊
가는 돛배에서 먼 포구 한동안 바라보았는데	征帆極浦多時望
봉한 서찰 겹 관문으로 다음날 전해졌다오	緘札重關隔日傳
선비 얻음에 오회의 성대함[171] 늘 자랑하였고	得士常誇吳會盛
시를 논함에 항사의 어짊[172]을 한창 말했지	論詩多說項斯賢
그대는 진실로 공작인데 나는 봉황 아니라오	君眞孔雀吾非鳳
헤어진 뒤에도 그대의 시 볼 수 있겠지	別後應看第九篇

기이(其二)

언제 이별할지 일찍부터 알았지만	早識幾何別
만나지 못한 것보다 낫지 않은가	無寧未始逢
구름 사이로 처음 육지를 보았고	雲間初見陸

---

170 하리(下里) : 수천 명이 따라 부를 정도로 수준이 낮은 춘추시대 초(楚)나라의 대중가요.

171 선비 얻음에 오회(吳會)의 성대함[得士常誇吳會盛] : 중국 오군(吳郡)과 회계군(會稽郡)의 연칭(連稱)으로 강동(江東) 지방을 말하는데, 뛰어난 학자와 찬란한 문화가 오회(吳會)지방에 집중되었기 때문에 말한 것이다.

172 시를 논함에 항사(項斯)의 어짊[論詩多說項斯賢] : 항사는 당나라 사람. 그가 자신이 지은 시권(詩卷)을 가지고 양경지(楊敬之)를 찾아본 뒤부터 이름이 세상에 알려졌다. 경지가 그에게 준 시에 "몇 차례 시를 보니 시마다 좋았지만 그 표격(標格)은 시보다 훨씬 나았어라. 나는 한평생 남의 선(善)함을 숨길 줄 몰라 만나는 사람마다 항사를 말하곤 하네.[幾度見詩詩總好, 及觀標格過于詩。平生不曾藏人善, 到處逢人說項斯。]"라고 하였다.

바람 밖 아득히 마루를 좇았다오 　　　　　風外渺隨宗

월궁에서 천마 날아오르고 　　　　　　　月窟騰天馬

부들 숲에서 초룡이 나왔네 　　　　　　　蒲林出草龍

시는 왔는데 사람은 다시 멀어지니 　　　詩來人更遠

관문의 숲, 수많은 푸른 봉우리들 　　　　關樹數青峰

기삼(其三)

이별 뒤 초승달 숲 끝에 떠오르고 　　　別來纖月上林端

삼백 리 긴 호수에 그림자 떠 차갑네 　三百長湖泛影寒

어느 곳인들 향기로운 풀빛 없으리오만 　何處獨無芳草色

고인은 골짜기 속 난초 유난히 아끼네 　古人偏惜谷中蘭

상관의 배 안에서, 초대록이 멀리서 보여준 시운에 화답하다
上關舟中, 和草大麓遠視韻

용연

기일(其一)

풍류로 우연히 고산유수곡[173] 접하였는데 　風流偶接海山絃

---

173 고산유수곡[海山絃] : 해산현(海山絃)은 〈고산유수곡(高山流水曲)〉을 연주하는 거
문고를 뜻하는 것으로 보인다. 〈고산유수곡〉은 춘추시대 백아(伯牙)가 타고 그의 벗 종
자기(鍾子期)가 들었다는 거문고 곡조이다. 〈아양곡(峨洋曲)〉이라고도 한다. 백아가 마
음속에 높은 산[高山]을 두고 거문고를 타면 종자기는 이를 알아듣고 "아, 훌륭하다. 험
준하기가 태산과 같다.[善哉! 峨峨兮若泰山。]"라고 하였고, 백아가 마음속에 흐르는 물
[流水]를 두고 거문고를 타면 종자기는 이를 알아듣고 "아, 훌륭하다. 양양하여 흐름이
강하와 같다.[善哉! 洋洋兮若江河。]"라고 하였다. (『열자(列子)』「탕문(湯問)」)

아름다운 수레 비로소 적수가에 멈추었네 　　　　霓蓋初停赤水邊

만국의 수많은 서적 도(道)와 합치됨을 알았고 　　　萬國車書知道合

일가의 경술 마음속으로 전해옴이 있었다오 　　　　一家經術有心傳

서쪽 사신은 붉은 깃발로 삼신산을 궁구하였고 　　西華絳節窮三島

남쪽 일본은 뛰어난 재주로 수많은 어진이 얻었네 　南楚髦材得數賢

아홉 문사와 화답한 시 인연[174] 끝나지 않은 듯 　九和詩緣猶未了

바다 건너에서 이별 뒤의 시편 새로 이르렀네 　　隔洋新到別來篇

기이(其二)

그대에게 드린 남방[175]의 노래 읊으며 　　　　贈君朱鳥詠

남쪽 끝에서 처음 만나 기뻐하였다오 　　　　南極喜初逢

옛 관소에는 봄빛 남아 있고 　　　　　　　古館留春色

가벼운 돛배는 물마루 건너네 　　　　　　　輕帆度水宗

장쾌한 유람으로 학 타는 일[176] 생각나고 　　壯遊思駕鶴

화려한 사조로 훌륭한 시문[177]을 보네 　　　華藻見雕龍

---

174 아홉 문사와 화답한 시 인연[九和詩緣] : 『장문계갑문사』에 등장한 장문주의 9명의
문사와 화답한 시 인연을 지칭하는 것으로 보인다.

175 남방[朱鳥] : 주조(朱鳥)는 이십팔수(二十八宿) 가운데 남방에 해당하는 별.

176 학 타는 일[駕鶴] : 신선이 되어 승천하는 것을 말한다. 강엄(江淹)의 별부(別賦)에,
"학을 타고 은하수에 오르고, 난새를 타고 하늘에 오른다.[駕鶴上漢, 驂鸞騰天。]"라고
하였다.

177 훌륭한 시문[雕龍] : 조룡(雕龍)은 훌륭한 시문을 말한다. 전국시대에 제(齊)나라 사
람 추연(騶衍)은 웅변을 잘했고 또 추석(騶奭)이란 사람은 추연의 술법을 써서 문식(文
飾)을 하니 제나라 사람들이 추연을 칭찬하여 "담천의 추연이라[談天衍]"라고 하고, 추석
더러는 "조룡(雕龍)의 석이라[雕龍奭]"라고 하였으니, 추석이 추연의 문식을 닦는 것이
용문(龍文)을 아로새긴 것과 같다는 뜻이다.

슬프구나, 오늘 밤 한스러운지	悄悄今宵恨
강관의 달마저 봉우리로 숨네	江關月隱峰

기삼(其三)

만남 얼마 되지 않았는데 이별 끝없어	相逢無幾別無端
긴 밤 호수 정자의 초죽(楚竹) 차갑구나	遙夜湖亭楚竹寒
꽃다운 향기 길이 사라지지 않는데	賴有馨香長不沫
어찌 잡풀이 고고한 난초에 섞이랴	豈敎凡卉混崇蘭

대록의 부쳐온 시에 차운하다
和次大麓追寄韵

현천

기일(其一)

고란 무더기[178]에서 홀로 연주하려는데	孤蘭叢桂獨將絃
하늘 접한 물가에서 아득히 해 솟는구나	天水茫茫出日邊
구름 달 높은 표격으로 살 계책 있고	雲月高標存活計
시서 유업으로 집안의 전통을 잇네	詩書遺業襲家傳
백 년 동안 세상 속 역사를 보고	百年看史寰中載
만 리에서 바다 위 어진이의 마음 말하네	萬里論心海上賢
뜻을 드러낸 새로운 시 의미 얕지 않아	言志新章非淺淺

---

178 고란 무더기[孤蘭叢桂] : 한(漢)나라의 회남왕(淮南王) 유안(劉安)이 지은 〈초은사 (招隱士)〉에 "계수나무 무더기로 자라나 산골 깊은 곳에, 꼿꼿하고 굽은 가지 서로 얽히었네.[桂樹叢生兮山之幽, 偃蹇連卷兮枝相繚。]"라고 하였다.

국풍편 짓는다 해도 무방하리라 　　　　　　　不妨陳作國風篇

기이(其二)

홀연 하늘 남쪽에 이르러 　　　　　　　　倏爾天南至

표연히 바다 밖에서 만났지 　　　　　　　飄然海外逢

적관[179]은 손님 예의 갖추었고 　　　　　赤關傾客禮

추국에는 시의 거장들 성하구나 　　　　　萩國盛詞宗

묵적 묘하여 왕목[180]도 가볍고 　　　　　墨妙輕王鶩

문장 아름다워 육룡보다 뛰어나네 　　　　文華逸陸龍

유유히 물가에 임해 작별하니 　　　　　　悠悠臨水別

외로운 달 서쪽 봉우리에 걸렸구나 　　　孤月掛西峰

기삼(其三)

장문주 고목 저녁 안개 끝에 있고 　　　　長門孤樹暮煙端

창해의 조각배 지는 해 차갑구나 　　　　滄海扁舟落日寒

멀리서 생각하니, 그대는 대숲에서 　　　遙想高人叢竹裏

촛불 돋우며 유란곡[181] 외우겠지 　　　自挑櫨燭誦幽蘭

---

179 적관(赤關) : 적간관(赤間關, 아카마가세키)를 가리키며, 적마관(赤馬關)이라고도
한다. 장문주(長門州)에 속하고, 현재의 산구현(山口縣, 야마구치겐) 하관시(下關市, 시
모노세키시)이다.

180 왕목(王鶩) : 왕희지의 거위. 왕희지는 거위[鵝]를 좋아하였는데, 산음(山陰)의 도사
(道士)가 여러 마리를 가졌으므로, 희지가 요구하니 도사가 『황정경(黃庭經)』 한 벌을
써 주면 바꾸겠다고 하므로 가서 『황정경(黃庭經)』을 써 주고는 거위를 농에 넣어 돌아왔
다는 고사가 있다.

181 유란곡[幽蘭] : 〈유란곡〉은 〈유란백설곡(幽蘭白雪曲)〉의 준말로, 전국시대 송옥(宋

적간관에서의 창화 12월 28일

산남명(山南溟)[182]

통자(通刺)

엎드려 생각건대, 사해 문명의 교화와 두 나라의 화해를 다지는 두 터움은 실로 하늘이 그렇게 한 것입니다. 지금 이에 사신[183]께서 대국의 영광스러운 사명을 받들고 멀리 백년의 옛 맹약을 굳게 하셨습니다. 사신의 깃발이 동도로 향한다는 말을 듣고 정신이 나는 듯 마음이 달리는 듯 그 갈망을 어찌 이길 수 있었겠습니까? 조선은 일본과 더불어 비록 다 같이 동쪽 구석에 치우쳐 있지만 각각의 하늘이 깊은 바다로 나뉘어 있고 한 번 가려면 삼천리 길이나 되니 멀고도 또 멉니다. 그러나 해약[184]이 놀라지 않고 양후[185]가 파도를 치지 않아 목란배가 탈 없이 의연하게 이곳에 이르게 되었습니다. 지극한 축복입니다. 저는 성은 산근(山根)이고 이름은 태덕(泰德)이며 자는 유린(有隣), 호는 남명(南溟)입니다. 장문주의 국학생도입니다. 금번에 다행히 여러 군자들의 풍모를 뵙고 서쪽 조선의 미풍을 엿볼 수 있게 되어 평소의 품은 바를 이루었다고 할 수 있습니다. 무엇이 이보다 더 기쁘겠습니까?

玉)이 지었다고 한다. 송옥(宋玉)의 〈풍부(諷賦)〉에 "신(臣)이 거문고를 치면서 유란백설(幽蘭白雪) 곡(曲)을 부르겠다."라고 하였다.

182 산남명(山南溟) : 산근남명(山根南溟, 야마네 난메이, 1742-1793). 강호시대 중기의 유학자. 성은 산근(山根), 이름은 태덕(泰德), 자는 유린(有隣), 통칭은 육랑(六郎). 산근화양(山根華陽, 야마네 가요)의 아들. 장문(長門, 나가토, 현재의 야마구치겐) 추번(萩藩, 하기한) 번교인 명륜관의 학두(學頭)이며, 시강(侍講)으로 근무했다.

183 사신[賢大使] : 현대사(賢大使)는 사신에 대한 존칭.

184 해약(海若) : 해약은 북해약(北海若)의 준말로, 약(若)은 바다 귀신의 이름. 널리 해신(海神)을 지칭하는 말로 쓰인다.

185 양후(陽侯) : 전설 속에 나오는 파도의 신.

삼가 보잘것없는 시 한 편을 제술관 추월 남공께 드리니 외람되지
만 살펴보시고 화운시를 지어주시면 매우 좋겠습니다.

만 리 사신 배 은하수 긴데	萬里星槎銀漢長
사내의 장대한 뜻 부상을 묻네	懸弧壯志問扶桑
천상의 지기석 지니고 와	携來天上支機石
인간 세상의 비단 문장 짜네	織作人間文錦章

남명의 시에 붓을 달려 차운하다
走次南溟韻

고래 바다와 파도 길 만 리나 길건만	鯨海波程萬里長
백 년 동안 멀리 봉래 부상 그리워했지	百年遐想悁蓬桑
강관의 사부가 하늘 남쪽에 진동하고	江關詞賦天南動
자리에서 진기하게 다섯 편 모두 찬란하네	席上奇珍爛五章

뜻하지 않게 파인(巴人)이 초나라 노래를 들을 수 있었습니다만
<양춘(陽春)>과 <백설(白雪)>에 화답할 만한 것은 드물다고 하
겠습니다. 함부로 전운을 다시 써서, 주신 시에 사례합니다.
不圖郢國之音, 令巴人得聽, 可謂<陽春><白雪>和者寡矣。謾疊前
韻, 以謝來美。

문화 백 년이라 선린우호 오래되었는데	文化百年隣好長
어찌 조선과 일본 천연요새로 막혔다 하랴!	寧論天塹隔韓桑
귀한 손님 교제의 의리 깊음을 더욱 알고	更知嘉客深交義

구슬과 같은 찬란한 화답시 가득하네　　　　　　燦爛瓊琚盈報章

남명께 거듭 화답하다
重和南溟

추월

하늘 동남쪽 기울어 쌓인 물 멀기만 한데　　　天缺東南積水長
두릉의 남은 한 아득히 부상에서 다하네　　　杜陵遺恨渺窮桑
꽃다운 이름 천지라는 글자와 흡사하여[186]　　芳名恰是天池字
장자(莊子) 제일장[187] 마주하고 암송하네　　對誦莊仙第一章

용연 성공께 드리다
呈龍淵成公

새벽빛 관문에서 바라보니 분간되지 않고　　曙色關門望不分
끝없는 붉은 기운 온화한 훈기 띠었네　　　無邊紫氣坐氤氳
용을 탄 선자[188]의 얼굴 주옥 같은데　　　駕龍仙子顔如玉
봉래산 태양 아래 구름을 향하는구나　　　指點蓬萊日下雲

---

186 꽃다운 이름 천지라는 글자와 흡사하여[芳名恰是天池字] :『장자(莊子)』「소요유(逍遙遊)」에, "그 새가 가면 장차 남명(南溟)으로 갈 것이다. 남명은 천지(天池)이다."라고 하였듯이 남명(南溟)이라는 호가 천지(天池)와 같다는 의미이다.

187 장자(莊子) 제일장[莊仙第一章] :『장자』「소요유(逍遙遊)」장을 말한다.

188 용을 탄 선자[駕龍仙子] : 북위(北魏)의 운봉산(雲峯山)의 여섯 번째 석각에 '안기자가 용을 타고 깃든 봉래산[安期子駕龍棲蓬萊之山]'이라는 글자가 새겨져 있다고 한다. 신자는 진시황(秦始皇) 때에 장생불사의 신선으로 알려졌던 안기생(安期生)을 말한다.

남명의 석상에서 지은 시에 거칠게 화답하다
草和南溟席上韻

용연

봉래바다 바람길 세세히 나뉘는데	蓬海風程細細分
십주의 신선 기운 온화한 훈기에 가깝구나	十洲僊氣近氤氳
문신(文神)으로 교제하는 도는 덧없는 일인데	文神交道浮生事
곳에 따라 성대한 자리 채색 구름임을 알겠네	隨處華筵識彩雲

현천 원공께 드리다
呈玄川元公

해상에서 고래 타고 봉래로 드니	騎鯨海上入蓬萊
향기로운 화초 손님맞이하며 피었네	瑤草銀花迎客開
우연히 이적선 만나 노닐던 날	偶會謫仙遊歷日
우리들 조경[189]의 재주에 부끄럽네	吾曹却愧晁卿才

남명께 화답하다
和南溟

현천

남쪽 기성 그림자 아래에서 봉래 물으니	南箕影下問蓬萊

---

189 조경(晁卿) : 조형(晁衡)으로, 당나라 때 중국으로 사신 간 일본 사람 안배중마려(安倍仲麻呂)를 가리킨다. 조형이 당나라에 사신으로 가서 위위경(衛尉卿)에 제수되었으므로 조경이라고 하였다. 이태백(李太白)의 〈곡조경형(哭晁卿衡)〉 시에 "일본 사람 조경이 황제 도성 떠나가니, 사신이 탄 한 조각 배 봉호를 돌아가네.[日本晁卿辭帝都, 征帆一片繞蓬壺.]"라고 하였다.

석목 동쪽 끝에 객탑을 펴 놓았네 　　　　　析木東頭客榻開

온갖 초목 위로 차가운 비 떨어지는데 　　　榕橘蒨葱寒雨滴

새로 지은 시 보니 그대 재주 알겠네 　　　見君新作識君才

필어(筆語)

남명: 무진년(1748)에 사신이 왔을 때 저의 부친 산화양(山華陽)[190]께서 이곳 번주의 명을 받고 여기에서 사신 깃발을 맞이하여 박학사[191]와 제암[192]·취설[193]·해고[194] 등 세 분 서기를 접대하셨습니다. 자못 돌보아주심을 입고 필담과 창화를 한 여타 모임과 함께하시면서 혹 화답하기도 하고 혹 수창하기도 하여 교분의 의리에 만전을 기하셨

---

190 산화양(山華陽) : 산근화양(山根華陽, 야마네 가요, 1697-1771). 강호시대 중기의 유학자. 산근청(山根清)이라고도 한다. 이름은 지청(之清) 혹은 청(清), 자는 자탁(子濯), 통칭은 칠랑좌위문(七郎左衛門). 주방(周防) 출신. 산근남명(山根南溟)의 부친. 하야양철(河野養哲, 고노 요테쓰)에게 배웠으며, 장문(長門) 추번(萩藩) 번교인 명륜관의 사전(司典, 도서 관리인)이 되었다. 경도와 강호에 유학한 뒤로는 산현주남(山縣周南, 야마가타 슈난)에게 유학을 배웠다. 1719년 통신사행 때 조문관(竈門關, 가마도세키)에서 제술관 신유한(申維翰), 서기 강백(姜栢)·성몽량(成夢良)·장응두(張應斗) 등 조선 문사와 교유하였고, 이때 수창한 시가 『양관창화집(兩關唱和集)』에 수록되어 있다. 1748년 통신사행 때에도 장문에서 제술관 박경행(朴敬行), 서기 이봉환(李鳳煥)·유후(柳逅)·이명계(李明啓) 등 조선 문사와 교유하였고, 이때 주고받은 시문이 『장문무진문사(長門戊辰問槎)』에 수록되어 있다. 1759년 제4대 추번 명륜관 학두(學頭, 가쿠토)가 되었다. 고문사파 문인으로 주남십철(周南十哲) 가운데 한 사람이다. 저서로는 『화양선생문집(華陽先生文集)』과 『고송기(高松記)』 등이 있다.

191 박학사(朴學士) : 1748년에 사행했던 제술관 박경행(朴敬行).

192 제암(濟菴) : 1748년에 사행했던 서기 이봉환(李鳳煥).

193 취설(醉雪) : 1748년에 사행했던 서기 유후(柳逅).

194 해고(海皋) : 1748년에 사행했던 서기 이명계(李命啓).

습니다. 지금까지도 옛날이야기를 그만두지 않으시니 16년이 마치
하루와 같습니다. 지금 저는 유신(儒臣)의 뒤를 좇아 이곳에 이르렀
습니다. 부친께서 예전에 만났던 제공들께서 무탈하신지 여쭈어보
라고 저에게 부탁하셨습니다. 엎드려 생각건대, 귀국은 문운(文運)이
성대하여 과거를 설하여 선비를 취하고 인재를 뽑아 쓰니, 재야에
남아 있는 현사들이 없고 많은 선비들로 나라가 편안할 것[195]입니다.
제공과 같은 분들은 곧 연세와 덕망이 더욱 높으니 작위가 올라갈
것입니다. 저를 위해 상세히 알려주시면 매우 다행이겠습니다.

용연: 해고(海皐)는 갑술년에 과거에 급제하였고, 제암(濟庵)은 이번 과
거에서 중앙으로 나아갔으니[196] 아마도 이미 장원을 하였을 것으로
생각됩니다. 설옹(雪翁, 醉雪)은 과거를 보지 않고 세상을 사절한 지
이미 오래되었습니다.

남명: 대마도로부터 동쪽으로 오시면서 사행이 일기(壹岐)와 남주(藍
洲)[197] 사이에서 체류하였습니다. 돌아보건대, 문필에 종사하는 저들
선비들 가운데 한 번이라도 제공들의 돌봄을 입은 자들이 많을 것
입니다. 그들 가운데 준일(駿逸)한 자로 몇 사람이나 되는지 들을 수

---

195 많은 선비들로 나라가 편안할 것 : 『시경』「대아(大雅)」〈문왕(文王)〉에 "제제히 많은
   선비여, 문왕이 이들 때문에 편안하도다.[濟濟多士, 文王以寧。]"라고 하였다. 제제(濟
   濟)는 많은 모습.
196 중앙으로 나아갔으니[發解] : 발해(發解)는 주현(州縣)의 고시(考試)에 급제한 학생
   을 그 지방 관청에서 중앙 정부에 공진(貢進)하는 일. 혹은 공문서를 중앙 정부에 발송하
   여 거인(擧人)을 경사(京師)에서 과거에 응시하게 하는 일.
197 남주(藍洲) : 남도(藍島, 아이노시마), 곧 축전남도(筑前藍島, 지쿠젠 아이노시마).

있습니까?

추월: 대마도와 일기도에서는 많지 않았습니다. 남도에서는 오래 머무르다보니 자연 창화함이 많았는데 진실로 창해의 진주가 없지 않았습니다만 그 중 구정로(龜井魯)가 가장 낫습니다. 도재[198]는 20여 세인데도 재능이 뛰어나 천리를 달리는 준마라고 말할 수 있습니다. 사람들이 무척 아꼈고 기뻐했습니다.

추월: 대록(大麓)과 남명(南溟)께서는 몇 세이십니까?

남명: 대록은 지금 스물넷입니다. 저는 하는 일없이 나이만 먹어 스물 둘입니다.

추월: 독서는 얼마나 하십니까?

----

198 도재(道哉) : 구정로 곧 구정남명의 자(字). 구정남명(龜井南溟, 가메이 난메이, 1743-1814)은 강호시대 중-후기의 유학자·의원(醫員)·교육자. 이름은 노(魯), 자는 도재(道載), 호는 남명(南溟), 별호는 신천옹(信天翁)·광념거사(狂念居士), 통칭은 주수(主水). 축전국(筑前國) 질빈(姪浜) 출신. 촌의(村醫)인 구정청인(龜井聽因, 가메이 조인)의 장남. 비전(肥前) 연지(蓮池)의 황벽종(黃檗宗)의 승려인 대조원호(大潮元皓, 다이초 겐코)에게 유학을 사사하였고, 경도(京都)에 올라가서 길익동동(吉益東洞, 요시마쓰 도도)에게 의학을 사사하였으며, 곧바로 영부독소암(永富獨嘯庵, 나가토미 도쿠쇼안)의 문하로 옮겼다. 훤원학파(蘐園學派, 고문사학)에 속한다. 1814년 3월 2일에 자택의 실화(失火)에 의해 사망하였다. 시문에 능했으며, 1764년 사행 때 21세의 나이로 조선 사신들을 성심으로 접대하였고, 이때 조선 문사와 주고받은 시문이 『앙앙여향(泱泱餘響)』에 수록되어 있다. 구문학(龜門學)의 시조이며, 저서로는 『논어어유(論語語由)』와 『비후물어(肥後物語)』 등이 있다.

남명: 본래 노둔한 재주라 여러 서적들을 해박하게 보지 못해 무엇이라 답해야 할지 부끄럽습니다.

추월: 나이가 젊고 기력이 왕성하니 독서하는 날이 매우 많을 것입니다.

남명: 나이를 먹었음에도 아직까지 달리 자립하지 못하고 있습니다. 지금부터라도 공의 가르침을 받들어 형설(螢雪)의 업(業)에 힘쓰도록 하겠습니다.

추월: 말을 거둠이 이와 같으시니 학문에 나아감을 기약할 수 있겠습니다.

남명: 공은 춘추가 어떻게 되십니까? 집안에는 자제분이 있습니까?

추월: 내 나이는 마흔둘이고, 슬하에 두 아이가 있습니다.

남명: 고국을 하직하고 며칠 동안 이처럼 눈비가 내리는 엄동의 때를 만나 고향 생각이 간절하실 텐데, 장부의 마음은 그렇지 않습니까?

추월: 나라 일로 오랫동안 아침저녁으로 부모님을 살피는 정성을 드리지 못하였습니다. 어찌 고향을 그리워하는 생각이 없겠습니까?

현천: 남명께서는 경서 읽기를 이미 다 마치셨습니까? 경서 가운데 무슨 책을 늘 가까이 두고 익히십니까?

남명: 제가 비록 경서를 두루 읽었습니다만 아직 명확하게 해석하지 못하고 있어 다만 서적 속의 한 마리 좀벌레일 뿐입니다.

현천: 답변을 음미해보니 허심탄회한 마음에 진취성이 있음을 알 수 있습니다. 경하드립니다.

추월께 드리다
奉呈秋月
이하는 29일에 창화한 것이다.[以下卄九日唱和。]

사명 받드는 수고로운 나랏일 수행하는[199]	王事靡鹽奉使勞
저 왕도 사람[200] 모두 현인 호걸이라네	彼都人士共賢豪
두 나라 시모임 주도하여[201]	二邦盟會執牛耳
천 년 문장으로 훌륭한 자손[202] 보네	千歲文章覩鳳毛

---

199 나랏일 수행하는[王事靡鹽] : 나랏일을 완전무결하게 수행함을 뜻한다. 『시경(詩經)』 「소아(小雅)」〈사모(四牡)〉에 "어찌 돌아가고 싶은 생각이 없겠는가마는, 나랏일을 완전하게 처리하지 않을 수 없는지라, 내 마음이 서글퍼지기만 한다.[豈不懷歸, 王事靡鹽, 我心傷悲。]"라고 하였다.

200 저 왕도(王都) 사람[彼都人士] : 『시경』「소아(小雅)」〈도인사편(都人士篇)〉에 "저 왕도의 사람이여, 사초(莎草)로 한 삿갓과 치포관을 썼네.[彼都人士, 臺笠緇撮。]"라고 하였다.

201 시모임 주도하여[執牛耳] : 집우이(執牛耳)는 회맹(會盟)할 때 소의 귀를 잡고 피를 받아 삽혈(歃血)하는 등 맹주(盟主)의 역할을 수행하는 것을 말한다.

202 훌륭한 자손[鳳毛] : 봉모는 『세설신어(世說新語)』「용지(容止)」에 나오는 말로, 아버지나 할아버지처럼 뛰어난 자질을 지닌 자손을 가리키는 말. 왕소(王邵)는 진(晉)나라의 명재상이었던 왕도(王導)의 다섯째 아들이다. 당시 권신이었던 환온(桓溫)이 왕소를 일컬어 "봉모를 지니고 있다."라고 칭찬하였다.

손 안의 명월주는 창해의 달이요	握裡明珠滄海月
부 속의 백설가는 광릉의 파도[203]라네	賦中白雪廣陵濤
동방의 화답하는 자 누구인지 아는가	東方和者知誰在
하늘 밖으로 우뚝 솟은 부용이라네	突兀芙蓉天外高

남명께 세 번째 화답하다
三和南溟

추월

오래된 절 솔과 대숲에서 잠시 피로 푸는데	古寺松篁暫息勞
영접하는 많은 사람들 월나라의 호걸이라네	逢迎多是越中豪
먼 구름 속 남명에서 박차고 오르는 날개요	南溟雲逈搏扶翼
맑은 서리 속 노학은 홀로 서 있는 깃털이로다	老鶴霜淸獨立毛
교린의 의리 깊이 얽혀 흰 비단 드리고[204] 싶고	隣義纏綿思贈縞
병든 마음 쾌차하여 파도를 보고 싶네[205]	病心蘇快欲觀濤

---

203 광릉의 파도[廣陵濤] : 한(漢)나라 매숙(枚叔)의 〈칠발(七發)〉에 초태자(楚太子)의 병을 치유하는데 제5발에 "客曰: 將以八月之望, 與諸侯遠方交遊兄弟, 並往觀濤于廣陵之典江。"이라고 하여 광릉(廣陵)의 곡강(曲江)에 가서 파도를 구경하는 구절이 나온다. 파도에 대한 묘사가 매우 풍부하다.

204 흰 비단 드리고[贈縞] : 흰 비단으로 된 띠를 준다는 말로, 두터운 우의를 맺음을 뜻한다. 호(縞)는 흰색의 생견(生絹)으로, 오(吳) 지방에서 생산되는 귀중한 물품 가운데 하나. 춘추시대 오나라의 계찰(季札)이 정(鄭)나라에 사신으로 가서 자산(子産)을 만나보고는 금방 친해져 호대(縞帶)를 선사하자, 자산은 저의(紵衣)를 선사하였다.

205 병든 마음 쾌차하여 파도를 보고 싶네[病心蘇快欲觀濤] : 한(漢)나라 매숙(枚叔)이 〈칠발(七發)〉로 초태자(楚太子)의 병을 치유하는데 제5발에 "팔월 보름날 여러 공후(公侯) 및 먼 지역에서 사귄 형제들과 함께 광릉의 곡강(曲江)으로 물결치는 것을 구경하러 갔다.[客曰: 將以八月之望, 與諸侯遠方交遊兄弟, 並往觀濤于廣陵之典江。]"라고 하

신령한 대지는 영명한 기운 모았고 　　　　地靈鍾得英明氣

안개 너머로 짙푸른 필봉 높기도 하구나 　　烟外濃靑筆岫高

노학(老鶴)은 학대(鶴臺)[206]를 가리킨다.

용연께 드리다 전운을 쓰다.
奉呈龍淵 用前韻

즐비한 사객들로 사신 행렬 나뉘고 　　　　詞客如林冠蓋分

누대의 기색은 온화함이 어려 있네 　　　　樓臺氣色故氳氲

던져 준 시부는 금석소리처럼 진동하고 　　投來詩賦振金石

뛰어난 음향은 반공에 걸린 구름에 머무네 　逸響忽停天半雲

남명이 보여준 첩운시에 붓을 달려 차운하다
走次南溟疊示韻

용연

찬바람에 쪽배[207] 망망하여 분간 못하는데 　浮芥冷風㳽不分

였다.

206 학대(鶴臺) : 농학대(瀧鶴臺, 다키 가쿠다이, 1709-1773). 강호시대 중기의 유학자. 장문(長門) 추번(萩藩)의 인두씨(引頭氏) 집안에서 태어나 본성(本姓)은 인두(引頭, 인도), 아명은 구송(龜松)이다. 장성하여 농장개(瀧長愷)라고 하였다. 호는 학대(鶴臺), 자는 미팔(彌八). 추번의(萩藩醫) 농양생(瀧養生)의 양자(養子)가 되어 14세에 번교(藩校) 명륜관(明倫館)에 들어가서 소창상재(小倉尙齋, 오구라 쇼사이)·산현주남(山縣周南, 야마가타 슈난)에게 배웠으며, 1731년 강호에 나가서 복부남곽(服部南郭, 핫토리 난카쿠)을 사사하였다. 후에 장문 추번주(萩藩主, 하기한슈) 모리중취(毛利重就, 모리 시게타카 또는 시게나리)의 시강(侍講)이 되었다. 화가(和歌) 및 의학 등에도 정통하였다.

돛단배 앞 노을 표지[208]에 온화함 어려 있네 　　　帆前霞標接氳氲

남명에는 소요유의 흥취 몹시도 많건만 　　　南溟最有逍遙興

붕새 등[209] 같은 문장에 수운향 가득하네 　　　鵬背文章滿水雲

현천께 드리다 전운을 쓰다.
奉呈玄川 用前韻

훌륭한 시문 몇 편[210] 일본 땅에 떨어지니 　　　吉光片羽落蓬萊

오색 무늬 구름안개 하늘가에서 열리네 　　　五彩雲烟天際開

백년 태평성대의 상서로움 유난히 기뻐하며 　　　偏喜百年昭代瑞

문장으로 신선 재주 저버릴까 놀란다네 　　　文章驚見負仙才

---

207 쪽배[浮芥] :『장자(莊子)』「소요유(逍遙遊)」에 "한 잔 물을 마루의 움푹 파인 자리 위에 엎지르면 작은 풀[芥]이 그 위에 떠서 배가 되지만 거기에 잔[杯]을 놓으면 뜨지 못하고 바닥에 닿고 만다. 물이 얕고 배는 크기 때문이다.[覆杯水於坳堂之上, 則芥爲之 舟, 置杯焉則膠, 水淺而舟大也。]"라고 한 데서 유래하였다.

208 노을 표지[霞標] : 하표(霞標)는 놀의 표지 또는 붉은 색으로 우뚝하게 선 물건을 말한다. 진(晉)나라 손작(孫綽)의 〈유천태산부(遊天台山賦)〉에 "적성산에 놀이 일어나 표지를 세웠다.[赤城霞起以建標]"라고 하였다.

209 붕새 등[鵬背] :『장자(莊子)』「소요유(逍遙遊)」에 붕새의 등은 몇 천리나 되는지 알 수 없을 정도로 크고, 붕새가 남쪽 바다로 갈 적에는 회오리바람을 타고 9만 리나 올라가 6개월을 가서야 쉰다는 고사가 있다.

210 훌륭한 시문 몇 편[吉光片羽] : 신마(神馬)의 털 하나라는 뜻으로 전해지는 예술 작품 의 진품을 이르는 말로 쓰인다. 길광은 짐승 이름.『십주기(十洲記)』에 "한무제(漢武帝) 천한(天漢) 3년에 서국왕(西國王)이 길광의 모구(毛裘)를 바쳤는데 색이 황백으로 대개 신마(神馬)의 유이다. 그 모구는 물에 들어가서 여러 날이 되어도 가라앉지 아니하고 불에 들어가도 타지 않는다."라고 하였다.

남명께 거듭 화답하다
重和南溟

현천

안개 파도 가까이서 삼신산[211] 물으니   烟濤咫尺間壺萊

아름다운 풀 천 년 만에 꽃이 피려하네   瑤草千年花欲開

남명으로 드리운 날개 너머 알고 보니   解道南溟垂翼外

그대 원래부터 붕새 되는 재사였다네[212]   知君元是化鵬才

용연공께 드리다
呈龍淵公

용절[213]이 구름처럼 일본으로 향하는데   龍節如雲向日東

계림의 많은 선비들 모두 영웅호걸이라네   鷄林多士總豪雄

뛰어난 문물은 주나라 전범이요   巍巍文物宗周典

당당한 위의는 대국의 풍도로다   翼翼威儀大國風

---

211 삼신산[方壺蓬萊] : 방호(方壺)와 봉래(蓬萊)는 영주(瀛洲)와 함께 삼신산(三神山)이다.

212 남명으로 드리운 …… 재사였다네[知君元是化鵬才] : 큰일을 이루고자 하는 뜻을 품은 것을 말한다. 『장자』「소요유(逍遙遊)」에, "북명(北溟)에 큰 고기가 있는데, 그 이름을 곤(鯤)이라고 한다. 곤의 크기는 몇 천 리나 되는지 알 수가 없다. 이것이 변하여 새가 되면 붕(鵬)이 된다. 붕의 등의 길이가 몇 천 리나 되는지 알 수가 없다. 붕새는 태풍이 불면 비로소 남명(南冥)으로 날아갈 수가 있는데, 남명으로 날아갈 적에는 바닷물을 쳐 삼 천리나 튀게 하고 회오리바람을 타고 구만 리를 날아오르며, 여섯 달 동안을 난 다음에야 쉰다."라고 하였다.

213 용절(龍節) : 용을 그려 넣은 사신의 부절(符節). 일본은 물이 많은 나라여서 용절을 가지고 갔다. 『주례(周禮)』「지관(地官)·장절(掌節)」에 "산국(山國)엔 호절(虎節), 토국(土國)엔 인절(人節), 택국(澤國)엔 용절(龍節)을 쓴다."라고 하였다.

궁전에서 한때 과거시험에 이름 올랐고 　　鳳殿一時登試課
기린각²¹⁴에 백 년 동안 이룬 공업 드러나리 　麟臺百歲見成功
뛰어난 재사라 사명 작성에 능하였고 　　賢才最耐作辭命
전대의 높은 명성 사해 안에 떨쳤다네 　　專對高名四海中

남명께서 보여주신 시에 거칠게 차운하다
草次南溟視韻

용연

음률²¹⁵이 상응하는 바다 동쪽이라서 　　鍾律相應是海東
자질구레한 문장으로 자웅 견주지 않네 　不將虫篆較雌雄
주나라 수레는 원래 만국과 같은 궤도인데 　周車萬國元同軌
초나라 가락이 어찌 천 년이나 다른 풍이랴? 　楚調千年豈異風
가을 물²¹⁶은 마침 호걸재사의 관람에 기대고 　秋水正憑豪士觀
큰 바다 파도는 더욱 성인의 공을 믿는다네 　溟波愈信聖人功
강관에 체류하며 남은 섣달 보내는데 　江關滯泊消殘臘
오래된 관소에는 매화꽃 다 떨어졌네 　落盡梅花古館中

---

214 기린각[麟臺] : 인대(麟臺)는 기린각을 말하며, 한(漢) 무제(武帝) 때 세운 누각. 선
　　제(宣帝) 때 이르러서 곽광(霍光)·장안세(張安世)·소무(蘇武) 등 공신(功臣) 11인의 초
　　상(肖像)을 여기에 걸었다고 한다.
215 음률[鍾律] : 종률(鍾律)은 황종(黃鍾)의 율(律)을 말한다. 황종은 동양 음악에서 음
　　률의 기본이 되는 십이율 중 가장 긴 것이며 양률(陽律)에 속하는데 오음(五音)에서는
　　우(羽)에 해당한다. 대금의 첫째 구멍과 넷째 구멍을 떼고 낮게 불 때 나는 소리이다.
216 가을 물[秋水] : 『장자』「추수(秋水)」에 의하면, 가을 물이 황하(黃河)로 몰려들어 황
　　하의 물이 불어나자 의기양양하다가 북해(北海)에 이르러서는 그 끝없이 펼쳐진 물을
　　보고는 그만 탄식하는 것으로 자신보다 역량이 훨씬 뛰어난 상대를 만났을 경우에 쓰이는
　　망양지탄(望洋之歎)과 관련이 있다.

필어(筆語)

남명: 공들의 시낭 속에 구정로의 시고가 있다면 좀 볼 수 있겠습니까?

용연: 가지고 있지 않아 보여드릴 수 없어 한스럽습니다. 그러나 이곳은 복강(福岡)과의 거리가 좁은 강 하나를 두고 있는 사이입니다. 공께서 만약 저들의 시고를 보고자 하신다면 어찌 인색하겠으며 또한 어찌 어렵겠습니까?

추월: 우리들은 구정로의 시를 칭찬하면서 기재라고 생각하고 있습니다만 여러분의 견해는 어떠한지 모르겠습니다. 추월이 구정로의 시를 보여주면서 이렇게 물었다.

남명: 구정로는 실로 예장(豫章)[217]의 재목입니다. 공의 시를 보시는 감식력에 어긋남이 없습니다.

남명: 공의 시는 어떻게 이처럼 기이하고 절묘할 수 있습니까? 뜻하지 않게 정시(正始)의 음[218]을 지금 이곳에서 듣게 되었습니다. 저는 어려서부터 시를 좋아하는 벽이 있었습니다. 그러나 본래 썩은 것이

---

217 예장(豫章) : 예장(豫章)은 예장(豫樟). 예(豫)와 장(樟)은 모두 좋은 재목으로, 재능이 있는 사람을 비유한 것이다.

218 정시(正始)의 음 : 삼국시대 위(魏)나라 정시(正始) 연간에 출현한 현담(玄談)의 기풍을 뜻하는 말로, 노장(老莊) 사상에 유가(儒家)의 경의(經義)까지 조화시켜 현리(玄理)를 논하면서 자유분방한 정신을 표방하였다. 시문에서는 순정(純正)한 악성(樂聲)이라는 뜻으로 이 말을 사용하기도 한다.

나 아로새기는 보잘것없는 재주여서 어찌할 수가 없었는데, 지금 하늘이 좋은 인연을 빌려주어 대아(大雅)의 풍을 접할 수 있게 되었으니 어찌 기회를 놓칠 수 있겠습니까?

추월: 실제보다 지나치게 칭찬하여 기리는 것을 군자는 부끄럽게 생각합니다. 즉석에서 운을 좇아 짓는데 어찌 시가 볼만하겠습니까? 수응은 시를 짓는 사람들이 꺼리는 바입니다. 저희들이 만약 조용한 때에 읊조린다면 어찌 이와 같이 거칠고 지리멸렬하겠습니까?

남명: 무슨 겸손함이 그리도 심하십니까? 만약 조용한 가운데 시를 지으신다면 오언시만 통달한 것[219]이 아니겠지요. 공께서 평생 득의한 시가 있을 것이라 생각하는데, 한 번 볼 수 있겠습니까?

추월: 달리 득의한 작품도 없고, 또 잘 베껴 쓴 것도 없어 보여드릴 수 없으니 심히 부끄럽습니다.

추월: 춘부장께서는 춘추가 어떻게 되십니까? 지금은 무슨 벼슬을 하고 계십니까?

남명: 저의 아버님은 수년 동안 주학(州學)의 교유(敎諭)[220]를 지내시

---

219 오언시만 통달한 것[五言長城] : 오언장성(五言長城)은 오언시(五言詩)에 통달했음을 비유한 말. 당(唐)나라 때 시인 유장경(劉長卿)이 오언시에 능하여 오언장성이라 자칭한 데서 온 말이다.

220 교유(敎諭) : 지방 학교에 파견되던 선생. 남명의 부친 산근화양(山根華陽)은 장문

다가 연로하여 벼슬에서 물러나셨고, 노환으로 학생들을 가르치는[221] 힘든 일도 맡지 않으셨습니다. 지난 해 벼슬을 그만 두고 고향으로 돌아가 북창에 누워 한가로이 지내시면서 인사(人事)는 일체 사절하셨습니다. 그러나 세속의 일[222]에서 완전히 쉬지 못하시고, 때로 혹 좋아하여 하고 싶은[223] 일이 있으면 구태가 다시 생겨 노래를 부르고 시를 외우면서[224] 여생을 보내고 계십니다.

용연공께 드리다

呈龍淵公

이하는 그믐에 창화한 것이다.[以下晦日唱和。]

북두 사이 검기운 풍성[225] 동쪽을 비추는데	斗間劍氣照豊東
누가 연평진[226]을 향해 웅자 다툴 수 있으랴	誰向延津可競雄

(長門) 추번(萩藩) 번교인 명륜관의 학두(學頭)를 지냈다.

221 학생들을 가르치는[絳帳] : 강장(絳帳)은 자식이나 생도들을 엄하게 훈도한 것을 뜻한다. 옛날 후한(後漢)의 대유(大儒) 마융(馬融)이 고당(高堂)에 앉아 붉은 장막을 드리우고 생도를 가르쳤던 고사에서 유래하였다.

222 세속의 일[腥羶] : 성전(腥羶)은 비린내와 노린내로, 호족(胡族)의 만풍(蠻風)을 말하는데, 여기서는 세속이나 세속의 일을 뜻하는 것으로 보인다.

223 좋아하여 하시고 싶은[蟻慕] : 의모(蟻慕)는 『장자(莊子)』「서무귀(徐无鬼)」에, "양고기는 개미를 좋아하지 않지만, 개미는 양고기를 좋아한다. 양고기는 누린내가 난다.[羊肉不慕蟻, 蟻慕羊肉. 羊肉羶也。]"라고 하였다.

224 노래를 부르고 시를 외우면서[絃誦] : 옛날 『시경(詩經)』을 배울 적에 거문고나 비파 등 현악기에 맞추어 노래로 불렀는데 이를 현가(絃歌)라고 한다. 그리고 악기의 반주 없이 낭독하는 것을 송(誦)이라고 하는데, 이 둘을 합하여 현송이라고 한다.

225 풍성(豊城) : 산구현(山口縣)에 있었던 풍포군(豊浦郡, 도요우라군).

226 연평진(延平津) : 진(晉)나라 때 뇌환(雷煥)이 용천(龍泉)과 태아(太阿)라는 두 보검을 얻어 그 중 하나를 장화(張華)에게 주었는데, 후에 장화가 주살(誅殺) 당하자 그 칼의

비구름 하늘에 접해 높은 산악과 하직하고	雲雨接天辭大嶽
배들은 물결 가르며 장풍을 타고 가는구나	舟船破浪駕長風
선린우호로 관직에 오른 뜻 이루고	善隣正遂執圭志
태평시대에 사명을 받든 공적 전하네	昭代須傳作命功
영주에 올라 학사라 칭도될 뿐만 아니라	不獨登瀛稱學士
신선 유람으로 십주[227] 세계를 두루 묻네	仙遊遍問十洲中

남명께 네 번째 화답하다
四和南溟

용연

동쪽 일본 문채 향기로워	文朵馨香日本東
선린의 시권으로 군웅들 추숭하네	善隣詩卷挹群雄
처음에는 반씨 집안의 학풍[228]이라 들었고	初聞班氏家庭學
나중에는 소씨 집안 형제의 풍도[229]임을 알았다오	終識蘇家伯仲風

소재를 알 수 없게 되었다. 뇌환이 죽은 뒤 그 아들이 칼을 가지고 연평진(延平津)을 지날 때 칼이 갑자기 손에서 벗어나 물에 떨어져 사람을 시켜 물속을 찾게 하였더니, 두 마리 용이 서리어 있을 뿐이고 보검은 보이지 않았다고 한다. 이것을 '연진검합(延津劍合)' 또는 '연진지합(延津之合)'이라 하여 다시 합하게 되는 인연을 말한다. (『진서(晉書)』장화전(張華傳)」)

227 십주(十洲) : 신선이 산다는 바닷속의 10개의 섬으로, 보통 선경(仙境)을 가리키는데, 여기서는 일본을 뜻하는 말로 쓰였다.

228 반씨 집안의 학풍[班氏家庭學] : 반씨(班氏)는 후한(後漢)의 반고(班固)와 그의 누이동생 반소(班昭) 등 그 집안의 인물들을 지칭하는 것으로 보인다. 반소는 여자의 행실에 대해 논한 『여계(女誡)』를 지었다.

229 소씨 집안 형제의 풍도[蘇家伯仲風] : 송나라 때 대문호였던 형인 소식(蘇軾)과 아우인 소철(蘇轍)을 가리킨다.

한 해 저무니 객수를 어찌 감당할꼬	歲盡那堪羈客恨
봄 돌아오면 조물주의 공 보게 되겠지	春回方見化翁功
창주 만 리에서 우리 유학의 도를 보니	滄洲萬里看吾道
거문고 경쇠 소리 전대 속에서 맑음을 다투네	琴磬爭淸一囊中

추월 남공께 드리다
贈秋月南公

청운으로 진현관[230]을 새로 쓰고	靑雲新著進賢冠
옥 방울 쟁그랑 울리는 소리 다시 듣네	更聽鏘鏘鳴玉鑾
붉은 마음 죄다 토해 한묵으로 지어내고	吐盡丹心投翰墨
무늬 비단 재단하여 파도물결에 비추네	裁成文錦照波瀾
허리 사이 추수도[231] 용처럼 날아 움직이고	腰間秋水龍飛動
곡조 속 양춘가는 눈처럼 흩날리는구나	曲裡陽春雪散漫
내게 있는 붉은 현, 곡조 많이 다르지만	我有朱絃同調少
천 년 만에 만났으니 그대 위해 연주하리	千年邂逅爲君彈

남명께 네 번째 화답하다
四和南溟

추월

| 마름과 연꽃[232]으로 패옥 삼고 달로 관모 삼아 | 芰荷爲珮月爲冠 |

---

230 진현관(進賢冠) : 문관(文官)이나 유자(儒者)가 쓰던 관의 일종. 지위의 높고 낮음에
 따라 관량(冠梁)의 수가 다르다.
231 추수도(秋水刀) : 가을날의 물처럼 싸늘한 빛이 도는 예리한 칼을 가리킨다.

굴원은 천유²³³하며 여덟 개 방울²³⁴ 달았다지	屈子天遊縱八鑾

굴원은 천유²³³하며 여덟 개 방울²³⁴ 달았다지 　　屈子天遊縱八鑾
도력으로 이미 배를 가벼운 검불로 만들었고²³⁵ 　　道力已將舟作芥
성인 공력엔 물결로 물을 보는 능력²³⁶ 있다네 　　聖功元有水觀瀾
신변의 밤이슬²³⁷로 해와 달과 별들 촉촉하고 　　身邊沆瀣三光濕
눈 아래 끝도 없이 만물의 원기 퍼져 있구나 　　眼底端倪一氣漫
사련²³⁸을 기다리지 않아도 거문고 모임 있어 　　不待師連琴會化
그대와 마주하니 고산유수곡 연주인가 싶었네 　　對君疑是海山彈

---

232 마름과 연꽃[芰荷] : 『초사(楚辭)』〈이소(離騷)〉에 "연꽃 잎 따다 옷 만들어 입는다.
　　[製芰荷以爲衣兮]"라고 하여, 자신의 깨끗한 절조를 지키며 타협하지 않는 것을 말한다.

233 천유(天遊) : 전국시대 굴원(屈原)이 나라에 용납되지 아니하므로 신선과 함께 멀리
　　돌아다니겠다는 내용으로 〈원유(遠遊)〉라는 부(賦)를 지었는데 여기서 천유는 아무런
　　구애됨이 없이 신선처럼 자유롭게 노닒을 뜻한다.

234 여덟 개 방울[八鑾] : 팔란(八鑾)은 8개의 난령(鑾鈴). 천자의 수레에는 난령 8개를
　　달았다.

235 배를 가벼운 검불로 만들었고[將舟作芥] : 『장자』「소요유」에 "괸 물이 깊지 않으면,
　　큰 배를 띄울 만한 힘이 없다. 물 한 잔을 마당 오목한 곳에 부으면 그 위에 검불은 띄울
　　수 있지만, 잔을 얹으면 바닥에 닿아버리고 만다. 물은 얕은데 배가 너무 크기 때문이다.
　　[且夫水之積也不厚, 則負大舟也無力. 覆杯水於坳堂之上, 則芥爲之舟, 置杯焉則膠,
　　水淺而舟大也。]"라고 하였는데, 여기서는 얕은 물에서 띄울 수 없는 배조차 검불처럼
　　가볍게 만들 수 있음을 말한 것이다.

236 물결로 물을 보는 능력[水觀瀾] : 『맹자』「진심상(盡心上)」에 "물을 관찰하는 방법이
　　있는데, 반드시 그 물결을 보아야 한다[觀水有術, 必觀其瀾。]"라고 하였다. 그래야 그
　　물의 근원이 있음을 알 수 있다고 한다.

237 밤이슬[沆瀣] : 신선이 마시고 산다는 밤에 맺힌 맑은 이슬. 『초사(楚辭)』〈원유(遠
　　遊)〉에, "육기를 먹고 항해를 마심이여, 정양으로 양치질하고 아침놀을 머금는다.[飡六
　　氣而飮沆瀣兮, 漱正陽而含朝霞。]"라고 하였다.

238 사련(師連) : 혹 사광(師曠)이 아닌가 추정한다. 사광은 춘추시대 진(晉)의 악사(樂
　　師)로 귀가 밝기로 유명하였고, 거문고의 명인으로 한 번 연주하자 검은 학들이 무리지어
　　모여들었다고 한다.

현천 사백께 드리다
贈玄川詞伯

사해에 문명이 있는 날이요	四海文明日
연릉계자가 빙례하던 해로구나	延陵修聘年
열다섯 편 국풍 노래	國風歌十五
삼천 척 옥백 예물	玉帛禮三千
응접함에 나의 모자람이 부끄럽고	應接恥吾拙
자문함[239]에 그대의 어짊을 사랑하네	咨詢愛汝賢
고상한 자리에서 잠시 사귀는데	雅筵暫傾蓋
의기 사랑할 만하다오	意氣可相憐

남명의 시에 수응하다
酬南溟

현천

죽엽은 새로 내린 비 맞고	竹葉迎新雨
매화는 묵은해를 보내는구나	梅花送舊年
안개 너머로 크게 호수가 생기고	湖生烟外大
돛대 앞 천리 길에 산이 솟아있네	山出颿前千
북두에는 외로운 그리움 걸려 있는데	北斗懸孤望
남쪽 기성엔 뭇 현인들 모여 있구나	南箕聚衆賢
쩡쩡 벌목하는 소리에	丁丁伐木響
그대 위해 옮겨다니는 꾀꼬리 사랑스럽네[240]	爲爾遷鸎憐

---

239 자문함[咨詢] :『시경』〈황황자화(皇皇者華)〉에, '두루 물어보고, 두루 자문한다[周爰
　咨詢, 周爰咨諏。]'라고 하였다.

필어(筆語)

　외람되이 용문에 오르는 영광을 입고 수차례 여타의 은혜를 입어
매우 감사합니다. 고루함을 돌아보지 않고 다시 필담과 시 주고받는
자리에서 모시고 큰 종을 치려고 하였으니[241] 이는 곧 만족할 줄 모르
고 욕심을 지나치게 부리는 것[242]에 견줄 만한 것은 아닐런지요? 바라
건대, 넓고 크신 아량으로 국량이 적은 사람[243]을 도외시하지 않으셨
으면 합니다.

　현천: 말소리는 비록 잘 알 수 없지만 친애하는 마음으로 서로 마주하
여 화기애애하게 창수하는 것은 진실로 즐거운 일입니다. 그러나 저는
본래 이런 일에 매우 둔하고 막혀 있습니다. 여러 편의 긴 시축과 같은
경우는 긴긴 밤에 화운시를 짓는 것이 더욱 좋을 것 같습니다.

---

240 쩡쩡 벌목하는 소리 …… 사랑스럽네[丁丁伐木響, 爲爾遷鴬憐] : 『시경(詩經)』〈벌목
　(伐木)〉에 "나무 찍는 소리 쩡쩡 울리고, 새들은 재잘재잘 즐겁게 노래하네. 깊은 골에서
　훌쩍 날아서는, 높은 나무 위로 자리를 옮겨 앉네. 재잘재잘 즐겁게 노래하는 새들이여,
　서로들 벗을 구하는 소리로다.[伐木丁丁, 鳥鳴嚶嚶。出自幽谷, 遷于喬木。嚶其鳴矣,
　求其友聲。]"라고 하였다.
241 큰 종을 치려고 하였으니[叩洪鐘] : 『예기(禮記)』「학기(學記)」에, "남이 묻는 것에
　잘 대답하는 자는 마치 쇠북을 두드리는 것과 같아서 작은 채로 치면 작게 울어주고 큰
　채로 치면 크게 울어준다."라고 하였다.
242 만족할 줄 모르고 욕심을 지나치게 부리는 것[得隴望蜀] : 득롱망촉(得隴望蜀)은 사
　람의 탐욕(貪慾)이란 채우면 채울수록 더하는 것으로서 물릴 줄 모른다는 뜻이다. 후한
　(後漢) 광무제(光武帝)가 농서(隴西)의 외효(隗囂)를 격파하고 또 촉(蜀)의 공손술(公孫
　述)을 격파하려고 마음먹었는데, 점령지인 영천(潁川) 지방에서 도적 떼가 일어나자, 광
　무제는 자기가 만족할 줄 모르는 것을 한탄하였다는 고사에서 유래하였다.
243 국량이 적은 사람[斗筲人] : 두(斗)는 열 되, 소(筲)는 대그릇 두 되들이로 모두 작은
　그릇인데, 짧은 재주와 좁은 도량(度量)을 지닌 소인을 '두소의 사람'이라고 한다.

남명: 김공[244]의 고질병은 아직도 낫지 않았습니까? 그 명성만 듣고 그 사람을 생각할 뿐입니다. 제가 지은 시 한 편을 배 안으로 전달해 주십시오.

추월: 제공들의 시를 함께 주시면 동시에 그것을 배 안으로 전달하겠습니다.

퇴석 김공께 시와 함께 글도 드리다
贈退石金公詩幷書

얼마 전에 빈관에서 남(南)·성(成)·원(元) 제공들을 뵙고 시모임을 주관하면서 아로새기기만 한 보잘것없는 시문으로 외람되이 큰 나라의 군자들께 살펴봐주시길 청하였습니다. 다행히 물리치지 않으시고 좋은 글을 받들게 되어 감사함을 이루다 말할 수 없었습니다. 다만 족하께서 참석치 못하시어 하늘이 좋은 인연을 맺어줌에 인색하였으니 그것을 어찌겠습니까? 환우가 있어 배 안의 침상에 누워계신다고 들었습니다. 돌아보건대, 왕사(王事)의 수고로움과 또 산하를 지나며 서리를 밟고 얼음을 건너면서 대개 찬 기운의 위세가 빌미가 된 것 같습니다. 옥체 잘 보중하십시오. 거친 시 한 장을 지어 올리니 편찮으신 중에라도 혹 틈이 나시면 화답시를 내려주셨으면 합니다. 하찮은 모과를 드렸는데 구슬처럼 훌륭한 시를 구할 수 있게 된다면 어떠한 광영이 이보다 낫겠습니까? 직접 뵙지는 못했어도 정신적으로 사귈 수

---

244 김공 : 퇴석 김인겸을 가리킨다. 장문계갑문사 곤상 주73 참조.

있게 된다면 영원히 좋을 것이라고 생각합니다.

세월이 어긋나 눈 깜짝할 사이에 지나가니	歲月蹉跎駒隙過
배 안에 계신 병든 손님 마음은 어떠할까?	舟中病客意如何
다만 매승이 지은 칠발[245]만이 아니라	不祇七發枚生賦
앉아 파도 마주하면 생기 넘칠 것이오	坐對波濤起色多

산석사[246]께 감사하며 드리다
謝呈山碩士詞案

퇴석

일찍이 한 번도 뵌 적이 없는데 먼저 안부를 물어주시고 아울러 훌륭한 시도 부쳐주시니 감사함과 위로됨이 마치 수많은 보배를 얻은 것 같았습니다. 어제 족하와 두세 벗들이 함께 시회를 열었다는 말을 들었는데도 병으로 그대를 뵙지 못했습니다. 조물주가 훼방을 놓아서 그런 것이 아니겠습니까? 몹시 한탄스럽습니다. 병세가 좀 나아지는 듯싶어 이에 억지로 거칠게 썼습니다. 한 차례 보시고 장독이나 덮으셨으면 합니다.

그대 들르신다고 추월이 말 전해주었는데	秋朋傳說爾來過
슬프게도 시연회 갈 수 없으니 병을 어찌 하리오	悵隔詩筵奈病何

---

245 칠발(七發): 한(漢)나라 매승(枚乘)의 〈칠발(七發)〉이라는 글을 읽으면 강해(江海)의 기가 막힌 경관(景觀) 표현으로 질병까지도 낫게 해 준다는 말이 있다.

246 산석사(山碩士): 남명(南溟)을 가리킨다. 성이 산근(山根)이라서 산석사라고 칭한 것이다.

스물여덟 훌륭한 시구[247] 눈에 가득하여 놀랬고	廿八驪珠驚滿眼
그대 덕분에 가슴이 트여 나그네 시심 많아졌네	賴君披豁客懷多

퇴석 김공께 글과 함께 시도 드리다
奉呈退石金公書幷詩
이하는 배가 출발한 뒤에 드린 것이다.[以下發船後所贈。]

저처럼 천하고 못난 사람이 버림받지 않고 대국의 군자들과 함께 주선하게 되어 다행입니다. 공께서 환우가 있어 친히 가르침을 받들 수 없었는데, 주옥같은 시를 주시다니 단지 십붕[248]만의 가치는 아닐 것입니다. 그 사람을 생각하면서 그 시를 암송하면 몸소 풍채를 접한 것과 같으니 시를 마음의 소리라고 하는 것은 믿을 만한 말입니다. 갑자기 채익선이 출발하였다는 말을 듣고 한참이나 몹시 놀랐습니다. 서로 떨어져 있는 거리가 어찌 그리 멀던지 끝내 공을 모시지 못하게 되어 유감으로 생각하고 있습니다. 그러나 공의 마음의 소리를 얻었으니 그것을 늘 암송하면, 마치 한 집에서 지내는 것처럼 마음과 마음이 서로 비추어 질 테니 또한 어찌 유감이겠습니까? 보잘것없는 시 여러 편을 조강씨(朝岡氏, 朝岡一學)에게 부탁하여 공께 바치니, 배 안에서 겨를이 있으시거든 읽어보시고 또 화운시를 지어주신다면 매우 다행이겠습니다. 삼천리나 되는 육로와 해로에 옥체 보존하시기를 바랍

---

247 스물여덟 훌륭한 시구[驪珠] : 여주(驪珠)는 검은 용[驪龍]의 턱밑에 있는 구슬이란 뜻으로, 전하여 훌륭한 시문을 비유한다. 칠언절구이기 때문에 28자라고 하였다.

248 십붕[十朋] : 붕(朋)은 옛날 화폐(貨幣)의 수량. 두 마리의 거북을 붕(朋)이라고 하는데 십붕(十朋)의 거북은 큰 보배라는 말이 있다.

니다. 이만 줄이고 물러납니다.

노와 위나라 사이[249]처럼 백 년 교린으로　　　百歲隣交魯衛間
어느 날 아침 옥과 비단이 강산을 비추었네　　　一朝玉帛照江山
각자의 하늘에서 동서의 길 한량없는데　　　　各天何限東西路
두 지역 일찍이 문자관[250]으로 통하였지　　　兩域嘗通文字關
창해의 파도에서 채익선 날아가고　　　　　　滄海波濤飛彩鷁
부상에 솟은 해 붉은 얼굴 비치네　　　　　　扶桑旭日映朱顔
예로부터 어리[251] 몇 사람이런가　　　　　　由來御李幾人在
천 길 용문 오르기 어렵구나　　　　　　　　千仞龍門難可攀

기자 나라의 사직 본래 주나라 봉토여서　　　箕邦社稷本周封
사신의 풍류, 예의 갖춘 용모 엄숙하네　　　使者風流肅禮容
동도의 시모임에서 누가 맹주가 되려나　　　東道詩盟誰可主
서원의 문예에서 함께 종주가 될 만하네　　　西園文藝共堪宗
기린은 천 리 먼 길을 세차게 오르고　　　　騏驎騰逸路千里
홍곡은 만 겹 구름 위로 힘차게 나네　　　　鴻鵠奮飛雲萬重
관문에 자색 기운 걸리지 않고서야　　　　　非是關門懸紫氣
어찌 오늘 유룡[252]을 볼 수 있었으랴　　　那能今日覩猶龍

---

249 노나라와 위나라 사이[魯衛間] : 노(魯)나라는 주공(周公)의 봉국(封國)이고 위(衛)
나라는 주공의 아우 강숙(康叔)의 봉국인데, 두 나라의 정치 상황이 마치 형제처럼 엇비
슷하기 때문에, 공자가 "魯衛之政, 兄弟也。"라고 하였다. (『논어』「자로(子路)」)
250 문자관(文字關) : 문자성(文字城)을 가리킨다. 장문계갑문사 곤상 주37 참조.
251 어리(御李) : 어리는 현자(賢者)를 경모(敬慕)하는 일로 후한(後漢)의 순상(荀爽)이
이응(李膺)의 어자(御者)가 된 것을 기뻐하였다는 고사에서 유래하였다.

누가 알았으랴, 하찮은 솜씨로 훗날에　　　　誰識菅菲以後年

오언시 주고받으며 함께 주선할 줄을　　　　五言對壘共周旋

간모 우뚝하여[253] 절로 엄숙하고　　　　　干旄子子自嚴肅

서기들 당당하여 모두 준걸 현사로세　　　　書記翩翩皆俊賢

천 년의 학해(學海)는 일월보다 깊고　　　　海學千秋深日月

한 갈래 시의 근원은 개천[254]으로 올라가네　　詞源一派遡開天

사랑스럽게도 그대 서방의 멋 잘 부리니　　　憐君好擅西方美

조만간 높은 명성 온 세상에 퍼지리라　　　　早晚高名遍八埏

푸른 하늘 아득한 큰 바다에 사신 배 띄워　　浮槎大海碧空長

멀리 해 솟아오르는 동방으로 향하였구나　　遙指東方日出光

부럽구나, 대장부로 태어나 지니고 있는 꿈　　可羨懸弧男子志

청운 만 리에서 한 차례 드날릴 수 있어서　　靑雲萬里一飛揚

---

252 유룡(猶龍) : 용과 같다는 뜻으로, 노자(老子)를 가리킨다. 공자(孔子)가 주(周)나라
에 가서 노자를 만나 본 뒤에 제자에게 "새는 잘 난다는 것을 내가 알고, 물고기는 헤엄을
잘 친다는 것을 내가 알고, 짐승은 잘 달린다는 것을 내가 안다. 달리는 것은 그물로
잡을 수 있고, 헤엄치는 것은 낚시로 잡을 수 있고, 나는 것은 주살로 잡을 수 있다.
하지만 용이 바람과 구름을 타고서 하늘로 오른다는 것은 내가 알지 못하였는데, 내가
오늘 노자를 만나 보니, 그는 바로 용과 같았다."라고 술회한 고사에서 유래하였다. (『사
기』「노자한비열전」)

253 간모 우뚝하여[干旄子子] : 간모(干旄)는 털이 긴 쇠꼬리를 깃대 위에다 매달고 수레
뒤에다 세우는 의장(儀仗). 『시경』「용풍(鄘風)」에 "우뚝한 간모가, 준읍의 교외에 있도
다.[子子干旄, 在浚之郊。]"라고 하였다. 현군인 위문공(衛文公)의 신하가 쇠꼬리로 장
식한 간모를 수레에 꽂고서 현인의 훌륭한 말을 듣기 위해 만나러 간다는 내용이다.

254 개천(開天) : 개원(開元)과 천보(天寶). 모두 당나라 현종(玄宗)의 연호이며, 성당(盛
唐)의 시풍을 가리킨다.

오색 광채 봉황의 깃털 기이하여	五彩鳳凰毛羽奇
만 리 구름 가르고 날아온 거동[255] 우러르네	凌雲萬里仰來儀
멀리 덕의 광채 바라보고 동방에 내려와[256]	東方遙覽德輝下
높이 부상의 천 길 가지 두드리는구나	高擊扶桑千仞枝

성 위에 기대 붉은 현으로 한 곡 연주하며	朱絃一曲倚城頭
음을 아는 벗 구하기 어렵다고 말하지 마오	莫道知音難可求
나에게 비파호와 부사산 승경 있으니	我有琵湖芙嶽勝
고산유수곡으로 그대에게 수응하리라	高山流水爲君酬

산남명께 감사하며 드리다

謝贈山南溟詞案

이하 화답시는 모두 하루도(河漏渡)[257]로부터 이른 것이다. [以下答和皆自河漏渡到。]

퇴석

올 때 병이 난데다가 또한 사행이 바빠 자리를 함께할 수 없어 거친

255　날아온 거동[來儀] : 『서경(書經)』 「익직(益稷)」에 "순 임금의 음악이 아홉 번 연주되자, 봉황새가 와서 춤을 추었다.[簫韶九成, 鳳凰來儀。]"라고 하였다.

256　멀리 덕의 광채 바라보고 내려와[遙覽德輝下] : 군자가 난세(亂世)에는 세상에 나가지 않고 숨어 있다가 성군(聖君)이 나온 뒤에야 세상에 나가는 것을 의미한다. 가의(賈誼)의 〈조굴원부(弔屈原賦)〉에, "봉황은 천 길의 하늘을 날다가, 성군의 덕이 빛남을 살피고 내려온다네.[鳳凰翔于千仞兮, 覽德輝而下之。]"라고 하였다.

257　하루도(河漏渡) : 가로도(加老島, 가로시마). 안예주(安藝州)에 속하고, 현재의 광도현(廣島縣, 히로시마) 오시(吳市, 구레시) 창교도(倉橋島, 구라하시지마)의 남쪽 끝에 있는 녹도(鹿島)로 추정된다. 창교도와 녹도의 연결부분에 가로도(加老渡, 가로토), 곧 녹로도(鹿老渡, 가로토)가 있다. 가유도(可留島)라고도 하고, 기번실(紀蕃實)은 하루도(河漏渡)라고 했다.

글을 통역관에게 부탁하여 전달하는 처지가 되었습니다. 지금 또 시와 서신이 멀리 하루포(河漏浦)에 이르렀으니, 멀다고 버리지 않은 성의에 깊이 감사드립니다. 아직도 병고에 시달리고 있어 이에 억지로 지어 감사드립니다만 시라고 할 수 있겠습니까? 다만 한 차례 웃으십시오.

산남명의 시에 차운하다
次山南溟瓊韻

퇴석

누추한 집에서 늘 풍신(風神)[258]을 근심하여	蓬屋常愁十八封
쇠한 머리털 어쩔 수 없는 거울 속 모습이라	衰毛難禁鏡中容
빗방울 떨어지는 외로운 등불 밤에 이는 객수	羈懷雨打孤燈夜
하늘 공활한 깊은 바다 물마루 속 고향 생각	鄉夢天空積水宗
겸포[259]의 조수 소리 백 리 남짓 들리고	鎌浦潮聲餘百里
적간관의 산 빛은 천 겹이나 멀어지네	赤關山色背千重
고맙게도 그대 시율로 멀리서 안부 물으니	感君詩律遙相問
도리어 죽룡[260] 빌린 선옹보다 낫구려	却勝仙翁借竹龍

---

258 풍신(風神, 十八封) : 고대 신화나 전설 속에 나온 풍신(風神). 세칭 봉이(封姨)·봉이(封夷)·봉가이(封家夷)·십팔이(十八姨)라고도 한다.

259 겸포(鎌浦) : 겸예(鎌刈, 가마가리). 안예주(安藝州)에 속하고, 현재의 광도현(廣島縣, 히로시마) 오시(吳市, 구레시) 하포예정하도(下蒲刈町下島, 시모가마가리초시모지마)이다. 포예(蒲刈, 가마가리)·포기(蒲碕, 가마사키). 가망가리(加亡加里)라고도 한다.

260 죽룡(竹龍) : 대를 엮어 그 위에 판옥을 지은 뗏목. 혹은 물을 끌어오는 죽통이나 죽제품을 말하기도 한다.

일본에서의 행장 어느덧 반년인데	日下行裝忽半年
어느 때나 임금 사절 다시 서쪽으로 돌릴까	何時玉節更西旋
분삼산 너머에서 세 분 선비[261] 만났고	分杉山外逢三士
적마관 이전에 한 분 어진 이[262] 얻었네	赤馬關前得一賢
시와 북소리 신선 섬에 우레처럼 울리고	詩鼓雷鳴鼇背嶋
규성[263]은 두남[264] 하늘에 무지개마냥 걸려있네	奎星虹射斗南天
그대 응당 동포의 의리 알 텐데	知君應識同胞義
양국을 어찌 바다와 막힌 땅이라고 말하랴	兩國何論隔海埏

반세기 동안 한가로이 수석 사이에 놀다가	半世閑情水石間
떠돌이 자취 홀연 해 동쪽 산에 이르렀네	萍蹤忽到日東山
세찬 바람으로 박포[265]에서 근심스레 배 멈추었고	盲風博浦愁停棹
차가운 비로 장문주에선 병이 나 문을 닫았다오	寒雨長州病掩關
나그네 시름 비교적 깊은 창해의 물결	羈旅較深滄海浪
화사한 빛 완전히 감해진 노인의 얼굴	韶華全減老人顏

---

261 세 분 선비[三士] : 산남명(山南溟)·초대록(草大麓)·농학대(瀧鶴臺)를 일컫는 것으로 추정된다.

262 한 분 어진 이[一賢] : 남도(藍島)의 구정로(龜井魯)를 일컫는 것으로 추정된다.

263 규성(奎星) : 28수(二十八宿)의 15째의 별자리. 16개의 별로 이루어졌는데 굴곡이 문자 획과 비슷해 문운(文運)을 상징한다고 한다.

264 두남(斗南) : 북두이남(北斗以南)의 준말. 온 세상을 뜻한다. 당(唐)나라 적인걸(狄仁傑)이 "북두 이남에서 오직 그 한 사람뿐이다.[北斗以南, 一人而已。]"라는 평가를 받았다는 고사에서 유래하였다.

265 박포(博浦) : 서박포(西泊浦)를 지칭하는 것으로 여겨진다. 서박포는 현재의 대마시(對馬市) 상대마정(上對馬町, 가미쓰시마마치) 서박(西泊, 니시도마리)이며, 상대마(上對馬) 동북 해안에 위치하고 있다. 1763년 통신사행 때, 날이 춥고 바람이 사나워 사신 일행이 10월 19일부터 26일까지 일주일 정도 이곳 서박포에서 묵은 일이 있다.

| 부사산에 영약 많다는 말 일찍이 들었는데 | 曾聞富嶽多靈藥 |
| 그대와 함께 돌사다리 오르지 못해 한스럽구려 | 恨未同君石棧攀 |

해외에 하늘이 낳은 호걸 선비 기이한데	海外天生傑士奇
금번에 와서 맑은 위의 접하지 못해 한스럽다오	今來恨未接淸儀
내일 아침 출발한다는 말 역리에게 전해 듣고	傳聞驛使明朝發
차가운 매화가지 하나 꺾어 부치고 싶었소	欲折寒梅寄一枝

종자기²⁶⁶ 만나지 못하고 백발이 되었는데	不遇鍾期到白頭
지음을 멀리 석목진²⁶⁷에 이르러 구했다오	知音遠到析津求
백 년 동안 온천지에 울릴 아양곡²⁶⁸	百年天地峨洋曲
오늘 그대 만나 함께 수응하여 기쁘구려	今日逢君喜共酬

산은 어찌 그리 높고 물은 어찌 그리 긴가	山何崒崒水何長
달은 남쪽 바다로부터 멀리 빛을 발하네	月自南溟遠放光
일본의 시모임 그대가 주도하니	和國文盟君執耳
훗날 높은 명성 바다 동쪽에 떨치리라	高名他日海東揚

---

266 종자기(鍾子期) : 춘추시대 거문고의 명인 백아(伯牙)와 그 연주를 가장 잘 이해했던 친구.

267 석목진(析木津) : 석목은 별자리 이름으로 석목성(析木星)을 가리킨다. 기성(箕星)과 두성(斗星) 사이에 은하수가 있는데, 기성이 목(木)에 속하기 때문에 석목의 나루라고 한 것이다.

268 아양곡(峨洋曲) : 기막힌 거문고 연주 솜씨를 뜻하는 말이다. 거문고의 명인인 백아(伯牙)가 높은 고산(高山)을 염두에 두고 연주하면 종자기(鍾子期)가 "험준하기가 태산과 같다."고 하였고, 유수(流水)에 뜻을 두고 연주하면 다시 "양양(洋洋)하여 강하와 같다."고 했다는 고사에서 유래하였다.

용연과 현천 두 분 공께 드리다
奉贈龍淵·玄川兩公

오늘 아침에 갑자기 닻줄을 푼다는 말을 듣고서도 직접 찾아뵙고 작별인사를 드리지 못해 한스러움 말로 다할 수 없습니다. 돌아보건 대, 전날 모여 노닌 것이 마치 전혀 다른 세상처럼 아득하기만 합니다. 한 차례 만나고 한 차례 헤어지는 것이 비록 이치는 그렇다 하지만 어찌하여 만나는 것은 어렵고 헤어지는 것은 쉬운지요? 다시 어느 때 나 만나 뵙게 될 지 한갓 창망한 바다구름만 바라볼 뿐입니다. 쌓인 답답함을 서술하여 보잘것없는 시 여러 편을 공들에게 드리니, 겨를 이 있으실 때 살펴봐주신다면 제가 더 이상 무엇을 바라겠습니까? 봄 날인데도 차가우니 자중자애하시기를 바랍니다. 이만 줄입니다. 삼가 머리 조아립니다.

금강가 한 수를 용연 공께 드리다
金剛歌一首贈龍淵公

금강산 깎아지른 듯 푸른 하늘에 솟아 있어	金剛削立聳蒼穹
높고 높은 조화의 공 경모하며 우러러보네	景仰巍巍造化功
천년 동안 삼한을 길이 진무(鎭撫)하니	千秋長鎭三韓國
중화의 오악과 더불어 같구나	是與中華五嶽同
들쑥날쑥 수많은 봉우리 겹겹이 바라보는데	參差萬峰望幾重
여러 산봉우리 내달리며 모두 제일이라 하네	諸山奔走共稱宗
높고 당당한 수미[269]는 해와 달을 열고	峝嵳須彌開日月
서 있는 신선과 웅크린 불상은 옥 같은 용모일세	立仙蹲佛玉爲容

백호[270]의 빛이 제천[271]의 새벽을 흔들더니　　　白毫光動諸天曉

곳곳마다 금부용이 높이 솟아 나왔네　　　面面擎出金芙蓉

절벽에 나는 폭포는 비단 한 필 드리운 듯　　　斷崖飛瀑垂匹練

골짜기 속 못에는 매달린 폭포 물 대는 듯　　　洞裡潭淵注懸淙

난새 날고 봉황 우뚝 선 듯[272] 기막힌 솜씨 다하고　鸞擧鳳峙極奇絶

푸른 산과 계단은 산 고개 에워싸며 짙구나　　　積翠層碧繞嶺濃

산 고개 두른 단풍은 비단에 수놓은 듯　　　繞嶺丹楓如錦繡

신령한 경지 몇 군데나 맑음과 수려함 모였나　靈境幾處淑秀鍾

산악이 신을 내려[273] 준걸이 태어나니　　　維嶽降神生俊傑

계림의 인사들 기운이 용과 같네　　　鷄林人士氣如龍

아침에 명산을 지났는데 저녁에 큰 못이라　朝經名山暮大澤

변화가 거침없어 좇기 어렵구나　　　變化縱橫難可從

때를 타 세차게 뛰어 부상에서 노닐다가　乘時奮躍游桑海

풍운처럼 천지에 떠돌다 이곳에서 만났네　風雲天地此相逢

돌아보며 뜻을 부치는데 얼마나 간절한지　顧眄託意何綢繆

명월주와 황종[274]을 던져주었네　　　投贈明珠與黃琮

---

269 수미(須彌) : 수미산. 불교의 전설 속에 나오는 서역에 있다는 산으로, 높이가 8만 4천 유순(由旬)이라고 한다. 금강산을 비유한 것이다.

270 백호(白毫) : 불가(佛家) 용어로 부처의 32상(相)의 하나. 눈썹 사이에 난 흰 털로 광명을 무량세계(無量世界)에 비친다고 한다.

271 제천(諸天) : 모든 하늘. 불교에서는 하늘이 여덟으로 되어 있는 데, 그 여러 하늘은 마음을 수양하는 경계(境界)를 따라서 나뉘어 있다고 한다. 사원(寺院)의 별칭으로도 쓰인다.

272 난새 날고 봉황 우뚝 선 듯[鸞擧鳳峙] : 난거봉치(鸞擧鳳峙)는 난상봉치(鸞翔鳳峙)와 같다. 곧 난새가 날고 봉황이 우뚝 서 있는 모양을 형용한 것이다.

273 산악이 신을 내려[維嶽降神] : 『시경』 「대아(大雅)」 〈숭고(崧高)〉에 "산악이 신을 내려 보후(甫侯)와 신후(申侯)를 내셨도다.[維嶽降神, 生甫及申。]"라고 하였다.

명월주와 황종을 어디에서 얻었는지	明珠黃琮得何處
옥으로 만 길 금강봉을 이루었구나	玉成萬仞金剛峯
나를 위해 부지런히 명승지 말하는데	爲我亹亹談名勝
마음과 정신 신바람 난 듯 공연히 정신없네	神飛心馳空蒙茸
원컨대 천 리 멀리 나는 황학의 날개 빌려	願借千里黃鶴翼
그대와 함께 날아 높은 소나무에 깃들고 싶소	與君雙飛巢雲松

다시 산남명께 드리다
奉復山南溟案下

강가에서 이별하고 난 뒤 지금에 이르도록 잊지 못하고 있었습니다. 상관에서 농·초[275] 두 분 공의 서신을 받고 남명을 더욱 그리워하고 있었는데, 멀리서 서신을 보내주시어 기뻐하며 다시 길을 떠날 수 있었습니다. 게다가 여러 시편은 청신(淸新) 경발(警拔)하여 자리에서 창수했던 것보다 훨씬 나았습니다. 3일이 지나면 괄목상대해야 한다는 말이 거짓이 아니었습니다. 저희들은 도처에서 막히어 체류하게 되니 나그네의 심사를 아실 것입니다. 거칠게나마 화답시를 지어 대마도 유관(儒官, 朝岡一學)에게 전해 달라고 요청하였는데 과연 공의 책상에 곧장 전달될 수 있을지 알 수 없습니다. 퇴석은 다른 배에 있으니 별도로 편지가 있을 것입니다. 시구를 훌륭하게 다듬어 주심으

---

274 명월주와 황종(黃琮) : 모두 아름다운 시구를 말한다. 황종(黃琮)은 제사 때 쓰인 황색 서옥(瑞玉).
275 농(瀧)·초(草) : 농학대(瀧鶴臺)와 초대록(草大麓). 장문계갑문사 곤상 주67과 주1 참조.

로써 다시 서신을 받들 수 있기를 기대합니다. 이만 줄입니다. 갑신년 정월 9일 조선의 세 사람 삼가 감사드립니다.

설악가, 산남명의 금강가에 수응하다
雪嶽歌詶山南溟金剛歌

용연

별들 펼치고 노을 걸쳐 푸른 하늘에 드러내고	星羅霞擧表青穹
바다 산악 동쪽으로 와 기묘한 공 드날리네	溟嶽東來擅奇功
웅혼한 기운은 이미 총석정으로 나뉘었고	灝氣已許叢石分
맑은 표격은 더욱 한계령과 같도다	清標更有寒溪同
설악의 봉우리들 천만 겹인데	雪嶽峰巒千萬重
수많은 신선들이 모아놓은 바일세	是爲列仙之所宗
영산의 도가와 불가는 금은 세계이고	靈山老佛金銀界
고야[276]의 신선은 빙설의 용모일세	姑射眞人氷雪容
봉정은 수려하고 학대는 우뚝 솟아	鳳頂高秀鶴臺聳
공중에서 백부용 마주하며 빼어나네	空中對拔白芙蓉
달리 신비와 교묘함 드러낸 쌍폭포 있어	別有雙瀑呈神巧
만장이나 되는 절벽 옥 같은 물결 흐르네	萬丈層崖玉流淙
가야동 속에는 여름에도 눈 쌓여 있고	伽倻洞裏夏雪積
보문암 밖에는 가을 노을 짙구나	普門庵外秋霞濃

---

276 고야(姑射) : 묘고야(藐姑射) 산에 사는 신인(神人)을 가리킨다. 『장자』「소요유(逍遙遊)」에 얼음처럼 투명한 피부를 갖고 처녀처럼 생기발랄하면서, 바람으로 호흡하고 이슬을 마시며 구름을 타고 용을 부리며, 사해(四海) 밖에 노닌다는 이야기가 실려 있다.

영원암 안과 밖으로 동천을 여니	內外靈源闢洞天
기이한 꽃과 진귀한 새들 남은 기운 모았네	異卉珍禽餘氣鍾
맑은 바람은 수록의 축소리 멀리 보내고	清飆遙送水籙筑
채색 노을은 백담의 용을 잘 지키고 있네	彩霞深護柏潭龍
그야말로 금강산과 비슷한 형세로	直是金剛伯仲間
비로봉의 기맥과 멀리 상종하고 있네	毘盧氣脉遙相從
중향성 빛이 반공에 드러나니	衆香城色天半見
군옥산 정령[277]을 달빛 아래서 만나네	群玉山精月下逢
천왕봉과 지장봉 특히 우뚝하여 기이한데	天王地藏特立奇
이지러진 곳은 패옥 같고 합한 곳은 옥홀 같네	缺處如璜合如琮
천고에 어떤 사람이 고고한 의표와 짝할까	千古何人配孤標
뒤에 삼연[278]이 있고 앞에 동봉[279]이 있다오	後有三淵前東峰
철주(鐵柱)와 선감(禪龕)은 오히려 청정한데	鐵柱禪龕猶清淨
황아(黃芽)[280]와 완녀(婉女)[281]는 얼마나 무성한가	黃芽婉女何丰茸
어찌 그대와 이 승경을 다할 수 있으랴	安得與君窮此勝

---

277 군옥산(群玉山) 정령 : 군옥은 서왕모(西王母)가 산다는 산 이름인데, 서왕모의 거소(居所)가 있는 산에 옥석(玉石)이 많아서 이 산을 군옥산(群玉山)이라 이름했다는 데서 온 말이다. 정령은 신선 서왕모를 뜻한다. 이백(李白)의 〈청평조사(清平調詞)〉에 "군옥의 산 정상에서 본 것이 아니라면, 요대의 달빛 아래에서 만난 것이 분명하네.[若非群玉山頭見, 會向瑤臺月下逢。]"라고 하였다.

278 삼연(三淵) : 김창흡(金昌翕 : 1653-1722)의 호. 조선 후기의 학자. 『장자』와 사마천의 『사기』를 좋아하였고 도(道)를 행하는 데 힘썼다. 삼연은 금강산과 설악산을 자주 드나들며, 아름다운 우리 강산을 시로 읊었고, 뒤에 설악산에 은거하였으며 영시암(永矢庵)을 창건하기도 하였다.

279 동봉(東峰) : 김시습(金時習 : 1435-1493)의 호. 일찍이 설악산에 은거한 적이 있다.

280 황아(黃芽) : 노란 싹. 도가 양생술에서 비약(秘藥)으로 쓰는 연분(鉛粉) 등의 약물.

281 완녀(婉女) : 일본 토좌한란(土佐寒蘭)의 일종.

관동의 오엽송을 함께 먹세　　　　　　　共餐關東五鬣松

추월 남공께 동행 10절구와 함께 서신을 드리다
贈秋月南公東行十絶句幷書

지난날 문단에서 모셨는데 다행히 협소한 자리를 아끼지 않으시고 필연(筆硏)으로 서로 만나 해가 지도록 고아한 담소를 나누었으니 비유컨대 꿈속에 천자의 거처에서 노닐면서 친히 균천광악(鈞天廣樂)[282]을 들은 것 같았습니다. 오직 한스러운 것은 범골(凡骨)이 아직 바뀌지 않았는데 홀연 선연(仙緣)을 끊고 인간세계에 떨어지게 되었으니 유감스러움을 어찌 이길 수 있겠습니까? 애오라지 제 마음을 서술하여 동행 10경시를 지어 올립니다. 이로부터 동도로 삼천리 길을 가다보면 산과 바다의 승경으로 볼 만한 것이 많아 시인의 흥금을 열기에 족할 것입니다. 내일 적수(赤水)에서 닻을 풀면 청룡이 구름을 걷고 채색 익조가 파도를 잔잔하게 한 상태에서 비단 돛배가 움직이겠지요. 장풍을 타고 아침에는 광릉(廣陵)에서 파도를 보고 저녁에는 적석(赤石)에서 달을 완상하며 천리를 순식간에 지나갈 것입니다. 잠시 저 낭화에서 쉬시게 되면 강남의 매화가 언덕에 가득하여 눈이 들이치듯 꽃이 피어 있을 것입니다. 이에 나부선자(羅浮仙子)[283]가 옅게 화장을 하여

---

282 균천광악(鈞天廣樂) : 궁중 음악. 춘추시대 진(晉)나라 조간자(趙簡子)가 꿈에 천제(天帝)의 거처에서 노닐면서 균천광악(鈞天廣樂)을 들었다는 기록이 있다. (『사기』「조세가」)

283 나부선자(羅浮仙子) : 나부는 중국 광동성(廣東省) 동강(東江) 북쪽에 위치한 산 이름으로 진(晉)나라 갈홍(葛洪)이 이곳에서 선술(仙術)을 닦았다.

청려(淸麗)한 향기를 사람들에게 풍기며 지나가는 가빈(嘉賓)을 맞이하는데 빼어난 용모로 한 차례 웃으면서 아름답게 교태를 부릴 것입니다. 이때를 당해 말에 기댄 채 붓을 휘두르시면 시상이 용출하는 듯하여, 만약 회고의 정이 일어난다면 마땅히 왕인(王仁)에게 노래로 화답하여 천세토록 아름다움을 견줄 수 있을 것입니다. 이곳을 지나가면 수도 경도[284]의 산천이 수려하고 물나라로 호수가 아득하고 망망합니다. 삼하(三河)[285]라는 곳은 곧 용[임금]이 발흥한 신령스런 지역으로 한나라의 풍패(豊沛)[286]와 같은 곳입니다. 옛날에 봉황이 덕휘(德輝)를 보고 이 고장에 내려왔답니다. 지금도 봉황이 내려온 산이 있다고 여러 사람들이 일컫고 있습니다. 대개 맑은 세상의 문명의 조짐이니 어찌 속임수라고 하겠습니까? 소하[287]·조참[288]·주발[289] 번쾌[290]의 무리

---

284 경도(京都) : 산성주(山城州)에 속하고, 현재의 경도부(京都府, 교토후) 경도시(京都市, 교토시) 중심부에 위치. 경(京)·왜경(倭京)·화경(和京)·서경(西京)·평안(平安)라고도 한다.

285 삼하(三河) : 삼하국(三河國, 미카와노쿠니) 현재의 애지현(愛知縣, 아이치겐) 동부 지역. 삼하주(三河州, 미카와슈)·삼하국(參河國, 미카와노쿠니)·삼주(三州, 산슈)·삼주(參州, 산슈)라고도 한다. 율령제(律令制) 하에서는 동해도(東海道, 도카이도)에 속한다.

286 풍패(豊沛) : 중국 패현(沛縣)의 풍읍(豊邑)인데 한(漢) 고조(高祖)의 고향이었으므로 제왕(帝王)의 고향을 일컫는 말이 되었다.

287 소하(蕭何) : 한나라 고조(高祖) 유방(劉邦)을 보좌하여 칭제(稱帝)하게 한 개국 공신으로서, 입국(立國) 후에 상국(相國)이 되었다.

288 조참(曹參) : 한나라 고조(高祖)를 도와서 천하를 평정하였고, 소하(蕭何)가 죽자 이어 정승이 되었다. 한결같이 소하의 법을 준수해서 백성을 번거롭게 하지 않았다.

289 주발(周勃) : 진나라 말기 패(沛) 땅 사람으로 유방과 혜제(惠帝)를 보좌하였다. 여태후가 죽은 후에 여씨 세력을 제거하고 문제(文帝)를 추대하는 데 공로를 세웠다.

290 번쾌(樊噲) : 중국의 전한 초기의 무장. 유방과 같은 패현의 사람. 작위는 무양후(舞陽侯). 시호는 무후(武侯)이다. 개고기를 파는 미천한 신분인데, 유방과 친형제처럼 절친

들이 현자에 붙어 발흥하여 이따금 이 땅에서 나왔으니 명산과 대택
(大澤)이 용사(龍蛇)를 낳았다고 할 수 있습니다. 우리 동방에서 가장
빼어난 곳으로 준하주(駿河州)[291]의 부사산이 있습니다. 만 길이나 되
는 절벽이 서 있고, 팔엽(八葉)의 부용이 옥을 깎은 듯 푸른 하늘 위로
우뚝 솟아 있으며, 백설은 천년 동안 흰 채로 부상에서 방금 높이 솟
아오르는 해와 함께 서로 빛을 발해 광채가 떠서 흐르려고 합니다. 동
북쪽으로 돌출한 것은 함곡(函谷)[292]입니다. 땅이 동서로 한정되어 있
고, 험한 고개가 온갖 모양으로 서려 있으며, 꼬불꼬불한 정도가 아닙
니다. 그렇지만, 사신이 임금의 명을 받들어 왕사(王事)를 부지런히 해
야 하니 어찌 편안한 거처를 생각하겠습니까? 마부를 다그쳐 가다가
혹 구름 사이로 붉은 기운이 있는 것을 바라보게 되면 반드시 신선
깃발이 관문을 지나가고 있다는 것을 알게 될 것입니다. 돌아보건대,
이번 사행은 곳곳마다 기이한 경관이라서 보는 대로 붓을 들어 시를
지으신다면 경물과 서로 만나 풍영(諷詠) 자적(自適)하실 수 있을 것입
니다. 이때 저의 졸작에도 수응하신다면 타산지석(他山之石)으로 옥을
다듬을 수 있으니 이로움을 하나 얻을 수 있는 것과 같을 것입니다.

하게 지냈다. 상국이 되었으며, 그 뒤 여러 반란을 평정하였다.

291 준하주(駿河州, 스루가슈) : 현재의 정강현(靜岡縣, 시즈오카겐) 중동부 지역. 준하
국(駿河國, 스루가노쿠니)·준주(駿州, 슨슈)라고도 한다. 율령제(律令制) 하에서는 동
해도(東海道, 도카이도)에 속한다. 명치(明治) 4년(1871)에 번(藩)을 폐지하고 현(縣)을
설치함에 따라 정강현이 되었다.

292 함곡(函谷) : 함령(函嶺, 간레이)을 말한다. 이두주(伊豆州)에 속하고, 현재의 신내
천현(神奈川縣, 가나가와겐) 족병하군(足柄下郡, 아시가라시모군) 상근정(箱根町, 하
코네마치)이다. 정강현(靜岡縣, 시즈오카겐)에 가까운 신내천현 남서부의 모서리에 위치
하며, 상근칼데라(Caldera) 부근의 일대를 가리킨다.

배를 돌리는 날 전송하고 나서 세상에 처하게 되면 다시 조간자(趙簡子)의 놀이를 좇아 균천(釣天) 음악을 들으면서[293] 종신토록 암송하며 훗날의 모습을 떠올릴 수 있을 것으로 여겨집니다.

적마관(赤馬關)

두 섬과 두 관문을 바라보니 외롭지 않은데	雙島二關望不孤
다락배 닻을 풀어 동쪽 끝으로 향하네	樓船解纜向東隅
시험 삼아 적마관 바닷가 달을 바라보니	試看赤馬海頭月
여룡의 굴 속 진주 다시 빛이 나네	更映驪龍窟裡珠

광릉해(廣陵海)

광릉의 바다 빛 비단 돛 펼치는데	廣陵海色錦帆開
석양의 장관은 강 위의 누대로다	落日壯觀江上臺
만 리 장풍 끊임없이 부니	萬里長風吹不斷
놀란 파도 눈처럼 하늘로 치솟네	驚濤如雪蹴天來

적석포(赤石浦)

바다하늘 밤경치 은하에 접하고	海天夜色接銀河

---

293 조간자(趙簡子)의 놀이를 좇아 균천(釣天) 음악을 들으면서 : 춘추시대 진(晉)나라 조간자(趙簡子)가 꿈속에서 천제(天帝)의 거처인 균천에 올라가 천상의 음악을 들었다는 고사에서 유래하였다. 곧 조간자(趙簡子)가 병이 들어 5일 간 인사불성이었는데, 의식이 돌아오자 "내가 상제가 계신 곳에 가서 매우 즐거웠고, 백신(百神)과 균천에서 노니는데 삼대의 음악과 달라 광악(廣樂)의 구주(九奏)와 만무(萬舞) 소리가 마음을 감동시켰다." 라고 하였다. (『사기』「조세가(趙世家)」)

적포의 맑게 갠 빛 흰 물결에 비치네 　　　　　赤浦晴光照素波
알겠도다, 선랑이 배를 멈춘 곳으로 　　　　　知是仙郞停棹處
흰 구름 밝은 달빛 왜 그리 많은지를 　　　　　白雲明月不勝多

낭화진(浪華津)

말 세우고 잠시 낭화진을 물으니 　　　　　留鞍暫問浪華津
양쪽 언덕 매화는 손님 대하며 새롭네 　　　　　兩岸梅花待客新
누가 알았으랴, 왕인(王仁)이 천년 뒤에 　　　　　誰識王仁千歲後
풍류로 다시 노래에 화답하는 분 있을 줄 　　　　　風流更有和歌人

평안성(平安城)

경도의 네거리 열둘로 나누었는데 　　　　　京洛長衢十二分
남산의 아름다운 기운 햇살로 화창하네 　　　　　南山佳氣日氳氳
봉황루 위에서 붓 휘두를 수 있다면 　　　　　鳳凰樓上能揮筆
구름안개 오색 무늬 문장 지으리라 　　　　　修作雲烟五色文

비파호(琵琶湖)

제왕의 땅 동쪽으로 커다란 호수 흐르는데 　　　　　帝畿東接大湖流
한 점 외로운 산은 천녀(天女)의 섬이라네 　　　　　一點孤山天女洲
시험 삼아 채색 붓으로 석경(石鏡)에 적는데 　　　　　試把彩毫題石鏡
가없는 밝은 달빛 근강주[294]에 가득하네 　　　　　無邊明月滿江州

---

294 근강주(近江州, 오미노슈) : 현재의 자하현(滋賀縣) 지역. 근강국(近江國, 오미노쿠
　　니)·강주(江州, 고슈)라고도 한다. 율령제(律令制) 하에서는 동산도(東山道, 도산도)에

삼하주(三河州)

백 리 삼하 줄기 상류에 사는데	百里三河居上游
봉황이 오니 산 빛이 성루를 누르네	鳳來山色鎭城樓
벽해에 사신 배 떠가는 날이라	料知碧海浮槎日
관아 문 닫고 신선 유람 거듭 바라보네	闔郡重望仙侶遊

삼주(三州)에 벽해군(碧海郡)이 있는데, 옛날에 봉황이 와서 춤을 추었다.

부용봉(芙蓉峰)

바다 동쪽에서 솟은 해 부용을 비추는데	海東初日照芙蓉
돌출한 은대는 열두 겹이로다	突出銀臺十二重
천표[295]의 기이한 경관 뉘라서 오를까	天表奇觀誰攀得
천년 백설 만 길이나 깊은 봉우리	千秋白雪萬尋峰

옥사관(玉笥關)

관문에서 고삐 쥐고 장쾌한 유람하며	攬轡關門自壯遊
높은 곳에 오르니 흥취 남아있음 알겠네	登臨可識興情留
옥사(玉笥)에 간직해 둔 서적 열어보니	試開玉笥藏書去
만고의 명산으로 붉은 기운 흐르네	萬古名山紫氣流

속한다. 근강국은 수도인 경도(京都)에서 볼 때 가까이에 있는 담수호라는 의미의 비파호의 옛 이름 근담해(近淡海, 지카쓰아하우미)에서 유래하였다.

295 천표(天表) : 제왕(帝王)될 상. 천일지표(天日之表).

무창성(武昌城)

채색 구름 높이 두른 무창성	彩雲高繞武昌城
몇몇 선인들 학을 타고 영접하네	多少仙人駕鶴迎
밝은 달빛 누대 위 생황 불던 곳에서	明月樓頭弄笙處
그대 위해 봉황명[296]을 잘 지으리라	爲君好作鳳凰鳴

추월

남명자(南溟子)께서 삼백 리 밖에서 특별히 사람을 시켜 나에게 동행시(東行詩) 십영(十詠)을 보내주었는데, 그 뜻이 매우 은근하였다. 십영시 가운데 적마관(赤馬關) 이후부터는 내가 아직 보지 못한 곳이니, 보지 못한 경계를 억지로 묘사하는 것보다는 이별을 안타까워하고 재사(才士)를 사랑하는 말을 하는 것이 진실되고 또한 절실할 것 같다. 배가 하루도(河漏渡)에 정박하였는데 궂은비가 비로소 그치고 물가의 달빛이 거처를 비추었다. 편지를 뜯어 읽어보니 맑기가 옥처럼 낭랑하였고 뜻이 참되었다. 드디어 촛불 심지를 돋우고 차운시로 화답하여 그리운 뜻을 드러내었다.

南溟子專書於三百里外, 贈余以東行詩十詠, 意甚勤也。其十詠中, 自赤馬關以後, 皆余所未及見者, 與其强寫未見之境, 豈若爲惜別憐才之語之眞且切也。舟泊河漏渡, 宿雨新巷, 汀月照篷, 開緘讀之, 琅琅乎其淸也, 眞眞乎其情也。遂剪燭和次, 以道相憶之意云爾。

---

296 봉황명(鳳凰鳴) : 『시경』 「대아(大雅)」 〈권아(卷阿)〉에 "봉황이 소리쳐 우네, 높은 산 저 위에서.[鳳凰鳴矣, 于彼高岡。]"라고 하였는데, 어진 인재가 때를 만나 일어나거나 혹은 세상에 드문 상서를 비유한 것이다.

한밤중 하루도 물가의 달 외로운데	河漏三更渚月孤
미불(米市)의 서화 모래밭 구석에 체류했네	米家書畵滯沙隅
창망한 적수가로 가벼운 돛배 이르더니	蒼茫赤水輕帆到
현룡(玄龍)의 진주 만 개나 보내주었네	輸得玄龍萬顆珠

헤어질 때 매화꽃 꽤나 많이 피어	別時梅蕊幾多開
매화 아래서 시와 술 학대와 함께 했지	梅下詩尊共鶴臺
밝은 달빛 조수 따라 삼백 리나 통하는데	明月潮通三百里
어찌하여 한 가지도 부쳐오지 않는가	何因不寄一枝來

사귀는 정 원래 산과 물에 막히지 않는데	交情元不阻山河
남포에서의 봄날 수심으로 푸른 물결 이는구나	南浦春愁水碧波
그대 생각하니 오늘밤 그리움에 몹시도 슬퍼	惆悵憶君今夜意
조각구름 천 겹이요 여기저기 산봉우리 많구나	斷雲千疊亂峰多

찬기운에 조는 갈매기, 나루에 비친 달	沙鷗睡冷月橫津
북쪽에서 온 길손의 수심 비 내린 뒤 새롭구나	北客羈愁雨後新
그리움 깊은데 고향 사람들은 보이지 않고	長憶故鄕人不見
물가 관문에 있는 사람들 고향 사람 같네	水關人似故鄕人

십여 일 아득히 해를 넘기고 나니	十日迢迢隔歲分
적성의 노을 기운 꿈에서도 화창하도다	赤城霞氣夢氤氳
장문주의 사행기록 집안의 문집 이루니	長門槎錄成家集
주조[297] 별자리가 옛 문장 일으키네	朱鳥星躔動舊文

차가운 조수 밤낮으로 서쪽 향해 흘러   寒潮日夜向西流

물억새 대나무 물가의 그대 집에 이르렀네   流到君家荻竹洲

안개 파도 속 한 차례 이별 멀지 않음을 알고   一別烟波知不遠

호행하는 배 위에서 장문주에서의 일 쓰고 있네   護行船上寫長州

깊은 바닷물 넘쳐 유람할 수 없어   積水盈盈不可游

산공²⁹⁸은 취한 뒤 빈 누대에 기대어 있네   山公醉後倚虛樓

시 속의 십경, 강호의 달빛   詩中十景江湖月

어찌하면 그대와 곳곳을 노닐 수 있을까   安得携君處處遊

시가 마치 맑은 물에서 나온 부용인 듯   詩如清水出芙蓉

진흙을 씻어버린 겹겹이 몇 떨기런가   洗却淤泥幾朵重

애석하구나, 동쪽 사람 아낄 줄 몰라   可惜東人無解愛

화악의 높은 봉우리로 옮겨가려 하니   欲移華嶽最高峰

긴 대와 노송이 있는 옛 절에서 노닐며   脩竹癯松古寺遊

솔가지로 붓 삼아 잠시 지체하며 머무네   折松爲筆乍遲留

초대록의 재주, 농학대의 기개   草君才調瀧君氣

삼걸²⁹⁹이 강관에서 제일류라네   三傑江關第一流

---

297 주조(朱鳥) : 이십팔 수(二十八宿) 가운데 정(井)·괴(鬼)·유(柳)·성(星)·장(張)·익(翼)·진(軫)의 총칭으로 남방을 지키는 신(神).

298 산공(山公) : 산남명(山南溟) 곧, 산근남명(山根南溟, 야마네 난메이, 1742-1793)을 가리킨다.

299 삼걸(三傑) : 산남명(山南溟)·초대록(草大麓)·농학대(瀧鶴臺)를 일컫는다.

늦은 봄 강가의 꽃들 수성에 가득할 때	春晚江花滿水城
객선 돌아오는 곳에서 웃으며 맞이할 테고	客帆歸處笑相迎
바람 박차고 오른 바닷새 깃 거두고 돌아오면	收回溟鳥搏風翮
계곡 나와 우는 숲속 꾀꼬리 소리 즐길 수 있겠지	領取林鸎出谷鳴

현천공께 드리다
贈玄川公

귀한 발걸음하신 왕문의 손님	珠履王門客
옷자락 늘어뜨려[300] 의기 경쾌하네	曳裾意氣輕
문성[301]은 두성을 관통하여 빛나고	文星光貫斗
밝은 옥은 연성[302]의 가치로세	明璧價連城
인끈을 맨 청운의 빛이요	結綬青雲色
노래에 화답한 백설가 소리로다	和歌白雪聲
사방에서 명령 받들 수 있도록	四方能奉命
일찍부터 사신의 명성 옹호하네	早擁使乎名

기이(其二)

아침에 상서로운 기운 열리어	朝來開瑞靄

---

300 옷자락 늘어뜨려[曳裾] : 예거(曳裾)는 긴 옷자락을 늘어뜨린다[曳長裾]의 준말로,
즉 왕후의 문에 출입한다는 뜻이다.

301 문성(文星) : 문창성(文昌星) 또는 문곡성(文曲星)이라 하는데, 문운(文運)을 맡은
별이다.

302 연성(連城) : 연성벽(連城璧)의 준말로, 전국시대 때 진(秦)나라 소왕(昭王)이 15성
(城)과 바꾸자고 청했던 조(趙)나라 소장의 화씨벽(和氏璧).

멀리 바라보며 강가 정자에 기대노라	延領倚江亭
관문에서 진인의 기상 맞이하는데	關逆眞人氣
들에선 사신의 별과 헤어지는구나	野分使者星
구름 헤치며 밝은 해를 보고	披雲看白日
파도 가르며 푸른 바다를 다하네	破浪絶靑溟
부절을 옹위한 뜻 얼마나 장한가	擁節意何壯
태평시절이라 은총 소중히 하리라	明時重寵靈

기삼(其三)

두 나라에 의례 전범이 있어	二邦存禮典
왕래한 지 몇 천 년인가	來往幾千年
응접은 한가하면서 우아하고	應接是閒雅
사령에는 모두 준걸 현사였네	辭令皆俊賢
아름다운 명성 후세에 전해지고	美名傳竹帛
채색 붓으로 산천을 비추는구나	彩筆照山川
동도 길 가다보면	行矣東方路
해 솟는 부상 주변이라네	扶桑日出邊

남명의 차운시에 화답하다
和次南溟韻

현천

눈 다 내리니 산빛 더욱 수려하고	雪盡山逾秀
봄기운 도니 바다가 더욱 맑구나	春生海更淸
외로운 배 저녁 물가에 기대는데	孤篷依夕渚

그대 편지 호성에 이르렀다오 　　　　華札落湖城

계찰은 주나라 음악을 알고자 했고[303] 　　季欲知周樂

순욱은 초성을 일으킬 수 있었다네[304] 　　荀能起楚聲

원하노니, 힘써 노력하여 　　　　　　願言勤勉勵

서로 다른 시대의 명성 기대하세 　　　　相冀異時名

기이(其二)

역력한 안개 속 나무 　　　　　　　　歷歷烟中樹

연연해허는 물가 정자 　　　　　　　依依水上亭

사람들 돌아가자 옛 역참 희미하고 　　人歸迷古驛

달 떨어지자 외로운 별 드러나네 　　　月落見孤星

중한 자리[305]라 통역 수행하였는데 　　舟楫隨重譯

산과 하천이 큰 바다로부터 벗어나네 　　山河出大溟

새 벗들 모두 작별 아쉬워하는데 　　　新知皆惜別

곳곳마다 왕의 영험 징험하겠지 　　　處處驗王靈

---

303 계찰은 주나라 음악을 알고자 했고[季欲知周樂] : 춘추시대 오(吳)나라 계찰(季札)은
상국을 역빙(歷聘)하면서 현사대부(賢士大夫)들과 교유하였는데, 특히 노(魯)나라에 사
신으로 가서는 주(周)나라 음악을 직접 보고 열국(列國)의 치란과 흥망을 알고 주나라가
왕이 된 소이연을 설파해 명성을 떨쳤다.

304 순욱은 초성을 일으킬 수 있었다네[荀能起楚聲] : 위나라와 서진시대의 순욱(荀勗)
은 악사(樂事)를 관장하고 율려(律呂)를 수정하였는데, 두기(杜夔)의 느리고 고아(古雅)
한 가락을 개조하여 애절하고 촉급한 분위기를 갖게 하였다.

305 중한 자리[舟楫] : 주즙은 배와 노로, 세상을 건지는 재상과 대신을 비유한 것이다.
『서경』「열명상(說命上)」에 "큰 냇물을 건널 때는 그대로 주즙을 삼겠다.[若濟巨川, 用汝
作舟楫。]"라고 하였다.

기삼(其三)

성인 공자가 뗏목을 탄 뜻이요[306]	孔聖乘桴志
서왕이 바다에 들어간 해로다[307]	徐王入海年
신령스러움은 옛 풍속에 남아 있지만	要神存舊俗
법을 밝히려면 현사들 거느려야 한다오	明法御群賢
북쪽이 잠기면 삼계가 공허하지만	北浸虛三界
동쪽이 낮으면 모든 하천 길어지리	東低曼百川
제군들이 지금 바름에 힘쓰니	諸君今務正
유학이 하늘가에서 태어나리라	斯學落天邊

306　성인 공자가 뗏목을 탄 뜻이요[孔聖乘桴志] : 『논어』「공야장(公冶長)」에 공자가 천하가 어지러움을 탄식하여, "도가 행해지지 않으니 뗏목을 타고 바다에 뜨리라.[道不行, 乘桴浮于海。]"라고 한 것처럼 어지러운 세상을 버리고 차라리 바다에 뗏목을 띄우고 멀리 떠나고 싶다는 뜻이다.

307　서왕이 바다에 들어간 해로다[徐王入海年] : 서왕(徐王)은 진(秦)나라 때 시황(始皇)의 불로초를 구하기 위해 간 서복(徐福)을 가리킨다. 진시황이 서복에게 동남동녀(童男童女) 수천 명을 배에 싣고 바다로 가서 삼신산(三神山)의 불사약(不死藥)을 캐 오게 하였는데, 서왕은 돌아오지 않고 일본으로 도망가서 살았다고 한다.

長門癸甲問槎 坤上

《長門癸甲問槎》卷之三

通刺 草大麓

使節遙臨, 木道千里, 飛廉陽侯, 共不爲祟, 錦帆無恙, 暫憩赤關, 至祝至祝。僕姓草, 名安世, 字仁甫, 號大麓。家世仕本藩, 爲講讀官。今也奉寡君命, 來執謁於賓館, 幸蒙不棄, 得接大邦君子之丰釆, 感謝何言?

呈製述官南秋月

錦帆無恙赤間關, 相值騷壇對玉顏。知是壯遊史遷意, 扶桑萬里問名山。

酬草大麓相贈 秋月

歲暮孤帆到海關, 寒梅清寂對衰顏。舟中已識文儒盛, 夾岸松篁畫裏山。

呈書記成龍淵

長鯨破浪海西來, 瑞靄高臨玉節廻。 腰下彩光何所帶, 豐城夜夜斗、牛開。

【此地屬豐浦郡, 故用豐城】

和草大麓瓊韻　　　　　　　　　　　　　　　　　龍淵

浮槎迥自日邊來, 正値窮溟暖律廻。一點靈犀相照地, 雲箋聊爲六
君開。

再和龍淵

仙使忽然何處來, 旌旗縹渺傍風廻。關門已有靑牛過, 天際方看紫
氣開。

重和大麓　　　　　　　　　　　　　　　　　　　龍淵

神交贏得異邦來, 寶墨憑將粤橐廻。文字城中當歲暮, 柏花杏色近
人開。

呈書記元玄川

鳴珂佩玉共聯翩, 君自英才專對賢。奉使扶桑日邊過, 送迎幾處設
華筵。

和大麓　　　　　　　　　　　　　　　　　　　　玄川

雍容文彩氣翩翩, 自是奇才海上賢。聞子淸要官講讀, 打來談屑五
經筵。

筆語

龍淵: 官居侍讀, 所講何書, 可歷數否?

大麓: 今講《論語》。

　<u>秋月</u>: 講官幾員? 秩品高低如何?

　<u>大麓</u>: 講官八九員, 皆世祿。封建之制, 士之子常爲士, 品秩大概同等。

　<u>秋月</u>: 有職任者外不得來見。此州亦必多林下之士, 而無由相見, 可不恨歟?

　<u>大麓</u>: 祿仕或林下, 好事之士多, 而官禁所約, 不得來見, 遺憾可知已。

　<u>秋月</u>: 五聖廟在何處?

　<u>大麓</u>: 在國都

　<u>秋月</u>: 距此幾里?

　<u>大麓</u>: 途程二百里。

　又:《長門問槎》在案上, 貴邦齎來乎? 將對州攜來乎?

　<u>秋月</u>: 覓諸筑州。要見兩國文雅之跡耳。

　<u>大麓</u>: 僕嘗得貴邦之松子若干, 比諸我邦之種, 其形大異。春夏之交下種, 至盛夏發生。見其柯葉, 則無與我松異矣。有別種乎否? 請見示。

秋月: 貴邦松不曾細看, 柯葉似與弊邦種少異, 而不害其爲同。鄙邦海松、山松異種, 且以子種生之未易, 故多移植自生之松。

大麓: 諸君賞龜井魯之奇才, 藍嶋館中唱酬幾回乎?

龍淵: 寒山片石最可與語。藍關唱和殆四十餘首矣。

右十二月卄八日會席

自此東行萬里所過之勝地、名區酷多, 而其最者五, 因賦七絶五章, 以送諸詞伯東行。且僕自幼好書, 彫虫小技, 慚愧何言。雖然今幸蒙汎愛, 是以不藏其拙, 謾以五體分書, 敢汚嚴覽。若賜高和, 及下批評, 幸甚。

其一【楷書】
浪華津口自繁華, 臨岸樓臺十萬家[如畵]。列國舟船送仙使, 牙檣錦纜似雲霞。【結得麗】

【右大坂城】

其二【行書】
五雲繚繞帝王州, 台嶽巍乎二水流。原是成、周文物地, 絃歌日夕起高樓。【可想淸平世界】

【右平安城】

其三【草書】

琵琶之海大津東，萬頃煙波浸碧空。[何等氣力] 石鏡山斗回首望，月明照出妙音宮。【結句每患氣盡包得別境益悠遠。】

【右琵琶湖】

其四【隸書】

書記翩翩向海東，揮毫睥睨氣如虹。過時試見芙蓉雪，當與郢歌堪競雄。

【右芙蓉峯】

其五【篆書】

旌旆悠悠意氣輕，雲山一路入東京。誰言函嶺千尋險，叱馭知君雪裏行。【道得行子意中事】

【右函嶺】

五體書軸評語 　　　　　　　　　　　　　　　秋月

筆成五家，詩入三昧。沈頓清新，婉而有情，使人如身履眞境，才調可喜。更就唐、宋絶句，唐取其名色，宋取其典雅，錦上添花，足爲東桑名家。此又期勉之遠者，大麓以爲如何？

和秋月前韻 　　　　　　　　　　　　　　　　大麓

揮筆縱橫文字關，關前一夜接朱顏。肅然誰不改容色，映照看君似玉山。

重和大麓 　　　　　　　　　　　　　　　　　秋月

松林殘滴扣松關，一笑相迎是故顏。短日經簹懽未了，更要同上雪中山。

呈龍淵　　　　　　　　　　　　　　　　　　　　　　大麓

懷中明月席邊寒,《白雪》投來和者難。相見何妨音吐異,一朝邂逅
盡交歡。

和大麓　　　　　　　　　　　　　　　　　　　　　　龍淵

歲暮天涯風雨寒,滄洲吾道屬艱難。梅窗賴有同文者,笙瑟相將兩
國歡。

再和龍淵　　　　　　　　　　　　　　　　　　　　　大麓

高談相對海風寒,彼此何言會合難。總是王門曳裾客,一吟一唱接
餘歡。

再酬大麓　　　　　　　　　　　　　　　　　　　　　龍淵

枇杷花下一床寒,別日應知會日難。珍重諸君無遽起,夕陽相對整
交歡。

再和玄川前韻　　　　　　　　　　　　　　　　　　　大麓

大邦詞客本翩翩,修聘延陵季子賢。海島珊瑚珠樹色,携來一夜照
文筵。

重和大麓　　　　　　　　　　　　　　　　　　　　　玄川

羈窗鎭日訪聯翩,席上奇珍楚寶賢。忘却家鄉山萬疊,錯疑新闢蹋
珠筵。

重呈秋月　　　　　　　　　　　　　　　　　　　　大麓

彩鷁遙浮韓海天，祥雲護送赤間邊。淹留已值年華盡，賦就思鄉知幾篇。

席上復和大麓歲暮作　　　　　　　　　　　　　　　秋月

杉竹陰疏歲盡天，夢中家國渺雲邊。寒燈旅館無佳句，漫和高翁入蜀篇。

和秋月前韻　　　　　　　　　　　　　　　　　　　大麓

縹緲星槎將上天，關門東指廣陵邊。彩毫一映波濤色，何減枚生《七發》篇。

五和大麓　　　　　　　　　　　　　　　　　　　　秋月

未信東西是各天，靈犀不隔筆牀邊。孤帆更指雲間去，舟重君詩五六篇。

席上賦七律一篇呈秋月　　　　　　　　　　　　　　大麓

藩籬尺鷃類微虫，欲覿鵬鯤望未通。騰躍蓬蒿眞可笑，扶搖南北孰爭雄。翮垂萬里摶桑外，影動千尋滄海中。豈意赤間關水上，飄然一舉任長風。

席間更步大麓　　　　　　　　　　　　　　　　　　秋月

拘繫人生笑夏虫，罄襄歸後一槎通。麻姑閱海猶非壽，希有橫天未是雄。日月升輝牀几底，鯨龍斂勢嘯唫中。江山第一湖關夕，喜得逍遙大麓風。

席上呈龍淵　　　　　　　　　　　　　　　　大麓

大邦修聘幾千年，遙指東方萬里天。海外遨遊生意氣，人間邂逅見
神仙。雲晴銀漢星槎動，日照金章玉節鮮。箕域原知文化厚，滿堂才
子總翩翩

走和大麓　　　　　　　　　　　　　　　　　龍淵

徐王開國渺茫年，大藥全經海外天。聖世常通和好信，靈山仍問有
無仙。荷裳冷落窮陰迫，錦帆玲瓏出日鮮。赤水珠精爭力探，萩州書
記共翩翩。

席上呈玄川　　　　　　　　　　　　　　　　大麓

仙使飄然御紫氣，天晴銀漢四望分。從風萬里翻淸節，採藥三山披
翠雲。掌上照來滄海月，腰間光動斗牛文。知君自得支機石，藉甚名
聲異域聞。

重和大麓　　　　　　　　　　　　　　　　　玄川

寒雨蕭疎捲海氛，起看烟樹水關分。筠窓正耀扶桑日，板屋低侵析
木雲。已識蜻邦開氣數，更看萩國盛儒文。相期六藝詩書事，佇得他
時海外聞。

席上次酬南溟高韻呈龍淵　　　　　　　　　　大麓

使槎遙過白雲東，何幸文筵接俊雄。箕聖長傳周禮樂，詞臣猶見漢
流風。壯遊千里遂鴻業，專對四方表大功。意氣翩翩誰不羨，懸弧男
子海天中。

走和大麓長律　　　　　　　　　　　　　　　　　　　龍淵

師衰去路渺天東, 琴劍同來意自雄。晉、楚盟期修舊好, 晏、羊交
契挹遺風。年華斷送空遊界, 帆楫收將利涉功。多少樓臺烟雨裡, 一
方山水畫圖中。

秋月: 談穩勝於詩。且僕輩欲見寺觀林木, 貴什五勝作, 當俟間奉和。

大麓: 領高諭。寺觀同賞, 鶴臺已答, 僕不別啓。

秋月: 辱賜五勝絶句, 欲鄙和耶? 抑僕輩俱和一篇耶?

大麓: 賜高和各一篇, 幸甚。

秋月: 或楷或行或草或隸或篆, 可謂兼長, 令人欽羨。各篇之下各書
某地, 如何?

大麓: 謹諾。

秋月: 平安城、函嶺未詳所在, 難以奉和。平安若是秀吉之舊城, 則
斷不可作詩。

大麓: 平安者桓武帝所建之都, 函嶺者東都之西門。

秋月: 平安在何地? 函嶺 江戶之西門, 則有何異觀乎? 詳錄見示。

大麓: 平安在山城州, 函嶺之勝不可勝言。羊腸崎嶇, 高嶺突出雲間, 絶頂有湖水, 四望縹緲。傍列人家數百千橡, 設爲關驛, 以限東西。上下阻險, 凡八十里, 如非叱馭, 則不能得上。卽大旆所過之處。

大麓:【示越前奉書紙】
此紙類貴邦之紙乎?

秋月: 品似鄙邦雪花紙, 但太堅爲欠。

大麓: 退石 金公在牀蓐乎? 貴恙如何?

秋月: 舟中調病, 不得與諸賢對劇以爲恨。諸賢何不寄詩舟中耶? 請輪覽。

大麓: 金公未能起, 自保萬萬。天何惜此良緣, 不能得面謁也? 實以爲憾。鄙章可呈舟中而已。

大麓:【秋月席上書隷字】
揮毫令人欽歎不已。

秋月: 足下能八分逼秦相, 休笑拙嚬。

大麓: 何謙之甚? 僕好書垂露、鼎文。不知貴邦有幾體乎。

秋月: 弊邦篆法宗古篆, 八分宗漢隷, 如《夏承碑》、《郃陽碑》之類。

秋月: 足下非但詩詞清高, 筆法頗邃, 遍習楷、草、篆、隸。不知貴邦書帖有幾種。

大麓: 誤蒙虛譽, 可愧可愧。弊邦所有之法帖, 不知其數, 周、秦已後之帖, 無不具備矣。貴邦之書帖亦如何?

秋月: 弊邦亦有古今名書帖, 自〈神禹碑策〉至皇明諸名家, 無帖無之。貴邦亦然云, 可知文化之盛也。

大麓: 此管城如應手, 則當贈一二枝乎?

秋月: 但應鶴臺公之索而已。他無所要, 不欲得矣。

秋月: 此方產柑之地, 不以爲貴否?

大麓: 橘所在有之。

秋月: 入貴境久矣, 但見柑不見橘, 橘產何方?

大麓: 是此方之橘。

秋月: 弊邦耽羅故國, 產柑橘, 而此則柑也, 與此美殊。貴邦似無金橘、洞庭橘等種。

秋月:【出韓製白餅, 供僕等。】

此弊邦歲時餅，貴邦亦有此餅否？

<u>大麓</u>：鄙邦亦然。多謝厚意。

<u>玄川</u>：昨日座間，已窺<u>大麓</u>文雅雍容，今見詞藻璀璨、筆勢矯矯，令人欽尙不已。聞官居侍讀，可見從來所存又不在於詞華上已也。

<u>大麓</u>：篤學力行有志而未能焉。不勝赧汗。

<u>大麓</u>：終日辱承謦咳，感戴何言？明若有間，當復登騷壇。送別一軸，暇日以賜高和、批評，勿失念矣。

<u>秋月</u>：評和謹當依戒。重會固所企仰。

右十二月廿九日會席。

伏聞足下抱疾，舟居數旬，爲風濤所冒乎，千萬自重。不佞<u>安世</u>，聞大旆之<u>東</u>，奉藩命，祗役于此。幸不排擯，辱承<u>南</u>、<u>成</u>、<u>元</u>三君之謦咳，實千載一奇事哉。特憾文壇車公不在。倘或逗關有日，更有會期，因賦鄙絶一章，憑<u>秋月</u> <u>南公</u>，奉呈左右。疾間請賜高和。

金退石案下　　　　　　　　　　　　　　　　<u>大麓</u>

不圖歲杪此淹留，臥病憐君獨在舟。自是<u>蓬萊</u> <u>三島</u>裡，行逢靈藥請無愁。

吾儕小人, 何幸得屢陪清筵, 親接丰采? 交情不隔, 如舊相識, 感喜
何言? 七絶一章呈。

南、成、元三君　　　　　　　　　　　　　　　　　　大麓
卽今何幸結詩盟, 翰墨場中總俊英。高調和來山水意, 新知還似舊
知情。

次大麓詞伯　　　　　　　　　　　　　　　　　　　　秋月
江湖鷗鷺謝閒盟, 三島煙霞擬采英。未邅安期先歲暮, 白雲天末謾
勞情。

次大麓　　　　　　　　　　　　　　　　　　　　　　龍淵
騷壇晚結粵中盟, 桂館蘭洲共掇英。卓筆峰前梅樹淨, 歲寒留得遠
人情。

和大麓　　　　　　　　　　　　　　　　　　　　　　玄川
知君懶罷白鷗盟, 翰墨場中華彩英。日永賓筵多少話, 令人消得未
歸情。

再和三公高韻　　　　　　　　　　　　　　　　　　　大麓
韓使百年尋舊盟, 從行人士共群英。山川跋涉勞何厭, 原是懸弧男
子情。

和大麓詞宗　　　　　　　　　　　　　　　　　　　　秋月
湖海風流偶共盟, 不愁天末滯矛英。明朝帆輿青山去, 島霧渺煙空

復情。

重和大麓　　　　　　　　　　　　　　　　龍淵

和、漢文雅復尋盟，儐館風流對數英。飛雪孤燈棕竹社，荊歔空結
望鄉情。

重和大麓　　　　　　　　　　　　　　　　玄川

騷壇宜爾執牛盟，衣紉秋蘭餐菊英。若語歔華存實地，更看松柏歲
寒情。

五律一篇呈龍淵　　　　　　　　　　　　　大麓

東西萬里天，聘禮幾千年。擁節蒼溟外，留槎赤水邊。才高專對士，
文巧《遠遊》篇。應有史官奏，德星此夜懸。

和大麓　　　　　　　　　　　　　　　　　龍淵

星斗方回天，風波遽送年。留人孤燭下，揮筆小梅邊。未了張騫役，
空吟杜甫篇。明朝遙望闕，歸夢五雲懸。

謝寄草詞伯案下　　　　　　　　　　　　　退石

昨聞足下與三益作同文之會，而病未合席未一挹清芬，方此耿耿
矣。足下不以衰病棄之，先投瓊琚之章，賤疾雖甚彌劘，盛意難孤，兹
以力疾搆呈，詩可言乎哉? 惟博一粲。

海上光陰去不留，三陽欲泰漢臣舟，蓬山靈藥君休說，此地人猶白
髮愁。

　　大麓贈以東行五絶, 歷言所過奇勝, 仍作送章, 筆用五體, 詩亦各成一則, 要余評品, 且索賡續。重孤其意, 既爲之, 妄加朱批, 輒此奉和大麓。

其一　　　　　　　　　　　　　　　　　　　　　　　秋月

蘇堤杭曲競奢華, 金牓緗簾撲地家。三百橋通三百寺, 青煙浮作半天霞。

　　【右大坂城】

其二

表裏金湯六十州, 馬臺佳麗擅風流。山河擧目非吾土, 王粲春登第一樓。

　　【右平安城】

其三

洞庭分裂越天東, 四百澄湖綠映空。秖欠岳陽樓一片, 晴雲影抱水晶宮。

　　【右琵琶湖】

其四

鰲背三山一在東, 倭人去後斷橋虹。疑蘆疑雪亭亭色, 較我金剛竟孰雄?

　　【右芙蓉峯】

其五

雲海千里一飄輕，更憑危頂望宸京。王臣已自忘夷險，鯨鬣羊腸信
意行。

【右函嶺】

和大麓贈行五絶 龍淵

其一

瀛洲偓楗引皇華，梅竹棕橙匝浦家。大坂橋頭春色近，彩帆先繫赤
城霞。

其二

佳麗東關第一州，水光山色半空流。彩城明月花千樹，無數紅粧坐
翠樓。

其三

西湖荷桂翠溟東，竹島微雲漾遠空。萬斛玻璃光不定，眞珠散彩白
龍宮。

其四

蘆花一朵海雲東，霞彩亭亭倒白虹。五老峯前慚氣力，岳陽詩格孰
爭雄。

其五

風波萬里一舟輕，遙夜危檣向紫京。險處彌看臣節苦，箱根嶺上更
催行。

和草大麓見贈韻【幷序】

長門　草大麓袖贈送行詩五章，每章各以篆、隸、草、楷、半行繕寫。余旣悅其標致雍容，次觀其詩律翩翩，末乃失驚於筆法之典雅，眞海外之鸞鳳、楚南之梗楠。顧余非知筆者，欲步其韻以答鄭重之貺，但詩敍前路之名勝，不眞知而强言，實余所不欲也，遂記入境內所親經歷者，依韻以次成五章。時癸未除日也。

其一

洋洋群峰蘸日華，氣蒸波蹙見人家。千年水府金銀色，自起樓臺擁晚霞。

【右對馬嶋】

其二

波間古島號岐州，四面紺光水不流。小小生涯兼陸海，板簷架學蜑成樓。

【右一岐島】

其三

疑有疑無迷北東，波間日月冷寒空。中宵粉壁千燈出，錯訝行人入水宮。

【右藍島】

其四

點綴簍燈小岸東，西看孤月臥長虹。篷窗一睡因難著，獨許鮫龍鼓浪雄。

【右<u>南泊</u>】

其五
高樓側畔萬颿輕, 忽憶<u>西湖</u>控<u>漢京</u>。已許江關雄海外, 千年留賞使
華行。

【右<u>赤間關</u>】

《儀鳳詞》, 呈<u>南</u>、<u>成</u>、<u>元</u>三公案下　　　　　　　　<u>大麓</u>
鳳凰鳳凰何得覩, 百年四海文明時。可憐九重萬里志, 可歎一遇千
載期。千載期遇最難得, 一朝顧眄却相疑。高翔霄漢雲日表, 遠憩<u>扶
桑</u> <u>弱水</u>陲。我有丹穴芙蓉嶺, 更有琵琶似瑤池。<u>琵琶</u>湖上望緲茫, 波
間突出妙音祠。五調六律孰和者, 皇靈玉女奏《咸䪫》。五彩文章映發
處, <u>芙蓉</u>峰頭雪霏霏。山腰繚繞瑞靄氣, 谿間蓊蔚瓊樹枝。栖止飲食
又那索, 竹實梧桐自離離。吾曹燕雀不可接, 揖我何事揚采眉。《韶
䕺》九奏雌雄調, 俗耳鍼砭何得知。昇平唯戴聖世化, 紫庭阿閣不可
思。須臾翩旋東方擊, 鳳凰鳳凰喜來儀。

<u>秋月</u>: 五絕已極欽歎, 長篇尤見氣力, 僕輩之受寵多矣。

<u>秋月</u>: 東行五絕鄙旣評沅, 幸改寫一本以惠。

<u>大麓</u>: 賜高和且評點, 何幸如之? 所諭謹諾。

<u>秋月</u>: 長篇儘鏘鏘, 如碧梧之鳴, 讀之未了, 不覺神費。

大麓: 屢蒙虛譽。舟中有暇，請贈瑤和。

大麓: 昨高和律中'橫天未是雄'上二字楷書見示。

秋月: 希有鳥名見《南華經》，大於鵬，一舉窮天地。

大麓: 鄙絶奉呈金公，請煩致達。

秋月: 諸公作當一時竝傳。

秋月: 大筆夜間，胡抹壞禿，可愧。

大麓: 何愧之有?

大麓: 此長短數幅，謹請揮筆。

秋月: 雅不工書，且是行也，無暇於唱酬，雖欲塗揮，恐不可得。

大麓: 所持之扇面，題賜一二句，則携歸分朋友。

秋月: 難孤勤意，一筵謹當揮洒。

大麓: 僕待長者之不恭，屢煩如椽。

秋月: 書本二三帖當副勤索，請與筆俱留。

大麓: 拜諾。

秋月:《儀鳳詞》若留此, 數日當奉和。 不然則明日元朝, 未可閒吟咏, 可於舟發後和之, 以待更逢而誦之。

大麓: 不必瓊和, 汚電覽耳。

寫字官洪、李二公案下　　　　　　　　　　　**大麓 草安世拜**

凤聞芳譽, 景慕此久, 不意今日接芝眉, 生涯之一期。 誰謂萍水無骨肉哉? 公等官寫字, 幸書賜屏風五六幅, 則保持爲珍。 不顧賢勞, 煩揮筆耳。

梅窗: 謹諾。 俟張燈可書耳。

右十二月晦席上。

謹賀新禧。 疇昔之會, 忽隔年矣。 不意遽爾發船, 何相別速, 不勝瞻望。 唯恐萬里之遠有跋涉勞, 自愛自愛。 鄙詩三章, 憑朝岡氏, 奉呈左右。 如有閒暇, 請賜高和。 悤卒之間, 欲言不能垂鑒察。 草草。
右上

南、成、元三公案下　　　　　　　　　　　**大麓頓首拜**

【此書以下發船後送於竈關。】

另啓

昨南公揮筆、金公高和，幷自大浦氏達，感喜可知。金公尙在牀蓐，
加餐保護，請煩諸公致意耳。

呈南、成、元三公　　　　　　　　　　　　　　　　大麓

深垂絳帳奏朱絃，堪擬育英洙、泗邊。門客三千常不乏，國風十五
永相傳。名高北斗以南傑，人賞東華今代賢。奉使由來何所樂，壯遊
歸日《壯遊》篇。

其二

各天千里外，萍水此相逢。詩賦大邦美，文章一代宗。雲間喜覿鳳，
關上對猶龍。紫氣可瞻仰，三山萬仞峯。

其三

釜山浦上白雲端，臨海館前赤水寒。休道天涯知己少，相逢誰不結
金蘭。

《孔雀行》，酬大麓子《儀鳳歌》　　　　　　　　　　秋月

孔雀孔雀在海中，翩然赤霄來有時。自恨羽毛苦不長，低飛耻與鵷
鷞期。翲翲百族多相狎，文章絢爛還遭疑。一擧雲間復一下，歲暮垂
翅窮瀛陲。願見逸鶴鳴九皐，願見神鵬擊天池。碧樹秋棲富士頂，琪
花夜啄徐君祠。積水淰淰洞庭遠，《廣樂》何處聆雲扡。北方之人愛珠
質，朝暮徊翔華采靡。和以《阿閣》、《九苞》音，期以桃都萬里枝。贈
以琅玗之寶函，重令拂拭光陸離。　口雖未言心竊喜，荷蕙裳兮紫蘭
眉。不惜奇毛解相贈，唧環欲報知者知。千年一見還千年，長天碧海

空愁思。空愁思亦可奈何? 孔雀孔雀慕華儀。

《朱鳥行》, 和草大麓《儀鳳歌》　　　　　　　　　龍淵

南有鳥兮長其咮, 祝融回標正中時。箕舌斗柄紛翕張, 蒼龍白虎左右期。孔雀低飛玄武昂, 牛躔翼次非所疑。火揚其旗雲挹車, 燁然下燭海東陲。彩鸞趹足於蓬山, 神鵬搏翮於天池。翩者鳥集于苞栩, 琪草瑤花徐福祠。爾所餐兮精沆瀣, 爾所樂兮音韶訛。帶示以五色貫月之佩, 蚌珠歷落華披靡。濯爾以萬里浴日之波, 龍驂總轡扶桑枝。羽衣金節躪恍惚, 明星玉女不相離。鴛之朵鳳之翬, 吾與汝兮振秀眉。瓊糗一掬侑余歡, 白楡陰邊樂新知。紫霄靑雲浩茫茫, 手折寒梅多所思。皖彼七宿向我傾, 星弁雲冠是漢儀。

《赤馬湖歌》, 次見贈韻呈大麓　　　　　　　　　玄川

赤馬湖浮天, 納日蒼茫時。蘭舟桂棹侵汗浪, 宛是靈敖海上期。純浸黛色層厓動, 自起紅霞返照疑。東南闢出千檣影, 遠山明滅朱鳥陲。沈洷裛窊漭空闊, 但見藍碧垂天池。胸界謾設東海門, 扶胥誰立祝融祠。豈如赤日扶桑側, 六龍高標桃都移。我來適逢正元朔, 春光已發韶風靡。群仙見客紛而下, 挾頭水蔭梅花枝。金骨淸癯服裝詭, 烏衣玉劒班陸離。寂然無譁但揮毫, 中心獨發淸揚眉。生於出日居出日, 九州六合有誰知。掾筆如飛淸詞動, 珊瑚玉樹交奇思。翩然折贈瑤華芳, 大麓山人表淸儀。

【'訛'字不見《韻書》, 不當强用所不知之字, 改以'移'字, 謏見可愧。】

草大麓詞案回納

元日夕對燈奉邀, 夜深還舟次, 想諸賢聞此, 一般惆悵。繫纜竈關,

正看西月依依，寵札帶華篇至。別來已隔三百里以遠，非盛意勒摰，何以致此? 佩服已深。況來詩詞理俱至! 較之賓筵賦什，一倍璀璨，是坐言愈深故辭愈工也。豈意萍浮中得此蘭合耶? 相示感歎，久應不敢忘。行雖忙，不可孤盛意，對燈索占，言不從意，想有以俯諒矣。伊日，和章幷鶴臺所托書本、六硯、四筆，托朝岡奉致，比已關照矣。歸程有期經日，望更展所慕。加餐。不宣。退石病勢，略差可幸。

甲申正月廿日，<u>小華</u>人等頓首。

寵<u>關</u>舟中，次<u>大麓</u>遠寄諸篇　　　　　　　　　　<u>秋月</u>

《下里》虛稱清廟絃，賞音寥廓海雲邊。征帆極浦多時望，緘札重關隔日傳。得士常誇<u>吳會</u>盛，論詩多說<u>項斯</u>賢。君眞孔雀吾非鳳，別後應看《第九篇》。

其二

早識幾何別，無寧未始逢。雲間初見陸，風外渺隨宗。月窟騰天馬，蒲林出草龍。詩來人更遠，關樹數青峰。

其三

別來纖月上林端，三百長湖泛影寒。何處獨無芳草色，古人偏惜谷中蘭。

上<u>關</u>舟中，和草<u>大麓</u>遠視韻　　　　　　　　　　<u>龍淵</u>
其一

風流偶接海山絃，霓蓋初停<u>赤水</u>邊。萬國車書知道合，一家經術有心傳。西華絳節窮<u>三島</u>，南<u>楚</u>髦材得數賢。九和詩緣猶未了，隔洋新到別來篇。

其二

贈君朱鳥詠, 南極喜初逢。古館留春色, 輕帆度水宗。壯遊思駕鶴, 華藻見雕龍。悄悄今宵恨, 江關月隱峰。

其三

相逢無幾別無端, 遙夜湖亭楚竹寒。賴有馨香長不沫, 豈敎凡卉混崇蘭。

和次大麓追寄韵 　　　　　　　　　　　　玄川

其一

孤蘭叢桂獨將絃, 天水茫茫出日邊。雲月高標存活計, 詩書遺業襲家傳。百年看史寶中載, 萬里論心海上賢。言志新章非淺淺, 不妨陳作《國風》篇。

其二

倏爾天南至, 飄然海外逢。赤關傾客禮, 萩國盛詞宗。墨妙輕王鶩, 文華逸陸龍。悠悠臨水別, 孤月掛西峰。

其三

長門孤樹暮煙端, 滄海扁舟落日寒。遙想高人叢竹裏, 自挑爐燭誦《幽蘭》。

赤間關唱和十二月廿八日　　　　　　　　　　　　山南溟

通刺

伏惟四海文明之化、二邦修睦之厚，天實爲之，今玆賢大使奉大國
之榮命，遠尋百載之舊盟。【僕】從聞龍旆之東，神飛心馳，渴望曷勝？
韓之與我，雖同僻于東維乎，各天重溟，一路三千，遠而又遠。然海若
不驚，陽侯不波，蘭橈無恙，儼抵于此，至祝萬萬。【僕】姓山根，名泰德，
字有隣，號南溟，爲長門國學生徒。今幸獲接諸君子芝眉，窺西方之
美，可謂邃素懷也，何喜加旃？

謹以鄙什一篇，奉呈製述官秋月 南公，敢凂電覽，枉賜高和，幸甚。

萬里星槎銀漢長，懸弧壯志問扶桑。携來天上支機石，織作人間文
錦章。

走次南溟韻

鯨海波程萬里長，百年遐想愜蓬、桑。江關詞賦天南動，席上奇珍
爛五章。

不圖郢國之音，令巴人得聽，可謂〈陽春〉〈白雪〉和者寡矣。謾疊前
韻，以謝來美。

文化百年隣好長，寧論天塹隔韓、桑！更知嘉客深交義，燦爛瓊琚
盈報章。

重和南溟　　　　　　　　　　　　　　　　　　　　秋月

天缺東南積水長，杜陵遺恨渺窮桑。芳名恰是天池字，對誦莊偰《第
一章》。

呈龍淵 成公

曙色關門望不分, 無邊紫氣坐氤氳。駕龍仙子顏如玉, 指點蓬萊日
下雲。

草和南溟席上韻　　　　　　　　　　　　　　　　龍淵

蓬海風程細細分, 十洲僊氣近氤氳。文神交道浮生事, 隨處華筵識
彩雲。

呈玄川 元公

騎鯨海上入蓬萊, 瑤草銀花迎客開。偶會謫仙遊歷日, 吾曹却愧晁
卿才。

和南溟　　　　　　　　　　　　　　　　　　　　玄川

南箕影下問蓬萊, 析木東頭客榻開。榕橘蒨葱寒雨滴, 見君新作識
君才。

筆語

南溟: 戊辰聘使來也, 【僕】家翁山華陽受本藩之命, 迎文旆于玆, 接
朴學士及濟菴、醉雪、海皐三書記, 頗被顧眄, 謾與文壇餘盟, 或和或
唱, 交義綢繆, 至今話舊不置, 十有六年, 如一日矣。今【僕】從儒臣之後
至此也。家翁屬【僕】問前年所會諸公無恙否。伏惟貴國文運之盛, 設
科取士, 登庸人材, 野無遺賢, 濟濟多士, 邦國以寧。如夫諸公, 乃齒
德愈高, 爵位益進。乞願爲【僕】詳之, 幸甚。

龍淵: 海皐登第于甲戌, 濟庵今科發解, 想或已占魁。雪翁廢擧, 謝

世已久矣。

南溟: 從馬州以東使槎, 滯泊于壹岐、藍洲之間, 顧彼操觚之士蒙諸公之一顧者多矣。其間所取駿逸者幾許, 可得聞乎?

秋月: 馬州、岐州則不多。藍嶋則久留, 自多唱和, 固不無滄海之珠, 而最是龜井魯。道哉弱冠英妙, 可謂千里之駒, 令人愛悅不已。

秋月: 大麓、南溟, 願聞貴庚。

南溟: 大麓今已二十有四, 【僕】犬馬之齡二十有二。

秋月: 讀書幾何?

南溟: 【僕】素駑才不能該覽群藉, 慙愧何答。

秋月: 年富力强, 讀書之日甚長。

南溟: 鄙庚未及自立遠矣。從今服膺公之教, 以勵螢雪之業。

秋月: 受言如此, 進學可期。

南溟: 公春秋幾許? 家庭有蘭玉之樂乎?

秋月: 【僕】年四十有二, 膝下有二稚兒。

南溟: 辭國幾日當此嚴冬雨雪之時, 懷土之情當切, 而壯心不然乎?

秋月: 王事之故, 久違定省, 安得無望雲之思?

玄川: 南溟讀經書已盡否? 所常溫習者, 於經書中, 有何冊?

南溟: 【僕】雖遍讀經書, 未能明解, 徒爲書籍中一蠹虫而已。

玄川: 味此答, 可見虛心有進就。可賀可賀。

奉呈秋月 【以下廿九日唱和】

王事靡鹽奉使勞, 彼都人士共賢豪。二邦盟會執牛耳, 千歲文章覩
鳳毛。握裡明珠滄海月, 賦中白雪廣陵濤。東方和者知誰在, 突兀芙
蓉天外高。

三和南溟　　　　　　　　　　　　　　　　　　秋月

古寺松篁暫息勞。逢迎多是越中豪。南溟雲迥搏扶翼, 老鶴霜淸獨
立毛。隣義纏綿思贈縞, 病心蘇快欲觀濤。地靈鍾得英明氣, 烟外濃
靑筆岫高。【老鶴指鶴臺。】

奉呈龍淵 【用前韻】

詞客如林冠蓋分, 樓臺氣色故氳氳。投來詩賦振金石, 逸響忽停天
半雲。

走次南溟疊示韻 龍淵

浮芥冷風溁不分, 帆前霞標接氤氳。南溟最有逍遙興, 鵬背文章滿水雲。

奉呈玄川【用前韻】

吉光片羽落蒿萊, 五彩雲烟天際開。偏喜百年昭代瑞, 文章驚見負仙才。

重和南溟 玄川

烟濤咫尺問壺、萊, 瑤草千年花欲開。解道南溟垂翼外, 知君元是化鵬才。

呈龍淵公

龍節如雲向日東, 鷄林多士總豪雄。巍巍文物宗周典, 翼翼威儀大國風。鳳殿一時登試課, 麟臺百歲見成功。賢才最耐作辭命, 專對高名四海中。

草次南溟視韻 龍淵

鍾律相應是海東, 不將虫篆較雌雄。周車萬國元同軌, 楚調千年豈異風? 秋水正憑豪士觀, 溟波愈信聖人功。江關滯泊消殘臘, 落盡梅花古館中。

筆語

南溟: 公等囊中如蓄龜井詩稿, 則可得一寓目乎?

龍淵: 無有, 不能奉副, 可歎。然此距福岡, 一衣帶之隔也, 公如欲取閱彼, 豈吝之? 亦又何難也?

秋月: 龜井詩【僕】輩稱賞以爲奇才, 不知僉見以爲如何。【秋月寫龜井詩示之, 因有此問。】

南溟: 龜井實是豫章材哉, 公之藻鑒無所違矣。

南溟: 公之詩章, 何以得此奇絶乎? 不意正始之音, 今聽于玆。【僕】幼而有好詩之癖, 然素雕朽材末, 如之何也已矣, 今天假良緣, 獲接大雅之風, 豈可失期邪?

秋月: 過情之譽, 君子恥之。卽席趁韻, 詩豈足觀? 應酬詩家所忌。【僕】輩若於從容時吟得, 豈至如是魯莽滅裂邪?

南溟: 何謙遜之甚? 若從容搆成, 則不唯五言長城也。想公有生平得意之詩, 可得一覽乎?

秋月: 別無得意作, 又無繕寫者, 不能奉覽, 愧甚。

秋月: 尊公春秋幾何? 今居何官乎?

南溟: 家翁領州學教諭數載, 齡向致仕, 老病不任絳帳之勞, 客歲解官還家, 高臥北窗, 一切謝絶人事。然腥羶未全休焉, 時或有蟻慕者, 故態復生絃誦, 終餘年爾。

呈龍淵公【以下晦日唱和。】

斗間劍氣照豐東，誰向延津可競雄。雲雨接天辭大嶽，舟船破浪駕長風。善隣正遂執圭志，昭代須傳作命功。不獨登瀛稱學士，仙遊遍問十洲中。

四和南溟　　　　　　　　　　　　　　　　龍淵

文采馨香日本東，善隣詩卷挹群雄。初聞班氏家庭學，終識蘇家伯仲風。歲盡那堪羈客恨，春回方見化翁功。滄洲萬里看吾道，琴磬爭清一囊中。

贈秋月 南公

青雲新著進賢冠，更聽鏘鏘鳴玉鸞。吐盡丹心投翰墨，裁成文錦照波瀾。腰間秋水龍飛動，曲裡陽春雪散漫。我有朱絃同調少，千年邂逅爲君彈。

四和南溟　　　　　　　　　　　　　　　　秋月

芰荷爲珮月爲冠，屈子天遊縱八鸞。道力已將舟作芥，聖功元有水觀瀾。身邊沆瀣三光濕，眼底端倪一氣漫。不待師連琴會化，對君疑是海山彈。

贈玄川詞伯

四海文明日，延陵修聘年。《國風》歌十五，玉帛禮三千。應接恥吾拙，咨詢愛汝賢。雅筵暫傾蓋，意氣可相憐。

酬南溟 玄川

竹葉迎新雨, 梅花送舊年。湖生烟外大, 山出颿前千。北斗懸孤望,
南箕聚衆賢。丁丁伐木響, 爲爾遷鶯憐。

筆語

辱得蒙登龍榮, 數浴餘波, 感謝感謝。不顧固陋, 復要陪文壇, 叩洪
鐘, 是乃非得隴望蜀之比乎? 冀海嶽之量, 無外斗筲人焉。

玄川: 語音雖不慣曉, 親愛之意相對, 藹然唱酬, 固樂事。而【僕】於此
本甚鈍滯, 如得數篇長軸, 於永夜搆成和章, 尤可好矣。

南溟: 金公膏肓二竪未辭體乎? 唯聞其名, 想其人耳。鄙什一篇爲
【僕】轉致諸舟中。

秋月: 諸公之詩竝投, 同達諸舟中。

贈退石 金公詩并書

疇昔接南、成、元諸公于賓館, 歃牛耳之餘血, 以彫虫之末技, 瀆大
邦君子之電矚, 幸不排擯, 辱承咳唾, 感戴不尠。唯感少足下, 天之慳
良緣, 其謂之何? 聞有貴恙, 就牀蓐於舟中。顧王事之勞, 且山河經
歷, 履霜涉氷, 蓋寒威爲祟乎? 千金之軀, 萬萬保護。綴蕪詞一章, 以
奉呈左右, 伏請呻吟之餘, 賜郢斤。如有投木瓜, 而獲瓊琚, 何幸過
之? 縱令不以形會, 而有神交在, 永以爲好矣。

歲月蹉跎駒隙過, 舟中病客意如何? 不祇《七發》枚生賦, 坐對波濤

起色多。

謝呈山碩士詞案　　　　　　　　　　　　　　　　　退石

曾無一面之雅, 而先垂盛問, 兼寄瓊琚, 一感一慰, 如得百朋。昨聞諸
足下兩三友共作詩會, 而病未周旋於下風, 無乃造物者有所魔戲而然
邪? 悵恨殊切, 賤疾頗若不可無謝, 兹以强疾潦草, 惟冀一覽而覆瓿耳。

秋朋傳說爾來過, 悵隔詩筵奈病何? 廿八驪珠驚滿眼, 賴君披豁客
懷多。

奉呈退石 金公書幷詩【以下發船後所贈。】

如【僕】賤劣, 幸不見擯斥, 與大邦君子, 共周旋焉。公有貴恙, 不能親
炙餘誨, 而所投瓊酬, 是不唯十朋之賜也。思其人而誦其詩, 則猶親
接丰采也, 所謂詩心之聲, 信哉言也。忽聞鷁舟已發, 愕然久矣。何相
去之遠[308]也, 終不能自侍左右, 唯以爲憾耳。然得公之心聲, 而常誦
之, 則心心相照, 如交肱于一堂, 又何憾焉? 鄙章數篇, 託諸朝岡氏,
奉呈梧右, 請舟中間暇, 枉觸高覽, 且賜郢和, 爲幸益甚。伏惟三千海
陸, 尊體自愛。草草不旣, 頓首。

百歲隣交魯、衛間, 一朝玉帛照江山。各天何限東西路, 兩域嘗通
文字關。滄海波濤飛彩鷁, 扶桑旭日映朱顏。由來御李幾人在, 千仞
龍門難可攀。

---

308 원문에는 '速'으로 되어 있으나 '遠'으로 바로잡는다.

箕邦社稷本周封，使者風流肅禮容。東道詩盟誰可主，西園文藝共堪宗。騏驎騰逸路千里，鴻鵠奮飛雲萬重。非是關門懸紫氣，那能今日覩猶龍。

誰識菅菲[309]以後年，五言對壘共周旋。干[310]旄子子自嚴肅，書記翩翩皆俊賢。海學千秋深日月，詞源一派遡開、天。憐君好擅西方美，早晚高名遍八埏。

浮槎大海碧空長，遙指東方日出光。可羨懸弧男子志，靑雲萬里一飛揚。

五彩鳳凰毛羽奇，凌雲萬里仰來儀。東方遙覽德輝下，高擊扶桑千仞枝。

朱絃一曲倚城頭，莫道知音難可求。我有琶湖、芙嶽勝，《高山流水》爲君酬。

謝贈山南溟詞案【以下答和皆自河漏渡到。】　　　　　　退石
來時病且行忙，不得合席，惟以鷰語，托諸傳語官，以爲傳達之地矣。今又兼詩、華札，遠到漏浦，深感不遺棄之盛意。而薪憂猶苦，玆以力疾搆謝，詩可云乎哉？只博一粲。

---

309 원문에는 '裴'자로 되어 있으나 '菲'로 바로잡는다.
310 원문에는 '于'자로 되어 있으나 '干'자로 바로잡는다.

次山南溟瓊韻　　　　　　　　　　　　　　　退石

蓬屋常愁十八封，衰毛難禁鏡中容。羈懷雨打孤燈夜，鄉夢天空積
水宗。<u>鎌浦</u>潮聲餘百里，<u>赤關</u>山色背千重。感君詩律遙相問，却勝仙
翁借竹龍。

日下行裝忽半年，何時玉節更西旋。<u>分杉</u>山外逢三士，<u>赤馬關</u>前得
一賢。詩鼓雷鳴鼇背嶋，奎星虹射斗南天。知君應識同胞義，兩國何
論隔海埏。

半世閑情水石間，萍蹤忽到日東山。盲風博浦愁停棹，寒雨長州病
掩關。羈旅較深滄海浪，韶華全減老人顏。曾聞<u>富嶽</u>多靈藥，恨未同
君石棧攀。

海外天生傑士奇，今來恨未接清儀。傳聞驛使明朝發，欲折寒梅寄
一枝。

不遇<u>鍾期</u>到白頭，知音遠到<u>析津</u>求。百年天地《峨洋曲》，今日逢君
喜共酬。

山何崒崒水何長，月自南溟遠放光。<u>和國</u>文盟君執耳，高名他日海
東揚。

奉贈<u>龍淵</u>、<u>玄川</u>兩公

聞今朝俄爾解纜，不能面別，遺恨不可言也。顧前日之遊，邈如隔
世。一會一別，雖理當如此乎，何相會之難而相別之易也？再面何時，

徒望海雲之蒼渺耳。 聊敍薀蔚, 巴調數篇奉呈各位, 請暇日賜高覽,
則鄙生之望何者過焉? 冀春寒自保。 書不盡言。 頓首。

《金剛歌》一首贈龍淵公

金剛削立聳蒼穹, 景仰巍巍造化功。千秋長鎮三韓國, 是與中華 五
嶽同。參差萬峰望幾重, 諸山奔走共稱宗。岢峩須彌開日月, 立仙蹲
佛玉爲容。白毫光動諸天曉, 面面擎出金芙蓉。斷崖飛瀑垂匹練, 洞
裡潭淵注懸淙。鸞擧鳳峙極奇絶, 積翠層碧繞嶺濃。繞嶺丹楓如錦繡,
靈境幾處淑秀鍾。維嶽降神生俊傑, 鷄林人士氣如龍。朝經名山暮大
澤, 變化縱橫難可從。乘時奮躍游桑海, 風雲天地此相逢。顧眄託意
何綢繆, 投贈明珠與黃琮。明珠黃琮得何處, 玉成萬仞金剛峯。爲我
疊疊談名勝, 神飛心馳空蒙茸。願借千里黃鶴翼, 與君雙飛巢雲松。

奉復山南溟案下

江上失別, 至今耿耿不已。在上關, 得瀧、草兩公書, 益思南溟。卽
此遠投瓊函, 披喜可敵更程。況諸篇淸新警拔, 大過於席上唱酬, 三
日刮目, 宜不誣矣。僕等到處滯阻, 羇懷可知。和章草成, 要馬州儒官
傳致, 果未知遺落几案否也。退石有別船, 另自有封。萬萬唯冀鍊玉
加珍, 以待重奉。不宣。甲申正月九日, 小華三客拜謝。

《雪嶽歌》, 誁山南溟《金剛歌》   龍淵

星羅霞擧表靑穹, 溟嶽東來擅奇功。灝氣已許叢石分, 淸標更有寒
溪同。雪嶽峰巒千萬重, 是爲列仙之所宗。靈山老佛金銀界, 姑射眞
人氷雪容。鳳頂高秀鶴臺聳, 空中對拔白芙蓉。別有雙瀑呈神巧, 萬
丈層崖玉流淙。伽倻洞裏夏雪積, 普門庵外秋霞濃。內外靈源闢洞天,

異卉珍禽餘氣鍾。淸飆遙送水篦筑, 彩霞深護柏潭龍。直是金剛伯仲間, 毘盧氣脉遙相從。衆香城色天半見, 群玉山精月下逢。天王、地藏特立奇, 缺處如璜合如琮。千古何人配孤標, 後有三淵前東峰。鐵柱禪龕猶淸淨, 黃芽婉女何丰茸。安得與君窮此勝, 共餐關東五鬣松。

贈秋月 南公 東行十絕句【幷】書

疇昔侍文壇, 幸不惜盈尺之地, 筆硏相會, 雅談移晷, 譬如夢遊帝處, 親聽鈞天廣樂。唯恨凡骨未換, 仙緣忽斷, 翛然墮人間, 遺憾曷勝? 聊敍鄙衷, 賦東行十景奉呈。 從是東武一路三千里山海之勝多可觀者, 足以開豁騷人之胸臆也。明日解纜于赤水, 靑龍雲開, 彩鷁波徐, 錦帆搖搖乎! 駕長風, 朝觀濤于廣陵, 夕弄月于赤石, 千里一瞬頃刻過焉。暫憩彼浪華, 則江南梅花滿岸, 侵雪英發。迺羅浮仙子淡粧, 淸麗芳香襲人, 迎嘉賓來過, 而屢顏一笑, 嫣然獻媚。當此時也, 倚馬揮毫, 藻思如湧, 若能起懷古之情乎, 當賡歌於王仁, 媲美於千歲矣。過此以往, 京洛山川之秀麗, 江國湖水之汪漭。若夫三河者, 乃龍興之靈區, 漢所謂豐沛也, 往昔鳳凰覽德輝, 下于此州, 至今有鳳來之山, 與人稱之。蓋淸世文明之兆, 何以誣焉? 蕭、曹、周、樊之輩, 附驥勃興, 往往出此地焉, 可謂名山大澤生龍蛇也。而吾東方最秀者, 夫駿之富嶽乎! 壁立萬仞, 八葉芙蓉削玉, 擎出于靑天上, 白雪千秋皚皚乎, 高與扶桑初日, 相映發光彩, 浮欲流焉。突出其東北者, 函谷也, 地維限東西, 嶮嶺百盤, 羊腸不啻。然而聘使奉命, 王事靡鹽[311], 豈思寧居? 叱馭行矣, 或儻望紫氣于雲間者, 必識仙斾之過關焉。顧此行處處奇觀, 隨覽載筆象之, 與境相遇, 諷詠自適耳。爾時以此鄙作相酬, 他山之石, 可以攻

---

311 원문에는 '靡監'으로 되어 있으나 '靡鹽'로 바로잡는다.

玉, 如能有一得之益乎。回棹之日, 轉送以落于人間, 則再從趙簡子之
遊, 聽鈞天樂, 終身誦之, 以爲他日容顏而已矣。

赤馬關

雙島二關望不孤, 樓船解纜向東隅。試看赤馬海頭月, 更映驪龍窟
裡珠。

廣陵海

廣陵海色錦帆開, 落日壯觀江上臺。萬里長風吹不斷, 驚濤如雪蹴
天來。

赤石浦

海天夜色接銀河, 赤浦晴光照素波。知是仙郎停棹處, 白雲明月不
勝多。

浪華津

留鞍暫問浪華津, 兩岸梅花待客新。誰識王仁千歲後, 風流更有和
歌人。

平安城

京洛長衢十二分, 南山佳氣日氤氳。鳳凰樓上能揮筆, 修作雲烟五
色文。

琵琶湖

帝畿東接大湖流, 一點孤山天女洲。試把彩毫題石鏡, 無邊明月滿

<u>江州</u>。

三河州

百里<u>三河</u>居上游，鳳來山色鎮城樓。料知<u>碧海</u>浮槎日，閩郡重望仙侶遊。【<u>三州</u>有<u>碧海</u>郡，往昔鳳凰來儀。】

芙蓉峰

海東初日照<u>芙蓉</u>，突出銀臺十二重。天表奇觀誰攀得，千秋白雪萬尋峰。

玉笥<u>關</u>

攬轡關門自壯遊，登臨可識興情留。試開<u>玉笥</u>藏書去，萬古名山紫氣流。

武昌城

彩雲高繞<u>武昌城</u>，多少仙人駕鶴迎。明月樓頭弄笙處，爲君好作《鳳凰鳴》。

秋月

<u>南溟子</u>專書於三百里外，贈余以東行詩十詠，意甚勤也。其十詠中，自<u>赤馬關</u>以後，皆余所未及見者，與其強寫未見之境，豈若爲惜別憐才之語之眞且切也。舟泊河漏渡，宿雨新卷，汀月照篷，開緘讀之，琅琅乎其清也，眞眞乎其情也。遂剪燭和次，以道相憶之意云爾。

河漏三更渚月孤，<u>米家</u>書畫滯沙隅。蒼茫<u>赤水</u>輕帆到，輸得玄龍萬

顆珠。

別時梅蕊幾多開，梅下詩尊共鶴臺。明月潮通三百里，何因不寄一枝來。

交情元不阻山河，南浦春愁水碧波。惆悵憶君今夜意，斷雲千疊亂峰多。

沙鷗睡冷月橫津，北客羈愁雨後新。長憶故鄉人不見，水關人似故鄉人。

十日迢迢隔歲分，赤城霞氣夢氤氳。長門槎錄成家集，朱鳥星躔動舊文。

寒潮日夜向西流，流到君家荻竹洲。一別烟波知不遠，護行船上寫長州。

積水盈盈不可游，山公醉後倚虛樓。詩中十景江湖月，安得携君處處遊。

詩如清水出芙蓉，洗却淤泥幾朵重。可惜東人無解愛，欲移華嶽最高峰。

脩竹癯松古寺遊，折松爲筆乍遲留。草君才調瀧君氣，三傑江關第一流。

春晚江花滿水城，客帆歸處笑相迎。收回溟鳥搏風翮，領取林鸎出谷鳴。

贈玄川公

珠履王門客，曳裾意氣輕。文星光貫斗，明璧價連城。結綬青雲色，和歌白雪聲。四方能奉命，早擁使乎名。

其二
朝來開瑞靄, 延領倚江亭。關迓眞人氣, 野分使者星。披雲看白日,
破浪絶青溟。擁節意何壯, 明時重寵靈。

其三
二邦存禮典, 來往幾千年。應接是閒雅, 辭令皆俊賢。美名傳竹帛,
彩筆照山川。行矣東方路, 扶桑日出邊。

和次南溟韻　　　　　　　　　　　　　　　　　玄川
雪盡山逾秀, 春生海更淸。孤篷依夕渚, 華札落湖城。季欲知周樂,
苟能起楚聲。願言勤勉勵, 相冀異時名。

其二
歷歷烟中樹, 依依水上亭。人歸迷古驛, 月落見孤星。舟楫隨重譯,
山河出大溟。新知皆惜別, 處處驗王靈。

其三
孔聖乘桴志, 徐王入海年。要神存舊俗, 明法御群賢。北浸虛三界,
東低曼百川。諸君今務正, 斯學落天邊。

【영인자료】

長門癸甲問槎
乾上・乾下・坤上

長門癸甲問槎　乾上 / 606

長門癸甲問槎　乾下 / 538

長門癸甲問槎　坤上 / 474